Felix Huby

LEHRJAHRE

Felix Huby, 1938 in Dettenhausen bei Tübingen geboren, hat sich nach einer erfolgreichen Karriere als Journalist auch als Schriftsteller einen Namen gemacht, vor allem im Krimibereich. Sein Kommissar Bienzle ist in der deutsche Krimilandschaft eine Marke, aber er hat mit vielen anderen Figuren und Themen auch als Kinderbuch-, Theater- und Hörspielautor gewirkt.

»Lehrjahre« ist der zweite Band seiner autobiographischen Roman-Trilogie.

Felix Huby

LEHRJAHRE

Roman

SILBERBURG

1. Auflage der Taschenbuchausgabe 2020

Umschlaggestaltung: Andrea Longerich,
César Satz & Grafik GmbH, Köln.
Coverfoto: Ölgemälde Karl Hofmann,
Blaubeuren 1923, »Der Mutter zu Weihnachten«,
© privat.
Satz und Layout: Sabine Düde,
César Satz & Grafik GmbH, Köln.
Lektorat: Petra Wägenbaur, Tübingen.
Druck: CPI books, Leck.
Printed in Germany.

ISBN 978-3-8425-2213-8

I

Am Samstag, dem 28. April 1962, fuhr Christian Ebinger von Ulm nach Blaubeuren. Es war noch ziemlich früh am Tag, als er ankam. Frau Brombacher, die Sekretärin des Verlegers, hatte Christian empfohlen, die Redaktion um diese Zeit zu übernehmen, weil es dann keinen Publikumsverkehr gebe. Am Bahnhof Blaubeuren waren nur wenige Fahrgäste aus dem Zug gestiegen. Die kleine Stadt lag im milden Frühlingslicht. Die schnurgerade Straße, die ins Zentrum führte, war von dicht stehenden Bäumen gesäumt. Kaum merklich bewegte ein lauer Wind die ersten grünen Blätter an den Zweigen. Manche schienen ihm müde zuzuwinken.

»Ich dachte, Sie kommen mit dem Auto!«

»Ich habe kein Auto.« Christian gab dem kleinen Mann, der vor einem breiten zweigeschossigen Haus auf halbem Weg zum Stadtzentrum offensichtlich ungeduldig auf ihn gewartet hatte, die Hand.

Bertram Sommer musterte den Ankömmling. »Bisschen jung für den Job, oder?«

»Der Verleger traut ihn mir zu.«

»Und dann noch ohne eigenes Fahrzeug! Wie wollen Sie denn hier …?«, Sommer unterbrach sich. »Was soll's? Kann mir ja egal sein. Hauptsache, ich komme hier weg.«

Bertram Sommer hatte drei Jahre lang als Lokalredakteur der *Kreiszeitung* in Blaubeuren gearbeitet. »Ein schlauer Posten«, pflegten die Kollegen in der Zentrale zu sagen. »Ab und zu einen Artikel für die Landkreisseite abliefern, gemütliche Dienstwohnung direkt über der Redaktion und der Geschäftsstelle. Und was er schreibt, diktiert ihm der Bürgermeister. Deshalb ist er auch so wohlgelitten im Rathaus.«

Als Christian einmal gefragt hatte, was das mit Journalismus zu tun habe, hatte ein Kollege lakonisch geantwortet: »Nichts!«

Bertram Sommer hatte eine Anstellung als Texter in einer kleinen Werbeagentur in Ulm angenommen, wo er, wie er stolz verkündete, fast doppelt so viel verdienen werde wie als Lokalredakteur in Blaubeuren. Er kehre damit in seinen eigentlichen Beruf zurück. Früher habe er einmal ein eigenes kleines Werbebüro gehabt, ehe er angefangen habe, als Journalist zu arbeiten.

Das Gebäude, in dem die Niederlassung der Zeitung untergebracht war, lag hinter einem breiten Gehsteig. Die linke Hälfte des Hauses wurde von zwei Schaufenstern bestimmt. Rechts schloss sich ein Lebensmittelgeschäft mit einer durchgehenden Fensterfront an. Auf der anderen Straßenseite erhob sich die bescheidene katholische Kirche aus grauem Sandstein, die von einem leicht verwilderten Garten umgeben war. Dem einfachen, weiß gestrichenen Holzzaun zur Straße hin fehlten ein paar Latten.

»Wo ist Ihr Gepäck?«, fragte Sommer.

»Hole ich später, ich hab jetzt erst mal nur den Rucksack mit.«

»Na, ist nicht mein Problem. Kommen Sie, Kollege, ich hab nicht viel Zeit.« Sommer öffnete die Tür, die in der Mitte zwischen den beiden Schaufenstern in zwei etwa gleich große Büros führte.

Rechter Hand zog sich ein Tresen in den Raum hinein, dahinter standen ein einfacher Schreibtisch und ein Holzstuhl auf Rollen. »Das hier ist die Geschäftsstelle«, sagte Sommer. Er deutete nach links in das zweite Zimmer: »Und das ist die Redaktion.« Dort standen ein Duplikat des Schreibtisches und ein fast leeres Regal sowie ein rundes Glastischchen mit zwei niedrigen Sesselchen davor. »Die Öffnungszeiten sind 10 bis 12 und 15 bis 18 Uhr.«

»Und wenn ich zu den Zeiten recherchieren oder schreiben muss?«, fragte Christian.

»Meine Frau hat mich dann vertreten, oder ich hab ein Schild ins Fenster gehängt: ›Bin gleich wieder da‹.«

Christian sah seinen Vorgänger fassungslos an. »Aber so eine Recherche kann doch manchmal Stunden dauern.«

»Bei mir nicht. Ich bin schnell«, sagte der Andere selbstgefällig. »Und nicht vergessen: Um sechs Uhr morgens kommt der Bote. Der bringt die Zeitungen, die zum Verkauf bestimmt sind. Die Seiten werden dann gleich im Schaufenster ausgehängt, und einmal die Woche wechseln die Fotos, die als Leiste unten angepinnt werden müssen. Am letzten Tag des Monats rechnen die Trägerinnen ab; wenn Ultimo ein Sonntag ist, kommen die Frauen aus der Stadt und den Dörfern ringsrum eben am Freitag davor oder auch am Montag danach. Am wichtigsten sind natürlich die Anzeigen, denn die bringen das Geld. Bis 18 Uhr müssen Sie die entgegennehmen. Um 18.57 Uhr gehen die Anzeigen und Ihre Texte dann mit dem Zug nach Ulm, und dort holt sie ein Bote ab.« Sommer atmete tief durch. »So, ich glaube, ich habe Ihnen alles erklärt. Jetzt zeige ich Ihnen noch die Wohnung.«

Drei kahle Räume, ein Badezimmer und eine erstaunlich große Küche empfingen den Neuankömmling im ersten Stock. Dazu ein Balkon, der an der Giebelfront des Hauses lag. »Sie können sofort einziehen. Ich hab alles raus«, sagte Sommer.

Christian lachte. »Ich hab keine Möbel. Bis jetzt wenigstens noch nicht, und ich weiß auch nicht, wie ich welche bezahlen könnte.«

»Nicht mein Problem.« Bertram Sommer reichte Christian einen Schlüsselbund. »Dreifach, komplett«, sagte er, gab seinem Nachfolger die Hand und eilte ohne einen Gruß die Treppe hinunter.

Christian Ebinger stand mitten im Flur seiner kahlen Wohnung, die Hände auf dem Rücken verschränkt, und sah von einer offenen Zimmertür zur anderen. Noch selten in seinem Leben war er sich so verloren vorgekommen. Vielleicht hätte er doch auf Simon Restle hören sollen.

»Dieses Schlitzohr!« Der Fotograf Simon Restle war sichtlich aufgebracht gewesen. »Hat er dir denn gesagt, was da alles dazugehört?«

Christian schüttelte den Kopf. Sie saßen in Restles gemütlicher Dachwohnung in einem Haus direkt neben dem Münster. Wenn die Glocken schlugen, musste man das Gespräch unterbrechen, so laut tönten sie vom nahen Turm herüber. Fast täglich schlenderte Christian Ebinger nach Feierabend quer durch die Ulmer Innenstadt zu den Restles. Sibylle, die Frau des Fotografen, hatte es sich angewöhnt, mit dem Abendessen zu warten, bis der junge Volontär eintraf.

»Morgens um sechs musst du als Erstes die Zeitung im Schaufenster aushängen«, sagte Restle. »Dann musst du überlegen, wie du in dieser verschlafenen Kleinstadt, wo kaum etwas passiert, Themen für mindestens einen Dreispalter findest, der auf der Landkreisseite erscheinen kann. Und das Tag für Tag. Jedes Wochenende kommt außerdem das *Blaumännle* raus ...«

»Das *Blaumännle*? Was ist denn das?«

»Eine Beilage für die Stadt und ihre Umgebung, die je nach Anzeigenaufkommen zwischen 32 und 96 Seiten hat und zugleich das Amtsblatt der Stadt ist. Und das Blättle im halben Format der Zeitung musst du nahezu ganz alleine schreiben! Oder du machst es wie der Bertram Sommer, lässt dir die Artikel vom Rathaus, den Vereinen und den Geschäftsleuten liefern und hebst sie ins Blatt, ohne auch nur einen Satz zu redigieren.«

Jetzt erinnerte sich Christian, dass er das Blättchen schon ein paarmal gesehen hatte. »Und warum heißt das so?«

»Weil die Figur im Stadtwappen so heißt«, sagte der Fotograf.

Simon Restle und Christian Ebinger waren seit einem guten halben Jahr ein Reporterteam. Der Fotograf hatte sich das ausdrücklich gewünscht. Für ihn war der eifrige junge Anfänger wie ein kleiner Bruder, obwohl Ebinger ihn um zwei Köpfe überragte. »Überleg dir das gut!«, sagte er jetzt zu dem Jüngeren, während er die Flasche entkorkte und die Gläser füllte.

»Man muss auch die Vorteile sehen«, meinte Sibylle.

»Die hat nur der Verleger! Wer will schon in dieses Provinznest. Der Christian hat das Zeug zu einem erstklassigen Journalisten, und jetzt soll er da draußen versauern, nur weil der Wachter nicht weiß, wie er diesen Scheißjob besetzen soll.«

»Wenn er's gut macht, kann er doch nach ein, zwei Jahren in die Zentrale zurückkommen.« Sibylle Restle schob Christian das Holzbrett mit den verschiedenen Käsesorten hin.

»Ich sag nichts mehr!« Simon Restle nahm einen großen Schluck aus seinem Glas. »Es ist seine Entscheidung!«

Am darauffolgenden Montag hatte Christian Ebinger Punkt 10 Uhr das Vorzimmer des Verlegers betreten. Der sei noch nicht da, sagte seine Sekretärin und bot dem Volontär einen Kaffee an. Sie war eine groß gewachsene, sehr schlanke Frau. Christian hatte sie noch nie anders gekleidet gesehen als in eine hochgeschlossene weiße Bluse, einen schmalen, wadenlangen schwarzen Rock und Pumps mit höchstens drei Zentimeter hohen Absätzen. Ihre Haare, die in einem seltsamen Blauschwarz glänzten, hatte sie streng nach hinten gekämmt und in einem Knoten zusammengefasst.

»Haben Sie einen Führerschein?«, fragte Frau Brombacher, als sie Christian den Kaffee servierte. »Milch und Zucker?«

»Schwarz und bitter, bitte. Ja, den habe ich bei der Bundeswehr gemacht – der einzige Vorteil, den mir die Zeit beim Militär gebracht hat.«

»Gut, dann müssen wir noch den Verleger überzeugen, dass Sie da draußen einen Dienstwagen brauchen.«

Christian hob überrascht den Kopf. »Wir?«

»Ja. Sie und ich.« Sie lachte, als sie in Christians verblüfftes Gesicht sah. »Seitdem ich diesen Posten habe, also seit 17 Jahren – ich war ja schon die Sekretärin des Seniorchefs –, also seitdem hab ich es mir zur Aufgabe gemacht, mich um die jungen Kolleginnen und Kollegen zu kümmern. Es gibt ja so vieles, was die Chefs gar nicht beachten.«

»Aber Sie wissen doch noch gar nicht, ob ich überhaupt nach Blaubeuren will.«

»Wollen Sie etwa nicht?«

»Doch. Eigentlich schon!«

»Na, sehen Sie. Ihr Kaffee wird kalt.« Frau Brombacher setzte sich hinter ihren Schreibtisch und begann die Unterschriftenmappe des Verlegers zu bestücken.

»Hatte mein Vorgänger denn einen Dienstwagen?«, fragte Christian.

»Nein. Er hat ein eigenes Auto. Aber eigentlich brauchte er für den Job gar keins, so wie der arbeitete. Von Ihnen erwarten wir mehr.«

Diesmal galt das »Wir« wohl ihrem Chef und ihr.

»Sie wissen ja, dass unsere Konkurrenz da draußen im Blautal fast so eine hohe Auflage hat wie wir«, fuhr die Chefsekretärin fort.

»Nein, das wusste ich nicht.«

»Dann wissen Sie es jetzt. Und von Ihnen erwarten wir, dass sich genau das ändert. Und zwar zu unseren Gunsten.«

Christian grinste. Frau Brombacher sah just in diesem Moment auf. »Was gibt's denn da zu grinsen?«

»Ich frage mich gerade, wer eigentlich den Verlag hier leitet.«

»Jetzt haben Sie sich im Ton vergriffen, junger Mann!« Eine steile Falte erschien auf der Stirn der Chefsekretärin. »Ich will nicht hoffen, dass das noch mal passiert.«

Von da an sprach sie nicht mehr mit ihm. Ein lastendes Schweigen, so zumindest empfand er es, breitete sich in dem hellen Sekretariat aus, und Christian Ebinger war sichtlich erleichtert, als der junge Verleger mit dem Ruf hereinkam: »Mist, mein Auto ist stehen geblieben.«

Frau Brombacher nahm den Mantel ihres Chefs entgegen und hängte ihn in einen Schrank. »Erinnern Sie sich, was ich gesagt habe, als Sie den Jaguar gekauft haben?«

»Ja, ja.« Tim Wachter lachte: »Sie haben gesagt: ›Sie können sich natürlich einen Jaguar leisten. Sie können sich ja überall, wo Sie liegen bleiben, ein Taxi rufen‹.«

Christian wusste nicht, ob es angebracht war, darüber zu lachen, deshalb ließ er es lieber.

»Und?«, fragte der Verleger, »wie hat sich unser Freund Ebinger entschieden?«

Da Frau Brombacher nichts darauf sagte, antwortete Christian etwas steif: »Ich bin bereit, die Redaktion in Blaubeuren zu übernehmen.«

»Und Sie wissen, was da alles dranhängt?«

»Ja. Simon Restle hat mich aufgeklärt.«

»Na dann wissen Sie vielleicht mehr, als gut ist. Okay, Frau Brombacher, Sie bereiten den Vertrag vor.« Und an Christian Ebinger gewandt: »Sagen wir heute Nachmittag, 14 Uhr, kommen Sie zum Unterschreiben.«

In der Redaktion hatte es sich schon herumgesprochen, dass der »Jungspund« vorzeitig zum Redakteur befördert werden sollte. »Aber glauben Sie ja nicht, dass Sie da jemand drum beneidet«, sagte der Lokalchef, ein Mann um die sechzig, der etwas Väterliches an sich hatte und dem man keinen größeren Gefallen tun konnte, als ihn um einen Rat oder seine Hilfe zu bitten. Arnold Kühn leitete die Lokalredaktion schon seit 15 Jahren wie ein kleines Fürstentum. Niemand redete ihm drein, auch der Chefredakteur nicht. Und die Verleger ließen ihn schon deshalb gewähren, weil jede Leseranalyse bislang ergeben hatte, dass der Lokalteil besonders beliebt war und intensiv gelesen wurde. Jetzt legte Kühn den rechten Arm um

Christians Schultern. »Wenn Sie mal einen Rat brauchen, melden Sie sich, ja?!«

»Mach ich«, sagte Christian.

Christian schloss sorgfältig seine neue Wohnung und die Geschäftsräume ab und machte sich zu Fuß auf den Weg ins Zentrum der kleinen Stadt.

Bis zum Rathaus, einem imponierenden Fachwerkhaus mit einem verspielten Brunnen davor, waren es rund 400 Meter. Durch eine schmale Gasse ging es dann weiter in Richtung Blautopf. Eduard Mörike hatte ihn in seiner Geschichte vom Stuttgarter Hutzelmännlein und der schönen Lau berühmt gemacht: »*Der Blautopf, das ist ein großer runder Kessel eines wundersamen Quells bei einer jähen Felswand gleich hinter dem Blaubeurer Kloster. Er ist wie ein tiefer Trichter. Wenn die Sonne scheint, leuchtet sein Wasser in einem ganz herrlichen Blau. Schöpft man es aber, dann ist es ganz hell im Gefäß. Nach Osten hin sendet der wundersame See ein Flüsschen aus, das weiter unten im Tal in die Donau mündet: die Blau. Lange schon wurde gemunkelt, dass im Blautopf eine geheimnisvolle Wasserfrau hause – zuunterst dort, wo von dem Seegrund Höhlen und Kammern in den Fels abgehen sollen. Man nannte sie die arge Lau im Topf, aber auch die schöne Lau.*«

Christian erinnerte sich, schon öfter gelesen zu haben, dass Taucher aus aller Welt nach Blaubeuren pilgerten, um in das unterirdische Höhlensystem der Schwäbischen Alb vorzudringen, das man durch den sogenannten Siphon, einen Einlass in 21 Metern Tiefe, erreichen konnte. Von dort ging es dann weiter nach drunten bis auf 35 Meter. Einer der Höhlenforscher war bereits fast einen Kilometer vorgedrungen. Ein anderer hatte den Weg zurück nicht mehr gefunden und war elendig erstickt, als seine Sauerstoffflaschen leer waren. Vielleicht konnte er für das *Blaumännle* eine Serie über die Abenteurer schreiben, die versuchten, immer weiter in die Höhlen tief unter der Schwäbischen Alb vorzudringen, dachte Christian. Es waren nur wenige Besucher da. Der See lag ganz ruhig im Sonnenlicht und erstrahlte in einem tiefen, geradezu unnatürlichen Türkis. Dort, wo ein paar Laubbäume Schatten warfen, changierte die Farbe in ein ebenso ungewöhnliches Smaragdgrün. Christian war auf dem schmalen Weg um den kreisrunden See herumgegangen und hatte sich am Ende auf die kleine Begrenzungsmauer gesetzt. Ihm war, als wäre er ganz allein. Als von der nahen Klosterkirche die Uhr zwölfmal schlug, schreckte er auf und ging hinüber in den Klosterhof.

Er wusste, dass in dem ehemaligen Benediktinerkloster ein evangelisches Internat untergebracht war. Aber das Gelände lag ganz ruhig da. Vermutlich waren die meisten Schüler über das Wochenende nach Hause gefahren. Aus einem niedrigen Anbau dicht an der hinteren Klostermauer erklang ein helles metallisches Klopfen, das ihn ein wenig an das Dengeln der Sensen in seinem Heimatdorf erinnerte. Er trat näher und beugte sich zu einem der niedrigen Fenster hinab. Dahinter sah er einen Mann an einem Tisch sitzen. Er bearbeitete auf einem kleinen Amboss ein silbern blinkendes Werkstück. Jetzt hob er es gegen das Licht, das von dem Fenster her kam, hinter dem Christian Ebinger stand und ihn neugierig beobachtete. Der Mann stand auf, öffnete einen Fensterflügel und sagte: »Ja, wer bist jetzt auch du?«

»Ich wollte Sie nicht stören«, sagte Ebinger eilig.

»Schon passiert. Willst reinkommen?«

»Ja, wenn Sie so fragen …«

»Rudi Dentler, Goldschmied«, stellte sich der Mann vor, als Christian über die Schwelle seiner Werkstatt trat.

»Christian Ebinger, ich bin der neue Redakteur der *Kreiszeitung.*«

Der Goldschmied, er war fast 20 Zentimeter kleiner als der Journalist, hob den Kopf und musterte seinen Besucher. »Wie alt?«

»Einundzwanzig. Im Dezember werd ich zweiundzwanzig.«

»O Jessas«, entfuhr es Dentler. Er hatte einen breiten, kantigen Schädel, die wenigen Haare, die schon einen grauen Schimmer hatten, standen wirr vom Kopf ab und hatten sicher seit einiger Zeit keinen Kamm mehr gesehen. Seine Augen waren von einem strahlenden Blau, das unrasierte Kinn stand etwas vor, und die Backenknochen beulten das Gesicht ein klein wenig nach beiden Seiten aus. Seine Statur war gedrungen. Die Arme, die aus einem Achselhemd hervorkamen, wirkten erstaunlich muskulös.

»Da, setz dich hin!«, sagte er jetzt und deutete auf einen Hocker mit drei Beinen.

»Ich will Sie wirklich nicht stören«, sagte Christian noch einmal.

»Wenn du mich stören würdest, hätt ich dich schon rausgeschmissen beziehungsweise gar nicht erst reingelassen. Ich muss bloß das da noch schnell fertig machen, dann könnten wir was essen gehen. Du siehst aus wie einer, der Hunger hat.«

»So, sieht man das?« Christian beugte sich vor. »Was wird denn das?«

»Ein Anhänger.«

»Sieht aus wie einer Baumrinde nachempfunden.«

»Hoppla, genau das ist es! Die schönsten Formen findest du in der Natur, verstehst? Ich hab einen ganz ähnlichen Anhänger in Paris ausgestellt. Den hat der Pablo behalten.«

»Aha. Wer immer dieser Pablo sein mag«, sagte Christian.

»Picasso. Pablo Picasso. Wir haben beide in der gleichen Ausstellung unsere Sachen g'habt.«

»Sie und Pablo Picasso?« Christian starrte Dentler ungläubig an. Der lachte. »Ich dät's an deiner Stelle ja auch net glauben.« Er schob Christian eine französische Zeitung hin. »Zwei verwandte Seelen, der Pablo und ich.« Der Goldschmied wandte sich wieder seiner Arbeit zu. Der Mann auf dem Foto neben dem Blaubeurer Goldschmied war ganz ohne Zweifel Pablo Picasso, und Christians Französisch reichte aus, um den Text zu verstehen. Dentlers Goldschmiedekunst war in Paris sehr freundlich aufgenommen worden. »Eins verstehe ich nicht, warum habe ich darüber in unserer Zeitung nichts gelesen?«

»Weil ich mit meinen Geschichten nicht hausieren gehe«, antwortete Rudi Dentler, ohne den Kopf von seiner Arbeit zu heben. »Und wenn's der Nasebohrer, dieser Bertram Sommer, net mitkriegt, weil er sich für nix interessiert …« Der Goldschmied ließ den Satz in der Luft hängen.

»Wie lang ist das denn her?«

»Zehn Tag. Warum?«

»Ja, da hätt ich ja schon meinen ersten Artikel.« Christian war ganz aufgeregt. »So was nennt man Reporterglück. Haben Sie vielleicht ein paar Bilder?«

»Ja, natürlich …«

»Ich hab eine Idee.« Christian sprang auf und ging in der kleinen Werkstatt auf und ab.

»Hock dich hin. Das Rumgerenne stört mich«, brummte Dentler.

Christian setzte sich wieder, aber es hielt ihn kaum auf dem Hocker. »Es gibt doch den Zungenbrecher ›Glei bei Blaubeura leiht a Klötzle Blei, 's leiht a Klötzle Blei glei bei Blaubeura‹.«

»Ja, so steht's schon in der schönen Lau vom Mörike.«

»Was halten Sie von der Überschrift: ›Glei bei Picasso …‹«

»Gut!« Dentler hob die Hand, formte mit Daumen und Zeigefinger ein O und stieß dann zwei kurze Pfiffe aus. »Jetzt musst du bloß noch den Artikel dazu schreiben.« Der Goldschmied legte den Anhänger in ein mit Watte ausgepolstertes Schächtelchen. »Fertig! – Auf geht's, wir gehen in den *Löwen*. Die machen den besten Rostbraten zwischen Neckar und Bodensee.« Aus einem Rucksack nahm er einen braunen Umschlag. »Da sind die Bilder drin. Die krieg ich aber wieder, dass des klar isch!«

Als sie im »Löwen« an einem kleinen runden Tisch in einer Nische der Gaststube saßen, vor sich je einen Rostbraten mit gerösteten Zwiebeln und Spätzle, die in einer dicken braunen Soße schwammen, sagte lange keiner der beiden etwas, ehe Christian den Kopf hob. »In Ihrer Werkstatt waren Sie aber gesprächiger.«

Dentler nickte. »Stimmt. Jetzt bist du dran. Erzähl!«

»Was denn?«

»Alles, was du über dich erzählen willst.«

»Na ja, ich komm aus der Gegend von Tübingen, hab durch eine ausgesprochene Blödheit mein Abitur geschmissen, musste anschließend zur Bundeswehr, obwohl ich ein Wehrdienstverweigerer war, und ich hab letztes Jahr im Juni als Redaktionsvolontär bei der *Kreiszeitung* angefangen.«

»Ohne Abitur?«

»War ein reiner Glücksfall. Ich musste so eine Art Begabtenprüfung machen.«

»Und was war das?«

»Ein Interview mit Louis Armstrong, der hat damals in der Donauhalle gespielt.«

»Weiß ich. Ich bin selber dabei gewesen. Und du hast tatsächlich mit dem Satchmo …?«

»Nein. Das war ein Kollege, der im Unterschied zu mir Englisch konnte.«

»Kenn ich den?«

»Weiß nicht. Simon Restle …«

»Der Fotograf – auch einer, der viel zu schade ist für die Zeitung!«

»Jedenfalls hat der das Interview gemacht, übersetzt und mir sozusagen geschenkt.«

»Und dafür bist du eingestellt worden?«

Christian nickte. Dentler lachte leise in sich hinein. »Des gfällt mir!«

Eine Weile schwiegen sie. Endlich sagte der Goldschmied: »Und, lebst du allein?«

Nun erzählte Christian Ebinger auch die Geschichte von seiner großen Liebe zu der Jüdin Sarah, die er über ihren alten Großonkel, einen Tübinger Maler und Rechtsanwalt, kennengelernt hatte. Der alte Mann, der Christian rasch ins Herz geschlossen hatte, war just in jener Nacht gestorben, als Christian und Sarah sich zum ersten Mal geliebt hatten. Auf dem Gesicht des toten Gregor Leuschner hatte, wie es schien, ein zufriedenes Lächeln gelegen. Christian hatte damals gedacht, vielleicht hat sein letzter Gedanke Sarah und mir gegolten. Sicher hat er gespürt, wie gut wir zueinanderpassen. Doch Sarah hatte wenig später ihr Leben verloren.

»So was muss man aushalte könne!«, sagte Rudi Dentler und bestellte zwei Viertel Trollinger mit Lemberger. Und als sie einen ersten Schluck genommen hatten: »Du kannscht ei'm leidtun.«

Christian Ebinger kehrte erst gegen Abend in seine kahle Wohnung zurück. Er ließ in der Küche das Wasser lange laufen, bis es kühl war, füllte ein großes Glas und ging damit zum Fenster, nahm einen großen Schluck und stellte das Glas auf dem Fensterbrett ab. Draußen war ein dünner Nebel aufgezogen. Um die Lichter der Straßenlaternen bildeten sich gelbe Höfe.

Es war jetzt sechs Wochen her, dass er an einem sehr kalten Vormittag zum Verleger gerufen worden war. Christian erinnerte sich an das mulmige Gefühl, das er hatte, als er durch das kahle Treppenhaus in den vierten Stock hinaufstieg. Zum Chef des Hauses wurde man nur »einbestellt«, wie es dessen Sekretärin nannte, wenn man eine Rüge in Empfang nehmen musste. Christian konnte sich zwar nicht erinnern, in den letzten Tagen etwas falsch gemacht zu haben. Aber da er noch immer kein so rechtes Vertrauen zu seiner eigenen Leistung hatte, trieb ihn beständig die Angst um, den Anforderungen nicht genügen zu können und deshalb genauso schnell wieder entlassen zu werden, wie er eingestellt worden war. Die beiden anderen

Volontäre hatten ein vollständiges Studium hinter sich. Er selbst hatte nicht einmal Abitur. Oft wachte er nachts schweißgebadet auf, weil er wieder einmal geträumt hatte, der Chefredakteur habe ihm eröffnet, er sei als künftiger Redakteur eine Fehlbesetzung und solle sich doch lieber einen anderen Beruf suchen.

Der Verleger, selbst nur wenige Jahre älter als Christian und erst seit ein paar Monaten Juniorpartner seines Vaters, wies auf den Stuhl vor seinem Schreibtisch aus Chrom und Glas. »Ich möchte Ihnen einen Vorschlag machen.«

Kam jetzt doch die Empfehlung, sich von der Idee, Journalist zu werden, zu verabschieden und einen anderen Beruf zu suchen?

»Waren Sie schon einmal in Blaubeuren?«

Ebinger nickte.

»Und? Wie hat es Ihnen gefallen?«

»Landschaftlich ist es sehr schön, aber es ist ein ziemlich verschlafenes Nest.«

»Blaubeuren könnte eine tolle Chance für Sie sein!«

Christian starrte seinen Chef nur an.

Tim Wachter musste unwillkürlich lachen. »Dass Sie mit so etwas nicht gerechnet haben, sieht man Ihrem Gesicht an. Also, passen Sie auf: In Blaubeuren wird die Stelle des Lokalredakteurs frei. Der bisherige Mann dort – kennen Sie ihn?«

»Nein. Ich hab nur von ihm gehört. Ist er überhaupt ein Journalist?«

»Nein, und es wird auch nie einer aus ihm. Ganz im Unterschied zu Ihnen.«

Langsam begriff Christian Ebinger, dass der Verleger ihn keineswegs loswerden wollte, vielmehr schickte er sich offenbar an, ihm den Redakteursposten in Blaubeuren anzubieten. »Aber ich bin grade mal ein Jahr im Haus. Mein Volontariat geht noch zwölf Monate.«

»Das kürzen wir ab. Sie werden ab 1. Mai Redakteur, gehen nach Blaubeuren, bekommen dort eine preiswerte Dienstwohnung direkt über der Redaktion und der Geschäftsstelle und ein Anfangsgehalt von 1100 Mark.«

Christian trank das Wasserglas aus und stieg in die Redaktion hinunter. Dort setzte er sich an den Tisch, zog die schwere Adlerschreibmaschine zu sich heran und begann, den Artikel über Rudi Dentler und Pablo Picasso zu schreiben. Die Tasten gingen schwer. Christian, der mit zwei Fingern tippte, musste gewaltig draufhauen, damit die Typenhebel das Papier auf der Walze überhaupt erreichten. Aber ihm gefiel das. So sah das Schreiben echt nach Arbeit aus. Gegen elf Uhr legte er sich einfach auf den Boden, schob seinen Rucksack unter den Kopf und schlief fast sofort ein.

Geweckt wurde er am Sonntagmorgen kurz vor sechs Uhr von den Glocken der Kirche auf der anderen Straßenseite, die zur Frühmesse riefen. Als er sich aufrichtete, taten ihm alle Knochen weh. Er würde sich wenigstens eine Matratze beschaffen müssen. Aus seinem Rucksack kramte er seinen Waschbeutel und ein Handtuch hervor und stieg die Treppe hinauf in die Wohnung. Er stellte sich unter die Dusche, ohne sich zu bewegen, und als er nach zehn Minuten überlegte, was er die ganze Zeit gedacht hatte, fiel es ihm nicht mehr ein.

An seinem Schreibtisch las er den Artikel über den Blaubeurer Goldschmied und Pablo Picasso noch einmal durch, war mit sich zufrieden und verließ das Haus. Er frühstückte in einem kleinen Café gegenüber dem einzigen Kino der Stadt. Ein schlecht gemaltes Plakat kündigte den Film »Wer die Nachtigall stört« mit Gregory Peck an. Ein kleineres Vorschauplakat versprach ab nächster Woche »James Bond – 007 jagt Dr. No«. Christian aß zwei Eier im Glas und dazu ein Brötchen mit Butter. Der Kaffee war dünn.

Draußen begann es zu regnen. »Die Natur kann's brauchen«, sagte die Bedienung und nickte zu dem großen Fenster hin, an dem die Wassertropfen hinunterflossen. Christian war ihr einziger Gast. Als er zahlte, fragte er die Kellnerin, ob sie wisse, wo der Goldschmied Dentler wohne.

»Im Hasengrund«, sagte sie. »Das ist schon ein komischer Mensch, der Dentler.«

»Wieso komisch? Wie kommen Sie denn auf die Idee?«

»Man sagt, er fahre dreimal in der Woche nach Ulm ins Ballett.«

»Spielen die denn dreimal die Woche? Das wär mir neu.«

»Der geht nicht zum Zuschauen hin, der trainiert mit denen.«

»Was trainiert der?«

»Ha, Ballett halt.«

Als Christian den Hasengrund erreichte, sah er seinen neuen Bekannten schon von Weitem. Dem Häuschen aus Holz war eine Terrasse vorgebaut. Dort stand der Goldschmied, nur mit einer kurzen Hose bekleidet, auf einem Bein, das andere so angewinkelt, dass er die Fußsohle gegen das Knie des Standbeins drückte. Dentler hatte die Arme weit ausgebreitet nach oben gestreckt, blickte in den grau verhangenen Himmel hinauf und sah aus wie ein Y. Der Regen schien ihn nicht zu stören. »Gute Übung«, rief Christian, als er die Terrasse erreichte.

»Ich kann mein Gleichgewicht so eine ganze Stunde halten. Das trainiert das Gehirn!« Dentler löste die Figur auf und fuhr sich mit beiden Händen durch sein schütteres Haar. »Willscht en Kaffee?«

»Ich wollt eigentlich nicht lang stören.«

»Den Satz will ich nimmer hören, kapiert? Den hascht scho gestern zu oft g'sagt. Los, komm rein!«

Fünf Stunden später hielt ein Traktor mit einem Anhänger vor der Zeitungsredaktion. Die Zugmaschine steuerte Kurt Gramlich, ein junger Bauer, der auf der Albhochfläche einen Aussiedlerhof betrieb. Auf dem hohen Kotflügel rechts saß Anneliese Gramlich, die Schwester des Bauern. Auf dem Anhänger kauerten unter einer Plane Rudi Dentler und Christian Ebinger.

Es dauerte keine Stunde, da stand in der Küche ein Gartentisch mit vier Klappstühlen darum herum. Im Wohnzimmer machte sich ein riesiger Ohrensessel breit. Das Nierentischchen davor passte »wie die Faust aufs Auge«, wie Dentler anmerkte. Wichtigstes Stück war aber eine riesige Doppelmatratze, die die Männer mit vereinten Kräften ins Schlafzimmer schleppten. Unter allgemeinem Gelächter wurde ein großes Bild aufgehängt, das einen röhrenden Hirsch zeigte. »Hab ich bei uns auf dem Dachboden gefunden«, sagte Kurt. »Da gibt's noch eins: ›Jesus und seine Jünger gehen durchs Kornfeld‹, willscht des au' habe?«

»Warum nicht? Vielleicht häng ich's in die Redaktion«, antwortete Christian. Kurt verteilte Bierflaschen, und schließlich saßen alle im Schneidersitz auf der riesigen Matratze und prosteten sich zu. Kurt Gramlich wischte sich mit dem Handrücken den Mund ab und sagte: »Und du willst jetzt hier so richtig auf Journalist machen oder was?«

»Was heißt da ›auf Journalist machen‹? Ich bin Journalist.«

»Schaun wir mal. Das wird sich ja bald zeigen.«

»Was meinst du denn damit?«

»Hier gibt's viel, über das nicht geschrieben wird«, sagte Anneliese, »über das aber geschrieben werden sollte.«

»Na, umso besser.«

2

Am Montag hatte Christian Ebinger seinen ersten Termin schon morgens um neun Uhr beim Bürgermeister. Am Freitag zuvor hatte der Gemeinderat in nichtöffentlicher Sitzung getagt, und der junge Journalist wollte herauskriegen, was dort besprochen beziehungsweise beschlossen worden war. Über eine knarzende Holztreppe gelangte er in den ersten Stock zum Büro des Stadtoberhaupts, das in der Breite fast die gesamte Giebelseite des alten Fachwerkgebäudes einnahm. Die kleinen Sprossenfenster ließen nur wenig Licht herein. Mächtige Holzbalken trugen die Decke. Dunkle, schwere Möbel erhöhten den düsteren Eindruck, den der ganze Raum ausstrahlte. Der Bürgermeister war höchstens 35 Jahre alt, ein korpulenter Mann in einem braunen Anzug mit Weste. Dazu trug er eine rote Krawatte. Seine strohblonden Haare waren kurz gehalten und exakt rechts gescheitelt. Harte Augen, deren Farbe in dem diffusen Licht des Amtszimmers nicht klar zu erkennen war, fixierten den jungen Journalisten. »Pünktlich sind Sie ja wenigstens. Hepf mein Name, aber das werden Sie ja wohl wissen.« Das Stadtoberhaupt gab seinem Besucher nicht die Hand, sondern wies mit ausgestrecktem Arm auf eine Sitzecke. »Da, nehmen Sie Platz!«

Christian schob sich hinter den Tisch auf eine Bank, klappte seinen Notizblock auf und zog einen Stift aus der Brusttasche seiner Jacke. Dann hob er den Kopf, um seine erste Frage zu stellen. Der Bürgermeister stand mit dem Rücken zu ihm, die Hände hinter dem Rücken verschränkt. Unvermittelt begann er zu reden: »In der nichtöffentlichen Gemeinderatssitzung vom vergangenen Freitag sagte Bürgermeister Hepf eingangs, Doppelpunkt, Anführungszeichen. Wir stehen mit der geplanten Müllverbrennungsanlage im Gewann Weiherseck vor einer großen Herausforderung …« Jetzt drehte er sich um: »Ja, schreiben Sie! Schreiben Sie!«

Christian schüttelte den Kopf. »Das müssen Sie schon mir überlassen, was ich schreibe.«

»Was?« Der Hausherr machte ein paar Schritte auf die Sitzecke zu. »Wir fangen doch hier keine neuen Mödele an! Ihr Vorgänger ...«

»Was mein Vorgänger gemacht hat, interessiert mich nicht.« Christian rückte unwillkürlich mit dem Rücken gegen die Lehne der Bank zurück. Bürgermeister Hepf stand jetzt dicht vor dem Tisch, stützte sich mit durchgedrückten Armen auf beide Fäuste, beugte seinen schweren Oberkörper weit vor und brachte sein Gesicht ganz nahe vor das von Christian. »Was glauben Sie eigentlich, wen Sie vor sich haben?«

»Sie, Herr Bürgermeister. Sie sind heute mein Interviewpartner.«

»Partner?« Er schrie das Wort förmlich hinaus, richtete sich auf, ruckte in den Schultern, machte kehrt und stapfte zu seinem Schreibtisch. Dort hob er den Telefonhörer ab, wählte eine Nummer, die er offensichtlich im Kopf hatte, und bellte: »Den Herrn Wachter bitte – ach so, ja – Bürgermeister Hepf hier!« Er drehte sich um und hob ein paarmal den Kopf in Richtung Ebingers, als ob er sagen wollte: Du wirst gleich sehen, Bürschchen, was passiert. »Ja, hier Hepf«, seine Stimme klang plötzlich weich und verbindlich. »Sie haben mir da so einen Grünschnabel geschickt, der ganz offensichtlich ... Wie bitte? Ach so ...« Hepf nahm den Hörer vom Ohr und fragte seinen Besucher scharf: »Wie heißen Sie noch mal?«

»Ebinger. Christian Ebinger.«

Hepf wiederholte den Namen am Telefon. Dann hörte er eine Weile zu, und sein Gesicht verfärbte sich. »Das ist nicht Ihr Ernst!«, schnaufte er mit hochrotem Kopf. »Der ist doch höchstens ...« und wieder zu Christian gewandt: »Wie alt sind Sie?«

»21, warum?«

»Der ist grade mal 20 Jahr alt. Ich wollt ihm den Artikel über die nichtöffentliche Sitzung diktier... also ich wollt von der

Sitzung berichten. Das ging bei Herrn Sommer immer völlig problemlos. Der hat ein Gespür dafür g'habt, was geht und was nicht geht.« Wieder hörte Hepf eine Weile zu, schnappte dann: »Ganz, wie Sie meinen, aber das wird Konsequenzen haben!« Der Bürgermeister knallte den Hörer auf die Gabel. »Die Sitzung war nichtöffentlich. Also gibt es nichts, was für die Öffentlichkeit bestimmt wäre, junger Mann. Das Gespräch ist beendet.«

Christian stand auf, klappte seinen Notizblock zu und steckte den Stift in die Tasche. »Als Lokalredakteur muss ich doch die Möglichkeit haben, mich zu informieren, was in der Stadt passiert.«

»Wie gesagt: Das Gespräch ist beendet.«

»Kann ich denn einen neuen Termin kriegen, bei dem …« Er wollte eigentlich sagen: bei dem wir uns vernünftig unterhalten können, setzte dann aber noch mal an und fuhr fort: »… bei dem Sie mir die wichtigsten Punkte Ihrer Lokalpolitik erklären?«

»Melden Sie sich, wenn Sie sich mit den Usancen in dieser Stadt vertraut gemacht haben, Herr Öttinger.«

»Ebinger«, verbesserte Christian und ging zur Tür.

»Meine Kollegen sagen oft: ›Der erste Ärger morgens kommt immer aus der Zeitung‹«, sagte der Bürgermeister. »Das war bei uns hier bisher anders, und ich will hoffen, dass es dabei bleibt.« Überraschend gab Hepf nun dem jungen Journalisten die Hand. »Wiedersehn!«

Kaum war Christian Ebinger wieder in seinem kleinen Redaktionsbüro, da klingelte auch schon das Telefon. »*Kreiszeitung*, Redaktion Blaubeuren, Ebinger«, meldete er sich. Am anderen Ende der Leitung erklang ein kleines, selbstzufriedenes Lachen. Dann hörte Christian den Verleger sagen: »Recht so, Ebinger. Nichts gefallen lassen. Wir sind nicht die Hofberichterstatter der Landräte und der Bürgermeister in unserem Verbreitungsgebiet. Lassen Sie sich ja nicht den Schneid abkaufen. Ich steh hinter Ihnen, das müssen Sie wissen. Weiter viel Glück!«

Christian Ebinger war gar nicht dazu gekommen, etwas zu sagen. Eine ganze Weile blieb er regungslos auf seinem Schreibtischstuhl sitzen. Er sah auf seine Armbanduhr. In Ulm trafen jetzt nach und nach die Kollegen in der Redaktion ein. Jeder hatte etwas zu erzählen. Wer Wochenenddienst gehabt hatte, beschwerte sich in aller Regel, dass man am Sonntag viel zu dünn besetzt sei. Ein paar Witze machten die Runde. Christian hatte an solchen Montagmorgen immer das wohlige Gefühl, Mitglied einer Familie zu sein. Das galt sogar für die Redaktionskonferenz um elf Uhr, in der die Ressortleiter ihre Themen für die nachste Ausgabe vorstellten und der Chefredakteur darüber entschied, welche wichtig genug waren, ins Blatt genommen zu werden. Die Volontäre saßen nicht mit am Tisch, sondern auf einer Bank an der Fensterfront zur Frauenstraße und durften nur reden, wenn sie gefragt wurden. Oft hätte Christian etwas sagen wollen. Ihm schossen immer neue Ideen durch den Kopf, und vieles, was die älteren Herren am Tisch von sich gaben (keine Frau hatte es bislang in den Kreis der Ressortleiter geschafft), fand er völlig unwichtig. Mancher redete nur, um auch etwas zu sagen, was die Sitzungen zusätzlich in die Länge zog.

Aber jetzt, da Christian Ebinger in seinem kargen Büro hinter dem Schaufenster saß, das von einem dünnen Vorhang verdeckt wurde, sehnte er sich nach dem Betrieb in der Zentrale und hätte das Ritual der Redaktionskonferenz gerne in Kauf genommen. Er war gleich bei seinem ersten Interview gescheitert und wusste nun nicht so recht, wie es weitergehen sollte. Lustlos studierte er die Formulare für die Anzeigen. Sein Vorgänger hatte es sich geschenkt, ihn darüber aufzuklären, was bei den eingehenden Annoncen zu beachten war. Das Geräusch eines Traktormotors schreckte ihn auf. Kurz danach ging die Tür auf, und ein Klingelzeichen verkündete, dass jemand die Geschäftsstelle betreten hatte. Durch die offene Tür zwischen den beiden Räumen erkannte Christian den Bauern Kurt Gramlich, der ihm tags zuvor noch geholfen hatte, seine Wohnung notdürftig zu möblieren. Christian erhob sich, ging hinüber und reichte Kurt die Hand.

»Na, wie geht's?«, fragte Gramlich.

»Weiß nicht. Ich war beim Bürgermeister, aber der redet nicht mit mir.«

Gramlich lachte. »Wahrscheinlich hat er in der nichtöffentlichen Gemeinderatssitzung ordentlich Feuer gekriegt. Viel wird er darüber nicht erzählen wollen.«

»Immerhin hat er damit begonnen, mir einen Artikel in den Block zu diktieren.«

»Ja, und?«

»Ich hab ihm gesagt, er müsse schon mir überlassen, was ich schreibe.«

»Oi, oi, oi. Das muss seine Majestät aber hart getroffen haben.«

»Den Eindruck hatte ich allerdings auch.«

»Red mit der Dorothee Niggemeier!«

»Und wer ist das?«

»Die ist Lehrerin hier am Gymnasium. Ihr Schwiegersohn, Thomas Raible heißt er, schafft im Hauptamt der Stadt. Er hat damals den Gegenkandidaten unterstützt. Aber der ist gescheitert, wenn auch nur ganz knapp. Seitdem sind der Raible und der Bürgermeister wie Hund und Katz, aber der Hepf traut sich nicht, den Raible rauszuschmeißen …«

»Jetzt mal langsam!«

»Ja, ich erklär's dir doch grad: Die Dorothee sitzt für die Freien Wähler im Gemeinderat. Immer noch die einzige Frau. Für den Hepf ist das widernatürlich – ein Weib im Rat! Und dann ist sie auch noch so was wie die Wortführerin gegen die Müllverbrennungsanlage, die der Bürgermeister im Gewann Weiherseck bauen will. Die lehnt sie total ab. Wie wir alle.«

»Wer wir?«

»Alle halt, denen der Naturschutz und die Gesundheit der Leute wichtiger sind als das Geld, das man mit so einer Anlage verdienen kann. Ist dir eigentlich schon mal aufgefallen, wie die Blaubeurer Dächer aussehen?«

»Du meinst das Grau, das hier alles einhüllt.«

»Ja, kommt alles vom Zementwerk. Im Protest gegen den Schadstoffausstoß haben wir uns zuerst gefunden. Aber das Werk ist halt auch der größte Arbeitgeber in der Stadt.«

»Sag mal: Ich hab in unserer Zeitung überhaupt nichts über so ein Müllentsorgungsprojekt gelesen.«

»Ja freilich. Weil bisher nur in die Zeitung kam, was der Bürgermeister wollte. Was meinscht, warum ich extra herkomm, um dir das alles zu erzählen?«

»Ich hab auch im Konkurrenzblatt nichts darüber gefunden.«

»Für die gilt noch mehr als für euch, dass man sich mit der Obrigkeit nicht anlegt.«

»Hör mal: Wir schreiben das Jahr 1962 und leben in einer Demokratie, und Aufgabe der Zeitungen ist es …«

»Geschenkt!«, unterbrach der Bauer den Redakteur. »Euer Altverleger geht mit dem Hepf auf die Jagd, und der von eurer Konkurrenz ist mit ihm im Rotary Club. Man kann gegen den Hepf viel sagen, aber nicht, dass er seine Beziehungen zu den wichtigen Leuten nicht pflegt.«

»Dann hat er's mit mir aber ganz falsch angefangen«, sagte Christian.

Eine Lehrerin hatte er sich anders vorgestellt. Sie war fast so groß wie er selbst, maß also gut 1,80 Meter. Sie trug eine hellblaue Latzhose, darunter lugte ein weißes Feinrippunterhemd hervor. Ihre nackten Füße steckten in Holzpantinen. Aus ihrem schmalen Gesicht blitzten zwei strahlend blaue Augen, die von einem Kranz dichter Lachfältchen umgeben waren. Ihre weißen kurzen Haare standen nach allen Seiten vom Kopf ab. Kurt Gramlich hatte gesagt, die Studienrätin sei Anfang, Mitte sechzig und gehe in ein, zwei Jahren in Pension. Der muskulöse, sehnige Körper und die glatte, gebräunte Haut ließen sie aber wesentlich jünger erscheinen.

Christian hatte Frau Niggemeier hinter dem schmalen Einfamilienhaus gefunden, in dem sie bei ihrer Tochter Beate, ihrem Schwiegersohn Thomas Raible und deren 19-jähriger Tochter Birgit sowie dem 16-jährigen Sohn Leon wohnte. Hinter der Lehrerin türmte sich ein Haufen frisch gesägtes Holz auf. Vor ihr stand ein mächtiger Spaltblock. Als Christian um die Ecke bog, holte sich die Frau in der Latzhose gerade einen neuen runden Klotz, indem sie die Axt ein kleines Stück in das Holz trieb und auf den Spaltblock hievte. Sie löste die Axt wieder, hob sie hoch über den Kopf und schlug zu. Mit dem ersten Hieb teilte sie das große Stück Holz in zwei Teile.

»Gelernt ist gelernt«, sagte Christian. »Ich hab so meine ersten paar Mark verdient.«

Dorothee Niggemeier sah auf und blinzelte. »Und wer sind Sie?«

»Christian Ebinger, der neue …«

»Weiß schon: der neue Redakteur.« Frau Niggemeier setzte sich auf einen Holzklotz, zog einen Tabakbeutel und Zigarettenpapier aus der Tasche und begann, sich eine Zigarette zu drehen.

»Sie rauchen?«, fragte Christian.

»Ja, warum denn nicht?«

»Passt nicht zum Image!«

Frau Niggemeier tat erstaunt: »Hab ich ein Image?«

»Ich gebe zu, das war vielleicht eine voreilige Schlussfolgerung.«

»Woraus?«

»Aus dem, was ich über Sie gehört habe.«

Dorothee Niggemeier lachte und zündete sich die Zigarette an. »Ja, ja, weiß schon – eine Umweltschützerin, die raucht. Igittigitt!«

Christian zog sich einen runden Holzklotz aus dem großen Haufen und wollte sich draufsetzen. »Stopp!«, rief Frau Niggemeier. »Nehmen Sie lieber ein Stück Buchenholz. Das da ist voller Harz!« Sie rollte ihm mit den Füßen einen runden Klotz hin. »Und dann rücken Sie mal raus, was Sie von mir wollen.«

»Am Freitag war eine nichtöffentliche Sitzung des Gemeinderats.«

»Stimmt!« Das Lächeln verschwand aus Frau Niggemeiers Gesicht.

»Ich war beim Bürgermeister, um mich zu informieren, worum es ging.«

»Na, dann wissen Sie ja alles.«

»Nein. Er wollte mir meinen Bericht diktieren, und als ich damit nicht einverstanden war, hat er das Gespräch abgebrochen.«

Frau Niggemeier schmunzelte. »Hat man Sie auf Ihren Job nicht richtig vorbereitet?«

»Im Gegenteil! Ich habe gelernt, dass man sich nicht zum Werkzeug der Obrigkeit machen lassen darf.«

»Gut! Sehr gut!« Dorothee Niggemeier nahm einen tiefen Zug aus ihrer Zigarette. »Jetzt erzähl ich Ihnen mal, worum es geht. Wohlgemerkt: Ich berichte nicht, was in der nichtöffentlichen Sitzung beraten worden ist. Ich schildere Ihnen nur das Problem: In unserer Region brauchen wir dringend eine vernünftige Müllentsorgung. Aber bei jedem Standort, der vorgeschlagen wird, sagen die jeweiligen Verantwortlichen: Das ist eine gute Idee, aber bitte nicht bei uns. Anders unser Bürgermeister. Er wittert ein gutes Geschäft. Allein durch die Dienstleistung für sieben Gemeinden, die bereits ihr Interesse signalisiert haben, ihren Müll bei uns entsorgen zu lassen, errechnete Hepf einen möglichen Gewinn von zweieinhalb Millionen D-Mark im Jahr. Dem Konsortium, das die Anlage bauen will, hat die Stadt das Gelände draußen im Weiherseck für ein Nasenwasser verkauft. Im Gegenzug hat das Konsortium versprochen, eine umweltfreundliche Anlage zu bauen und mindestens 142 Arbeitsplätze zu schaffen. Dafür haben die dann nicht bloß das Baugelände fast umsonst gekriegt, sie haben zudem einen sagenhaften Steuervorteil ausgehandelt. Und was wollen die nun bauen? Eine Müllverbrennungsanlage, die unsere Luft verpestet, denn ob das CO_2 rückstandslos rausgefiltert werden kann, weiß man noch nicht. Man muss auch vermuten, dass der Boden verseucht und die heimische Fauna, also unsere Tierwelt, vertrieben wird. Wenn's ganz schlimm kommt, ist unser Grundwasser kaputt, und zwar für Jahrzehnte! Und noch was: Unsere Ingenieure haben ausgerechnet, dass man für so eine Anlage maximal vierzig Mitarbeiter braucht, weil doch fast alles automatisiert abläuft.«

Christian wollte etwas sagen, aber Frau Niggemeier hob die Hände. »Das ist noch nicht alles: Der Müll aus der ganzen Umgebung müsste über unser Talsträßle transportiert werden, weil es zum Weiherseck da draußen keine andere Zufahrt gibt, es sei denn, man würde einen drei Kilometer langen Tunnel durch den Drachenfels graben.«

»Vielleicht kommt es ja dazu«, sagte Christian Ebinger, »und da muss man ja doch auch in die Überlegungen mit einbeziehen, wie viele Leut bei so einem Bau beschäftigt werden. Und wie viel die örtlichen Unternehmen und Handwerker davon profitieren würden.«

»Das, junger Mann, ist eine Güterabwägung, die Sie in Ihrer Zeitung ja mal anstellen können.« Dorothee Niggemeier griff nach ihrer Axt. »Darf ich?«, sagte Christian und nahm ihr das Werkzeug aus der Hand. »Ich hab schon so lange kein Holz mehr gespalten.« Er stellte den Klotz, auf dem er gesessen hatte, auf den Hackklotz, schlug zu, hob die Axt hoch, drehte sie und haute sie mit der stumpfen Seite noch einmal auf den Block. Das Holz zersprang. Frau Niggemeier nickte anerkennend. »Man sieht, dass Sie das mal gelernt haben.« Sie warf ihre Kippe auf den Boden und trat die Glut mit ihren Holzpantinen aus.

Christian hatte Dorothees Einladung, noch einen Schluck mit ihr zu trinken, abgelehnt und war in die Redaktion zurückgekehrt. Jetzt spannte er einen Papierbogen in die Schreibmaschine. Wenn er einen Artikel über die geplante Müllentsorgungsanlage noch in der Dienstagausgabe unterbringen wollte, musste er um 17 Uhr fertig sein. Das Paket für die Zentrale hatte er um 18.50 Uhr am Bahnhof abzugeben. Aber es wollte ihm kein Anfang einfallen. In der Ulmer Zentralredaktion wäre er in so einer Situation zum Lokalchef gegangen und hätte ihn um Hilfe gebeten. Arnold Kühn hätte garantiert die richtigen Sätze gefunden. Aber konnte er ihn deshalb anrufen, jetzt, da er nicht mehr Volontär, sondern ein fest bestallter Redakteur war? Die Ladenglocke über der Eingangstür ertönte. Christian ging in die Geschäftsstelle hinüber. Eine Frau um die siebzig, in einem schwarzen, bauschigen Rock und einer schwarzen Bluse, hatte den Raum betreten. Bevor er etwas sagen konnte, fragte sie:

»Ist der Herr Sommer nicht da?«

»Nein. Ich bin sein Nachfolger.«

»Ich muss nämlich eine Traueranzeige aufgeben«, sagte die Frau.

»Mein Beileid.«

»Scho recht. Es war an der Zeit. Es kann ja auch eine Erlösung sein, net wahr.« Christian wusste nicht, was er darauf sagen sollte. Er zog die Schublade mit den Formularen auf und fand nach kurzem Suchen einen Vordruck für Traueranzeigen.

»Mein Vater war 96«, sagte die Frau, »und in letzter Zeit war er eine arge Belastung. Trotzdem …« Sie erklärte nicht, was dem »trotzdem« folgen sollte, sondern zog den Vordruck zu sich heran. »Ich kenn mich aus«, sagte sie. »Letztes Jahr ist meine Mutter gestorben und vorletztes Jahr meine Tante Elisabeth. Und jedes Mal hab ich die Todesanzeige aufgeben müssen. Ich hab denkt, ich nehm wieder den gleichen Text: ›Der Herr hat's gegeben, der Herr hat's genommen, der Name des Herrn sei gelobt.‹ Oder was meinen Sie?« Christian hob die Schultern: »Ich weiß nicht.«

»Na ja, ein Mensch in Ihrem Alter«, sagte die Frau. »Da ist der Tod halt noch arg weit weg.«

Einen Moment überlegte der junge Redakteur, ob er sagen sollte, wie brutal er selbst vor gut einem Jahr die Bekanntschaft mit dem Tod gemacht hatte. Aber er nickte nur.

Die Frau füllte das Formular aus. Währenddessen sah Christian den Ordner mit den verschiedenen Formaten und den dazugehörigen Preisen durch. »Wissen Sie auch schon, wie groß Sie die Anzeige haben wollen?«

Die Frau sah auf, warf einen Blick auf die Seite mit den Mustern und tippte mit ihrem Zeigefinger zielsicher auf ein flaches zweispaltiges Beispiel. Der Preis stand daneben. »Und das bezahl ich bar«, sagte sie.

Christian lächelte. »Das ist das erste Mal, dass ich für meine Zeitung Geld einnehme.« Er nahm eine grüne Kassette aus der Schublade, schloss sie mit dem Schlüsselchen, das steckte, auf und nahm den Betrag entgegen, den die Frau zum Glück passend hatte. Den Text hatte sie in so akkurater Druckschrift geschrieben, dass ihn Christian nicht mit der Schreibmaschine übertragen musste.

Bevor sie ging, fragte er die Frau zu seiner eigenen Überraschung: »Was wissen Sie über die Müllverbrennungsanlage, die im Weiherseck gebaut werden soll?«

Sie sah auf. »Das fragen Sie mich?«

»Am liebsten würde ich jeden Blaubeurer Bürger fragen.«

»Das ist der reine Blödsinn, was die da vorhaben. Da geht so viel kaputt. Und zwar für immer. Wer sich so was ausdenkt, dem g'hört's Hirn angebohrt! Es gäb so viel andere Plätze, die viel besser geeignet wären.«

»Wo denn?«

»Hinter Gerhausen zum Beispiel. Ein Stück Richtung Ulm. Da sind lauter nutzlose, saure Wiesen, und außerdem gibt's da den alten Steinbruch, der nicht mehr in Betrieb ist. Aber die auf dem Rathaus denken ja nicht von Zwölfe bis Mittag!«

»Sie sind also gegen so eine Anlage auf einem städtischen Gelände?«

»Ja, natürlich.«

»Demonstrieren Sie auch?«

»Ich? In meinem Alter? Bis die des Monstrum bauen, hat mein Sohn scho lang eine Traueranzeige für mich bei Ihnen aufgegeben!«

Christian lächelte: »Ich hoffe, dann bin ich nicht mehr hier.«

Die Frau verließ die Geschäftsstelle, und der Redakteur kehrte zu seiner Schreibmaschine zurück. In seinem Zweifingersystem hackte er die ersten Zeilen in die Maschine. Plötzlich floss der Text wie von selbst: »*Am vergangenen Freitag beschäftigte sich der Gemeinderat der Stadt Blaubeuren mit der geplanten Müllverbrennungsanlage, die nach dem Willen von Bürgermeister Hepf im Gewann Weiherseck gebaut werden soll. Nach alternativen Standorten ist offensichtlich nicht gesucht worden. So sagt zum Beispiel eine alte, erfahrene Bäuerin: ›Hinter Gerhausen, Richtung Ulm, wäre das ideale Gelände. Dort, wo es nur wenig fruchtbare Wiesen gibt und ein ehemaliger Steinbruch liegt, wäre man weit weg von den Häusern. Aber auf die Idee, dass man dort auch bauen könnte, scheint noch keiner gekommen zu sein. Den gesunden Menschenverstand müsse man in der Politik halt lange suchen, meint diese Frau.*« Christian las den Anfang seines Artikels ein paarmal durch. Dann rief er Dorothee Niggemeier an und fragte sie, ob sie den Vorschlag einer neuen Standortwahl hinter Gerhausen kenne.

»Nein«, antwortete sie, »wie kommen Sie denn darauf?«

Statt die Frage zu beantworten, fragte er selbst: »Halten Sie das denn für eine gute Idee?«

»Da müsste man ja wohl erst mal eine Ortsbesichtigung machen.«

»Machen wir das? Ich schiebe meinen Artikel um einen Tag. Den würd ich bis sechs Uhr sowieso nicht schaffen.«

Um halb sieben Uhr schloss er die Ladentür. Ein strahlend blauer Himmel wölbte sich über der Stadt. Die Sonne war freilich schon hinter den steil ansteigenden Berghängen im Westen verschwunden. Dennoch war es gut 17 Grad warm. Ein Frühlingstag wie aus dem Bilderbuch. Christian wunderte sich, dass er das den ganzen Tag über noch nicht bemerkt hatte. Er ging mit raschen Schritten die Hauptstraße hinunter zum Bahnhof. Als der Zug aus Richtung Ehingen einlief und mit laut quietschenden Bremsen anhielt, kletterten nur zwei Fahrgäste und ein Schaffner aus den Waggons. Christian ging auf den Bahnbeamten zu, der offenbar schon nach ihm Ausschau hielt und nun einen Blick auf das braune Kuvert warf. »Sind Sie der neue Redakteur?«

»Ebinger«, stellte sich Christian vor und reichte dem Schaffner das Kuvert mit seinem Artikel über Rudi Dentler und den Bildern sowie der Traueranzeige.

Als er wieder auf die Straße trat, hielt ein mit Blumen bemalter Citroën 2 CV an der Bordsteinkante. Am Steuer saß Dorothee Niggemeier. Das Stoffdach hatte sie ganz zurückgerollt. Eine dicke Sonnenbrille saß in ihren kurzen weißen Haaren. Sie trug noch immer ihre Latzhose.

Christian stieg ein. »Wenn mich jemand gefragt hätte, was Sie wohl für ein Auto fahren, hätte ich genau auf so eine Ente getippt.«

Dorothee legte den ersten Gang ein und fuhr etwas zu heftig an. Christian warf einen Blick zu ihr hinüber. Sie fuhr barfuß. Ihre Holzpantinen standen im Fußraum hinter dem Fahrersitz. Der Motor röhrte, und die Windgeräusche erschwerten die Verständigung zusätzlich.

»Ich hab am Samstag den Rudi Dentler kennengelernt«, schrie Christian gegen den Lärm an, »kennen Sie ihn?«

Dorothee lachte hell auf. »Wer kennt ihn nicht, ich hab sogar das Glück, mit ihm befreundet zu sein.«

»Ein komischer Kauz!«

Frau Niggemeier stieg auf die Bremse und wäre um ein Haar von einem nachfolgenden Lieferwagen gerammt worden, dessen Fahrer laut schimpfend an ihnen vorbeifuhr. »Der Mann hat seine eigenen Vorstellungen vom Leben. Das macht ihn noch lange nicht zum Kauz!«

Christian war überrascht von dem barschen Ton, den Frau Niggemeier plötzlich angeschlagen hatte, aber er ging nicht darauf ein. »Morgen erscheint mein Artikel über ihn beziehungsweise seine Ausstellung in Paris«, sagte er. »Wollen wir vielleicht weiterfahren? Wir halten den Verkehr auf.« Wegen der entgegenkommenden Fahrzeuge konnten die Autos hinter ihnen nicht überholen. Als die ersten Fahrer hupten, streckte Dorothee den linken Arm durch das offene Dach nach oben und formte aus Daumen und Mittelfinger ein O.

»Was machen Sie denn da?«, fragte Christian.

»Kennen Sie das nicht. Das ist das Zeichen für Arschloch.« Sie fuhr langsam wieder an.

Nach etwa fünf Kilometern bog sie links in einen Feldweg ab. »Hier müsste es sein«, sagte Dorothee. Der Weg führte in ein schmales Seitental und endete bei dem aufgelassenen Steinbruch. »Sie haben recht, das wäre ein guter Standort, wenn man das Ding schon bauen will«, sagte Frau Niggemeier. Die beiden stiegen aus. Die senkrecht aufragenden Bruchmauern und Felsterrassen waren dicht bewachsen, sodass man den Stein nur noch an wenigen Stellen sehen konnte. Die Abenddämmerung hatte inzwischen die Landschaft überzogen. In dem dichten Buschwerk begannen Vögel zu singen. Plötzlich mischte sich ein anderes Geräusch darunter – ein seltsames Jaulen oder Klagen. »Was war denn das?«, fragte Christian.

»Sehen wir nach!« Dorothee, die inzwischen ihre Holzpantinen wieder angezogen hatte, ging mit großen Schritten durch einen schmalen Durchlass, der zu einem kleinen Platz führte, auf dem ein Sandhügel aufgeschichtet war, den freilich auch längst Gras und Buschwerk überwucherten. Und dann sahen sie ihn. Er war an einen dünnen Baumstamm angebunden: ein Hund in der Größe eines Terriers, der offenbar das war, was man eine Promenadenmischung nannte. Als er Christian und Dorothee sah, begann er zu bellen und mit dem Schwanz zu wedeln. Dabei sprang er mit den Vorderbeinen in die Luft, sodass sich die Leine strammzog und das Halsband ihn würgte. Christian ging vor dem Tier in die Hocke und sagte: »Was bist denn du für einer?« Der Hund setzte sich, hob seine Vorderpfote und legte sie auf Christians Knie. Dabei gab er einen leisen wimmernden Ton von sich.

»Ausgesetzt!«, sagte Dorothee.

»Wer macht denn so was?«, fragte Christian.

»Leute, die in Urlaub fahren.«

»Wer weiß, wie lange das arme Tier schon hier ist?«

»Immerhin haben sie ihm wohl etwas zu fressen und eine Schüssel mit Wasser dagelassen«, meine Dorothee.

»Aber hier gibt es keine Garantie, dass jemand rechtzeitig vorbeikommt. Das Tier hätte hier verhungern und verdursten können. Da hab ich doch gleich wieder eine Geschichte.«

Christian band die Leine ab, die ihm aus den Händen gerissen wurde, als der Hund losrannte und in einem Gebüsch verschwand. Nach wenigen Augenblicken kam er jedoch zurück und sprang abwechselnd an den beiden hoch.

»Also, ich bin keine besondere Hundeliebhaberin«, sagte Dorothee. »Wir bringen ihn so schnell wie möglich ins Tierheim. Kommen Sie, lassen Sie uns das Gelände erkunden.«

Am Ende war Frau Niggemeier nicht überzeugt davon, dass man hier die Müllverbrennungsanlage würde bauen können. »Das Areal ist zu klein«, sagte sie, »und wahrscheinlich ist das Grundwasserproblem hier noch größer als im Weiherseck.«

»Wenn Sie das sagen.« Christian klang enttäuscht.

»Das sollte uns aber nicht davon abhalten, nach alternativen Standorten zu suchen. Denn eins hat die Gemeinderatssitzung am Freitag ergeben. Der Bürgermeister hat eine satte Mehrheit für sein Projekt.« Christian speicherte den Satz als wichtige Nachricht in seinem Gedächtnis. »Inzwischen geht es also nicht mehr darum, ob, sondern wo gebaut wird«, ergänzte die Gemeinderätin.

Während der ganzen Besichtigungstour war der Hund nicht von Christians Seite gewichen. Als sie das Auto erreichten, sprang das Tier mit der größten Selbstverständlichkeit auf den Rücksitz und legte sich hin. Dorothee schaute auf die Uhr. »Das Tierheim hat jetzt schon geschlossen.«

»Na gut«, sagte Christian. »Er kann bis morgen bei mir bleiben. Darf ich Sie zum Essen einladen?«

»Wenn's Ihre finanziellen Verhältnisse erlauben.«

»Durch meinen neuen Job als Redakteur bin ich praktisch in den Mittelstand verschoben worden.«

Dorothee lachte.

»Und wo wollen wir hingehen?«, fragte der Redakteur.

»Hinter Schelklingen, Richtung Münsingen, gibt's die *Waldklause*. Der Bruder der Wirtin ist ein sehr guter Metzger, also wenn Sie Fleisch mögen …«

»Sie nicht?«

»Doch, doch. Ich sehe nur aus wie eine Vegetarierin.«

In der *Waldklause* nahm Christian sofort die »diplomatischen Verhandlungen« mit der Wirtin auf, wie er das nannte. Der Hund bekam daraufhin nicht nur eine Wasserschüssel hingestellt, sondern zudem ein wahres Menü aus Knochen und Fleischresten.

Christian aß ein Schnitzel mit Bratkartoffeln, Dorothee Maultaschen mit Kartoffelsalat, und beide tranken einen Spätburgunder dazu.

Als sie gegessen und noch mal zwei Viertel Rotwein bestellt hatten, sagte Dorothee unvermittelt: »Hat Ihnen der Rudi Dentler von seinem Bruder erzählt?«

»Nein.«

»Er ist Schauspieler und hat sein eigenes kleines Theater in Mannheim. Aber die Räume sind ihm gekündigt worden. Er muss raus und weiß nicht, wohin.«

Christian nippte an seinem Glas. Er fand die Nachricht nur mäßig interessant.

»Ich überlege mir die ganze Zeit, ob man nicht hier, also in Blaubeuren, eine Spielstätte für das Theater finden könnte«, fuhr Dorothee fort.

»Ein Theater in Blaubeuren? Also, ich weiß nicht.«

»Na ja, Sie sind ganz neu hier. Aber vorstellbar ist das schon. Die Stadt hat zwar nicht mal ganz 10 000 Einwohner, aber es gäbe ein ziemlich großes Einzugsgebiet.« Sie nahm einen mächtigen Schluck aus ihrem Rotweinglas. »Theater, wissen Sie, das ist eine heimliche Leidenschaft von mir.«

»Aha.« Christians Interesse hielt sich weiter in Grenzen. Er überlegte, was er als Nachtisch essen konnte. Auf der Karte stand eine Rote Grütze mit Vanilleeis. Aber es gab auch Apfelküchle mit Zimt und Zucker und einen Rohmilchkäse aus Frankreich.

»Vielleicht halten Sie ja auch die Augen offen.«

Christian nickte und beschloss, die Sache sofort wieder zu vergessen. Er bestellte die Rote Grütze, und Dorothee schloss sich an.

Kurz vor zehn Uhr am Abend war er wieder in seiner karg möblierten Wohnung. Dem Hund schien sie zu gefallen. Er rannte in alle Räume, schnüffelte jede Ecke aus und legte sich dann auf die große Matratze. »He, du, das ist mein Schlafplatz!«, rief Christian.

Der Hund rollte sich am Fußende der Matratze zusammen und schob seine Schnauze unter den Bauch.

»Na, sei's drum.« Christian legte sich ebenfalls hin. »Wie heißt du eigentlich?«

Das Tier hob den Kopf und machte leise wuff.

»Na gut, von mir aus, nennen wir dich ›Wuff‹.«

Kurz darauf waren beide eingeschlafen.

Mitten in der Nacht wachte er auf. Der Hund lag jetzt neben seinem Kopf und schnarchte leise. Da es in dem Schlafzimmer noch keine Vorhänge gab, schien das Licht der Straßenlaternen ins Zimmer. Christian brauchte ein paar Augenblicke, um sich zu orientieren. Er stand auf und trat ans Fenster. Die Stadt wirkte wie ausgestorben. Hinter der katholischen Kirche stieg der Hang sanft an. Die Häuser waren im Licht des Mondes und der Sterne gut zu sehen. Hinter ihnen erhob sich der Fels, den man das Klötzle Blei nannte. Das Kreuz auf seiner Spitze, das an die Gefallenen zweier Weltkriege erinnerte, hob sich gegen den düsteren Nachthimmel ab. Wenn Sarah noch leben würde, wäre sie wohl mitgekommen in diese verschlafene Kleinstadt?, fragte er sich. Vielleicht ihm zuliebe, dachte er. Aber hätte er ihr das zugemutet? »Wir hätten gemeinsam einen Weg gefunden«, sagte er jetzt laut. Und vielleicht hätte der uns auch hierhergeführt, fuhr er in seinen Gedanken fort. Sarah war eine Frau gewesen, die aus jeder Situation etwas machen konnte. Nur einmal, dieses eine Mal, hatte sie keine Chance gehabt, selbst zu entscheiden. Christian versuchte, die Erinnerungen an Sarah zu verdrängen, und bemühte sich krampfhaft, an etwas anderes zu denken. Aber es waren nur Gedankenfetzen, die er sich ins Bewusstsein rief und die gleich wieder Platz machten für den Schmerz. Rudi Dentler fiel ihm ein, der gesagt hatte: »Was treibt dich bloß so um, dass du so rastlos bist? Wovon willst du dich eigentlich ablenken?« Ihm selbst war das nicht aufgefallen. Aber jetzt wusste er, was der Goldschmied gemeint hatte. Kaum hatten sie über ein Thema gesprochen, schnitt Christian schon ein neues an. Jede Antwort schien eine neue Frage zu provozieren. »He du, Geduld ist eine Tugend!«, hatte Rudi schon ein paarmal zu ihm gesagt. »Weiß ich doch«, hatte er jedes Mal geantwortet und schon seine nächste Frage gestellt.

Christian kehrte zu der Matratze zurück, ließ sich auf den Rücken fallen und legte eine Hand auf den warmen Körper des Hundes. Aber er schlief nicht wieder ein.

»Dieser Rotzlöffel!« Die Faust des Bürgermeisters krachte so heftig auf den Tisch, dass das Frühstücksgeschirr hochsprang. »Woher weiß er das, verdammt noch mal?«

»Was denn? Wer?« Frau Hepf sah ihren Mann über den Rand ihrer Kaffeetasse hinweg an. Sein massiger Kopf war fast ganz hinter der aufgeschlagenen Zeitung verschwunden. Hepf las vor: »›*Nach der nichtöffentlichen Sitzung des Gemeinderats ist klar: Der Bürgermeister hat eine satte Mehrheit für sein Projekt.*‹ Ich hab ihm das nicht gesagt.«

»Du meinst den neuen Redakteur von der *Kreiszeitung*.«

»Ja, wen denn sonst? Und dann noch das: ›*Offenbar hat sich die Stadtverwaltung nie darum bemüht, alternative Standorte zu suchen, wie etwa den alten, aufgelassenen Steinbruch auf der Gemarkung des Vororts Gerhausen.*‹ Der Kerle ist noch keine drei Tag in der Stadt!«

»Aber fleißig!« Frau Annemarie Hepf lächelte. »Gestern die Geschichte über den Goldschmied Dentler. Heute der große Bericht über eure nichtöffentliche Sitzung und dann noch die Geschichte über den ausgesetzten Hund samt Foto. Das geht einem wirklich zu Herzen.«

»Sentimentales Gewäsch!«

»So was wollen die Leute lesen. Auf einmal ist das Blättle interessant!«

»Na ja, neue Besen kehren gut. Aber wenn der meint …« Hepf unterbrach sich.

»Ja?« Seine Frau hob interessiert den Kopf.

»Ach nichts. Ich krieg den schon dahin, wo ich ihn haben will.«

»Ja, mein Schatz, so was kannst du!«, sagte seine Frau. Der Bürgermeister hatte allerdings kein Ohr für die Ironie, die sie in diese Antwort gelegt hatte.

3

»Nein!«

»Doch!«

»Das machst du bitte nicht, mein Schatz!«

»Und ob ich das mache, mein Lieber!«

»Du weißt, was das bedeuten kann, Bettina! Die Leut in der ganzen Stadt werden sich die Mäuler zerreißen.«

»Worum geht's eigentlich«, fragte Leon und sah von seinem Vater zu seiner Mutter und wieder zurück. Aber er bekam keine Antwort. Auch seine Schwester Birgit, die neben ihm saß, zuckte nur mit den Schultern.

»Wir reden hier über ungelegte Eier«, meldete sich nun wieder der Vater, »für das Projekt gibt es doch noch lange kein grünes Licht.«

»Das seh ich anders.« Bettina Raible begann, den Tisch abzuräumen. »In der Zeitung steht, der Bürgermeister habe eine satte Mehrheit für seine Pläne.«

»Ach, ihr redet über diese Müllentsorgungsanlage!«, sagte Birgit. »Die Mehrheit der Bevölkerung ist dagegen.«

Ihr Vater hob den Zeigefinger. »Zur Demokratie gehört auch, dass man nicht jeden Interessenhaufen gleich zur Mehrheit erklärt.« Aber Thomas Raible wollte nicht streiten, deshalb fuhr er milde fort: »Es gibt halt noch so vieles zu bedenken ...«

»Aber Papa«, unterbrach ihn Birgit, »du kannst doch von Amts wegen gar nicht dagegen sein.«

»Bin ich auch nicht! Höchstens privat. Aber dass mir darüber keiner ein Wort außerhalb von den vier Wänden verlauten lässt.«

»Also, wie ist das jetzt?«, fragte Leon. »Als Stadtinspektor bist du dafür, und als Thomas Raible bist du dagegen?«

Der Vater seufzte. »Privat halte ich das Projekt für einen Blödsinn. Ich hab mir den Mund fusselig geredet, dass das

Weiherseck denkbar ungeeignet ist. Aber jetzt ist es politisch beschlossen, und deshalb muss ich es amtlich vertreten.«

Seine Frau blieb unter der Tür zur Küche stehen. »Ich jedenfalls hab meine eigenen Interessen. Für mich ganz allein! – Wenn nicht gebaut wird, kann ich dort auch nichts verdienen!«

Ihre Kinder sahen sie überrascht an. »Was willst jetzt du auf der Baustelle verdienen?«, fragte Birgit, bekam aber keine Antwort, weil die Tür aufgerissen wurde. »So ein Sauwetter«, rief ihre Großmutter Dorothee. »Draußen regnet's und stürmt's, als ob die Welt untergeht.«

»Saugut zum Demonstrieren, was Oma?«, meldete sich Leon.

»Mir macht das ja nichts aus. Ich bin ja nicht aus Zucker!« Und zu Birgit gewandt fragte sie: »Wo warst du eigentlich?«

»Ich demonstrier wieder mit, wenn's Wetter besser ist«, antwortete die Enkelin.

»Mama, gib mir den Schirm, ich spann ihn im Bad auf«, sagte Bettina, »und dann setz dich bitte hin. Das Essen ist eh schon kalt.«

Während Dorothee Niggemeier sich am Tisch niederließ, fragte ihr Schwiegersohn: »Wie war's denn überhaupt?«

»Die Polizei sagt, wir seien 150 gewesen, und die Organisatoren sagen: 400. Aber der neue Slogan hat voll reingehauen!«

»Voll reingehauen! Wie redest du denn?«, rief Bettina aus dem Bad.

»Und wie geht der neue Slogan, Oma?«, wollte Leon wissen.

»Wir wollen euren Dreck nicht im Weiherseck! Gut, was?« Mit lauter Stimme skandierte sie noch zweimal rhythmisch: »Wir wollen euren Dreck nicht im Weiherseck! Wir wollen euren Dreck nicht im Weiherseck!«

Bettina kam zurück, setzte sich wieder an den Tisch und hielt ihrem Mann ihr Rotweinglas hin. »Darauf brauch ich noch einen Schluck.«

»Deine Tochter fühlt sich von dir in ihren geschäftlichen Aktivitäten konterkariert, Schwiegermama«, sagte Thomas

Raible, während er das Glas seiner Frau füllte. »Sie meint, ihr Demonstranten könntet verhindern, dass das Bauprojekt überhaupt verwirklicht wird … Und dann wär's natürlich au nix mit dem Kiosk!«

Bettina fuhr auf. »Das wird viel mehr als ein Kiosk, Thomas!«

»Wovon redet ihr überhaupt?«, wollte Dorothee wissen.

»Von so einer Art Viersternerestaurant mitten auf der Baustelle«, erwiderte ihr Schwiegersohn leicht süffisant. »Flaschenbier und Kaviar, Kässpätzle und Champagner! Früher hat man so etwas schlicht einen Imbiss-Stand genannt.«

»Und heute?«, wollte Dorothee wissen.

»Feinkoststation. Das ist jetzt erst mal die vorläufige Bezeichnung«, antwortete ihre Tochter.

»Wovon redet ihr überhaupt?«, wiederholte Dorothee Niggemeier noch einmal.

Bettina setzte ihr Glas ab. »Ich hab mich um die Gastronomie auf der Großbaustelle beworben, Mama.«

»Auf was für einer Großbaustelle?«

»Ha, die neue Müllverbrennungsanlage im Weiherseck!«

»Da wird nicht gebaut!«

»Doch!«

»Niemals!«

»Mama, das werdet ihr nicht verhindern!«

»Das werden wir ja sehen. Da ist nix geprüft. Jetzt erst haben die angefangen, Bodenproben zu nehmen, und auch das nur, weil wir Druck gemacht haben! Und ob das CO_2 rückstandslos rausgefiltert werden kann, weiß man auch noch nicht.«

»Das wird schon«, sagte Bettina. »Meine Pläne stehen jedenfalls.«

»Ja«, sagte Thomas zu Dorothee, »da geht deine Tochter zielorientierter vor. Sie hat sogar schon einen exakten Geschäftsplan gemacht.«

»Der hat nun mal zu meiner Bewerbung gehört«, sagte Bettina. »Und er hat auf die Herren von der Betreiberfirma einen sehr guten Eindruck gemacht. Das hat der Direktor gesagt, bei dem ich war.«

»Wirst du jetzt Unternehmerin oder was?« Dorothee starrte ihre Tochter ungläubig an. »Und bei was für einem Direktor bist du gwesen?«

»Geißendörfer heißt er.«

»Und der hat dir eine Zusage gegeben?«, fragte Birgit.

»Nicht direkt, aber ...«

»G'schwätzt wird viel«, unterbrach sie ihr Mann.

»Genau das hab ich zu dem Herrn Geißendörfer auch g'sagt. »Daraufhin hat er mir das da ausstellen lassen.« Bettina schob ein Schriftstück auf den Tisch.

»Und was ist das?«, fragte ihr Mann.

»Eine Absichtserklärung, unterschrieben vom Vorstandsvorsitzenden!«

»Eine was?«, fragte Leon.

»Ein Schreiben, in dem er sein Interesse an einer Zusammenarbeit bestätigt.«

Thomas stand auf. Er knetete seine Hände und sah kopfschüttelnd auf seine Frau hinab, die ganz ruhig am Tisch saß und um deren Lippen ein triumphierendes Lächeln spielte. »Du übertreibst es vielleicht ein bissle, Bettina! Was du dir da vorstellst ... Eigentlich hascht du doch einen ganz guten Job als Wurstverkäuferin beim Metzger Blocher. Und ich bin ja schließlich nicht arbeitslos.«

»Aber an unserem Haus zahlen wir noch 15 Jahr ab!«

»Und aus meiner Kletterausrüstung wird au nix«, meldete sich Leon.

»Da gibt's ja auch Wichtigeres!«, fuhr ihm seine Schwester in die Parade.

»Ja, ja, ich weiß schon: dass du studieren kannst.«

»Wenn du wenigstens weiter ab und zu für die Zeitung geschrieben hättest«, sagte Bettina zu ihrem Mann.

»Wie oft hab ich dir schon g'sagt, das verträgt sich nicht mit meiner leitenden Stellung bei der Stadtverwaltung.«

»Aber eigentlich gilt das doch nur für politische Themen«, meldete sich Birgit.

»Heut ist doch alles politisch. Jedenfalls ist der Herr Bürgermeister dieser Meinung.«

»Ach der!« Dorothee schob den leeren Teller von sich. »Der dreht doch alles grad so, wie's ihm passt!«

Bettina wollte die Diskussion nicht ausufern lassen. Mit fester Stimme sagte sie: »Wenn ich die Feinkoststation krieg, dann reicht unser Geld auch für dein Studium, Birgit!«

»Und für meine Kletterausrüstung«, rief Leon.

»Und irgendwann dann endlich auch für die Chinareise, von der wir schon so lang träumen, Schatz!« Bettina nahm ihren Mann an der Hand und zog ihn wieder auf seinen Stuhl am Tisch.

»Und wer schmeißt dann so lang deine Viersternekantine?«, fragte ihr Mann.

»Ich und die Oma«, rief Leon, »gell, Oma?«

Dorothee schüttelte den Kopf. »So weit wird es nie kommen, Leon!«

Als das Ehepaar Raible ins Bett ging, nahm der Hausherr das Thema noch einmal auf: »Wir sollten uns nicht zu sehr exponieren, Bettina.«

»Was meinst du denn damit?«

»So lang ich bei der Stadt angestellt bin ... Du weißt genau, der Bürgermeister wartet nur auf einen Anlass, um mich loszuwerden.« Er legte sich auf seiner Seite des Doppelbettes auf den Rücken, ohne sich zuzudecken, und verschränkte die Arme im Nacken.

»Und das alles bloß, weil du damals bei der Wahl seinen Gegner unterstützt hast!«

»Ich war halt ganz sicher, dass der gewinnen würde. Und

wenn's so gekommen wäre, würd heut manches anders aussehen, und ich wär Abteilungsleiter.«

»Aber hat der Herr Bürgermeister damals net g'sagt, er nimmt dir das nicht übel, er sei ja schließlich Demokrat?«

»Ach, Schätzle, es wird nie so viel gelogen wie vor den Wahlen, in der Liebe und nach der Jagd, hat mal einer g'sagt.«

»In der Liebe auch?«

»Nicht bei uns, aber sonst …«

Bettina setzte sich neben ihren Mann auf die Bettkante. »Jetzt sag mal, Thomas, gibt's Leut, die meinen, ich krieg den Kiosk bloß, weil du bei der Stadt schaffst?«

»Noch nicht. Gott sei Dank! Es weiß ja praktisch noch niemand davon. Aber das kommt! Das ist so sicher wie's Amen in der Kirch.«

»Aber wer den Auftrag kriegt, entscheidet doch gar net der Bürgermeister oder der Gemeinderat, sondern der Betreiber von dem Müllverbrennungswerk.«

»Und der Chef dort ist der beste Freund von unserm Bürgermeister. Sonst wär's ja vermutlich überhaupt nicht dazu gekommen, dass die hier bauen dürfen.«

»Und du meinst also, dass ich mich zu sehr exponiere?«

»Im Augenblick denk ich da eher an deine Mutter. Wie sieht denn des aus, wenn die in vorderster Reihe demonstriert? Erst neulich sagte ein Polizeibeamter zu mir: ›Ich hab scho' mit meim Schlagstock ausg'holt, und dann steht auf einmal Ihre Schwiegermutter vor mir! Mittendrin in dem Sauhaufen.«

Bettina lachte. »Red halt mal mit ihr!«

»Wär's nicht besser, wenn du …?«

Bettina legte sich dicht neben ihren Mann, schlug die Decke über beide und kuschelte sich an ihn. »Ein direkter Löwe bist du auch net, Bärle, gell. Aber gut, ich rede morgen mal mit ihr.«

4

Christian Ebinger hatte sich in Begleitung des Hundes auf den Weg zum Tierheim gemacht. Es lag am Stadtrand im Schatten eines der schroffen Felsen, die sich an den Hängen der Schwäbischen Alb wie einzeln stehende Zähne über die Baumwipfel erhoben. Es waren die härtesten Brocken aus einer alten Steinmasse, die der Erosion seit Jahrtausenden getrotzt hatten. Regen, Wind und abrutschendes Gestein hatten sie nicht kleingekriegt. Anachronistisch wirkten diese Steintürme, Steingiebel, Steinnadeln, die aus den grünen Buchen- und Tannenwäldern hervorlugten. Vor 150 Millionen Jahren hatte dieses Gebiet in einem bis zu 500 Meter tiefen Meer gelegen, in dem sich allmählich die Kalke bildeten, aus denen die Schwäbische Alb langsam emporwuchs. An den Riffen des Meeres hatten sich Schwammkolonien festgesetzt, die besonders viel Kalkschlamm festhielten, und bei der späteren Erosion hatten diese längst abgestorbenen Kolonien besser widerstanden als die umliegenden Kalkablagerungen. Jetzt pilgerten Hobbyalpinisten aus allen Gegenden des Landes nach Blaubeuren, um die steilen Gesteinsformationen als Kletterfelsen zu benutzen. Das müsste eigentlich auch ein Thema für die *Kreiszeitung* oder das *Blaumännle* sein, dachte Christian bei sich.

Das Tierheim war von einem hässlichen grauen Bretterzaun umgeben. Dahinter hörte man vielstimmiges Gebell. Christian klingelte an der Tür. Als sie geöffnet wurde, schaute er überrascht in das Gesicht von Anneliese Gramlich, Kurts Schwester, die ihm am Wochenende noch geholfen hatte, seine Wohnung notdürftig einzurichten. Sie trug Bluejeans, deren Hosenbeine bis zu den Knien hochgerollt waren, dazu graue Gummistiefel und einen bunt gestreiften, kurzärmeligen knappen Pulli. Ihre schwarzen Haare hatte sie straff nach hinten gekämmt und in einem Pferdeschwanz zusammengefasst. »Na so was«, rief sie, »was verschlägt dich denn hierher?« Der Hund, den Christian an der Leine führte, hatte sich hinter seinem vorübergehenden Herrchen versteckt, und Anneliese bemerkte ihn erst, als der Redakteur ihn nach vorne zog. »Den hab ich gefunden. Er wurde ausgesetzt.«

»Ist das der, über den du in der Zeitung geschrieben hast? Der ist also bei dir gelandet?«

»Ja, und jetzt wollte ich ihn bei euch abgeben.«

»Mann«, seufzte Anneliese, »wir sind schon total überfüllt. Ich helfe hier auch nur aus, weil die alleine nicht mehr fertigwerden mit all den Viechern.« Plötzlich hatte sie eine Idee: »Du könntest doch eigentlich im *Blaumännle* Tiere vorstellen, die dringend ein neues Zuhause suchen. Vielleicht werden wir so das eine oder andere los. Ich könnte die Fotos dazu machen. Das ist zufällig mein Beruf.«

»Du bist Fotografin?«

»Ja, aber zurzeit arbeitslos. Mein Chef hat seinen Laden dichtgemacht. Ich überlege mir, ob ich mich selbstständig machen soll.«

»Bei uns gibt's fürs Bild halt nur 15 Mark«, sagte Christian.

»Besser als gar nix. Kleinvieh macht auch Mist!« Anneliese kraulte den Hund hinter den Ohren. »Wie heißt er denn?«

»Keine Ahnung. Erst mal Wuff.«

»Irgendwie passt er zu dir.«

»Unsinn. Ich und ein Hund! Das geht gar nicht.«

Der Hund hatte sich hingesetzt und sah zu Christian auf, dabei gab er ein leises Wimmern von sich, so als ob er spürte, was ihm drohte.

»Kannst du ihn denn nicht behalten?«, fragte Anneliese.

»Ich? Menschenskind, ich lebe alleine …«

»Ja grade drum.« Ein Lächeln überzog ihr wettergebräuntes rundes Gesicht. »Zu zweit ist man nicht allein.«

»Das sehe ich genauso«, auch Christian musste unwillkürlich lächeln, »aber an einen Hund hab ich da eher nicht gedacht.«

»Wär aber für den Anfang nicht schlecht. Und für den da wäre es auf jeden Fall besser, als in einen Zwinger mit sechs anderen Hunden gesperrt zu werden, denen er sich erst einmal unterwerfen muss.«

»Hörst du das, Wuff?« Christian ging vor dem Tier in die Hocke. Der Hund legte seine Pfote auf das Knie seines neuen Herrn, wie er das schon bei ihrer ersten Begegnung gemacht hatte. Christian hob den Kopf und sah zu Anneliese auf. »Ich hab doch gar keine Ahnung, wie man mit so einem Tier umgeht.«

»Kann ich dir beibringen«, sagte Anneliese. »Übrigens, das Bild ›Jesus geht mit seinen Jüngern durchs Kornfeld‹ steht bei uns noch in der Stube rum.«

Christian erhob sich wieder. »Wohnst du bei deinem Bruder?«

»Ja, unsere Eltern sind ja leider schon gestorben. Ich hab mir den Dachstock ausgebaut. Kannst ja mal vorbeischauen.«

»Mach ich doch glatt!«, sagte Christian.

»Und den da«, Anneliese deutete auf den Hund, »kannst du ruhig mitbringen.«

Kurz vor zehn Uhr erreichte Christian die Redaktion. Den Hund hatte er noch immer bei sich, und er ahnte, dass es dabei auch erst einmal bleiben würde. Vor der Ladentür stand ein vielleicht achtjähriges Mädchen. »Na endlich«, sagte das Kind, als Christian sich anschickte, die Tür aufzuschließen. »Ich muss ganz schnell wieder zurück in die Schule.«

»Aha. Und was kann ich für dich tun?«

Der Hund sprang das Mädchen freudig an und wurde von ihm sofort gestreichelt. »Ich hab dein Bild in der Zeitung gesehen, Sherry!«

»Ihr kennt euch?«

»Ja klar!«

»Gehört der Hund deinen Eltern?«

Empört starrte das Kind den Redakteur an. »Ja, denken Sie etwa, wir würden unseren Hund aussetzen, wenn wir einen hätten?«

»Woher soll ich das wissen?«

Christian trat in die Geschäftsstelle. Das Mädchen und der Hund folgten ihm.

»Wie heißt du denn?«, fragte Christian.

»Stefanie, aber alle sagen Steffi zu mir.«

»Willst du den Sherry mitnehmen?«

»Das geht doch nicht. Meine Eltern wollen keinen Hund. Ich will nur, dass er nicht mehr zu den Müllers kommt. Die würden ihn doch nur wieder aussetzen.«

»Und woher weißt du das?«

»Die wohnen ganz bei uns in der Nähe. Den Sherry haben sie Axel geschenkt, aber der hat sich nur ein paar Tage um ihn gekümmert, dann ist es ihm langweilig geworden. Manchmal durfte ich Sherry ausführen, aber meistens haben sie ihn eingesperrt. Die müssen bestraft werden.«

»Wer, die?«

»Na, die Müllers, begreifen Sie denn gar nichts?«

Christian setzte sich hinter seinen Schreibtisch. »Und wo soll der Hund nun hin? Ich war grade im Tierheim, aber dort hat es ihm nicht gefallen.«

»Der kann doch bei Ihnen bleiben.«

»Ich hab aber so viele Termine, zu denen ich ihn nicht mitnehmen kann.«

»Der Sherry bleibt auch ein paar Stunden allein. Er kann doch Ihr Büro bewachen, solange Sie weg sind.«

»Würdest du denn manchmal vorbeikommen und ihn ausführen?«

Ein Strahlen ging über das Gesicht des Mädchens. »Unheimlich gern.«

»Und deine Eltern wären damit einverstanden?«

»Weiß nicht. Ich kann sie aber fragen.«

»Vielleicht sollte *ich* das machen. Wie heißt du denn mit Nachnamen?«

»Steininger. Und wir wohnen im Pfaffengrund 16. Jetzt muss ich aber wieder in die Schule.« Und damit war sie schon zur Tür hinaus. Christian sah sie noch den Gehsteig hinunterrennen. Auf seinen Block schrieb er ihren Namen und ihre Anschrift. Dann sah er zu dem Hund hinab, der sich auf der Decke, die Christian in die Ecke des Zimmers gelegt hatte, ein paarmal im Kreis drehte, bevor er sich zufrieden hinlegte, wobei er einen hörbaren Seufzer ausstieß. »Sieht so aus, als müsst ich dich wirklich behalten«, sagte der Redakteur.

Der Pfaffengrund war eine schmale Straße, die sich in einem sanften Bogen halbhoch am Nordhang hinter der Stadt hinzog. Die Häuser standen in großen Gärten. Entstanden waren sie wohl vor sieben, acht Jahren und sahen eins wie das andere aus: zweigeschossig mit flachen Dächern. Nach Süden verfügten die Bungalows über großflächige Fenster, große Terrassen und Balkone im ersten Stock. Zur Straße hin wirkten sie abweisend mit ihren kleinen, schmalen Fenstern, hinter denen man die Küche und die Toilette vermuten konnte. Christian erreichte die Nummer 16 und fand den Namen Steininger an einem Klingelschild, das in eine Sandsteinsäule neben dem Gartentor eingelassen war. »Das muss es sein«, sagte er zu dem Hund, der aufgeregt wedelnd neben ihm stand. Christian klingelte. Die Frau, die aus dem Haus trat, mochte 35, höchstens 40 Jahre alt sein. Sie blieb auf der Schwelle stehen und rief herüber: »Ja, bitte?« Doch dann entdeckte sie den Hund. »Ja, Sherry, wo kommst du denn her?«

»Aus dem früheren Steinbruch hinter Gerhausen«, sagte Christian. »Dort ist er ausgesetzt worden.«

Frau Steininger schlug die Hände vor den Mund. »Ausgesetzt? Wer macht denn so was?«

»Offenbar die Familie Müller.«

Frau Steiningers Misstrauen setzte etwas verspätet ein: »Und wer sind Sie?«

»Der neue Lokalredakteur der *Kreiszeitung*. Ebinger mein Name.« Er zog seinen Presseausweis heraus und wedelte damit. »Ich hab Ihre Tochter Steffi kennengelernt. Die hatte aus der Zeitung entnommen, dass ich den Hund gefunden habe.«

»Ich hab heut noch keine Zeitung gelesen«, sagte die Frau unter der Haustür, als ob sie sich entschuldigen müsste. »Kommen Sie doch bitte rein.«

Christian sagte, er könne sich nicht aufhalten, er habe auch nur eine Frage, aber Frau Steininger ließ das nicht gelten. »Ich hab grad frischen Kaffee gemacht. Ein Tässchen werden Sie ja wohl mittrinken können!«

Jetzt saßen sie im Wintergarten des schmucken Einfamilienhauses mit Blick auf den akkurat gepflegten Garten und die Innenstadt, die sich unterhalb des Hangs ausbreitete. Frau Steininger hatte zu dem Kaffee ein Stück Streuselkuchen serviert. Ob Steffi ab und zu den Hund ausführen dürfe, müsse sie erst mit ihrem Mann besprechen, sagte die Hausherrin. Dabei lächelte sie ein wenig verlegen: »So ist das halt.«

Christian fiel ein, dass er erst kürzlich gehört hatte, dass Frauen ohne Zustimmung ihres Mannes kein Bankkonto eröffnen und keinen Arbeitsplatz annehmen durften.

»Also, wenn es nach mir ginge«, sagte Frau Steininger, »könnte sich Steffi gerne ab und zu um den Sherry kümmern.« Der Hund saß neben Christians Stuhl und ließ kein Auge von seinem neuen Herrn. Es sah so aus, als zähle er ihm jeden Bissen Streuselkuchen einzeln in den Mund. Christian erhob sich und trat an die große Panoramascheibe. »Was ist denn das für ein Gebäude?« Er zeigte auf einen eingeschossigen, lang gezogenen Bau, auf dessen Dachfirst ein Türmchen saß, das in seinen Proportionen überhaupt nicht zu dem restlichen Gebäude passte.

»Das ist die neuapostolische Kirche … gewesen, muss man sagen. Die haben ja jetzt neu gebaut, und was aus dem Schuppen da unten werden soll, weiß niemand.«

Vielleicht ein Theater, schoss es Christian durch den Kopf. Aber er sprach es nicht aus, reichte stattdessen Frau Steininger nur die Hand und sagte: »Danke noch mal. Der Kuchen war prima. Und grüßen Sie bitte Ihren Mann unbekannterweise.«

Es war kein großer Umweg, und die Mittagspause war noch nicht um. Die Tür zu dem Kirchenraum war nur angelehnt. Christian stieß sie auf. Ein lang gezogener, völlig leerer Raum lag vor ihm. Licht fiel durch hohe Fenster an der Südseite und durch ein schmales Fensterband dicht unter der Decke der gegenüberliegenden Wand. An der Stirnseite öffnete sich eine schmale Tür, die zu einer Art Sakristei zu führen schien. Ein Mann um die sechzig trat herein. »Grüß Gott«, sagte er freundlich. »Kann ich etwas für Sie tun?«

Christian nannte seinen Namen und gab vor, eventuell etwas über den Umzug der neuapostolischen Gemeinde schreiben zu wollen. »Sie haben ja wohl Ihre neue Kirche schon bezogen, so wie es hier aussieht.«

»Am Sonntag haben wir unseren ersten Gottesdienst dort. Sie sind natürlich herzlich eingeladen.«

»Und was geschieht jetzt mit dem Gebäude hier?«

Der Mann hob die Schultern. »Keine Ahnung. Das muss der Kirchenvorstand entscheiden. Ein Mieter wird schwer zu finden sein, und verkaufen lässt sich der Bau erst recht nicht.«

»Vielleicht hör ich ja was, dann sag ich's Ihnen. Wo finde ich Sie denn?«

»Ich schreib's Ihnen auf.« Der Mann streckte seine Hand aus, und Christian reichte ihm seinen Block und den Kugelschreiber.

Als Christian den kahlen Kirchenbau verließ, sah er auf die Uhr. Es war kurz nach 14 Uhr. Um 15 Uhr musste er den Laden wieder aufmachen. Er begann schneller zu gehen und fiel dann in einen leichten Trab, was Sherry zu gefallen schien, denn er rannte und hüpfte um Christian herum, als ob der eigens ein Spiel für ihn erfunden hätte.

Rudi Dentler saß an seinem Werktisch. Er hatte eine Lupe ins rechte Auge geklemmt. In der einen Hand hielt er einen kleinen Lötkolben, in der anderen eine Pinzette, mit der er ein winziges Stück Silber auf ein größeres Werkstück aufbrachte. Ohne den Kopf zu heben, sagte er: »Hock dich hin. Bin gleich so weit.«

Christian setzte sich auf einen Schemel. »Dein Bruder sucht doch …«

»Still!«, fuhr ihn der Goldschmied an. Geduldig wartete Christian, bis Dentler den Lötkolben und die Pinzette aus der Hand legte. »Jetzet. Was ist mit meinem Bruder? Und welchen meinst überhaupt? Ich hab vier davon.«

»Einer davon muss wohl ein Theater in Mannheim haben.«

»Ach, den Theo meinst?«

»Wenn er so heißt …«

»Und?«

»Die Dorothee Niggemeier hat mir erzählt, dass er aus seinem Theater rausmuss, und sie hätt ihn am liebsten hier in Blaubeuren.«

»Den Theo?«

»Sein Theater eigentlich.«

»Ja, und?«

»Wusstest du, dass die alte neuapostolische Kirche im Gewann ›Auf den Reisenen‹ leer steht?«

Rudi Dentler schüttelte nur den Kopf, hob sein Werkstück hoch und blies ein imaginäres Staubteilchen weg.

»Wär ein idealer Raum für ein Theater«, sagte Christian.

»Jetzt bist du noch kei Woch da. Mein lieber Mann, du gehst ja los wie eine Rakete! Kannst net a bissle langsam tun? Geduld ist eine …«

»Ja, ich weiß«, unterbrach Christian den Goldschmied. »Es war der reine Zufall, dass ich davon erfahren habe.«

»Es gibt keinen Zufall«, sagte Rudi Dentler.

»Das ganze Leben besteht nur aus Zufällen.«

»Und der Hund da? Ist das der, der ausgesetzt worden ist?«

»Mhm.«

»Und du behältst den oder was?«

»Sieht so aus.«

Rudi Dentler stand ächzend von seinem dreibeinigen Hocker auf, nahm die blaue Schürze ab, schüttelte die Metall- und Staubteilchen in eine Kiste und streckte sich. »Was machst am Samstag?«

»Ich wollt meine restlichen Sachen aus Ulm holen.«

»Du könntest aber auch mit mir nach Mannheim fahren.«

»Könnt ich. Aber meine Eltern wollen mich besuchen. Eigentlich müsst ich zu ihnen fahren, aber das schaff ich nicht.«

»Und wenn ich dir mein Auto leihe?«

»Das würdest du machen?«

»Wir können uns die Karre gern teile. Ich brauch die sowieso kaum.«

»Aber du willst doch nach Mannheim.«

»Da kommt's auf eine Woche hin oder her net an. Wir fahren einfach acht Tag später. Und deinen Kram aus Ulm holen wir irgendwann unter der Woche.«

»Übrigens, dein Artikel über meine Ausstellung in Paris ...« Rudi Dentler bildete mit Daumen und Zeigefinger ein O, hob die Hand zweimal in die Luft und stieß dabei zwei spitze Pfiffe aus. Christian hatte inzwischen begriffen: Das bedeutete höchstes Lob.

Kurz nach 15 Uhr erreichte Christian die Geschäftsstelle. Vor der Tür stand ein Mann, der fast einen Kopf größer war als er selbst, also gut zwei Meter messen musste. Er trug einen grauen Lodenanzug mit grünen Revers, auf die Hirschhornknöpfe aufgenäht waren.

»Tach!«, sagte er. »Ich denke, Sie haben ab 15 Uhr auf!«

»Grüß Gott!«, erwiderte Christian, »ist nicht immer so einfach bei meinen vielen Terminen.« Er schloss die Ladentür auf.

Der Einwand schien den anderen nicht zu interessieren. »Müller mein Name!«

Christian spürte eine Bewegung an seiner linken Wade. Sherry drückte sich eng an das Bein des Redakteurs.

Der Mann deutete auf das Tier. »Das ist mein Hund!«

»Wollen Sie ihn denn wieder zurücknehmen?«

»Vielleicht.«

»Aber Sie haben ihn ausgesetzt. Das ist eine strafbare Handlung.«

»Irrtum, junger Mann! Ich bin Jurist. Ein Hund ist rechtlich gesehen eine Sache, also ein Gegenstand. Mit dem kann ich machen, was ich will.«

»Aha. Und was wollen Sie nun von mir?«

»Der Artikel, den Sie über uns und diesen Hund geschrieben haben, ist ausgesprochen widerwärtig! Jeder im Städtchen weiß, wem dieses Tier gehört, und wenn er es vorher nicht wusste, dann hat er es durch Ihre Zeitungsschmierereien erfahren.«

»Ich wusste ja gar nicht, wem er gehört.«

»Aber wenn die ganze Stadt drüber spricht, und der eine oder andere weiß es, ist es schnell rum!«

Christian beschloss, sich möglichst nicht provozieren zu lassen. »Wollen Sie nicht reinkommen?«

Müller antwortete mit einem Knurren und betrat die Geschäftsstelle. Er lehnte sich gegen den Tresen rechts vom Eingang und stützte sich dabei mit beiden Ellbogen auf. Man musste schon so groß sein wie er, um das zu schaffen. »Also«, sagte er nun, »was stellen Sie sich vor?«

»Was ich mir vorstelle?«

»Ja, eine gewisse Wiedergutmachung muss natürlich sein. Ich will Ihnen auch gleich sagen, was ich mir denke: Sie behalten das Tier. Will sagen: Ich überlasse es Ihnen, obwohl das meiner Frau und meinem kleinen Sohn sicher wehtun wird.«

»Das ist ja sehr großzügig«, sagte Christian sarkastisch.

Müller hatte gar nicht zugehört. »Aber natürlich nicht umsonst.«

»Wie bitte?«

»Sie können den Hund kaufen. Und ich verlange als Wiedergutmachung für den beleidigenden Artikel über mich und meine Familie, dass Sie einen Bericht über meine Firma bringen, der positiv ist natürlich, will sagen: Er muss eine werbliche Wirkung haben. Ich betreibe eine Versicherungsagentur und ich berate Käufer und Verkäufer von Immobilien.«

»Sie sind Makler?«

»Auch, ja. Man könnte darüber reden, dass Sie eine Versicherung bei mir abschließen, und ich erlasse Ihnen dafür den Kaufpreis für den Hund.«

Christian, der die ganze Zeit am Rahmen der Durchgangstür zu seinem Büro gelehnt hatte, stieß sich ab und trat einen Schritt auf den Versicherungsmakler zu.

»Jetzt Augenblick mal …«

Müller ließ ihn nicht weiterreden. »Den Artikel über meine Firma habe ich Ihnen mitgebracht.« Er zog ein zusammengefaltetes DIN-A4-Blatt aus der Innentasche seiner Lodenjacke und streckte es Christian hin.

»Ich werde es lesen«, sagte der Redakteur.

»Sie sollen es drucken, lesen müssen Sie's nicht.«

Christian lächelte. »Das ist nicht das erste Mal, dass so etwas von mir verlangt wird. Aber …«

»Aber?«, fuhr ihm der Besucher laut in die Parade.

»Ich habe in meiner Ausbildung gelernt, mir selbst ein Urteil zu bilden und dann zu schreiben, was ich für richtig halte.«

»Nur damit Sie es wissen: Der alte Herr Wachter, also Ihr Seniorverleger, ist ein Bundesbruder von mir. Wir sind sehr eng. Ich konnte ihm nämlich schon manchen Gefallen tun.«

»Ich nehm's zur Kenntnis«, sagte Christian. »Aber erlauben Sie mir noch eine persönliche Bemerkung.« Er kam sich selbst fremd vor bei dieser gestelzten Formulierung, hatte aber das Gefühl, dass er damit genau richtig lag.

»Statt sich zu schämen, dass Sie den armen Hund ausgesetzt haben, treten Sie hier auf, als habe man Ihnen Unrecht getan, und stellen Forderungen. Das überrascht mich doch einigermaßen.«

Die Worte prallten an Müller ab. »Sie teilen mir dann mit, ob Sie das Tier käuflich erwerben oder ob Sie lieber eine Versicherung abschließen wollen, ja?!« Damit verließ er die Geschäftsstelle der Zeitung. Christian fühlte an seiner rechten Wade, wie sich Sherry entspannte.

»Ja, das stimmt, mein Vater und der Herr Müller kennen sich gut«, sagte Tim Wachter am anderen Ende der Leitung. »Mein alter Herr hat den Artikel über den ausgesetzten Hund auch gelesen und sich ziemlich aufgeregt über die Menschen, die so etwas tun können. Natürlich hat er nicht geahnt, dass es sich bei diesem Tierquäler um seinen Bundesbruder Hubertus Müller handelt.«

»Herr Müller hat mir regelrecht mit Ihrem Vater gedroht«, sagte Christian Ebinger ins Telefon.

»So was hätt vor ein paar Jahren vielleicht noch funktioniert«, sagte der Jungverleger.

»Ich würde die Geschichte halt gerne genau so schreiben, wie ich sie Ihnen erzählt habe.«

»Klasse! Machen Sie das!«

»Müller ist Jurist. Könnte sein, dass er mich oder die Zeitung verklagt.«

»Schreiben Sie erst mal Ihren Text, Ebinger. Schicken Sie ihn mir, und ich lass ihn von unserem Hausjuristen prüfen, ja?! Und wenn der ihn abnickt, erscheint der Artikel.«

Tim Wachters Rechtsberater hatte anderntags nach der Lektüre von Ebingers Artikel keinerlei juristische Bedenken. Ein feines Lächeln überzog sein Gesicht, als er sagte, »aber wenn Sie natürlich familiäre oder andere Bedenken haben, ist das etwas anderes.« Er werde seinen Vater fragen, sagte der junge Verleger.

Karl Josef Wachter, der sich inzwischen weitgehend zurückgezogen hatte, obwohl er erst knapp über sechzig war, hatte als einer der Ersten nach Kriegsende von der Besatzungsmacht eine Zeitungslizenz erhalten und konnte das angestammte Haus wieder aufbauen. Aber seine Kräfte waren begrenzt.

Ende der dreißiger Jahre war er in ein Lager deportiert worden, nachdem er sich länger als die meisten anderen Zeitungsverleger gegen die Gleichschaltung der Presse durch die Nationalsozialisten gewehrt hatte. Die meisten seiner engsten Mitarbeiter waren sofort entlassen worden, manche von ihnen wurden ebenfalls in Straflager oder ins Zuchthaus gebracht, nachdem man sie in Schnellprozessen wegen Volksverhetzung und Feindpropaganda verurteilt hatte. Aus dem Lager kam Wachter mit einem schweren Lungenleiden zurück. Da war er grade mal 47 Jahre alt, fühlte sich aber, wie er selbst oft sagte, wie ein Greis am Ende seines Lebens.

Tim suchte seinen Vater nahezu jeden Abend in dessen Villa am Kuhberg auf, um ihm über die laufenden Geschäfte zu berichten, obwohl der alte Herr immer wieder sagte, sein Sohn müsse sich dazu nicht verpflichtet fühlen. Tim wusste genau, dass sein Vater in Wirklichkeit anders dachte.

Auch an diesem Abend referierte der Jüngere zuerst über die Auflagenentwicklung, darüber, wie oft Berichte und Kommentare des Blattes in überregionalen Zeitungen oder im Rundfunk zitiert worden waren und welche die journalistischen Schwerpunkte der nächsten Tage sein würden. Nachdem er dann noch über die Entwicklung des Anzeigengeschäftes geredet hatte, schob er seinem Vater den Artikel von Christian Ebinger hin.

»Und warum soll ich das lesen?«, fragte der Altverleger.

»Weil sich hinter dem Kürzel H. M. dein Freund Hubertus Müller verbirgt.«

Karl Josef Wachter setzte seine Lesebrille auf und zog das Manuskript zu sich her. Wie es seine Art war, überflog er es nicht nur, sondern las Zeile für Zeile.

Dann hob er den schmalen Kopf, nahm die Brille ab, schob den linken Bügel zwischen die Zähne und sah an seinem Sohn vorbei zur Wand, wo ein Gemälde von Ludwig Kirchner hing. »Da steht, H. M. habe dem jungen Mann damit gedroht, dass er einflussreiche Menschen kenne. Ich nehme an, er hat mich damit gemeint. Was ist das für einer, dieser Ebinger?«

»Sehr jung, noch keine zweiundzwanzig. Er hat weder ein Abitur noch ein Studium. Aber er ist begabt, ehrgeizig, und Angst scheint er auch nicht zu kennen. Gleich am Anfang hat er sich mit dem Hepf angelegt.«

»Was denn, mit dem Bürgermeister?«

»Ja. Er macht ganz schön Alarm da draußen. Ich kann noch nicht sagen, ob das auf die Dauer was bringt, aber in der letzten Woche haben wir erstaunlich viele neue Abonnenten im Verbreitungsgebiet rund um Blaubeuren hinzugewonnen.«

»Wie viele?«

»Zehn, fünfzehn. Ich weiß nicht, ob das ein Trend ist. Aber wir wissen ja, dass wir in letzter Zeit eher Leser verloren als gewonnen haben.«

Karl Josef Wachter legte seine Brille auf den Tisch und erhob sich. »Der Hubertus ist eigentlich ein anständiger Mensch. Wenigstens war er das im Dritten Reich. Er hat zu mir gehalten. Auch als es mir ganz dreckig ging. Und den Nazis ist er nicht auf den Leim gegangen. Aber das Wirtschaftswunder hat auch ihn verändert, wie so viele. Es ist mir schon aufgefallen, dass er ziemlich hart sein kann, wenn es um seine Geschäfte, oder sagen wir mal: um seinen Vorteil geht. Und wenn er den jungen Mann unter Druck gesetzt hat – das geht natürlich nicht.«

Plötzlich bekam das Gesicht des Altverlegers einen entschlossenen Ausdruck. Er kam an den Tisch zurück und griff nach dem Telefon.

»Willst du ihn anrufen?«, fragte der Sohn.

»Ja, was denn sonst?«

Er wählte und hatte fast sofort eine Verbindung. »Ich bin's, der Karl Josef … bitte? Ja, genau darum geht's.« Der alte Verleger hörte eine Weile zu, deutete seinem Sohn an, dass sich da offenbar ein Schwall von Sätzen über ihn ergoss, gegen den er nicht ankam. Schließlich sagte er sehr bestimmt: »Kann ich jetzt auch mal was sagen, Hubertus? Gut, danke! Ich will nur drei Dinge wissen. Erstens: Hast du den Hund ausgesetzt? Zweitens: Hast du tatsächlich verlangt, dass unser Redakteur dir den Hund abkauft oder stattdessen eine Versicherung bei dir abschließt? Und drittens: Hast du ihm damit gedroht, dass du mit mir befreundet bist?« Wieder hörte Karl Josef Wachter eine Weile zu, dann sagte er: »Also dreimal ja! – Nein, ich kündige dir nicht die Freundschaft, aber ich werde auch nicht verhindern, dass der Artikel erscheint.« Wieder hörte er zu. Dann sagte er abschließend: »Darüber reden wir noch!« und legte auf. Er stieß den Atem aus. »Der hat sich auch ganz schön verändert«, sagte er dann zu seinem Sohn. »Aber da ist er nicht der Einzige. Das ist halt so eine Zeit. Da muss jeder zusehen, wo er bleibt.«

Der Artikel erschien am übernächsten Tag, illustriert mit einem besonders schönen Bild von Sherry, der den Beschauer mit leicht schief gelegtem Kopf so treuherzig anschaute, dass mancher Zeitungsleser sagte: »Wie kann man so einem lieben Tier so etwas antun?« Das Foto hatte Anneliese Gramlich gemacht und damit ihr erstes Zeitungshonorar verdient.

5

Bettina Raible kam gegen 13 Uhr von der Arbeit zurück. Sie half an drei Tagen in der Woche vormittags in der Metzgerei Blocher als Verkäuferin aus. An zwei Nachmittagen arbeitete sie dort im Büro und erledigte die Buchhaltung. Sie hatte einst eine Lehre als Einzelhandelskauffrau gemacht und als Beste ihres Jahrgangs abgeschlossen. Auch als die Kinder klein waren, hatte sie sich schon immer eine Arbeit gesucht. Nur als Hausfrau zu leben, konnte sie sich, im Unterschied zu den meisten anderen Frauen in ihrer Bekanntschaft, nicht vorstellen.

Bettinas Mutter Dorothee hatte am Boden ein Leintuch ausgebreitet und malte in dicken roten Buchstaben mit einem breiten Pinsel den neuen Slogan der Müllverbrennungsgegner auf die weiße Fläche: »Wir wollen euren Dreck nicht im Weihersbeck«. Bettina blieb unter der Tür stehen. »Das Leintuch war noch pfenniggut!«

»Ja, aber es ist aus meinem Bestand!« Dorothee Niggemeier richtete sich auf. Bettina sah sie nachdenklich an. »Mama!! Kannst du das Protestieren nicht Jüngeren überlassen?«

Dorothee betrachtete wohlgefällig ihr Werk und sagte über die Schulter: »Bei uns macht ein Psychologieprofessor mit, der sagt, wer ein Leben lang geliebt hat, bei dem funktioniert auch im hohen Alter die Libido wie eh und je. Und ich bin noch keine 65!«

»Was hat das jetzt mit eurer Protestbewegung zu tun?«

Dorothee grinste wie ein kleines Mädchen. »Das war nur ein Beispiel dafür, dass man für nix zu alt ist, wenn man sich jung genug fühlt.«

Bettina stellte ihre Tasche ab, setzte sich auf einen Stuhl und streifte die Schuhe von den Füßen. »Aber Rücksicht nehmen muss man auch – und das oft ein Leben lang.«

»Genau! Die Mächtigen müssen lernen, Rücksicht auf die Bürger zu nehmen, denen sie ihr Mandat verdanken.«

»Du weißt genau, was ich meine, Mama: Der Thomas hat einen sehr verantwortungsvollen Posten bei der Stadt.«

»Ja, eben!«

»Was eben?«

»Da hätt er doch als einer von den Allerersten merken müssen, was da läuft. Und er wär verpflichtet gewesen …«

»Du kennst seine Situation, Mama!«, unterbrach Bettina. »Er kann halt nicht immer so, wie er will. Man kennt dich in der Stadt. Und man kennt unsere Familienverhältnisse, jeder weiß doch …«

»Eben! Was meinst du, wie viel Sympathien uns das einbringt, dass ich trotzdem mit demonstriere. ›Da kann man mal sehen, was wahre Demokratie ist‹, hat erst neulich der Dr. Dräger gesagt, ›und wie liberal es in so einem schwäbischen Haushalt zugeht!‹«

»Ich geb's auf!« Bettina schickte sich an, das Wohnzimmer zu verlassen.

»Gut«, sagte Dorothee, »ich werd mich in Zukunft ein bisschen zurückhalten.«

Bettina blieb noch mal stehen. »Da bin ich aber gespannt, wie das bei dir aussieht.«

Am Freitag trainierte die Jugendmannschaft des FC Blaubeuren. Leon spielte rechter Verteidiger. Sein bester Freund Ralf Stegemann war Stürmer und wurde meistens am rechten Flügel eingesetzt. Die beiden waren gut aufeinander eingespielt – beim Fußballspiel genauso wie im richtigen Leben. Jetzt waren sie nach ein paar harten Trainingseinheiten auf dem Weg zur Dusche. Am Vormittag hatte es noch geregnet, aber gegen Mittag war die Sonne durch die Wolken gebrochen. Eine feuchte Schwüle lag über dem Gelände.

»Hast du's dir jetzt überlegt?«, fragte Ralf, »machst du nach der Mittleren Reife weiter bis zum Abitur?«

Leon schüttelte den Kopf. »Ich such mir eine Lehre, oder ich mach mich gleich selbstständig.«

Ralf lachte laut auf. »Du spinnst!«

Aber Leon blieb ernst. »Zusammen mit meiner Mutter. Feinkost frei Haus!«

»Essen auf Rädern meinst du?«

»Quatsch! So eine Art Kneipe auf der Großbaustelle.«

Die beiden hatten Sven Franzen nicht bemerkt, der dicht hinter ihnen ging und ihnen zuhörte. Franzen arbeitete nachts bei der Wach- und Schließgesellschaft. An den Nachmittagen trieb er sich, nachdem er ausgeschlafen hatte, meist auf dem Sportplatz herum. Sein großer Wunsch war es, Sportreporter zu werden.

Gelegentlich brachte er auch einen Bericht in einer der lokalen Zeitungen unter. Von den zwölf Pfennigen Honorar pro Zeile konnte man zwar nicht reich werden, aber für Franzen war wichtiger, dass er sich als Journalist ausgeben konnte. Er war knapp über dreißig, trug meist karierte Hosen und einen Lumberjack. Er glaubte, das gebe ihm ein sportliches Aussehen. Die Haare trug er vorne kurz und hinten lang bis weit in den Nacken. Jetzt mischte er sich ein: »Klingt ja echt Spitze!«

»Ah, der Franzen«, sagte Ralf. »Wenn wir am Sonntag gewinnen und Laupheim verliert, übernehmen wir die Tabellenspitze. Hat sich das schon bis zu Ihnen rumgesprochen?«

»Gehört zu meinem Basiswissen. Und deine Mutter übernimmt also die Gastronomie auf der neuen Großbaustelle, ja?«, fragte er nun Leon. »Wie hieß das noch mal: Feinkost frei Haus?«

»Feinkoststation, aber das ist noch nicht endgültig.«

»Habt ihr was dagegen, wenn ich euch zu einem Bier einlade?«

»Was kann man da dagegen haben?«, antwortete Ralf. »Duschen können wir auch danach noch.«

Drei Minuten später saßen sie in der Vereinsgaststätte, und Franzen bestellte drei Halbe Bier und drei doppelte Schnäpse. Als die jungen Sportler protestierten: »Wir trinken keine harten

Sachen!«, sagte er in kumpelhaftem Ton: »Ihr werdet das Bier doch nicht so trocken runterwürgen wollen. Ihr werdet sehen, das baut euch richtig auf!«

Als die Getränke kamen, prosteten sich die drei zu. Franzen leerte sein Bierglas fast mit dem ersten Zug, setzte es mit einem lauten »Aaaah« ab und sagte: »Wenn ihr die Kantine auf der Baustelle übernehmt …«

Leon unterbrach ihn: »Das wär nicht bloß eine Kantine. Wir würden auch liefern, verstehen Sie? Die Bauarbeiter wohnen ja in Baracken auf dem Gelände. Und da will nicht jeder immer selber kochen oder abends in die Kneipe gehen. Und für die liefern wir sozusagen frei Haus Bockwurst mit Kartoffelsalat zum Beispiel oder Fleischküchle vielleicht. Höchstens vier oder fünf Gerichte zur Auswahl, aber die in bester Qualität.«

»Und Getränke natürlich«, warf Franzen ein.

»Ja, sowieso! Meine Mutter – also die ist da echt klasse, die hat eine Präsentation ausgearbeitet, sag ich euch, als wär sie eine ganze Werbeagentur!«

»Dein Vater ist doch der Thomas Raible, nicht wahr?«

»Ja, aber der hat da nix damit zu tun.«

»Klar! Der arbeitet ja beim Hauptamt der Stadt, oder?«

»Genau!«

Franzen nahm einen Schluck aus seinem Bierglas. »Also, das wär nichts für mich. Wie lang macht er das jetzt schon?«

»Mein Vater? Keine Ahnung. Acht Jahr vielleicht.«

Franzen nickte wissend. »Es gibt halt kaum Aufstiegschancen in so einem Job. Es sei denn, man stellt sich irgendwann zur Wahl und wird selber Bürgermeister.«

»Wenn er aber auch so zufrieden ist«, warf Ralf ein.

Franzen schien das nicht gehört zu haben, »Andererseits: wenn sich einer so lang hält, dann wird er schon auch was zu sagen haben auf dem Rathaus!«

»Genau!«, rief Leon, »Unterschätzen darfst meinen Alten net! Der hat damals die Verwaltungshochschule mit einem glatten Einser abgeschlossen!«

»Respekt!« Franzen orderte per Handzeichen noch drei Bier. »So einer hat dann ja oft mehr Einfluss, als das auf so einem Posten sonst üblich ist.«

»Bloß dass er sich halt mit dem Bürgermeister nicht so gut versteht«, sagte Leon.

Jetzt war Franzen ganz aufmerksam.

»Und warum nicht?«

»Weil er doch damals Wahlkampf gegen den Hepf gemacht hat. Wenn man den wählen tät, tät man den Bock zum Gärtner machen, hat er öffentlich g'sagt.«

»Aber der Bock ist es dann aber trotzdem geworden«, sagte Ralf.

»Da war ich noch nicht hier«, meinte Franzen. »Sag mal: Ist denn dein Vater für oder gegen das Projekt Müllverbrennungsanlage?«

»Als Stadtinspektor oder als Privatmann?«

»Sowohl als auch.«

»Da wird nicht drüber g'redet.«

»Öffentlich nicht oder daheim nicht?«

Ralf sagte plötzlich: »Du, Leon, wir müssen los!«

Leon sah seinen Freund überrascht an. Der schob schnell nach: »Hast du denn vergessen? Wir sind mit der Martina und der Hedi verabredet.«

»Echt jetzt?«

»Los jetzt, Mann.« Ralf sprang von seinem Stuhl auf und zog Leon am Arm hoch.

Zu Franzen sagte er: »Sie haben ja g'sagt, Sie laden uns ein.«

»Ja, und ich hab grad noch ein Bier für euch bestellt.«

»Müssen Sie leider stornieren«, erwiderte Ralf.

»Na dann, bis bald mal wieder!«

Kaum waren die beiden Jungs aus der Vereinsgaststätte, fuhr Ralf seinen Freund an. »Mensch, kriegst du eigentlich gar nix mit? Der hat dich doch nach Strich und Faden ausgehorcht.«

»Meinst du? Und was ist jetzt mit der Martina und der Hedi?«, fragte Leon.

»Vielleicht kann ich da fürs Wochenende was drehen.«

Franzen rief derweil die Bedienung und sagte: »Die Biere muss ich leider abbestellen. Und ich zahl dann gleich. Geben Sie mir bitte einen Bewirtungsbeleg. Das Gespräch kann ich bei der Zeitung absetzen.«

Vor ein paar Wochen wäre Franzen mit seinem Wissen noch zu Bertram Sommer gegangen und hätte ihn davon zu überzeugen versucht, dass er einen Knüller habe. Der hätte dann mit dem Redakteur der Landkreisseite wegen des Honorars verhandelt, und am Ende hätte er sich damit gebrüstet, für den freien Journalisten einen lukrativen Auftrag »herausgeschlagen« zu haben. Den neuen Redakteur der *Kreiszeitung* kannte er noch nicht. Aber dessen erste Artikel hatten schon gezeigt, dass der nicht so verschlafen war wie sein Vorgänger. Das musste auch dem Mann der Konkurrenz aufgefallen sein. Der brauchte nun auch exklusive Geschichten. Also rief Franzen den Redakteur Günter Braun an, der den *Alb-Donau-Kurier* in Blaubeuren vertrat.

Am Samstagmorgen versammelte sich die Familie Raible einschließlich Dorothee stets um neun Uhr um den Frühstückstisch – eine Tradition, die nur bei besonderen Anlässen außer Kraft gesetzt wurde. Kurz vor neun saß der Hausherr noch alleine am Tisch. Er las nacheinander die beiden Lokalzeitungen. Plötzlich schrie er auf: »Das gibt's doch nicht! Woher hat der Schmierfink das?«

Seine Frau und seine Schwiegermutter kamen herein. »Was schreist denn so?«, wollte Bettina wissen.

»Weißt du, was da über mich in der Zeitung steht?« Thomas Raible las vor: »*Der versierte Verwaltungsfachmann, der damals seine Prüfung mit einer glatten Eins bestanden hat …*«

»Ja und? Das ist doch positiv«, seine Frau beugte sich über ihn. »Aber das Bild find ich net schön. Da gibt's doch viel bessere von dir.«

Thomas Raible ließ sich nicht ablenken und las weiter laut vor: »*… mit einer Eins bestanden hat, sitzt seit gut acht Jahren auf dem Blaubeurer Rathaus. Leute, die ihn gut kennen, sagen, er habe mehr Einfluss als jeder Amtsleiter. Öffentlich hat sich Raible nie gegen das Projekt Müllverbrennung geäußert. Aber Menschen, die ihm nahestehen, sagen, er unterscheide zwischen öffentlich und privat.*«

»Menschen, die ihm nahestehen …?« Bettina musterte ihre Mutter streng. Die hob abwehrend die Hände. »Also ich hab mit niemandem geredet! Und schon gar nicht mit einem Journalisten. Ist das von dem Neuen?«

»Nein, das steht im *Alb-Donau-Kurier*, und der das geschrieben hat, heißt Sven Franzen.«

»Ach der? Das ist doch gar kein richtiger Journalist.«

»Das ist den Leuten egal. Und wartet, es kommt noch besser, was heißt besser – es kommt noch schlimmer, viel schlimmer. Hört euch das an! ›*Seine Frau, Bettina Raible, will unter dem Namen Feinkoststation die Kantine auf dem Baugelände der Müllentsorgungsanlage übernehmen. Die Bauarbeiter werden ja bekanntlich in Baracken wohnen. Und da will nicht jeder immer selber kochen. Die Frau des Stadtinspektors plant deshalb ein Rundumangebot: Bockwurst mit Kartoffelsalat oder Fleischküchle zum Beispiel. Bettina Raible soll eine Präsentation erarbeitet haben, die – wie ein Zeuge sagt – jeder Werbeagentur zur Ehre gereichen würde.*‹«

»Woher weiß der das?« Bettina schnappte nach Luft.

»Es geht noch weiter«, ließ sich nun wieder ihr Mann hören. »›*An und für sich eigentlich eine gute Idee. Allerdings ist der Inte-*

ressenkonflikt vorprogrammiert. Gut informierte Kreise, die den Einfluss Raibles kennen, rechnen fest damit, dass konkurrierende Anbieter, selbst namhafte Gastronomen aus Blaubeuren und Umgebung, keine Chancen haben, zum Zug zu kommen. Der Vorwurf der Vetternwirtschaft …‹« Thomas Raible warf die Zeitung wütend auf den Tisch. Im gleichen Augenblick kam Birgit mit einem fröhlichen »Guten Morgen« herein.

»Hat sich was mit gutem Morgen«, raunzte sie ihr Vater an.

Bettina nahm die Zeitung vom Tisch. »Da, guck dir des an!«

»Kennst du den Reporter, der das geschrieben hat?«, fragte Ihr Vater.

»Nein. Nicht persönlich. Aber er schreibt meistens über Fußball.«

Im gleichen Augenblick erschien Leon. Alle sahen ihn an. Ein paar Augenblicke lang herrschte eisiges Schweigen.

»Ist was? – Was habt ihr denn?«

»In dieser Zeitung sind Sätze zitiert, die hier, in diesen vier Wänden, gefallen sind, und die dieser Franzen nur von einem von uns haben kann«, blaffte Thomas Raible.

»Ach du Scheiße!«, entfuhr es Leon.

Auch in der *Kreiszeitung* erschien am Samstag ein Artikel, der in Blaubeuren für Gesprächsstoff sorgte: »*Am Donnerstag dieser Woche gegen 14 Uhr erschien der Versicherungsmakler H. M. in unserer Blaubeurer Redaktion. Er entpuppte sich als der Besitzer jenes Hundes, über den wir in unserer Ausgabe vom vergangenen Mittwoch berichtet haben. Durch Zufall war das Tier von unserem Redakteur im Gerhauser Steinbruch gefunden worden, angeleint und ausgesetzt. Wäre der kleine Hund von dem Journalisten und seiner Begleitung nicht durch Zufall entdeckt worden, hätte er womöglich qualvoll verenden müssen. Unser Mitarbeiter versuchte zunächst, den Hund im Tierheim unterzubringen, aber dort ist kein Platz mehr. Deshalb nahm er das Tier zu sich. Nun aber verlangte der Besitzer des Hundes vom Finder, er solle den*

Hund kaufen oder in einem Kompensationsgeschäft einen Kaufvertrag für eine Dienstleistung abschließen. Begründung: Durch den Bericht über das Auffinden des ausgesetzten Tieres sei dem Versicherungsmakler ein Imageschaden entstanden. Der Finder weigerte sich, worauf der Mann, der den Hund ausgesetzt hatte, damit drohte, ihn bei einflussreichen Leuten, die er gut kenne, in Schwierigkeiten zu bringen. Auf den Vorhalt, der Hundebesitzer habe sich mit dem Aussetzen des Tieres strafbar gemacht, antwortete der kalt: Ein Hund sei juristisch eine Sache, also ein Gegenstand, mit dem er machen könne, was er wolle. Und leider hatte er damit recht.«

»Sag mal, kann man ein Thema auch so verschenken?« Dorothee Niggemeier war richtig sauer. Christian traf sie zufällig, als er auf dem Weg zu Rudi Dentler war, beim Bäcker, wo er ein paar Brezeln als Reiseproviant für die Fahrt nach Fleckenhausen kaufen wollte.

»Wovon reden Sie?«, fragte er, obwohl er es ahnte.

»Wir duzen uns jetzt«, antwortete sie. »Ich bin die Ältere. Und wenn ich dich duze, kann ich dir besser die Meinung sagen! Hast du dir schon mal überlegt, was die *BILD*-Zeitung daraus gemacht hätte?«

»Ich arbeite für ein seriöses Blatt«, sagte Christian leicht gekränkt.

»›Tierquälender Hundeschänder fühlt sich auch noch im Recht!‹ Oder ›Tödlicher Tierquäler droht Lebensretter seines Hundes‹. Aber so blutleer, wie du den Artikel geschrieben hast, weckt man doch keine Emotionen bei seinen Lesern!«

»Wer sagt, dass ich das wollte?«

»Ich sage, dass du das solltest!«

»Vier Butterbrezeln bitte«, sagte Christian zu der Verkäuferin, »wenn Sie welche fertig haben.«

»Samstags immer.« Während sie die Brezeln einpackte, sagte sie: »Ich hab mich auch so g'nug über den Müller aufg'regt.

Wenn man sich das vorstellt … Andere Leut setzen ihre Hund wenigstens an einer Raststätte oder so aus, wo man sie auf jeden Fall findet. Aber der hat ja extra ein Versteck gsucht. Also wenn der zu mir kommt, dem verkauf i nix mehr!«

»Siehst du!«, sagte Christian zu Dorothee, zahlte, nahm seine Brezeln und ging.

6

Über der Albhochfläche lag noch ein dünner durchsichtiger Nebel, den die Sonne bald vollends auflösen würde. Christian fuhr langsam, als wolle er jeden Kilometer der Fahrt genießen. Er hatte sich vorgenommen, den Weg über Bad Urach zu nehmen. Aber bevor er die Hochebene verließ, stellte er den VW auf einem Parkplatz ab, stieg aus und studierte die Wanderkarte, die auf eine hölzerne Tafel aufgemalt war. Wenn er einem der Wegzeichen, einer blauen Raute, folgte, konnte er in anderthalb Stunden wieder zurück sein. Er leinte den Hund an und ging los. Zunächst führte die Route durch einen Hohlweg, dessen Ränder mit Schlehenbüschen bestanden waren und der zuerst jäh abfiel, um dann genauso steil wieder anzusteigen. Nach etwa einem Kilometer verbreiterte er sich und führte auf einen schmalen Pfad zu, der sich nach links und rechts am Steilabfall der Schwäbischen Alb entlangschlängelte. Von hier ging der Blick weit hinaus ins Land. Ganz hinten am Horizont war der Stuttgarter Fernsehturm zu sehen, der sich aus einer Schicht grauen Dunstes erhob. Christian erreichte eine Bank und musste lächeln, als er das metallene Schildchen las: Gestiftet von der Ulmer *Kreiszeitung*. »Haben sie extra für uns hier hingestellt«, sagte er zu Sherry, nahm ihm die Leine ab und setzte sich. Er streckte die Beine, lehnte sich weit zurück, genoss ein paar Augenblicke die Aussicht und schloss die Augen.

»Nur noch sechsmal schlafen, dann bin ich endlich, endlich wieder bei dir! Ich besuche dich gleich in Ulm. Ich muss doch sehen, wie du lebst.« Das waren Sarahs letzte Worte am Telefon gewesen. Er hatte sich sofort Gedanken gemacht, wie er sie bei sich unterbringen könnte. Die Zimmerwirtin würde vermutlich nichts dagegen haben. Aber die Kammer, die sie ihm vermietet hatte, war grade mal zwei Meter breit und drei Meter lang. Das Mobiliar bestand aus einem Bett, das nur 80 Zentimeter breit war, einem Tisch und einem schmalen Schrank. Ein Stuhl stand nicht im Zimmer, wenn man am Tisch arbeiten oder essen wollte, musste man sich auf das Bett setzen. Das Waschbecken war 45 Zentimeter breit und 34 Zentimeter tief. Er hatte das ausgemessen. Dusche und Klo am Ende des Korridors teilte er sich mit drei anderen Mietern, die er kaum einmal zu sehen bekam. Vielleicht konnte er um einen Vorschuss auf sein erstes Volontärgehalt bitten und mit Sarah für eine oder zwei Nächte in ein kleines Hotel ziehen.

Doch dann kam dieses Telegramm: »*Lieber Christian, nach allem, was Sarah über Sie erzählt hat, denken wir, Sie sollten es gleich erfahren: Sarah ist gestern bei einem schweren Unfall gestorben. Wir alle sind unendlich traurig und nehmen Sie in unserer gemeinsamen Trauer mit in unsere Arme. Delila für alle Freunde und die ganze Familie.*«

Wie hatte sich Sarah mit ihm gefreut, als er gegen alle Erwartungen die Stelle als Volontär bekommen hatte! Und wie hatte er der Arbeit entgegengefiebert! Aller Welt wollte er beweisen, dass man auch ohne Studium, ja sogar ohne Abitur ein guter Journalist werden konnte. Und er hatte dabei immer auch an Sarah gedacht. Die Nachricht von ihrem Tod hatte ihn am Wochenende nach seinem ersten Arbeitstag in der Zeitung erreicht. Das Datum würde er nie vergessen: 12. April 1961.

Ich muss hinfahren, war sein erster Gedanke gewesen. Aber wie sollte das gehen? Er hatte nicht einmal das Geld, um eine Fahrkarte zum Stuttgarter Flughafen zu bezahlen, geschweige denn ein Flugticket nach Tel Aviv. Und überhaupt: Konnte er denn hier weg? Nur wenige Tage, nachdem er seinen Platz an dem kleinen Schreibmaschinentisch in der Ecke der Lokalredaktion eingenommen hatte? Es war ausgeschlossen, nach so kurzer Zeit gleich um Urlaub zu bitten.

Am nächsten Tag war er, pünktlich wie jeden Tag zuvor, in die Redaktion gekommen, obwohl ihn seine Beine kaum trugen.

Er hatte in der Nacht nur wenig geschlafen. Irgendwann hatte er sich übergeben müssen. Danach war er einfach vor der Kloschüssel knien geblieben. Er wusste nicht, ob er danach das Bewusstsein verloren hatte oder eingeschlafen war. Als er wieder zu sich kam, lag er im Schlafanzug auf den kalten Fliesen des WCs und zitterte vor Kälte. Nur mit Mühe konnte er aufstehen und sich durch den dunklen Gang zu seinem kleinen Zimmer schleppen.

»Sie sehen ja aus wie's Kätzle am Bauch«, sagte Frau Buchenecker, die Sekretärin in der Lokalredaktion, als er den Raum betrat. »Sind Sie krank?«

Christian schüttelte den Kopf und ließ sich auf seinen Stuhl sinken. Danach hatte er alle seine Kraft zusammengenommen, um seine Arbeit zu erledigen. Zur eigenen Überraschung hatte er funktioniert wie an jedem anderen Tag.

Das war nun 14 Monate her. Mit der Zeit hatte der Schmerz nachgelassen. Es gab jetzt manchmal Tage, an denen er nicht mehr an Sarah dachte.

Christian öffnete die Augen und wunderte sich, dass die Welt noch genauso vor ihm lag wie zuvor. Allerdings war Sherry verschwunden. Christian stieß einen Pfiff aus und rief dann laut nach dem Hund. Erst nach mehreren Versuchen kam das Tier aufgeregt hechelnd zurück. Fast gleichzeitig erschien ein Mann mit einem Gewehr über der Schulter. »Nehmen Sie Ihren Hund gefälligst an die Leine! Der hat Glück gehabt, dass ich ihn nicht gleich abgeschossen habe.«

»Tschuldigung«, murmelte Christian und hakte die Leine an Sherrys Halsband fest. Aber damit konnte er den Jäger offensichtlich nicht beruhigen. »Können Sie eigentlich nicht lesen. Dass hier Leinenpflicht für Hunde gilt, steht mindestens alle 50 Meter angeschrieben.«

»Ich war ein bisschen in Gedanken. Tut mir leid.«

»Tut mir leid. Tut mir leid«, höhnte der Mann mit dem Gewehr. »Das sagt sich leicht.«

Christian stand auf.

»Ihretwegen werd ich's mir auch nicht schwer machen. Im Übrigen, die paar Rehe und Hirsche, die mein Hund so im Monat reißt, können Sie doch leicht verschmerzen bei dem Wildbestand, den wir haben. Komm, Sherry!« Als ob er seinen Herrn unterstützen wollte, bellte der kleine Hund den Jäger kurz an und ließ sich dann davonziehen. Christian nahm den direkten Weg zurück zum Auto. Dem Jäger hatte es buchstäblich die Sprache verschlagen.

»Der Mann war doch im Recht!«, sagte ein paar Stunden später Christians Vater, nachdem der Sohn die kleine Episode erzählt hatte.

»Ach komm, so ein kleiner Hund, was will der denn jagen?«, wandte seine Frau ein.

»Darum geht's nicht. Es geht darum, dass Ordnung herrscht. Wenn jeder nur tut, was er will, wie sollen wir uns dann erhalten, was wir nach dem Krieg mit so viel Mühe wieder aufgebaut haben?«

Christian sah seinen Vater an. Schon als er die Wohnung betreten hatte, war er sich auf eigentümliche Weise fremd vorgekommen. Seine Mutter hatte ihn kurz umarmt, sein Vater hatte ihm nur die Hand gereicht und gesagt: »Komm rein!« Jetzt saßen sie um den großen Tisch im Wohnzimmer. Christian hatte die Artikel, die in letzter Zeit von ihm erschienen waren, ausgeschnitten und mitgebracht.

»Die werde ich ganz in Ruhe lesen und dir dann dazu schreiben«, sagte sein Vater und schob die Zeitungsausschnitte zur Seite. »Ich bin froh, dass du es bis jetzt so gut geschafft hast.«

»Wir sind richtig stolz auf dich«, sagte die Mutter.

»Lass mal, wir wollen nicht übertreiben.« Albert Ebinger stand auf und holte nun seinerseits ein paar Zeitungsausschnitte aus dem angrenzenden Herrenzimmer. »Ich schreib auch für die Zeitung«, sagte er. Es waren kurze Berichte über die Jahreshauptversammlungen der Vereine in Fleckenhausen, über die eine oder andere Kulturveranstaltung und über wichtige Gemeinderatssitzungen.

»Dann sind wir jetzt also Kollegen«, sagte Christian.

»Er hat das dir zu verdanken«, antwortete seine Mutter. »Als du zum Militär hast müssen, haben die von der Zeitung gefragt, ob er nicht deine Aufgabe übernehmen könnt.«

»Na ja, ich bin denen auch wegen meiner Vorträge aufgefallen«, warf der Vater ein.

»Was denn für Vorträge?«

Wieder antwortete die Mutter: »Der Papa hat eine ganze Vortragsreihe in der Kirche gemacht. Über Luther, Melanchthon und Brenz. Und jedes Mal war's gesteckt voll. Die Leut hören ihm halt so gern zu.«

Christian nickte. »Das war schon früher so, als du noch Gaupropagandaredner der Nazis warst, gell.«

»Hat des jetzt sei' müsse, Christian?«, fuhr ihn seine Mutter an.

»Lass nur!« Albert Ebinger winkte mit einer großzügigen Geste ab. »Wie soll er einschätzen können, was ich für einen Läuterungsprozess durchgemacht habe?«

Jedes Wort in diesem Satz klang in Christians Ohren falsch. In diesem Augenblick beschloss er, seinen ursprünglichen Plan fallen zu lassen, den Vater um einen Kredit für seine Wohnungseinrichtung zu bitten.

»Ja«, sagte Christians Bruder Gerhard, »es ist fast alles wieder wie früher. Der Papa redet wieder von oben runter, nur dass er dazu jetzt auf die Kanzel in der Kirche steigt. Er fühlt sich großartig dabei, und die Menschen hören ihm begeistert zu.« Gerhard und seine Frau hatten Christian zum Abendessen eingeladen. Die beiden hatten inzwischen ein älteres Haus auf dem Sauwasen gemietet, so hieß das Gewann nahe dem Waldrand oberhalb der Dorfmitte. Das Baby schlief bereits. Gerhard hatte gekocht – ein neues Hobby von ihm. Es gab Zwiebelrostbraten mit »eigenhändig geschabten« Spätzle.

»Aber er hat doch eingesehen, was es damals für ein Fehler war, mit den Nazis gemeinsame Sache zu machen.«

Gerhard nickte. »Das schon, aber jetzt sagt er immer, es werde halt auch vieles vergessen, was seinerzeit gut gewesen sei.«

»Ich glaub's ja nicht!« Christian setzte sein Bierglas hart ab.

»Er ist sogar dem BHE beigetreten«, sagte seine Schwägerin. »Dem Bund für Heimatvertriebene und Entrechtete.«

»Und da er kein Heimatvertriebener ist, hält er sich wohl für entrechtet«, sagte Gerhard. Er begann das Geschirr zusammenzustellen, um es in die Küche zu tragen. »Wir haben ja immer gedacht, jetzt wird alles neu, aber das Gegenteil scheint der Fall zu sein. Überall sammeln sich wieder die alten Kräfte. Du musst dir nur die Gerichte anschauen. Die gleichen Staatsanwälte und Richter, die noch vor 20 Jahren im Namen des Führers Adolf Hitler Recht gesprochen haben, sitzen wieder oder noch immer in ihren Ämtern.« Er trug die leeren Teller in die Küche. »Ich hoff bloß, dass sich der Gerhard nicht in die Politik reinziehen lässt«, sagte Theresa leise. »In seiner Firma würden sie ihm das bestimmt übel nehmen. Er ist jetzt schon stellvertretender Abteilungsleiter.«

Gerhard kehrte aus der Küche zurück, räumte die Bierflaschen ab und öffnete eine Rotweinflasche. »Wie ist das eigentlich passiert mit der Sarah?«, fragte er, während er den Trollinger eingoss.

Jetzt erst fiel Christian auf, dass das ganze vergangene Jahr niemand aus seiner Familie nach Sarahs Tod gefragt hatte. »Sie saß neben ihrem Vetter in einem offenen Jeep. Sie wollten einen Trip in die Negev-Wüste machen.« Christian bemühte sich um einen sachlichen Ton. »An einer unübersichtlichen Stelle ist ihnen ein Armeelastwagen entgegengekommen. Beide Fahrer seien mit überhöhter Geschwindigkeit gefahren, heißt es im Polizeibericht.«

»Du hast sie sehr geliebt, gell?«, sagte Theresa.
»Ja«, antwortete Christian.

Er fuhr früher zurück als geplant. Gleich nach dem Frühstück am Sonntagmorgen machte er sich auf den Weg.

7

Thomas Raible hatte nichts anderes erwartet. Als er am Montag sein Büro betrat, lag ein Zettel auf seinem Schreibtisch: »Bitte sofort um Rücksprache! BM.«

Der Bürgermeister bot dem Stadtinspektor einen Kaffee an, und als der ablehnte, sagte Hepf: »Wie wär's mit einem Schnäpsle?«

»Nicht so früh am Tag. Können wir bitte zur Sache kommen, Herr Bürgermeister?«

»Sehr gut.« Hepf lächelte jovial, »So kenn ich Sie. Immer gleich auf den Punkt! Sie wissen ja, Herr Raible, wie sehr ich immer auf Ihren Rat gehört habe. Ein so erfahrener Mitarbeiter und ich … Ich mein, wer kommt schon so jung in so ein Amt wie ich damals?«

»Grundsätzlich ist das doch gut. Es wäre schön, wenn heut mehr junge Männer und Frauen in wichtige Ämter kämen.«

»Sie haben recht, Herr Raible. Aber jetzt bin ich ja auch schon fast vierzig und steh schon bald zur Wiederwahl. Also ich nehm mir a Schnäpsle. Wollen Sie wirklich nicht?«

»Danke, nein. Mir wär's lieber, Sie schenken mir endlich reinen Wein ein.«

»Wie? Ach so, ja. Na gut. Sie wissen ja, was ich immer sage: Der erste Ärger kommt morgens immer aus der Zeitung.«

»Das höre ich zum ersten Mal von Ihnen.«

»Wie? Egal. Wie auch immer: Natürlich hab ich gelesen, was am Wochenende im *Alb-Donau-Kurier* stand.«

»Und Sie haben's auch geglaubt, nehm ich an.«

»Also der Herr … Wie heißt er gleich noch mal, der Reporter?«

»Sie müssten's doch wissen. Sie spielen doch jeden zweiten Freitag Squash mit ihm.«

»Ach, das wissen Sie? Gut, also. Den Herrn Franzen kenne ich als einen sorgfältigen Journalisten.«

»Sie gestatten, dass ich da anderer Meinung bin.«

»Wie auch immer. Wir wissen jetzt, wie Sie zu unserem wichtigsten Projekt stehen. Und die Tatsache, dass Ihre Frau die Kantine auf dem Gelände übernehmen wollte, hat auf einmal ein Gschmäckle, nicht wahr?«

»Aha.« Mehr sagte Thomas Raible nicht dazu.

Plötzlich war Hepfs Jovialität verflogen. Er fixierte Raible aus seinen kalten grauen Augen. »Sie werden einsehen, dass ich Sie unter diesen Aspekten nicht weiter im Hauptamt der Stadt belassen kann.«

»So, so.«

»Aha und so, so – ist das alles, was Ihnen dazu einfällt?«

»Ja!«

»Gut, oder auch nicht gut. Ich werde Ihnen eine neue verantwortungsvolle Position anbieten.«

»Im Archiv, nehme ich an.«

»Jawohl, im Archiv!«

»Sie wissen, dass meine Begabungen woanders liegen.«

»Ja, ja. Ihre Reden, die Sie für den Herrn Landrat und manchmal ja auch für mich geschrieben haben, sind tatsächlich exzellent formuliert. Es gibt ja viele, die sagen, an Ihnen sei ein Journalist verloren gegangen.«

»Eine Liebhaberei. Aber davon abgesehen: Wenn Sie mich ins Archiv versetzen wollen, dann machen Sie den Bock zum Gärtner, aber das ist anderen ja auch schon passiert.«

»Ich hätte mir diese Art Bemerkung von Ihnen schon damals im Wahlkampf nicht gefallen lassen sollen. Und jetzt erlaube ich Ihnen so eine Beleidigung erst recht nicht.«

»Erlauben und Verbieten sind in meinen Augen keine demokratischen Begriffe.«

Thomas Raible erhob sich. »Ich werde versuchen, aus meiner neuen Aufgabe das Beste zu machen.«

»Gut. Sie übernehmen den Posten am 1. September. Bis dahin bitte ich mir absolute Loyalität aus.«

»Haben Sie jemals etwas anderes von mir erlebt, seit Sie im Amt sind?«

Grußlos ging der Stadtinspektor hinaus.

8

Das sollte nun ein Sommermorgen sein? An den Hängen, die das Städtchen umgaben, hingen graue Nebelschwaden wie schlaffe, nasse Leintücher. Die Luft war feucht und durchnässte die Kleider, ohne dass es regnete. Es war Mitte Juni, und das Thermometer zeigte grade mal zwölf Grad. Christian Ebinger hängte kurz nach sechs Uhr die Zeitungsseiten ins Schaufenster. Dann griff er sich das Konkurrenzblatt, das der Bote stets zu dem Packen der eigenen zum Verkauf bestimmten Exemplare legte. In seinem Büro wollte er wenigstens kurz überfliegen, was der Kollege Braun im Blatt hatte, bevor er in seine Wohnung ging, um zu frühstücken. Der Artikel über Thomas Raible und dessen Frau war jetzt schon seit Tagen allgemeines Gesprächsthema in Blaubeuren. Das wurmte Christian. In den Wochen davor hatte stets nur er für Diskussionsstoff gesorgt, und eigentlich wähnte er sich schon auf der Siegerstraße, zumal die Vertriebsleitung erst vor zwei Tagen geschrieben hatte, die Auflage im Raum Blaubeuren entwickle sich positiv.

Christian wollte grade die Ladentür hinter sich zuziehen und abschließen, als er eine Fahrradklingel und den Ruf »Wart mal!« hörte.

Anneliese Gramlich bremste ihr Rad so heftig ab, dass es sich querstellte.

»Was machst du denn mitten in der Nacht schon hier?«, fragte Christian überrascht.

»Ich bin auf dem Weg ins Tierheim. Aber vorher muss ich dir noch etwas sagen: Die alte Frau Meurer wär übers Wochenende um ein Haar gestorben.«

»Kenn ich nicht. Wer ist das?«

»Sie wohnt in der hinteren Haaggasse. Am Samstagabend hat sie einen schweren Herzanfall bekommen. Sie hat's noch geschafft rauszukriegen, wer von den Ärzten Wochenenddienst hatte. Sie hat ihn auch angerufen, aber er hat gesagt, sie solle ans Fenster gehen, tief durchatmen und sich wieder hinlegen. Das gehe vorbei.«

»Ja, und?«

»Es ist nicht vorbeigegangen. Sie hat noch mal versucht, mit dem Doktor zu telefonieren, aber der ist nicht mehr rangegangen. In ihrer Not hat sie Maria Preisentanz angerufen.«

»Und wer ist das?«

»Die war früher unsere Gemeindeschwester, als es noch eine Gemeindeschwester gab. Sie wär jetzt allerdings auch pensioniert. Aber aufhören musste sie schon mit 58, weil ihr Posten eingespart wurde.«

»Und weiter?« Christian begann zu frieren. Er hatte nur eine Trainingshose und ein Unterhemd an. Seine nackten Füße steckten in ein paar alten Gummilatschen.

»Die Schwester Maria hat auf einen Herzinfarkt getippt. Und nachdem der Dr. Konzelmann nicht mehr ans Telefon gegangen ist, hat sie das Krankenhaus in Ulm angerufen. Es hat fast eine Stunde gedauert, bis der Krankenwagen da war.«

»Und? Hat die Frau überlebt?«

»Ich weiß nicht. Schwester Maria hat mir die ganze Geschichte nur so weit erzählt. Sie ist wahnsinnig empört und hat gemeint, das wär vielleicht was für die Zeitung. Und ich hab ihr gesagt, das denke ich auch.«

»Warte«, sagte Christian, »ich muss mir die Namen notieren!«

Ein Blick in die Wochenendausgabe und ins *Blaumännle* bestätigte Christian, dass der diensthabende Arzt am vergangenen Wochenende tatsächlich Dr. Hansjörg Konzelmann gewesen war. Kurz nach acht Uhr klingelte der Redakteur an der Privatwohnung des Arztes. Konzelmann war um die sechzig. Er trug eine weiße Hose, ein leuchtend blaues, sehr glatt gebügeltes Hemd und eine gepunktete Fliege. Aus dem runden, roten Gesicht blinzelten hinter einer kreisrunden Brille zwei kleine

Augen. Christian überlegte, ob die Brillengläser die Augen so verkleinerten oder ob sie einfach nicht größer waren.

»Ja?«, schnappte der Doktor. »Was wollen Sie? Meine Praxis ist in der Hauptstraße 67.«

Christian stellte sich vor. »Ich hab nur zwei, drei kurze Fragen.«

»Was denn? Jetzt so früh am Morgen?«

»Sie hatten doch Wochenenddienst, nicht wahr?«

»Ja, und?«

»Sagt Ihnen der Name Meurer etwas?«

»Wie bitte?«

»Die Frau Meurer sagt, sie habe Sie am Samstagabend angerufen und um Hilfe gebeten.«

»Was geht Sie das an?«

»Eigentlich nichts. Es sei denn, Sie hätten ihr die Hilfe verweigert.«

»Sehen Sie sich vor, junger Mann. Wenn Sie mich beschuldigen wollen, finden Sie sich ratzfatz vor Gericht wieder!«

»Frau Meurer sagt, Sie hätten sich nicht um sie gekümmert. Ich möchte nun gerne Ihre Stellungnahme dazu.«

»Ich hatte am Wochenende sieben Notfälle. Ich konnte mit dem besten Willen nicht überall gleichzeitig sein. Und jetzt habe ich zu tun.« Doktor Konzelmann schlug die Tür zu.

Der nächste Weg führte Christian zu Maria Preisentanz. Die einstige Gemeindeschwester sah ihn erschrocken an, nachdem er ihr erläutert hatte, worum es ihm ging. »Ich sage nichts dazu!« Sie sah sich um, als hätte sie Angst, belauscht zu werden.

»Aber Sie sollen sehr empört gewesen sein. Und Sie selbst haben doch den Notdienst aus Ulm geholt.«

»Hören Sie zu, junger Mann, ich hab das zwar der Anneliese Gramlich erzählt. Aber das war unter uns – verstehen Sie? Nur so ein Gespräch zwischen Anneliese und mir. Wenn Sie mich in Ihrer Zeitung zitieren wollen – so heißt das doch, oder?«

»Ja, so heißt das.«

»Dann muss ich bestreiten, jemals darüber geredet zu haben.«

»Und warum?«

»Ich bin 67 Jahre alt und will den Rest meines Lebens ungeschoren hier leben. Wissen Sie, wie man bei uns sagt?«

Christian sah sie nur fragend an.

»Wenn mr an rußige Hafe anfasst, wird mr selber schwarz!« Sie drückte die Tür sanft ins Schloss. Christian sah auf die Uhr. Es war kurz nach neun.

Zehn Minuten später schloss er die Tür zur Geschäftsstelle und Redaktion der *Kreiszeitung* auf. Sherry kam ihm fröhlich bellend entgegen. »Mensch, äh Hund, dich hab ich ganz vergessen. Na komm!«

Er wollte gerade zur Tür hinaus, als sein Telefon klingelte. Am anderen Ende meldete sich eine männliche Stimme, ohne einen Namen zu nennen: »Nur dass das klar ist: Sie werden die Ärzte in unserer Gegend nicht in den Schmutz ziehen. Und wenn Sie es dennoch tun, erwarten Sie nicht, dass auch nur einer von ihnen Sie je behandeln wird, wenn's Ihnen mal dreckig geht.« Danach wurde sofort aufgelegt. Christian hatte ein gutes Gehör für Stimmen. Dr. Konzelmann war das nicht gewesen. »Was sagst du dazu?«, fragte Christian seinen Hund, aber der sah ihn nur erwartungsvoll an. »Na gut, versprochen ist versprochen. Los, komm!«

Im Laufschritt rannte der Redakteur die Hauptstraße hinauf. Nach etwa 200 Metern entdeckte er das Schild an der Arztpraxis Konzelmann. Er blieb einen Moment stehen, und als der Hund dicht bei der Eingangstür einen Haufen setzte, sagte er »Gut so, Sherry!« und schämte sich gleichzeitig. Mit einem großen Kastanienblatt schob er die Hundekacke unter einen Busch.

In der Mittagspause lieh er sich Rudi Dentlers VW und fuhr ins Krankenhaus nach Ulm. Den Hund nahm er mit und befahl ihm, im Auto zu warten. Frau Meurer liege im zweiten Stock auf Zimmer 217, erfuhr er. Als er klopfte und die Tür einen Spalt öffnete, sah er den Rücken eines kräftigen Mannes, der neben dem Krankenbett saß. Auf der Bettdecke lag ein großer bunter Blumenstrauß. Christian zog sich zurück bis ans Ende des Korridors, wo ein paar Gummibäume um vier Sesselchen und ein rundes Tischchen gruppiert waren. Er hatte sich grade gesetzt, als die Tür zu Zimmer 217 aufging. Heraus kam Dr. Konzelmann. Christian achtete darauf, dass ihn der Arzt nicht entdeckte, und betrat wenig später Frau Meurers Zimmer.

»Ja was, krieg ich noch mal Besuch?« Die alte Frau sah ihn strahlend an. »Sonst seh ich ja oft tagelang keinen Menschen.«

Christian stellte sich vor.

»Von der Zeitung, so, so.« Sie richtete sich ein wenig in den Kissen auf.

»Ich wollt gern wissen, wie das war am Wochenende«, sagte Christian.

»Mir geht's schon wieder sehr viel besser. Die Ärzte sagen, es sei gar net so schlimm gewesen. Ein, zwei Wochen muss ich hier drin bleiben, und dann darf ich in eine Kur. Vielleicht sogar nach Bad Wörishofen.« Wie das am Wochenende gewesen sei, wisse sie nicht mehr so genau. »Aber ich bin den Ärzten wirklich dankbar. Sehr, sehr dankbar! Das können Sie ruhig schreiben.«

Als Christian den VW zurückbrachte, erzählte er dem Goldschmied, was ihm widerfahren war. »Du kannscht also nix drüber schreiben?«, fragte Rudi Dentler.

Christian schüttelte den Kopf. »Ohne Zeugen?«

»Hascht denn recherchiert, ob der Konzelmann wirklich sieben Notfälle g'habt hat?«

»Nein. Aber das würde mir auch nicht weiterhelfen, solange weder Frau Meurer noch die ehemalige Krankenschwester zu ihrer Geschichte stehen.«

Am späten Nachmittag erschien plötzlich der Verleger Tim Wachter in der Blaubeurer Geschäftsstelle der *Kreiszeitung*. »Ich wollt mal sehen, wie's Ihnen so geht. Ich bin sowieso grade in der Gegend. Wir wollen droben auf der Münsinger Alb einen Golfplatz anlegen und machen so was wie eine Ortsbegehung.«

Christian Ebinger sah seinen Chef misstrauisch an. »Ist da auch der eine oder andere Arzt dabei?«

»Warum fragen Sie?«

Christian beschloss, den Stier bei den Hörnern zu packen, und erzählte die ganze Geschichte um die Herzattacke von Frau Meurer.

»Das ist genau so eine Story, wie wir sie brauchen«, sagte Tim Wachter.

»Ja, aber ich kann sie nicht beweisen.«

»Diesmal nicht. Aber so etwas passiert wieder. Garantiert. Wenn einer so eine Berufsauffassung hat wie offenbar dieser Dr. Konzelmann, macht er irgendwann den nächsten Fehler.«

»Und darauf soll ich warten?«

»Ja. Und einstweilen machen Sie genau so weiter, wie Sie angefangen haben. Ihre Artikel sind gut. Und das *Blaumännle* wirkt auf einmal so jung und frisch. Man liest es richtig gern. Und das zahlt sich aus, Herr Ebinger. Wir haben in Ihrem Bereich jetzt 3780 Abonnenten. Wenn es 5000 sind, kriegen Sie einen Dienstwagen und 200 Mark mehr Gehalt.« Dann grinste der Verleger wie ein kleiner Junge. »Sie sehen, meine Sekretärin ist Ihnen sehr gewogen, Ebinger.«

9

Rudi Dentler erschien kurz vor Geschäftsschluss in den Räumen der *Kreiszeitung*. »Gehscht mit in d'Sauna?«

»Wo gibt's denn hier eine Sauna?«

»Im Zementwerk. Ich hab Zugang, und du kriegst den auch. Also?«

»Menschenskind, ich hab nur ein Handtuch. Ich hab ja noch immer nicht alle meine Sachen aus Ulm geholt.«

»Handtücher hab ich im Auto. Und sogar einen funkelnagelneuen Bademantel, den hat mir eine Verehrerin geschenkt.« Rudi kniff sein rechtes Auge zu, wobei sein ganzes Gesicht verrutschte. »Aber der ist mir zu elegant. Und außerdem zu groß. Ich weiß nicht, wie die dazu kommt, mir solche Maße zu unterstellen.«

Als sie grade in den VW einsteigen wollten, rief Rudi: »Menschenskind, ich hab ja noch das Bild für dich.«

»Was denn für ein Bild?«

»›Jesus und seine Jünger gehen durchs Kornfeld‹. Gestern war ich bei Kurt und Anneliese, und die haben mich g'fragt, ob ich's dir mitnehm.«

Das Bild stand im Fußraum vor den Rücksitzen. Gemeinsam wuchteten sie es über die vorgeklappten Vordersitze heraus.

»Am besten hängen wir's gleich auf«, sagte Rudi, »wo soll's denn hin?«

»In mein Büro?«

»Ehrlich?«

»Ich glaub, in meiner Wohnung könnt ich's nicht ertragen.«

Christian stand auf einem Stuhl, Rudi hatte ihm einen Hammer und zwei Nägel gereicht. So etwas fand sich allemal in seinem Auto. Die Nägel hatte Christian schon eingeschlagen, jetzt wuchtete Rudi das Bild, das ein dicker goldener Rahmen noch schwerer machte, hinauf. »Gehst du eigentlich manchmal in die Kirche?«, fragte Christian.

»Ja, aber nur, weil ich so gern singe. Aber weißt, was komisch ist, ich erinnere mich noch bei allen Liedern an alle Verse im Text!«

»Aber du bist nicht gläubig?«

»Ich seh den Sinn des Glaubens darin, dass man miteinander leben kann und gut miteinander auskommt, den andern schätzt und ihm nix Böses tut – so hängt's schief, rechts drei Zentimeter höher! –, und ich finde die Zehn Gebote gut, weil sie die Menschenwürde und die Menschenrechte ausdrücken. So, jetzt hängt's grad!«

Das Zementwerk lag jenseits des Bahnhofs. Es war die Ursache dafür, dass die Dächer der Stadt alle aussahen, als seien sie mit Mehl bestäubt. Es lag auch am Zementwerk, dass täglich bis zu 40 Lastwagen durch die Stadt donnerten, die den Baustoff abholten und im Land verteilten. Die Geschäftsführung des Unternehmens bemühe sich schon seit einiger Zeit, den Staubausstoß zu verringern, und sie sei auch bereit, Geld zuzuschießen, wenn die Stadt eine Umgehungsstraße baue, erzählte einer der Saunagäste. Aber es fehle wohl am politischen Willen.

»Hasch g'hört?«, sagte Rudi Dentler und streckte sich auf der hölzernen Saunabank aus.

»Schon notiert«, erwiderte Christian und setzte sich auf die unterste Stufe. Er hatte keine Erfahrung im Saunieren.

Wenig später kamen die schwitzenden Männer aufs Höhlentauchen. Rudi stupste Christian an und deutete auf seine beiden Ohren. »Hör zu«, sollte das heißen, »noch ein Thema für dich!«

»Höhlentaucher sind wie Bergsteiger«, sagte ein dünner Mann, der auf der mittleren Bank saß und unablässig seine schweißüberströmte Haut mit einer Wurzelbürste traktierte, »fasziniert von ihrem Ziel und fanatisch im Training. Sie brauchen Erfahrung, Mut, Ausdauer, einen kühlen Kopf und kaltes Blut, denn sie tauchen unter extremen Bedingungen.«

Rudi Dentler lachte kurz auf. »Der Herr Dr. Köberlin. Druckreif wie immer.«

Es stellte sich heraus, dass der dünne Mann sowohl einen Doktorgrad als Mediziner wie auch als Chemiker besaß und als Laborleiter in einer pharmazeutischen Firma arbeitete, die sich erst vor wenigen Jahren zwischen Blaubeuren und Schelklingen angesiedelt hatte und seitdem beständig expandierte. Köberlin ging in seinen Urlauben mit Vorliebe auf extreme Bergtouren im Himalajagebirge. Seine Berichte darüber erschienen gelegentlich in der Wochenendausgabe der *Kreiszeitung*. Der dünne Mann hatte bewusst in Richtung Christian Ebinger gesprochen, und beim späteren Nachklang in der Kantine, die an den Saunaabenden bis 22 Uhr geöffnet blieb, setzte er sich neben den jungen Redakteur. Er bestellte als Einziger nur einen Salat und wendete sich dann sofort an Christian: »Wissen Sie, mit Ihrem Vorgänger bin ich ja nie warm geworden. Ich nehme fast an, meine Texte waren ihm zu anspruchsvoll.« Christian hatte sich auf Rudi Dentlers Empfehlung eine Portion weißen Presssack und ein Bier bestellt. Da er den Mund voll hatte, machte er nur »Mhm«.

»Als vor drei Jahren dieser Günter Hornbach in der Blautopfhöhle ums Leben gekommen ist, hat der Bertram Sommer in einer Zehnzeilenmeldung darüber berichtet. Dabei habe ich ihm …« Köberlin unterbrach sich.

Christian sah auf, schluckte den Bissen hinunter und fragte: »Was haben Sie ihm?«

»Ich hab ihm eine genaue Analyse des Unglücks geliefert. Und wissen Sie, was er geantwortet hat? Damit schockieren wir nur die Leute.«

»Was stand denn drin in Ihrer Analyse?« Christian fragte mehr aus Höflichkeit als aus Interesse.

Köberlin nahm seine Brille ab, putzte sie umständlich mit einer Serviette, setzte sie wieder auf und holte tief Luft. Die anderen Männer am Tisch warfen sich Blicke zu. Sie wussten, was sie nun erwartete, aber keinem wäre in den Sinn gekommen, den Laborleiter an seinem Vortrag zu hindern.

»Ich sagte ja schon«, hob Köberlin wieder an, »die Höhlentaucher sind wie Bergsteiger. Auch sie bilden richtige Seilschaften. Einer sichert den anderen. Aber der Günter Hornbach war ein Egoist. Er wollte allein vordringen bis in den Felsendom, den man ganz hinten in dem Höhlensystem vermutet. Hornbach ist immer alleine getaucht. »Wissen Sie, wie tief der Einstieg in die Höhle im Blautopf ist?«

Christian nickte. »21 Meter, und dann senkt sie sich langsam ab bis in eine Tiefe von 35 Metern!«

»Sehr gut«, sagte Köberlin wie ein Schulmeister. »Am Anfang geht es noch. Da spürt man die Strömung, aber dann, so nach 30, 40 Metern, fühlt man sie nicht mehr. Da machen die Schwimmbewegungen mehr Strömung als das Wasser selber. Und so ein Mann in seiner Gummihaut ist ja auch keine Forelle, nicht wahr? Plötzlich wird's schwierig mit der Orientierung.«

»Aber die haben doch Lampen dabei. Ich habe das auf Bildern gesehen«, warf Christian ein.

Köberlin winkte ab. »Der Schein der Lampe trügt. Das Wasser ringsum ist schwarz. Wenn nun einer die Orientierung verliert, schwimmt er ein Stück, dreht um, weil er denkt, die andere Richtung sei besser – aber«, er verlieh nun seiner Stimme ein gewisses Pathos, »das kann die Richtung in den Tod sein.« Einen Augenblick war es ganz still um den Tisch. Selbst die Kantinenwirtin hinter ihrem Tresen unterbrach das Spülen der Gläser.

Schließlich nahm Christian wieder das Wort: »Ich hab aber gelesen, dass ein dünner Draht am Boden entlangführt. Der weist doch den Tauchern den Weg, oder?«

Köberlin nickte. »Aber«, der Oberstudienrat hob den Zeigefinger, »wer sagt dem Taucher, in welcher Richtung er dem Draht folgen muss, wenn er einmal die Orientierung verloren hat? Und wenn einer da drin rumstrampelt, strudelt er so viel Schlamm und Dreck auf, dass er womöglich den Draht gar nicht mehr findet.«

»Und dann kommt der Tiefenrausch«, sagte ein Mann am anderen Ende des Tisches.

»Du sagst es, Andreas!«, bestätigte Köberlin.

»Wie muss man sich den vorstellen?«, fragte Christian.

»Träume sind das! Herrliche Bilder, die man da plötzlich sieht: blaue Inseln, bunte Blumenfelder, einen mit Sternen übersäten Himmel.«

»Oh, verheb's!«, ließ sich Rudi Dentler hören.

»Ich will euch ja nicht langweilen«, sagte Köberlin in leicht beleidigtem Ton. Dann zog er ein Manuskript aus seiner Sporttasche. »Vielleicht wollen Sie ja da mal reinlesen.« Er reichte Christian Ebinger das Papier.

»Mach ich«, antwortete der Redakteur. »Ich muss sowieso los. Mein Hund ist schon zu lange allein.« Er stand auf. »Wie erreiche ich Sie?«

»Steht alles drauf.« Köberlin deutete auf das Manuskript. »Würde mich wirklich freuen, wenn Sie's lesen.«

Rudi Dentler verließ gemeinsam mit Christian das Zementwerk. »Ich hätt ihm nicht sagen sollen, dass du vielleicht mitkommst. Er hat sich ja richtig darauf vorbereitet«, sagte der Goldschmied.

»War doch prima. Ich finde den Mann ausgesprochen interessant, und was er geschrieben hat, les ich noch heute Abend.«

»Soll ich dich heimfahren?«

»Ja, ich muss ja noch mit dem Hund raus.«

Vor der Tür zur Geschäftsstelle hielt Dentler. »Und nicht vergessen: Samstag. Mannheim!«

Nachdem er den Hund noch einmal Gassi geführt hatte, legte sich Christian Ebinger auf die große Matratze und schaltete die Leselampe ein, die am Kopfende auf dem Fußboden stand.

Sherry hatte sich ans Fußende gelegt und war sofort eingeschlafen.

»Sie versuchen es immer wieder«, las Christian nun in Köberlins Manuskript, »geübte und ungeübte Männer, junge und ältere. (Eine Frau hat man unter den Tauchern noch nie gesehen.) Sie stülpen die Tauchermasken übers Gesicht, schultern ihre Sauerstoffflaschen, schlüpfen in die Flossen und verschwinden in der Tiefe, um die unergründlichen Höhlen zu ertauchen, in denen sich das Wasser aus dem Felsgestein der Schwäbischen Alb sammelt. Weit hinten – so vermuten die Forscher – muss ein riesiger See sein, über dem sich eine mächtige Kuppel wölbt. Alle suchen danach. Sie schwimmen hinein in die wassergefüllte Höhle. Viele von ihnen wissen nicht, was sie erwartet. Bei Dieter Hornbach war das anders. Er hatte schon Dutzende von Tauchgängen hinter sich. Seine Atemgemischflasche war noch halb voll, als er an die Oberfläche getrieben wurde. Er hatte den Atemschlauch selbst aus dem Mund gerissen. In Panik vermutlich. ›Eine irrationale Situation‹, sagt Ernst Waldemar Bauer, einer der bekanntesten Höhlenforscher Europas. ›Unerklärlich für den, der nicht schon einmal selbst in dem Höhlensystem gewesen ist. Man kennt das aus anderen Tiefenhöhlen. Die Gänge verzweigen sich. Man folgt einem Gang, fühlt sich sicher – aber dann plötzlich kommen die Zweifel. Man will zurück, kommt wieder an eine Verzweigung, weiß nicht, links oder rechts? Man wendet sich in eine Richtung, aber die Zweifel verstärken sich, die Panik wächst. Der Taucher tut, was er immer getan hat. Er will auftauchen. Aber er stößt gegen die Höhlendecke und kommt nicht wie erwartet aus dem Wasser. Jetzt beginnt er, sich wild zu bewegen. Er weiß nicht mehr, wo ist hinten, wo vorne, wo oben und wo unten. Die Orientierung ist weg. Die Angst wird übermächtig. Er reißt sich den Atemschlauch aus dem Mund.‹«

Unwillkürlich hatte Christian, während er die letzten Sätze las, den Atem angehalten, bis es nicht mehr ging. Er spürte einen starken Druck hinter den Schläfen. Mit hochrotem Kopf sticß cr dic Luft aus und sagtc zu sich sclbst: »Nic würd ich so was machen, niemals!« Sherry hob kurz den Kopf, streckte sich, bis alle vier Pfoten zu zittern begannen, und rollte sich, einen zufriedenen Seufzer ausstoßend, wieder zusammen.

10

Als Christian bei Rudi Dentler aufkreuzte, sah der auf die Uhr: »Pünktlich wie die Maurer.«

»Ja, sagte Christian, »Pünktlichkeit ist die Höflichkeit der Journalisten!«

»Du meinst, ihr seid die neuen Könige?«

»Schön wär's.« Christian warf seinen Rucksack auf den Rücksitz.

»Du fährst!«, sagte der Goldschmied.

»Aber viel Fahrpraxis hab ich nicht.«

»Macht nix!«

Bei Merklingen erreichten sie die Autobahn. Bis hierhin hatte keiner der beiden etwas gesagt. Plötzlich richtete sich der Goldschmied auf: »Probe bestanden!«

»Na ja, so gut fahr ich ja nun doch noch nicht.«

»Des mein ich net! Du hascht bis jetzt nix g'schwätzt!«

»Dass man dich nicht in deinen Gedanken stören kann, merkt man doch.«

»*Du* merkst das. Ich kenn sonst kaum einen.«

Dann wurde bis Pforzheim nicht mehr geredet.

»Hättscht des Mädle denn g'heiratet?«, fragte plötzlich Rudi Dentler in die Stille hinein.

»Du meinst, die Sarah? Ja! Auf jeden Fall!«

»Und sie dich auch?«

»Glaub schon. Nein, eigentlich bin ich ganz sicher.«

»Manchmal könnt mr verrückt werde am Lebe!«, sagte Dentler. Und da Christian nicht darauf antwortete, schwiegen sie wieder, bis sie das schmale Reihenhaus in Mannheim erreichten, in dem der Schauspieler und Theaterdirektor Theo Dentler mit seiner Familie wohnte.

Unterschiedlicher konnten zwei Brüder nicht sein. Rudi, klein, knorrig, untersetzt, ein Kraftpaket. Theo schlank, hochgewachsen, elegant. Der Goldschmied sprach nur, wenn es sich nicht umgehen ließ. Der Schauspieler redete von der ersten bis zur letzten Minute des Zusammenseins, und jeder andere hatte Schwierigkeiten, sich erfolgreich zu Wort zu melden. »*Theo Dentler tritt auf als König seiner selbst*«, so hatte ein Theaterkritiker geschrieben. »*Und auf der Bühne zeigte er eine Präsenz, die nur diejenigen schmückt, die niemals Angst haben, sich lächerlich zu machen.*«

Seine Frau Christiane, die alle nur Chrischa nannten, war eine dunkle, ernste Erscheinung. Sie wirkte auf Christian wie eine gütige Mutter des Schauspielers und strahlte dennoch die Souveränität einer gleichberechtigten Partnerin aus. Dass sie ihn liebte, konnte man an den Blicken erkennen, die sie ihm zuwarf, während er mit Worten und Gesten brillierte.

Rudi hatte es nicht für nötig befunden, seinem Bruder und dessen Familie mitzuteilen, dass er einen Gast mitbringen würde. Aber Christian wurde sofort aufgenommen wie ein Familienmitglied. Man duzte sich vom Moment der Begrüßung an. Jetzt hatten sich alle in der großen Wohnküche versammelt. Christiane hatte Kaffee und Kuchen serviert. Etwas Habhaftes werde man erst nach der abendlichen Aufführung essen, sagte die Gastgeberin in ihrem klaren, akzentuierten Hochdeutsch. Sie stammte aus der Nähe von Hannover. Als sie den Kaffee eingegossen hatte, sagte Rudi zu seinem Bruder: »Du hast jetzt mal Sendepause. Der Christian will einen Vorschlag machen.«

Theo lachte laut. »Rede ich mal wieder zu viel?«

Niemand widersprach ihm.

»Na gut«, sagte Christian. »Ich hab gehört, dass ihr aus eurem Kellertheater rausmüsst. Und durch Zufall hab ich erfahren, dass in Blaubeuren eine Kirche frei geworden ist.«

»Eine Kirche?«, riefen Christiane und Theo wie aus einem Mund. Und die drei Kinder, die im Hintergrund spielten, krähten nach: »Eine Kirche?«

Christian schilderte die Lage und den Raum des neuapostolischen Gotteshauses.

»Klingt nicht schlecht«, sagte Theo schließlich. »Aber Blaubeuren? Wer geht in so einem Nest denn ins Theater?«

»Ich denke, es kommt darauf an, wie interessant man es für die Leute macht«, antwortete Christian.

»Da hat er recht.« Theo war aufgesprungen. »Es liegt nur an uns. Es wäre eine verdammt tolle Herausforderung.«

Rudi meldete sich. »Die Bühne könnte der Hubert Stoller bauen, des ischt ein sauguter Schreiner und Zimmermann.«

»Den Vorhang nähen wir selber«, sagte Christiane. »Die Leute sollen alles, was sie an Stoff loswerden möchten, vorbeibringen.«

»Als ersten Eintrittspreis könnte man einen Stuhl verlangen«, meinte Christian, den die Euphorie der anderen ansteckte.

»Es isch wie immer bei euch«, sagte Rudi. »Ihr verteilt das Fell des Bären, bevor ihr ihn g'schossen habt.«

Theo lachte: »Das hat öfter funktioniert, als es nicht funktioniert hat.«

Das Mannheimer Kellertheater fasste 100 Zuschauer, aber weil die Besucher nicht nur auf den Stühlen, sondern auch auf dem Boden und den Treppenstufen saßen, erlebten mindestens 120 die abendliche Aufführung. Manchen genügte auch ein Stehplatz hinter der letzten Reihe.

Gespielt wurde »Der Tausch« von Paul Claudel. »*Wer tauscht? Was wird getauscht?*«, las Christian in dem schmalen Programmheft. »*Man sieht zwei Paare. Der Mann des ersten Paares will die Frau des anderen Paares. Die Frau des ersten Paares will den Mann des anderen Paares. Und alle werden unglücklich. So der Lageplan des Werkes.*« Es war ein Zitat des großen Theaterkritikers Alfred Kerr. Christian erkannte schnell, der Mann, der tauschen wollte, war ein reicher Amerikaner. Das andere Paar stammte aus Europa, und zumindest die bodenständige Frau Marthe hatte sich in der Neuen Welt noch nicht zurechtgefunden. Das Unglück nahm seinen Lauf. Christian sah zunächst ohne große Begeisterung zu. Das änderte sich aber im Verlauf der Aufführung. Theo Dentler spielte den reichen Amerikaner Thomas. Christiane spielte dessen Frau. In ihrer Auseinandersetzung zogen sie den jungen Redakteur bald schon so sehr in ihren Bann, dass er ganz vorne auf der Stuhlkante saß, den Kopf weit vorgestreckt, die Hände zwischen den Knien verschränkt, als müsste er sie bändigen. Das waren zwei Schauspieler, die auf jeder großen Bühne ihr Publikum fasziniert hätten. Nun spielten sie in diesem engen Keller, und Christian hatte das Gefühl, als verkauften sie sich weit unter Wert. Wie würde das erst in der barackenähnlichen einstigen Kirche in Blaubeuren werden? Das Publikum applaudierte lange und anhaltend. Es waren sogar vereinzelte Bravorufe zu hören.

Nach der Aufführung versammelten sich die Schauspieler und die beiden Techniker mit den Gästen aus Blaubeuren in der Garderobe. Überall lagen Kostüme und Requisiten herum. Auf dem Schminktisch stand ein silbernes Tablett mit belegten Broten, garniert mit Tomaten und sauren Gurken. Theo Dentler stand breitbeinig in der Mitte des kleinen Raums, öffnete eine Champagnerflasche und goss den Inhalt in Gläser der verschiedensten Form. Christian erhielt ein hohes, schweres Wasserglas, gefüllt bis an den Rand. »Prost!«, rief der Theaterleiter, »ein großer Abend, ein großes Stück, und wir waren gut! Wir waren sogar sehr gut! Lasst uns darauf trinken!«

Man stieß an, und der Intendant griff bereits nach einer neuen Flasche.

Christian Ebinger sagte: »Ihr könntet die Inszenierung doch auch anderen, größeren Theatern anbieten.«

»Anbieten?«, schrie Theo, »wer sind wir denn? Die sollen zu uns kommen und uns bitten, bei ihnen zu spielen. Anders geht das nicht, mein Lieber!«

Sie feierten bis morgens um drei Uhr. Und als sie in das Reihenhaus zurückkehrten, führte Theo Dentlers erster Weg zum Kühlschrank, um noch eine Flasche Champagner zu holen. Christiane verkündete, sie gehe ins Bett. Rudi, der den ganzen Abend kaum ein Wort geredet hatte, verschwand mit einem hingenuschelten »Bis morgen« in seinem Zimmer. »Aber du bleibst noch!«, sagte Theo zu Christian, und der wagte nicht zu widersprechen.

Der Theaterleiter nahm einen Schluck direkt aus der Flasche und stellte sie so heftig auf den Tisch, dass der Inhalt überschäumte. »Scheißleben!« Er ließ sich in einen Sessel fallen. »Das ist wie bei der postkoitalen Depression, nachdem du wunderbar mit einer Frau geschlafen hast. Eine Aufführung kann noch so gut gewesen sein und die Feier danach noch so toll – trotzdem fällst du irgendwann in ein tiefes schwarzes Loch!«

Christian sagte nichts darauf. Er stand an die Wand gelehnt und hielt ein leeres Glas in der Hand. Theo hatte ihm nicht eingeschenkt, sondern trank weiter aus der Flasche. »Blaubeuren? Ich weiß nicht, was ihr euch dabei denkt. Das Kellertheater hat uns schon nicht ernährt. Und in dem Provinznest dort, im Schatten der Alb, wird es nicht besser werden. Im Gegenteil. Wir haben Schulden und wir haben keine Perspektive. Dabei sind wir die Besten.«

»Ich fand eure Aufführung auf jeden Fall große Klasse!«, warf Christian ein.

Theo Dentler nickte ein paarmal. »Das ist sie auch. Aber was nützt uns das?« Er stemmte sich aus seinem Stuhl heraus, ging wieder zum Kühlschrank, entnahm ihm ein paar Knackwürste und biss kräftig hinein. »Ich muss eine Familie ernähren und für meine Schauspieler sorgen.«

Christian gab sich einen Ruck. »Ich muss ins Bett, ich bin fix und fertig!«

»Ja. Geh nur. Geht nur alle. Lasst mich ruhig allein!«

Christian wollte noch etwas sagen, aber da fixierte ihn der Schauspieler mit so einem bösen Blick, dass ihm das Wort im Halse stecken blieb.

»Gute Nacht!«, sagte Dentler und wendete sich ab.

»Gute Nacht!« Christian ging in sein Zimmer. Er hatte das Gefühl, völlig fehl am Platz gewesen zu sein.

Am nächsten Morgen war die trübe Stimmung Theo Dentlers verflogen. Er kam singend aus dem Badezimmer und gesellte sich zu den anderen, die in der großen Wohnküche schon beim Frühstück saßen. »Ich hab nicht geschlafen, aber ich hab schon tausend Ideen für unser neues Theater in Blaubeuren. Wir werden eine ganze Region verzaubern, glaubt mir. Das wird ein wunderschönes großes Abenteuer.«

II

»Wir müssen doch sehen, wie's dir so geht, wie du wohnst und so …« Christians Mutter klang ein wenig aufgeregt. Sie war es nicht gewohnt zu telefonieren. Aber als ihr Mann sie gefragt hatte, ob sie es sich zutraue, Christian in seiner Redaktion anzurufen, er selbst habe den ganzen Tag Unterricht und Konferenzen, da hatte sie sofort gesagt: »Ja, warum denn nicht?« Ein eigenes Telefon hatten sie nicht. Wichtige Gespräche führten die Ebingers vom benachbarten *Gasthaus zur Sonne* aus. Jetzt teilte Luise ihrem Sohn mit, der Vater habe beschlossen, dass sie ihn am Wochenende besuchen würden. Der Zug komme am Samstag um 12.35 Uhr in Blaubeuren an. Offenbar hatte Albert Ebinger den Gedanken, Christoph könnte keine Zeit für sie haben, gar nicht erst in Betracht gezogen. Man könne ja dann gleich zusammen essen gehen, habe er gemeint, sagte die Mutter.

»Wollt ihr denn über Nacht bleiben?«, fragte Christian.

»Ja, der Zug zurück geht am Sonntag um 11.27 Uhr ab Blaubeuren. Wir müssen in Ulm umsteigen, und ab Stuttgart nehmen wir den Omnibus.«

»Bei mir könnt ihr aber nicht schlafen. Ich guck nach einem preiswerten Zimmer in einem kleinen Hotel oder einer Pension.«

»Darüber haben wir nicht gesprochen, aber ich denk, das wird Vater schon recht sein.« Christian fiel auf, wie sehr sich seine Mutter am Telefon bemühte, Hochdeutsch zu reden, was für ihn ziemlich fremd klang.

Als er aufgelegt hatte, sprang er von seinem Stuhl auf, was Sherry irrtümlich so deutete, als ob sie jetzt gleich zu einem Spaziergang aufbrechen würden. Rastlos schritt Christian in seinen beiden Räumen auf und ab, den Hund immer an seinen Fersen. Was hatte seinen Vater wohl zu dem Entschluss bewogen, so kurz nach Christians Besuch in Fleckenhausen nun seinerseits nach Blaubeuren zu reisen?

Sie hatten am Samstagmittag gerade an einem gemütlichen Tisch in einer Nische der *Waldklause* Platz genommen, da bekam er auch schon die Antwort: »Du musst nicht glauben, dass ich nicht gemerkt hätte, wie verärgert du abgefahren bist. Und natürlich kann ich mir denken, was in deinem Kopf vorgegangen ist, schließlich kennt dich niemand besser als ich – und deine Mutter natürlich. Du musst wissen, wie vielen Anfeindungen ich ausgesetzt war …«

»Wollen wir vielleicht nicht erst mal die Speisekarte studieren?«, unterbrach Christian seinen Vater.

»Das hat Zeit!« Albert Ebinger schob die Karten entschieden zur Seite. Die Wirtin wechselte einen Blick mit Christian. Sie hatte die Familie die ganze Zeit im Auge gehabt und signalisierte dem jungen Redakteur nun, dass sie verstanden hatte, was an seinem Tisch vor sich ging.

»Jedenfalls wollte ich so schnell wie möglich wieder zurück in die Gemeinschaft unseres Dorfes«, fuhr Albert Ebinger fort. »Und der Pfarrer hat mir da entscheidend geholfen. Ich habe auch einen guten Kontakt zum Bürgermeister und zu den meisten Leuten im Gemeinderat. So kam es auch, dass ich wieder in mein früheres Amt als Schulleiter eingesetzt wurde.«

»Ja, ich weiß ja. Das war sehr schön für dich!«, sagte Christian lahm.

»Ja, und auch wenn du das nicht glauben willst: Es ist nicht unverdient. Und da ist es nur selbstverständlich, dass ich der Gemeinschaft …«

»Aber musstest du deshalb gleich dem BHE beitreten?«, unterbrach ihn der Sohn.

»Mag sein, dass es ein Fehler war. Man kann ja feststellen, dass die CDU uns inzwischen genauso anständig behandelt. Nur die SPD, mit diesem Emigranten Brandt an der Spitze …«

»Vater! Bitte! Lass uns in Ruhe essen. Möglichst ohne zu politisieren. Das gibt sowieso nur Krach!«

»Der Bub hat recht«, sagte Luise Ebinger und griff entschlossen nach der Speisekarte. Dann wandte sie sich direkt an ihren Mann: »Wolltest du dem Christian nicht sagen, wie gut dir seine Artikel gefallen haben?«

»Die sind wirklich gut. Und dass du jetzt sogar schon Redakteur bist – alle Achtung.«

»Den Rostbraten kann ich empfehlen und die Spätzle sowieso«, sagte Christian.

»Ich möchte …«, setzte der Vater noch mal an, »also mir ist es wichtig, dass du meine Entscheidungen akzeptierst, grade bei dir ist mir das wichtig.«

Christian legte die Speisekarte noch mal aus der Hand und beugte sich weit über den Tisch. Er versuchte, mit den Augen den Blick seines Vaters festzuhalten. »Ich denke halt, nach deiner Vergangenheit solltest du erst mal gar keiner Partei beitreten. Überall sitzen wieder die Leute, die auch vorher schon auf ihren Posten saßen.«

»Nicht überall. Aber du hast recht, man kennt den einen oder anderen noch persönlich, was ja nun kein Schaden ist.«

»Du hältst viel beachtete Vorträge, du schreibst für die Zeitung, du leitest eine Schule, die immer größer wird, jetzt, wo so viele Menschen neu zuziehen in Fleckenhausen. Genügt das denn nicht?«

»Ich nehm den Sauerbraten mit Rotkraut«, sagte der Vater.

Erst auf dem Spaziergang, der sie direkt nach dem Essen durch ein sanftes Wiesental Richtung Münsinger Alb und über einen Waldrücken zurück nach Blaubeuren führte, nahm der Vater das Thema wieder auf. Unversehens blieb er stehen, verschränkte seine Hände hinter dem Rücken und wippte auf den Fußballen hin und her. »Du hast recht, Christian. Ich werde aus dieser Partei austreten, und ich geh auch in keine andere mehr. Es sind ja nur noch wenige Jahre bis zu meiner Pensionierung, und danach – das habe ich mir schon überlegt – könnte ich in Fleckenhausen eine Außenstelle der Kreisvolkshochschule aufbauen. Den Leiter in Tübingen kenne ich ganz gut.«

Christian sagte nichts dazu. Er kannte ja seinen Vater als flexiblen, um nicht zu sagen als opportunistischen Menschen. Albert Ebinger fand immer wieder einen Weg, sich eine Bedeutung zu geben, und war ganz offensichtlich davon abhängig, dass er sie auch bekam. Das Besondere war freilich, dass ihm das offensichtlich niemand übel nahm. Über 90 Prozent der Bevölkerung von Fleckenhausen hatten nach seiner Rückkehr aus dem französischen Internierungslager eine Petition unterschrieben, in der um die Rückkehr des einstigen Ortsgruppenleiters der Nazipartei in seine alten Ämter als Lehrer und Schulleiter gebeten wurde. Die Anfeindungen, auf die er sich beim Essen berufen hatte, hatten kaum stattgefunden. In Gegenteil: Nahezu jeder im Dorf bestätigte dem Schulmeister, sich anständig verhalten und keine Schuld auf sich geladen zu haben.

Als die Eltern Christians Wohnung besichtigten, schlug die Mutter die Hände über dem Kopf zusammen. »Ja, Bub, so kann man doch nicht leben. Du hast ja fast keine Möbel.«

»Ich komm ganz gut zurecht. Das eine oder andere werde ich mir im Lauf der Zeit natürlich noch anschaffen. Aber im Augenblick fehlt mir dafür noch das Geld.«

»Alle Leute kaufen heute ihre Sachen auf Ratenzahlung«, sagte die Mutter, »und du hast doch ein sicheres Gehalt.«

»Also, wenn schon auf Pump, dann bleibt das in der Familie«, entschied der Vater. »Du kriegst einen Kredit von mir, zinslos für zwei Jahre, und zahlst ihn zurück, wie du kannst. Deinem Bruder mach ich das gleiche Angebot. Der will ja unbedingt ein Auto kaufen.«

In Christians Büro setzte sich Albert Ebinger an die Schreibmaschine und formulierte einen Schuldschein über 2500 Mark.

Christian unterschrieb, und der Vater versprach, dass das Geld spätestens in einer Woche auf dem Konto des Sohnes sei.

Abends saßen sie noch in der kleinen Gaststube des Hotels zusammen, in dem Christian die Eltern untergebracht hatte. Man umging alle strittigen Themen und trank gemeinsam eine Flasche Wein. Als sie in der kühlen Abendluft vor dem Hotel Gute Nacht sagten, nahm Luise Ebinger ihren Jüngsten kräftig in die Arme und sagte: »Wenn du mal länger verreisen willst, kannst du uns gerne deinen Hund bringen. Wir passen gut auf ihn auf.«

»Danke!«, sagte Christian, gab seinem Vater die Hand und ging die menschenverlassene Straße hinunter. Die Straßenlaternen warfen seinen Schatten in den Rinnstein. Sherry rannte weit voraus. Er kannte ja den Weg. Weder der Vater noch die Mutter hatten gefragt, wie er mit dem Verlust Sarahs fertigwerde. Als ob das jüdische Mädchen nie in ihr Leben getreten wäre, und dabei hatten die beiden sie doch auch gekannt.

12

»Da gehen mindestens zweihundert Leute rein!« Theo Dentler durchschritt den leeren ehemaligen Kirchenraum von der einen Stirnseite zur anderen. An der Längswand gegenüber der Eingangstür standen zwei Bierbänke, auf denen Theos Bruder Rudi, Christian Ebinger, Christiane Dentler, Kurt Gramlich, dessen Schwester Anneliese und Dorothee Niggemeier Platz genommen hatten. »Sieben Mitglieder«, rief die ehemalige Studienrätin, »das reicht, um eine Partei zu gründen.«

»Wir lassen es beim Theaterverein Blaubeuren«, antwortete Christiane Dentler in ihrer sachlichen Art, »und dich machen wir zur Vorsitzenden, Dorothee.« »Wir machen hier weit mehr als Theater«, rief Theo, ohne seine Schritte zu verlangsamen. »Der Alltag unserer Zuschauer wird zum Ereignis. Wir werden zwar hier auch Theater machen, aber wir werden, weit darüber hinaus, die Menschen zum Spielen bringen, und zwar alle, die den Mut haben, mitzumachen.«

Christian stand auf. »Ich muss los! Ich hab endlich einen Termin beim Bürgermeister gekriegt.«

»Frag ihn doch, wann wir ihm unser Projekt vorstellen können«, rief Theo. »Wenn sich's ergibt.« Christian wollte nicht allzu sehr in die Pläne des euphorischen Theaterleiters einbezogen werden. Eine der wichtigsten Berufsregeln hatte ihm sein Ausbilder, der Lokalredakteur Arnold Kühn, schon in den ersten Tagen mit auf den Weg gegeben: »Als Journalist soll man sich mit keiner Sache gemein machen, auch nicht mit einer guten.«

Christian gab Sherry, der unter der Bank lag, einen Stups mit der Fußspitze, und die beiden machten sich auf den Weg Richtung Ausgang. Dort öffnete sich im gleichen Augenblick die Tür. Eine junge Frau trat herein. Sie sah Christian direkt in die Augen. Er hatte ein Gefühl, als nähmen sich ihre Blicke bei den Händen – so oder so ähnlich hatte er es einmal bei

Tucholsky gelesen. Nur einmal in seinem Leben hatte er eine solche Situation erlebt, damals, als er das erste Mal Sarah gegenübergestanden hatte. Und das war fast drei Jahre her.

»Ist das hier, wo Theater gespielt wird?«, fragte die junge Frau. An ihrem Tonfall war sie leicht als Schweizerin zu erkennen. Sie stand noch immer so in der Tür, dass Christian nicht an ihr vorbeikonnte. »Ja«, sagte er.

»Kann man da mitmachen?« Sie wickelte eine ihrer braunen Locken um den rechten Zeigefinger und sah zu Christian auf. Ihre dunklen Augen hatten ihn die ganze Zeit nicht losgelassen.

»Da müssen Sie den Theo fragen.« Christian deutete auf den Schauspieler. »Darf ich bitte vorbei?«

»Oh, excusez!« Sie lachte, trat zur Seite und ging dann rasch in den Raum hinein. Christian sah ihr nach und ertappte sich dabei, dass er am liebsten den Termin beim Bürgermeister geschwänzt hätte, um dazubleiben.

Auf dem Weg zum Rathaus begegnete er der kleinen Steffi Steininger. Sherry sprang mit spitzem Bellen freudig erregt an dem Mädchen hoch. »Du bist gar nicht mehr bei mir vorbeigekommen. Du wolltest doch den Sherry manchmal ausführen«, sagte Christian.

»Ja, aber ich darf nicht.«

»Und warum nicht?«

»Weil's mein Papa verboten hat.«

»Und hat er das auch begründet?«

Steffi nickte: »Er will keinen Ärger mit den Müllers.«

»Aha. Ja, das versteh ich.«

»Ich find's feige«, sagte Stefanie.

»Vielleicht ist es nur klug!«

»Was ihr Erwachsenen immer für Ausreden habt!« Das Mädchen stampfte mit dem Fuß auf, knuddelte Sherry noch mal und rannte dann davon.

Matthias Hepf saß hinter seinem Schreibtisch, als die Sekretärin den Redakteur in den düsteren Raum hereinführte. Grußlos deutete der Bürgermeister auf den Stuhl vor seinem Schreibtisch. »Sie haben 30 Minuten!«

»Danke!« Christian setzte sich.

»Sie werden sich vielleicht gewundert haben, dass ich mich so lange nicht gemeldet habe …«

»Och«, machte Christian unbestimmt und sah zu dem Bild hinauf, das hinter Hepfs Schreibtisch hing und den Ministerpräsidenten des Landes, Kurt Georg Kiesinger, zeigte. »Aber Sie können sich vorstellen, dass ich Wichtigeres zu tun habe. Ich will Ihnen auch nur kurz sagen, dass es völlig unmöglich ist, sich aus einer nichtöffentlichen Sitzung auf krummen Wegen Informationen zu beschaffen und die dann in der Zeitung breitzutreten.«

»Eigentlich bin ich gekommen, um Ihnen ein paar Fragen zu stellen. Unter anderem zu dem Bauprojekt im Weiherseck.«

»Mir ist auch zu Ohren gekommen, dass Sie sich gegen unsere Ärzte in der Stadt gestellt haben. Haben Sie eine Ahnung, wie schwer es ist, gute Mediziner hierherzubekommen, zumal in Ulm ein Universitätsklinikum entstehen soll? Es will doch kein Arzt mehr aufs Land!«

Christian wollte etwas sagen, aber der Bürgermeister ließ ihn nicht dazu kommen. »Und dann noch eins. Der Kinobesitzer Maile hat sich beschwert.«

»Worüber denn?«

»Sie machen seine Filme madig! Bisher war es Usus, dass der Herr Maile dem Herrn Sommer das Werbematerial der Filmverleihfirmen gebracht hat, und der hat das dann im *Blaumännle* abgedruckt!«

»Ich habe in Ulm unter anderem Kinokritiken geschrieben. Und die Filme kommen jetzt langsam auch hier ins Kino. Ich kann mit dem besten Willen keinen Film positiv ankündigen, den ich gesehen habe und der einfach schlecht ist.«

»Sie werden schon sehen, was Sie davon haben. Glauben Sie denn, der Herr Maile wird noch bei Ihnen inserieren, wenn Sie die Leute nicht zum Besuch seiner Filme animieren?«

»Eine Frage, Herr Bürgermeister, was geht Sie das eigentlich an?«

Hepf schnappte nach Luft. »Wie bitte? Was mich das angeht?«

»Ja, genau das war meine Frage.«

»Ich bin der Bürgermeister dieser Stadt. Mich geht alles etwas an, was hier passiert. Außerdem: Das *Blaumännle* ist auch das Amtsblatt der Stadt. Also bin ich auch Mitherausgeber.«

Christian Ebinger wurde langsam ärgerlich. »Herr Bürgermeister, wir hatten ein Informationsgespräch vereinbart!«

»Ja, sicher. Ich informier Sie ja grade.«

»Kann ich dann auch noch etwas fragen?«

»Ja, ja natürlich!«

»Wie weit ist denn das Projekt Weiherseck gediehen? Es gibt so unterschiedliche Aussagen dazu.«

Zum ersten Mal lächelte das Stadtoberhaupt. »Hier steht alles drin, was Sie dazu wissen müssen.« Hepf zog eine Schreibtischschublade auf, entnahm ihr ein Papier in einer Klarsichthülle und legte es vor Christian auf den Tisch.

»Ist denn ein Tunnel durch den Drachenfels geplant?«

»Lesen Sie den Text, da steht alles drin.«

»Auch wenn man – wie ich – erst kurz in Blaubeuren wohnt, merkt man ja, dass die Zementtransporte eine Belastung für die ganze Stadt sind. Wenn nun noch all diese Baufahrzeuge ins hintere Weiherseck durch die Wohngebiete rollen würden …«

»Ja?«

»Na ja, ein Verkehrswegeplan, der beide Probleme lösen würde …«

»Wie bitte?«

»Damit könnte sich ein Bürgermeister doch riesige Verdienste um die Stadt erwerben … Ich meine, wenn er den durchsetzen würde.«

Hepf musterte den Journalisten mit zusammengekniffenen Augen. »Sie sind gar nicht so dumm …«

»Danke!«

»… wie Sie aussehen!« Hepf lachte, als habe er einen besonders guten Witz gemacht.

»Sie sind ja auch nicht so, wie Sie aussehen, oder?«, sagte Christian.

Das zufriedene Lachen Hepfs verstummte schlagartig. »Was meinen Sie damit?«

Christian Ebinger antwortete nicht darauf, sondern fuhr fort: »Was sind denn nun die großen Themen der Lokalpolitik, die für Ihre laufende Amtszeit noch anstehen?«

»Auch dazu kriegen Sie ein Papier. Meine Sekretärin gibt es Ihnen, wenn Sie rausgehen.«

Christian wollte sich nicht so einfach abspeisen lassen. »Ist eine Umgehungsstraße geplant, damit die Zementlaster nicht mehr mitten durch die Stadt fahren müssen?«

»Man kann nicht zwei oder drei Großobjekte auf einmal durchziehen. Eins ums andere, Herr Ebinger, Schritt für Schritt.«

»Und welches ist der erste Schritt?«

»Das werden wir zu gegebener Zeit entscheiden.«

»Wird es denn noch etwas mit der Kläranlage?«

»Auch die ist Teil der geplanten Infrastrukturmaßnahmen, die wir Schritt um Schritt verwirklichen wollen. Es würde zu weit führen, Sie da jetzt mit allen Details zu versorgen.«

»Dann bekomme ich vermutlich die gleiche Antwort, wenn ich Sie nach dem geplanten Schwimmbad im Blautal und dem Ausbau der Volksschule frage.«

»Ganz recht! Und bevor Sie weitermachen: Ob wir es schaffen, das Gymnasium zu erweitern, wie es von der Opposition ständig gefordert wird, kann ich im Augenblick auch noch nicht sagen.« Hepf erhob sich und streckte die Hand über den Tisch. »Ja, das war's dann!«

»Nur eine Frage noch.« Christian übersah die Hand des Bürgermeisters.

»Dann aber bitte schnell, ja?!«

»Haben Sie von den Theaterplänen gehört?«

»Was für Theaterplänen?«

»Der Bruder des Goldschmieds Dentler hat bisher ein Kellertheater in Mannheim geleitet. Er muss dort raus und plant nun, eventuell im ehemaligen Kirchenraum der neuapostolischen Gemeinde eine Spielstätte zu eröffnen.«

»Was denn? Hier in Blaubeuren?«

»Für eine Stadt, die zunehmend auch den Tourismus fördern will …«

Hepf unterbrach den Redakteur: »Ein richtiges Theater? Oder mehr so ein … so ein … Volkstheater?«

»Das müssten Sie Theo Dentler fragen. Ich würde Sie allerdings gerne zitieren, wenn ich über die Pläne der Künstler schreibe.«

»Nun«, Hepf setzte sich wieder, »in Bayern gibt es ja diese volkstümlichen Bühnen. Ich war erst neulich in Bad Wiessee am Tegernsee und hab mir so eine Vorstellung angeschaut. Tegernseer Bauernbühne hieß das Theater, glaube ich. Tolle Stimmung! Bewirtung dabei. Warten Sie, mir fällt gleich ein, wie das Stück hieß. Der verschenkte … nein, der verkaufte Großvater! Also wenn die so was machen, können Sie mit meiner Unterstützung rechnen. Jederzeit!«

Christian stand nun auch auf. »Ich nehme an, Sie kandidieren wieder!«

Hepf lachte selbstgefällig. »Was soll ich denn sonst tun? Blaubeuren im Stich lassen?« Jetzt reichte er Christian geradezu jovial die Hand, geleitete ihn sogar zur Tür und sagte dort: »Wir bleiben im Gespräch, ja? Wenn Sie sich Mühe geben, klappt das vielleicht doch noch ganz gut mit uns.«

»Auf Wiedersehen, Herr Bürgermeister.« Mehr fiel Christian dazu nicht ein.

Hepfs Sekretärin hatte auf Sherry aufgepasst, solange dessen Herrchen beim Stadtoberhaupt gewesen war. »Der ist ja so brav«, sagte sie, »den können Sie immer mitbringen, wenn Sie Termine beim Herrn Bürgermeister haben.«

»Ja, gerne, aber ich fürchte, so oft wird das nicht der Fall sein. Los, Sherry, komm!«

Um 15 Uhr schloss Christian Ebinger die Tür zur Geschäftsstelle auf und ging gleich zum Schreibtisch, um sich in den Text zu vertiefen, den ihm der Bürgermeister mitgegeben hatte. Aber er wurde nicht schlau daraus. Alle Angaben zu der geplanten Müllverbrennungsanlage waren so allgemein gehalten, dass daraus noch nicht einmal geschlossen werden konnte, wann und ob überhaupt gebaut werden sollte. Mit jedem Satz wuchs der Zorn des jungen Redakteurs. Zu deutlich war zu erkennen, dass mit diesem Papier nichts anderes bezweckt wurde, als den Leser über die geplanten Maßnahmen im Unklaren zu lassen, wenn nicht gar in die Irre zu führen.

Das Glockenspiel über der Eingangstür ertönte. Christian stand auf und wollte in die Geschäftsstelle hinübergehen, aber da stand der Besucher schon in der Tür zwischen den beiden Räumen. Christian musste einen Augenblick überlegen, dann fiel ihm wieder ein, wen er da vor sich hatte: Dr. Köberlin, den er in der Sauna kennengelernt hatte. »Ach, Sie sind's?«

»Klingt nicht grade begeistert. Störe ich?«

»Nein, überhaupt nicht. Eigentlich kommen Sie wie gerufen. Ich lese grade ein Papier, das mir der Bürgermeister überreicht hat.« Überreicht, schoss es ihm durch den Kopf, wie rede ich denn?

»Und, was steht drin?«

»Nichts! Das ist das Problem.«

Köberlin lächelte. »Ja, da ist er ein Meister drin: Viel reden und wenig sagen, und fürs Schreiben gilt das wahrscheinlich genauso.«

Christian hatte sich wieder hinter seinen Schreibtisch gesetzt und bat seinen Besucher, Platz zu nehmen. »Ich habe Ihr Manuskript gelesen. Find ich wahnsinnig spannend. Am liebsten würde ich im *Blaumännle* eine Serie über die Geschichte des Höhlentauchens am Blautopf machen. Hätten Sie da Lust dazu?«

Köberlin rutschte auf seinem Stuhl ganz nach vorne, beugte den Oberkörper vor und legte die Hände auf die Kante des Schreibtisches. »Nichts lieber als das!«

»Wegen des Honorars muss ich allerdings mit dem Verleger noch reden.«

Köberlin winkte ab. »Das ist für mich zweitrangig.«

»Für mich nicht«, sagte Christian. »Gute Arbeit soll auch gut bezahlt werden, hat ein guter Bekannter von mir in Fleckenhausen schon immer gesagt.«

»Sträuben werde ich mich natürlich nicht gegen eine Bezahlung«, sagte Köberlin. »Wie viel Platz kriege ich denn für so eine Folge?« »Zwei Seiten«, entschied Christian, »und wir sollten immer auch drei oder vier Fotos zur Illustration haben.«

Köberlin nickte. »Kein Problem!«

Eigentlich war alles besprochen, aber Christians Besucher blieb sitzen. Er schob sich auf dem Stuhl nach hinten, schlug die Beine übereinander und sagte: »Ich will mich ja in Ihre Arbeit nicht einmischen. Aber ich hätte da eine Idee.«

»Nur raus damit!« Auch Christian setzte sich bequemer hin.

»Das *Blaumännle* ist doch auch das Amtsblatt der Stadt Blaubeuren.« Der Redakteur nickte nur.

»Die Gemeinden ringsum haben ja auch Mitteilungsblättchen, aber die sind so … so … sagen wir mal unansehnlich …« Köberlin winkte geringschätzig ab.

»Sie meinen, wenn wir die mit aufnehmen würden und jedem Bürgermeister eine oder zwei Seiten einräumen …?«

»Genau das war meine Idee.«

»Aber das *Blaumännle* liegt nur unserer Zeitung bei, und wer sie nicht abonniert hat, kriegt es hier in Blaubeuren gratis in den Briefkasten gesteckt.«

»Ja, ich weiß. Aber das *Blaumännle* wird trotzdem für manchen der Grund gewesen sein, Ihre Zeitung zu abonnieren. Und wenn man das jetzt auf die Dörfer im Umkreis überträgt ...«

»Genial!«, rief Christian. »Das sollten wir möglichst schnell dem Verleger erzählen!«

»Sie! Nicht wir. Ich schenke Ihnen die Idee, und von mir wird niemand erfahren, wer sie ursprünglich hatte.«

13

Zwei Tage später saß der Jungredakteur Christian Ebinger dem Verleger in dessen Ulmer Chefbüro gegenüber. »Sie denken ja richtig unternehmerisch«, sagte Tim Wachter. »Respekt! Die Idee ist gut. Sie klappern also erst einmal alle Bürgermeister der benachbarten Gemeinden ab und sondieren, ob die bereit wären mitzuspielen.«

»Und wie soll ich das machen? Mit dem Fahrrad?«

Wachter lachte. »Gut. Sie kriegen das Auto. Aber ein Fiat 600 muss reichen!«

Christian wäre auch mit einem Fiat 500 zufrieden gewesen.

Überglücklich stieg er in den Zug nach Blaubeuren. Er setzte sich auf eine Bank, streckte die Beine aus und schloss die Augen. Halb im Traum nahm er wunderschöne Bilder wahr, die vor seinem inneren Auge vorbeizogen. Er saß in seinem Auto und fuhr auf einer schmalen glatten Landstraße in sanften Kurven über die Schwäbische Alb. Links und rechts breiteten sich weite Wiesenflächen aus, die sich, von kleinen dunklen Wäldern unterbrochen, über sanfte Hügel bis zum Horizont hinzogen. Vereinzelt und in kleinen Gruppen hockten Wacholderbüsche auf dem Grün. Christian glaubte, eine Schafherde zu sehen, die sich langsam nach Norden hin bewegte, wo die Alb endete und steil zur Ebene hin abfiel.

»Grüezi, excusez, ist es gestattet?« Christian riss die Augen auf. Vor ihm stand die junge Frau, der er an der Tür zum künftigen Theater begegnet war. »Hascht gschlafen, duet mir laid.«

Christian richtete sich auf, rückte ein Stück zum Fenster hin und sagte: »Ein bissle geträumt … Bitte, da ist Platz.«

Sie setzte sich dicht neben ihn. »Ich bin in Söflingen eingestiegen. Da wohn ich bei einem Bauern. Bühler heißt er. Aber jetzt such ich mir was in Blaubeuren. Weißt, ich fang nämlich bei eurem Theater an.«

»Du bist Schauspielerin?«

»Nicht so recht, aber bald. Ich hab früher schon gespielt, aber, na ja, bei uns in Romanshorn halt beim Laientheater, obwohl wir haben ja Amateurtheater g'sagt. Laien klingt so ... so ...« Ihr fiel das richtige Wort nicht ein.

»So unprofessionell«, sagte Christian.

Die junge Frau lachte. »Ja natürlich. Das sowieso ... naiv hab ich sagen wollen. Obwohl ... – naiv sind wir ja schon g'wesen. Und wie naiv!« Wieder lachte sie, drehte eine ihrer braunen Locken um den rechten Zeigefinger, legte ihren Kopf schräg und schaute ihn aus ihren dunklen, braunen Augen an, in denen er jetzt vereinzelte goldene Einsprengsel entdeckte. Ihre Bli cke verhakten sich ineinander. »Du bist der Redaktor, gell. Ich hab mich gleich erkundigt, wie du weg gewesen bist. Christian Ebinger – wenn einer so heißt, könnt er auch aus der Schweiz sein. Ich heiß übrigens Lydia. Ist eigentlich ein altmodischer Name, aber mir g'fallt er.«

»Mir auch!«, sagte Christian. Und am liebsten hätte er gesagt: Und du gefällst mir auch. Aber stattdessen sagte er: »Kann man eigentlich davon leben – vom Theaterspielen, meine ich?«

»Sicher nicht. Aber ich kann ja auch noch was anderes machen. Von Beruf bin ich nämlich Schneiderin. Außerdem schickt mir mein Vater jeden Monat so viel Geld, dass es zur Not auch so geht.«

Der Zug fuhr in Blaubeuren ein. Sie stiegen aus und gingen dicht nebeneinander die Hauptstraße entlang. Über der Stadt lag ein helles, milchiges Licht. Weiße Wolkenschleier verdeckten das schwindende Blau des Himmels wie ein feiner Gazevorhang. Ein leichter, kaum wahrnehmbarer Wind strich durch die Straßen. Als sie sich vor der Tür zur Zeitungsgeschäftsstelle verabschiedeten, fragte Lydia: »Kommst du heut am Abend auch?«

»Wohin?«

»Wir treffen uns doch im Theater.«

Christian wunderte sich, dass ihm niemand Bescheid gesagt hatte. »Ich weiß nicht. Ich hab nichts davon gewusst.«

»Jetzt weißt du's ja, oder? Also dann bis um acht!« Sie legte kurz ihre Hand auf seinen Arm und ging dann über die Straße. Er sah ihr nach. Sie hatte den Gang einer Tänzerin: Sehr aufrecht, den Kopf ein wenig in den Nacken gelegt, die Hüften leicht vorgeschoben, schritt sie über den Asphalt wie eine Königin. Christian ging nur kurz in sein Büro und machte sich dann auf den Weg zu Rudi Dentler, der Sherry bei sich aufgenommen hatte.

14

»Bauerntheater? Du hast sie doch nicht alle!« Theo Dentler schrie Christian so laut ins Gesicht, dass der ein paar Schritte zurückwich. Wütend kam der Theaterleiter ihm nach. »Wir sind keine Amateure, wir sind Künstler, die es mit jedem Staatsschauspieler aufnehmen, ist das klar? Nur dass wir freier sind als jeder von denen!«

Christian hob abwehrend beide Hände. »Hör auf, Mann! Ich bin nicht der Bürgermeister, falls dir das noch nicht aufgefallen sein sollte.« Er hatte der Gruppe von seinem Besuch bei Hepf erzählt, konnte Theos Empörung verstehen, war aber nicht bereit, sich stellvertretend für das Stadtoberhaupt beschimpfen zu lassen.

»Und wenn wir eine Komödie spielen?«, warf nun Lydia ein. Sie saß am Boden und hatte angefangen, aus zahllosen Stoffresten den Bühnenvorhang zusammenzunähen. Anneliese Gramlich ging ihr dabei zur Hand. Theo Dentler fuhr zu Lydia herum. »Du hältst dich da raus. Du musst nämlich noch viel lernen, bis du mitreden darfst!«

Aber die Schweizerin blieb unbeeindruckt. »Den ›Zerbrochenen Krug‹ zum Beispiel. Spielt auf dem Land, ist sehr komisch und trotzdem von Kleist.«

»Das ist echt eine tolle Idee!«, rief Dorothee Niggemeier.

»Ach ja?« Theo Dentler durchmaß den ehemaligen Kirchenraum mit langen Schritten bis zur Stirnseite, wo Hubert Stoller die Bühne bereits fast fertig aufgebaut hatte.

»Hast du vielleicht auch einen Vorschlag?«, fragte Theo den Schreiner. Seine Stimme triefte vor Sarkasmus.

»Ja, ich denk, man könnt die Bodenauflage aus kanadischer Eiche machen. Da verformt sich nachher nichts!«

»Was für ein Stück wir spielen sollen, hab ich gemeint.«

»Da kenn ich mich nicht aus. Jeder Schuster soll bei seinem Leisten bleiben.«

»Genau! Ganz genau! Du hast es erfasst, Hubert. *Ich* bestimme nämlich, was wir spielen, und sonst niemand.«

Jetzt meldete sich seine Frau, sachlich, ernst, aber mit einer großen Autorität: »Wir besprechen das gemeinsam, und dann stimmen wir ab.«

Einen Augenblick war es ganz still. Plötzlich sprang Theo mit einem gewaltigen Satz auf die Bühne, knickte leicht in den Knien ein, beugte den Oberkörper etwas vor und begann mit völlig veränderter Stimme: »*Sein oder Nichtsein; das ist hier die Frage: Obs edler im Gemüt, die Pfeil und Schleudern des wütenden Geschicks erdulden oder, sich waffnend gegen eine See von Plagen, durch Widerstand sie enden …*« Der Schauspieler hatte sich völlig verändert. Zuerst gebeugt, dann hoch aufgerichtet stand er auf der Bühne.

Christian beobachtete, wie alle Anwesenden sich dem Schauspieler zuwandten. Lydia ließ Stoff und Nadel sinken, stand langsam auf und ging wie in Trance auf die Bühne zu.

»*Wird des Gedankens Blässe angekränkelt*«, fuhr Theo fort, »*und Unternehmen hoch, gezielt und wertvoll durch zu viel Rücksicht aus der Bahn gelenkt …*«

Unvermittelt sprang er wieder von der Bühne und fuhr in normalem Ton fort:

»Dann können wir's gleich bleiben lassen.« Er stand jetzt direkt vor Lydia. »Du bist so schön, dass es eigentlich verboten gehört«, sagte er. Dann ging er auf die anderen zu. »›Der zerbrochene Krug‹ als Eröffnungsvorstellung. Das ist eine ganz und gar wunderbare Idee!« Er sah Christian an: »Dem Bürgermeister kannst du sagen, das sei etwas ganz Ähnliches wie der ›Verkaufte Großvater‹.«

»Das sagst du ihm besser selber.« Christian spürte einen Zorn in sich, der sich anfühlte, als stelle sich eine Drahtbürste in seinem Bauch auf.

»Gut! Mach ich! Chrischa besorgt den Text bis morgen. Um sechs Uhr machen wir eine erste Leseprobe. Lydia kann sich schon mal die Kostüme überlegen.« Dann wandte er sich wieder an Christian:

»Spielst du mit?«

»Ich?«

»Ja, den Schreiber Licht zum Beispiel?«

»Ich denke, ihr wollt keine Laienbühne sein.«

»Ich mach aus dir einen richtigen Schauspieler, glaub mir.«

»Tut mir leid. Ich hab schon einen Beruf. Und deshalb muss ich auch los. Ich hab noch eine ganze Menge Artikel zu redigieren. Los, Sherry, wir gehen!«

Als er auf die Straße hinausgetreten war, blieb er erst einmal stehen und atmete tief durch. Sherry rannte los und raste die schmale Straße hinauf und herunter. Die Tür in Christians Rücken öffnete und schloss sich. Lydia trat neben ihn. »Bischt sauer auf den Theo?«

»Da denk ich grade drüber nach.«

»Aber er ist doch total faszinierend, findest nüd?«

»Vielleicht ist es ja das, was mir nicht gefällt.«

»Ihr Männer seid komisch.«

»Ihr Frauen nicht?«

Sie antwortete nicht darauf, sondern fragte: »Musst du noch lang arbeiten?«

»Ein, zwei Stunden vielleicht.«

»Und wenn ich dann noch bei dir vorbeikomm, fahrst dann mit mir auf die Alb hinauf?«

»Und was soll ich da?«

»Mit mir auf den Sonnenaufgang warten!«

»Ich hab kein Auto.«

»Aber der Rudi. Er sagt, er leiht es dir, wann immer du's brauchst.«

»Hast du mit ihm darüber geredet?«

»Ja, gestern schon. Er ist ein ganz Lieber, findest nüd?«

»Oh doch, das find ich auch.«

»Also?«

»Gut, ich hol mir den Autoschlüssel von ihm«, sagte Christian und wendete sich wieder der Tür zu.

»Hat er mir schon gegeben. Da!« Lydia streckte ihm den Schlüssel hin.

Christian musste unwillkürlich lachen. »Du musst dir deiner Sache ziemlich sicher gewesen sein.«

»Warum? Ich hätt ihm den Schlüssel ja einfach zurückgeben können.« Sie wendete sich um und ging in den Kirchenraum zurück. Christian schloss den VW auf, der direkt vor der einstigen Kirche geparkt war, pfiff dem Hund und riss die Tür auf. Folgsam sprang der Hund in das Fahrzeug und legte sich auf den Rücksitz.

Als Lydia an die Tür zur Zeitungsgeschäftsstelle klopfte, war es schon nach Mitternacht. Christian hatte das Manuskript Köberlins durchgearbeitet und nur wenige Änderungen angebracht. Da und dort, wo der Studienrat zu pathetisch geworden war, hatte er den Text vereinfacht, und wo die Passagen zu ausschweifend geraten waren, hatte er sie gekürzt.

»Bist fertig mit deiner Arbeit?«, fragte Lydia.

»Ja. Jetzt hab ich zehn Doppelseiten fertig. Sozusagen auf Vorrat. Das verschafft mir ein bisschen Luft.« Plötzlich spürte er eine schwere Müdigkeit. »Wann geht denn die Sonne auf?«

»So zwischen vier und fünf, jetzt im Juni.«

»Dann koch ich uns noch einen Kaffee, bevor wir losfahren.« Seit zwei Wochen verfügte der Redakteur über eine einfache Kaffeemaschine, die auf dem Fensterbrett stand.

»Du wohnst auch hier, gell?«, fragte Lydia.

»Ja, im ersten Stock, gleich hier drüber. Eigentlich ist die Wohnung viel zu groß für mich.«

»Lebst du da denn ganz alleine?«

»Mhm!« Er ging in das kleine Badezimmer, das sich hinter seinem Büro befand, um Wasser zu holen.

»Wenn da so viel Platz ist, könntest du mir ja vielleicht ein Zimmer vermieten«, rief Lydia hinter ihm her.

Christian hielt mitten in der Bewegung inne und merkte nicht, dass er die Kanne unter den Wasserhahn hielt, ohne den Hahn aufgedreht zu haben. »Ich weiß nicht …« Eine Menge Gedanken schossen ihm durch den Kopf. Er sah sich aus seinem Zimmer kommen, um ins Bad zu gehen, und Lydia kam aus ihrem Zimmer und wollte ebenfalls baden oder duschen. Oder kam sie sogar aus dem gleichen Zimmer wie er?

»Ich hab immer in Wohngemeinschaften gelebt«, meinte Lydia.

Wäre das eine Wohngemeinschaft, sie zwei alleine in der Dreizimmerwohnung dort oben, überlegte Christian. Laut sagte er: »Es ist eine Dienstwohnung. Ich müsste im Verlag fragen …«

»Ach geh! Das müssen die doch gar nicht wissen.«

Endlich drehte er den Wasserhahn auf. »Und ich hab sie auch noch nicht richtig eingerichtet«, rief Christian laut, um das Rauschen des Wassers zu übertönen.

»Das macht doch nüd. Ich bin gut im Improvisieren.«

Christian kam zurück. Lydia hatte sich einen zweiten Stuhl bereitgestellt, um ihre Beine hochzulegen. Sie hatte die Augen geschlossen. Ihre Hände ruhten gefaltet in ihrem Schoß. Christian blieb mitten im Raum stehen und betrachtete sie. Sie war bestimmt nicht größer als 1,65 Meter, hatte sehr hübsche schlanke Beine und eine so schmale Taille, dass er sie mit seinen beiden Händen hätte leicht ganz umfassen können. Das runde Gesicht hatte etwas Madonnenhaftes und wurde jetzt, da sie die Augen geschlossen hatte, von zwei vollen Lippen dominiert. Die Nase war vielleicht ein wenig zu klein. Christian ertappte sich bei der Überlegung, ob die langen dunklen Wimpern, die jetzt ein klein wenig zitterten, echt waren. Lydia schlug die Augen auf. »Ist der Kaffee fertig?«

»In Arbeit. Dauert aber nicht lange.«

Es war schon fast drei Uhr, als sie die Albhochfläche erreichten. Während sie in der Redaktion ihren Kaffee getrunken hatten, war es Lydia gelungen, Christian dazu zu bringen, seine Geschichte mit Sarah zu erzählen. Zum Schluss hatte sie gesagt: »Da wird es jede Frau schwer haben, mit dieser großen Liebe von dir zu konkurrieren.«

Der Satz kam so sachlich, dass Christian dem Impuls widerstand, Lydia zu fragen, ob sie sich das denn für sich vorstellen könne.

Im Auto hatte er das Radio angestellt, leise, damit sie weiter miteinander reden konnten, aber irgendwann war das Gespräch versickert, und sie hörten beide der Musik zu: Es war die 4. Sinfonie von Felix Mendelssohn, die Italienische. Leonard Bernstein dirigierte das Israel Philharmonic Orchestra.

Die Straße verzweigte sich, als sie die Hochfläche erreichten. »Links rum«, sagte Lydia. »Ich weiß eine schöne Stelle.« Die Nacht begann bereits, einer diffusen Dämmerung zu weichen. Noch einmal stieg die Straße an, dann tat sich eine weite Ebene auf, die sich bis zum Horizont in lang gezogenen Wellen hinzog. Feldwege zeichneten kaum wahrnehmbare Linien in das dunkle Grün einer großflächigen Wacholderheide zur Linken. Auf einer sanft ansteigenden Wiese zur Rechten standen Holunderbüsche, die im Gegenlicht der rötlich-gelben Dämmerung in ihren scharfen Konturen wie schwarze Scherenschnitte wirkten. Er sah zu Lydia hinüber. Sie hatte den Kopf weit zurückgelegt. Ihre Augen waren geschlossen. Plötzlich sagte sie: »So einem Menschen bin ich noch nie begegnet.« Christian glaubte einen Augenblick, sie rede von ihm, aber dann sagte sie: »Das ist ein Mann, der keine Vorbilder braucht. Der wird immer Vorbild für andere sein. Noch nie hab ich einen erlebt, der aus sich heraus so stark ist.«

Obwohl er ahnte, von wem sie sprach, fragte Christian: »Wen meinst du?«

»Den Theo natürlich!«

»Aha!« Da war sie wieder, die Drahtbürste in seinem Bauch. »Na ja, er ist ein ganz guter Schauspieler.«

»Er ist ein Künstler, ein ganz großer Künstler!«

»Wolltest du deshalb mit mir zum Sonnenaufgang auf die Alb fahren, weil du mir das erzählen wolltest?«

»Könnte sein. Ich weiß nicht. Vielleicht.«

»Hört sich an, als hättest du dich verliebt.«

»Ich will's nicht hoffen, aber wenn ...«

Sie ließ den Satz in der Luft hängen und rief stattdessen: »Jetzt den Feldweg da rechts rauf. Es sind keine zwei Kilometer mehr.«

Der Feldweg endete am Rand eines sanft ansteigenden Wiesenrains. Sie stiegen aus und kletterten die kleine Böschung hinauf. Hinter einem Schlehenbusch begann ein schmaler Trampelpfad. »Dort vorne der Stein«, sagte Lydia, »da sitz ich immer und warte auf die Sonne.«

»Immer?«

»Ja, schon einmal und jetzt wieder.« Sie lachte. »Das letzte Mal war ich mit dem Fahrrad da. Komm!« Lydia nahm ihn an der Hand und zog ihn zu einem groben ovalen Stein, der wie ein Findling auf einem schmalen Felsplateau lag. Vor ihnen fiel der Berg steil ab in die dunstverhangene Ebene, die im ersten Sonnenlicht aufleuchtete. »Hier muss der Sebastian Blau sein Gedicht geschrieben haben«, sagte Christian.

»Wer ist Sebastian Blau und welches Gedicht?«

»Sebastian Blau war eigentlich ein großer Journalist, Herausgeber der *Stuttgarter Zeitung*, gleich nach dem Krieg hat er die Lizenz bekommen, weil er im Dritten Reich einer von den Wenigen war, die nicht den Nazis nachgelaufen sind. Sebastian Blau ist sein Pseudonym. In Wirklichkeit hat er Eberle geheißen. Josef Eberle. Professor Doktor h. c., aufrecht, konservativ, katholisch und aus Rottenburg. In seinem Gedicht heißt es: ›*Steig nuff da Berg, guck na ins Land, was mir für a schöne Hoimet hant* ...‹ Soll ich es übersetzen?«

Lydia schüttelte den Kopf: »Steig hinauf auf den Berg, schau hinunter ins Land, was wir für eine schöne Heimat haben.«

»Perfekt«, sagte Christian und hätte sie gerne in die Arme genommen. Stattdessen setzte er sich neben sie auf den ovalen Stein, verschränkte die Arme vor der Brust, und gemeinsam sahen sie schweigend zu, wie das Licht heller wurde und die Vorberge, die Dörfer und die Straßen immer deutlicher aus dem Dunst herauswuchsen. Die Sonne, die nun am östlichen Horizont als roter Ball zu sehen war, schien den Nebel aufzufressen.

»Das ist mein Problem«, sagte Lydia, »ich verliebe mich zu schnell.« Dabei legte sie ihren Kopf an Christians Schulter.

»Und ich dachte, dein Problem wäre, dass sich alle Männer in dich verlieben.«

Sie richtete sich auf. »Alle?«

»Glaub schon.«

»Du auch?«

»Ja, ich auch!«

Danach war es eine Weile ganz still.

Endlich nahm Lydia wieder das Wort: »Soll ich dir etwas sagen? Mir ging es fast auch so, als wir uns das erste Mal gesehen haben. Ich dachte gleich, du wärst einer, in den könnte ich mich verlieben.«

»Aber?«, fragte er.

»Da war ich ja ihm noch nicht begegnet.«

»Der Theo ist verheiratet und hat drei Kinder!«

»Ja, ich weiß. Aber das ändert doch nichts. Es sind meine Gefühle, und die lassen sich nichts befehlen. Ihm wird das sowieso egal sein. Geht ihn ja auch nichts an. Es ist ganz allein mei Sach!«

Christian stand abrupt auf. »Lass uns zurückfahren.«

»Jetzt bist du sauer, oder?«

»Vielleicht ein bisschen unglücklich. Es gibt Schlimmeres«, sagte er. Aber er war sich absolut nicht sicher, ob er damit recht hatte.

In Blaubeuren gingen sie in das Café, in dem Christian an seinem ersten Tag als Redakteur schon einmal gefrühstückt hatte. Lydia bestellte Champagner, musste aber erfahren, dass man so etwas hier nicht führe. Einen Piccolo könne sie haben.

»Ich brauche einen Kaffee und was Herzhaftes zum Essen«, sagte Christian.

Lydia gab sich mit dem Piccolo zufrieden und fragte, nachdem sie ihn getrunken und einen zweiten bestellt hatte: »Wie ist das nun – vermietest du mir ein Zimmer?«

»Kannst du mich das in ein paar Tagen noch mal fragen?«

Lydia hob die Arme. »Ich hab Zeit. In Söflingen kann ich bleiben, solange ich will.«

15

Lydia war nicht bei ihm eingezogen. Theo Dentler und seine Familie hatten am Ortsrand ein verlassenes Bauernhaus gemietet, und der Theaterleiter hatte die Schweizerin sofort eingeladen, bei ihnen zu wohnen.

Dabei hatte Christian, als er die 2500 Mark vom Vater bekommen hatte, ein Zimmer mit besonderer Sorgfalt eingerichtet, das er ihr wenige Tage danach angeboten hatte. Lydia hatte es sich nicht einmal angesehen. Für Theos Angebot hatte sie sich entschieden, weil sie ihm so, wie sie es ausdrückte, besonders nahe sein konnte.

Nach einigem Zögern hatte Christian mit Dorothee Niggemeier darüber gesprochen. »Sie hat sich in den Theo verliebt und macht nicht einmal den Versuch, das zu verbergen. Dabei reagiert er gar nicht auf sie.«

Dorothee lächelte. »Und genau mit dem Verhalten wird er es schaffen, sie ganz bald in seinem Bett zu haben.«

»Meinst du?«

»Ich bin alt genug, und ich hab auch genügend erlebt, um das zu wissen.«

»Aber kann die Lydia das der Chrischa antun?«

»Sie interessiert sich ja nicht für Chrischa, sondern für Theo.«

Christian sah Dorothee an. »Klingt ganz schön kalt.«

»Kalt? Es ist ehrlich.«

»Und du glaubst wirklich, der Theo lässt sich darauf ein? Er müsste sich ja von seiner Frau trennen.«

»Warum denn? Er wäre nicht der Erste, der mit zwei Frauen lebt. Die Frage ist, ob und wie lange die beiden mitspielen.«

»Und was sagt da deine unvergleichliche Lebenserfahrung?«

»Du musst gar nicht ironisch werden, junger Mann. Ich habe so etwas fast 15 Jahre lang mitgemacht. Aber jeder Fall ist anders. Ich wage da keine Prognose, zumal wenn die auch noch unter einem Dach wohnen.«

Christian sah sie von der Seite an. »Verrätst du mir, wie es bei dir geendet hat?«

»Vielleicht ein andermal. Wenn wir uns noch ein bisschen besser kennen.«

Das Gespräch führten die beiden auf dem Weg zum Weihersseck, wo wieder einmal eine Demonstration angekündigt war.

»Glaubst du denn, dass ihr am Ende Erfolg haben werdet?«, fragte Christian, als sie schon den Drachenfelsen umrundet hatten und das Flusstal sich vor ihren Augen weitete.

»Den haben wir jetzt schon.« Dorothee blieb kurz stehen. »Schon allein die Tatsache, dass sich die Leute hier zusammentun, um gemeinsam eine Position gegen die Obrigkeit zu vertreten, ist doch ein Erfolg!«

»Du meinst, es ist eine gute Übung in Demokratie?«

»Die gute Dorothee, wieder mal ganz die Lehrerin«, ertönte eine Stimme hinter ihnen. Sie gehörte einem Mann um die siebzig, mit einem mächtigen weißen Haarschopf, der wild von seinem kantigen Schädel abstand. Jetzt schloss er vollends zu den beiden auf. Zumindest Christian hatte ihn zuvor nicht bemerkt. Er trug einen dunkelbraunen Cordanzug, schwere Wanderschuhe und stützte sich auf einen Stock.

»Albrecht!«, rief Dorothee erfreut, »mit dir hab ich heute gar nicht gerechnet.« Sie stellte vor: »Professor Albrecht Ladurner, und das ist Christian Ebinger, Redakteur der *Kreiszeitung* und des *Blaumännle*.«

Der Professor musterte den jungen Mann. »Sie berichten über die Demonstration?«

»Ja, das habe ich vor.«

»Kehren also bei der örtlichen Presse neue Methoden ein.«

»Ich denke, mein Vorgänger hat auch darüber geschrieben.«

»Selten«, sagte Dorothee, »sehr selten und anders, als du wohl drüber schreiben wirst.«

»Darüber sollten wir vielleicht reden, wenn der Artikel erschienen ist«, antwortete Christian.

Die beiden Männer nahmen Dorothee in die Mitte. Zu dritt gingen sie weiter. Ladurner räusperte sich ein paarmal, bevor er Dorothee fragte: »Und? Hängt der Haussegen bei Raibles noch immer schief?«

»Na ja, da ist ja nun auch so manches aus dem Ruder gelaufen. Für meinen Schwiegersohn ist es natürlich ein harter Schlag, dass ihn der Bürgermeister ins Archiv versetzt hat, und Leon kann sich überhaupt nicht verzeihen, dass er diesem Sportreporter auf den Leim gegangen ist.«

»Und deine Tochter?«

»Bettina hat ihren Traum noch lange nicht aufgegeben. Die wird um ihren Kiosk, oder was das werden soll, bis zum letzten Blutstropfen kämpfen!«

Ladurner lächelte. »Da kommt sie nach dir, nicht wahr?«

Gruppen und Grüppchen zogen auf dem Weg zum Ort der Demonstration an ihnen vorbei. Dorothee und Christian hatten sich dem langsamen Schritt des Professors angepasst. Als sie an einer Bank vorbeikamen, die dicht am Ufer des schmalen Flüsschens stand, sagte er: »Können wir uns einen Augenblick setzen, Dorothee? Sie können ja ruhig weitergehen, junger Mann.«

Aber Christian setzte sich ebenfalls. »Es ist ja noch Zeit genug bis zum Beginn«, meinte er und sah zu, wie sich Dorothee eine Zigarette drehte und Ladurner eine Pfeife stopfte. »Ich bin leider ein bisschen kurzatmig«, sagte der Professor.

Christian verkniff es sich zu sagen: Und dann rauchen Sie auch noch?

»Im Grunde ist der Bau des Abfallwerkes nicht verkehrt«, begann der alte Mann plötzlich. »Und die Pläne sind nicht übel, nicht wahr? Ich versteh ein bisschen was davon. Ein Leben lang habe ich Straßen, Brücken und Tunnels gebaut. Ich bin Architekt, nicht wahr. Und hab an der Uni Stuttgart unterrichtet. Also noch mal: Die Anlage an sich ist nicht schlecht. Nur der Standort ist total verkehrt, nicht wahr. Leider hat sich die Stadtverwaltung alle notwendigen Gutachten erspart. Dieser Bürgermeister sieht nur den finanziellen Gewinn, den das Unternehmen bringen wird, und der ist natürlich gewaltig für so eine kleine Stadt, nicht wahr, vor allem, wenn alle umliegenden Gemeinden ihren Müll auch hier entsorgen lassen. Sehen Sie«, er hob seinen Stock und wies mit ihm nach Westen, »von dort kommt in aller Regel der Wind, er verdichtet sich noch im Tal und sucht sich dann seinen Weg in Richtung Osten, nicht wahr ... Wissen Sie eigentlich, dass genau aus diesem Grund in allen Industriestädten die armen Leute im Osten angesiedelt sind und die wohlhabenden im Westen?«

»Hab ich nie drüber nachgedacht«, gab Christian zu.

»Eine wichtige Sache, nicht wahr. Nur hier trifft es nahezu die ganze Stadt, außer den wenigen, die komfortabel hoch oben an den Hängen wohnen und sowieso schon auf die anderen herunterschauen.«

»Bitte, mach's kurz, Albrecht«, sagte Dorothee.

Ladurner zwinkerte Christian zu: »Ihr Credo seit bald 15 Jahren: ›Bitte, mach's kurz, Albrecht!‹«

»So lange kennen Sie sich schon?«

»Ja, ja, nicht wahr, Doro?« Der Professor schmunzelte. »Und es gab Zeiten, da haben wir uns noch viel besser gekannt.«

Dorothee stand entschlossen auf und trat ihre Zigarettenkippe aus. »Wir müssen los! Jetzt geht's um die Zukunft, nicht um unsere Vergangenheit, nicht wahr, Albrecht?!«

Auf seinen Stock gestützt, erhob sich der Professor ein wenig schwerfällig von der Bank, wedelte aber heftig abwehrend, als ihm Christian seine Hand bot, um ihm aufzuhelfen.

Ungefähr 300 Menschen hatten sich am Weiherseck eingefunden. Auf einer improvisierten Bühne, die Hubert Stoller gebaut hatte, spielte eine vierköpfige Combo ein leicht verjazztes Potpourri gängiger Schlager. Zu Christians Überraschung war der erste Redner Professor Albrecht Ladurner. Er nahm die sechs Stufen mit drei sportlichen Sprüngen, für die er wohl seine ganze Kraft aufgespart hatte. Schlagartig war es ruhig geworden. Die Zeit, die Ladurner brauchte, um wieder zu Atem zu kommen, schien kalkuliert eingesetzt zu sein, um Spannung aufzubauen. Ladurner wartete, bis sich sein Atem ganz beruhigt hatte, und er gab sogar noch ein paar Augenblicke zu, ehe er endlich mit seiner Ansprache begann. Seine Stimme klang kräftig und klar. Einen Augenblick musste Christian Ebinger an seinen Vater denken. Der hatte vor seinen Reden auch stets eine längere Kunstpause gemacht, dabei seine Blicke so über die Zuhörer gleiten lassen, dass jeder meinen konnte, der Redner schaue ihn einen Moment ganz persönlich an, und dann hatte er mit einer ähnlichen Stentorstimme seine ersten Sätze hinausgestoßen. Doch ein Demagoge war Professor Ladurner nicht. »Ich habe die zehn wichtigsten Punkte zusammengetragen, die gegen eine Müllverbrennungsanlage hier im Weiherseck, ich betone: hier im Weiherseck, sprechen«, sagte er sachlich.

Die ersten Zuhörer skandierten: »Wir wollen euren Dreck nicht hier im Weiherseck!« Andere fielen ein, und schnell war es ein mächtiger Chor, dessen rhythmische Rufe von den kahlen Felsen zurückgeworfen wurden. Ladurner hörte ein paar Augenblicke lächelnd zu und hob dann beide Hände. Sofort verstummten die Rufe. Wie ein Dirigent, dachte Christian und sah zu Dorothee hinüber, die Ladurner nicht aus den Augen ließ. Ein Lächeln lag auf ihrem Gesicht. Plötzlich fiel ihm ein: So hatte Lydia in der ehemaligen Kirche zu Theo Dentler aufgesehen, als der Shakespeares Hamlet-Monolog »Sein oder Nichtsein …« rezitiert hatte.

Nach etwa zehn Minuten zog sich Christian an den Rand der Demonstration zurück und suchte nach Anneliese Gramlich, die er gebeten hatte, ein paar Fotos zu machen, mit denen er seinen Artikel illustrieren wollte. Er entdeckte Annelieses Bruder Kurt, der ganz vorne neben Rudi Dentler stand und ein Transparent hochhielt, auf dem stand: »Wir lassen uns nicht für dumm verkaufen, lasst die saubere Luft uns schnaufen!«

Anneliese entdeckte er erst, als er sich umdrehte und mit den Augen die Büsche am oberen Rand einer Böschung absuchte. Dort stand sie, gut gedeckt durch dichtes Blattwerk, und fotografierte mit einem langen Objektiv. Als Christian seine Blicke weiterwandern ließ, sah er nicht allzu weit davon, ebenfalls darauf bedacht, nicht auf den ersten Blick gesehen zu werden, den Bürgermeister in Begleitung einiger Männer, von denen er freilich nur den Versicherungsagenten Müller kannte. Auf Umwegen und stets darauf bedacht, die Blicke Hepfs und seiner Begleiter nicht auf sich zu ziehen, schlenderte er zu der Stelle, an der Anneliese Gramlich stand. »Hier war aber auch schon mal mehr los«, sagte sie.

»Hast du den Bürgermeister gesehen?«, fragte Christian.

»Was? Ist der da?«

Christian beschrieb, wo Hepf mit seinen Begleitern stand. »Wenn du die aufs Bild kriegst, ohne dass sie es merken – das wär fantastisch.«

»Ich seh mal, was sich machen lässt.«

»Danke!«

Christian wollte weitergehen, aber Anneliese hielt ihn auf. »Am Freitag hab ich Geburtstag. Darf ich dich einladen?«

»Mensch ja. Natürlich. Wann geht's los?«

»So ab sechs am Abend.«

»Kommen viele Leute?«

»Lass dich halt überraschen.«

Professor Albrecht Ladurner hatte viel Beifall erhalten. Jetzt sprach ein Mann, den Christian nicht kannte. Der Redakteur bahnte sich einen Weg durch die Menge bis ganz nach vorne, wo Rudi Dentler stand. »Wer ist das?«

»Der Martin Wiesenauer. Vorsitzender vom Kreisbauernverband. Dann kommt noch die Kathrin Meier für die Landfrauen. Danach stechen wir das Bierfass an und bringen den Grill in Gang. Wird noch ein schönes Fest.«

»Nicht für mich. Ich muss ja schreiben.« Christian suchte Professor Ladurner und fragte ihn, ob er die zehn Punkte haben könne, um sie in seinem Artikel wenigstens teilweise zu zitieren. Großzügig überließ der alte Herr dem Redakteur sein Redemanuskript.

Als Christian den Platz verließ, war auch der Bürgermeister samt seinen Begleitern verschwunden. Der Redakteur ging jetzt schnell. Er ärgerte sich, dass er den Hund nicht mitgenommen hatte. Der hätte bei diesem Einsatz überhaupt nicht gestört. Und jetzt musste er erst noch eine Runde mit Sherry drehen, ehe er sich an seinen Artikel machen konnte, und den wollte er um jeden Preis noch an diesem Abend schaffen. Der nächste Tag war voller Termine: erster Spatenstich für einen neuen Abwasserkanal, die Jahreshauptversammlung des Schützenvereins, die Eröffnung eines neuen Trainingsgeländes für den örtlichen Fußballverein. Und dann musste er auf jeden Fall noch zwei oder drei Fotos auswählen, die Anneliese Gramlich bei der Demonstration geschossen hatte. Außerdem ging der Monat zu Ende, und die Zeitungsausträgerinnen würden zur Abrechnung kommen. Und was an Anzeigen eingehen würde, konnte man im Voraus nie berechnen.

Kurz vor zehn am Abend schloss er den Artikel über die Demonstration ab. Er zog das Papier aus der Maschine und las den Text nochmals in aller Ruhe durch, brachte handschriftlich ein paar Korrekturen an, wobei er sehr darauf achtete, dass sie gut lesbar waren. Die Setzer konnten bitterböse werden, wenn ein Wort nicht auf Anhieb zu entziffern war. Zufrieden lehnte er sich zurück. Bürgermeister Hepf hatte er nicht erwähnt. Das wollte er in einer Bildunterschrift tun, wenn Anneliese ein entsprechendes Foto gelungen war. Ansonsten musste er morgen noch eine kurze Textpassage einfügen.

Es klopfte an der Schaufensterscheibe. Christian stand auf. Der Schlüssel steckte. Er schloss auf. Vor der Tür stand Dorothee Niggemeier. Sie hielt eine Weinflasche in der Hand. »Darf ich noch einen Moment hereinkommen?«

»Du doch immer!«

Die Lehrerin ließ sich in den Stuhl vor seinem Schreibtisch fallen, legte ihre Füße auf die Tischplatte und kümmerte sich nicht darum, dass dabei ihr Rock weit hinaufrutschte. »Machst du bitte den Wein auf?«

Christian nahm die Flasche entgegen und kramte aus der untersten Schreibtischschublade einen Korkenzieher hervor. Sherry erhob sich von seiner Decke, kam herüber, stieß Dorothee am Knie an und verzog sich zufrieden wieder auf seinen Schlafplatz, nachdem ihn die Besucherin kurz hinter beiden Ohren gekrault hatte.

»Fertig mit deinem Artikel?«, fragte sie den Redakteur.

»Mhm.«

»Darf ich ihn lesen?«

»Ja, übermorgen in der Zeitung.« Christoph schloss das Manuskript in der obersten Schreibtischschublade ein, zog den Korken aus der Flasche, stellte sie weg und ging in das kleine Bad hinter der Redaktion, um Gläser zu holen.

»Schreibst du etwa gegen uns?«, rief Dorothee hinter ihm her.

Der Redakteur kehrte mit zwei Gläsern zurück. »›Wir schreiben nicht für noch gegen, sondern über …‹, hat der Arnold Kühn, mein Chef in Ulm, immer gesagt.« Christian schenkte ein und hob sein Glas. Dorothee prostete ihm zu und sagte: »Du wunderst dich sicher, dass ich so spät noch komme.«

»Du wirst schon einen Grund dafür haben.«

Dorothee äffte ihn nach: »Du wirst schon einen Grund dafür haben. Musst du immer so distanziert und sachlich sein, sag mal?!«

»Bin ich das?«

»Wahrscheinlich bringt man euch das bei der Zeitung bei: immer neutral, immer zurückhaltend, nur kein Gefühl zeigen.«

Christian starrte sie verwundert an. »Was ist denn mit dir los? Heute Nachmittag hast du noch zu mir gesagt, du wolltest mir vielleicht ein andermal mehr über dich erzählen, wenn wir uns noch ein bisschen besser kennen. Ich meine, so gut kennen wir uns ja wirklich noch nicht, dass ...«

»Ich dich schon!« Es klang richtig trotzig. »Du könntest mein Sohn sein, dann wäre ich allerdings ziemlich spät erst Mutter geworden.« Sie schob den Rock über ihre Knie, ließ die Füße aber auf der Tischplatte ruhen.

Christian lächelte. »Nicht nötig, solange du noch so schöne Beine hast. Aber jetzt mal im Ernst, wenn du mir etwas sagen wolltest, sag es bitte.«

Jetzt ließ sie die Füße auf den Boden fallen, beugte sich weit vor, legte die Ellbogen auf ihr Knie und sagte: »Es geht um Albrecht!«

Christian begriff: »Er ist der Mann mit den zwei Frauen, und du bist oder warst eine davon.«

»Ja. Ich war 14 Jahre seine Geliebte. Niemand wusste davon. Ich meine, niemand in meiner Familie und niemand hier in Blaubeuren. Auch jetzt noch haben die alle keine Ahnung. In Stuttgart gab es schon ein paar Freunde – allerdings nicht die, mit denen er an der Uni verkehrte. Da war er immer nur der getreue Ehemann von Elisabeth!« Sie lachte auf.

Christian war ratlos. Was sollte er dazu sagen? Also nahm er nur einen langen Schluck aus seinem Weinglas und sah Dorothee abwartend an.

»Vor einem halben Jahr hat sich alles geändert«, sagte sie jetzt. »Seine Frau ist überraschend gestorben. Und was meinst du, was danach passiert ist?«

»Keine Ahnung.«

»Er hat Schluss gemacht mit mir.«

»Aber heute Nachmittag ...?«

»Ja, ja, er ist immer noch ein guter Freund. Aufmerksam, klug, charmant. Aber nach dem Tod seiner Frau ist er total auf

Distanz zu mir gegangen. Keine Umarmung, kein Kuss mehr, geschweige denn … Na, du weißt schon. Ich möchte wissen, was in so einem Mann vor sich geht?«

»Und da fragst du mich? Ist unter deinen Freunden nicht vielleicht ein kluger Psychologe, der es dir erklären könnte?«

Dorothee stand auf und ging in Christians kleinem Büro auf und ab, dabei fuhr sie sich ein ums andere Mal mit gespreizten Fingern durch ihr kurzes Haar. »Natürlich hab ich gedacht, jetzt hab ich ihn ganz für mich. Ich muss zugeben, meine Pietät hielt sich in Grenzen. Aber er konnte sich eine Beziehung mit mir offensichtlich nur vorstellen, solange er den gesicherten Hafen seiner Ehe im Hintergrund hatte, und der fehlt ihm jetzt.«

Christian saß unbeweglich auf seinem Stuhl. Er fühlte sich überfordert, und das sagte er ihr nun auch. »Ehrlich, mir fällt dazu nichts ein.«

»Das hab ich auch nicht erwartet. Aber du hast mir wenigstens zugehört. Mit wem könnte ich sonst darüber reden?«

»Du hast doch so viele Leute um dich herum. Ich seh doch, wie sie dich alle mögen und respektieren. Und alle kennen dich viel länger und viel besser als ich.«

»Das ist es ja grade! Ich hatte nie den Mut, mit einem oder einer von denen über meine Geschichte mit Albrecht zu reden. Und jetzt, da sie schiefgegangen ist, will ich auch nicht mehr damit anfangen.«

Plötzlich fiel Christian eine Frage ein, die eigentlich schon die ganze Zeit in seinem Hinterkopf rumort hatte. »Bist du eigentlich auch einmal verheiratet gewesen?«

»Ja, natürlich. Sonst wäre ja wohl meine Tochter Bettina nicht auf der Welt.«

»Na ja, das wäre ja auch anders gegangen.«

»Nicht hier in Blaubeuren, und nicht in jener Zeit. Bettina ist 1940 geboren. Da war ich schon 35 Jahre alt. Das galt damals schon fast als obszön, in diesem Alter noch ein Kind zu kriegen. Mein Mann war übrigens sechs Jahre jünger als ich, was man in meiner Umgebung als nicht weniger obszön betrachtete. Kurz vor Weihnachten 1926 hatte er einen Betriebsunfall, einen Tag vor Silvester ist er gestorben. Als das Kind zur Welt kam, war ich schon fünf Monate Witwe. – Mann, ich hab einen Bärenhunger!«

Christian stand auf. »Wir können raufgehen. Ich habe Wurst und Käse im Kühlschrank, und Brot muss auch genügend da sein.«

Als er am anderen Morgen, wie immer kurz nach halb sechs Uhr, aufwachte, stellte er überrascht fest, dass er und Sherry nicht allein waren. Zusammengerollt wie ein kleines Kind, lag Dorothee neben ihm auf der großen Matratze. Sie hatte ein Unterhemd und ein Höschen an und schnarchte leise. Mühsam versuchte Christian, sich zu erinnern. Sie hatten noch lange in der Küche gesessen. Seine Besucherin hatte Unmengen von Käse und Wurst verdrückt, das Brot aber liegen lassen. Er erinnerte sich noch an ihren Satz: »In der allergrößten Not schmeckt die Wurst auch ohne Brot.« Christian hatte noch eine zweite Flasche Rotwein geöffnet. Das Gespräch freilich hatte sich nicht mehr entwickelt, es hatte sich immer nur um Dorothees große Liebe zu Albrecht Ladurner gedreht. »Wenn du dich mit fast fünfzig verliebst, ist das halt was anderes, als wenn dir das als Backfisch passiert«, hatte sie gesagt, »er war sozusagen meine letzte Hoffnung.« Als Christian einmal zu Wort kam, bot er an: »Wenn du willst, kann ich mal mit ihm reden«, aber das war nicht mehr als eine Floskel. Was hätte er dem alten Herrn denn sagen sollen?

»Untersteh dich!«, hatte Dorothee ihn angefahren.

Irgendwann hatte Christian dann den Mut aufgebracht zu sagen, dass er jetzt unbedingt ins Bett müsse, und sie hatte geantwortet: »Nimm mich mit!« Dann sah sie in sein Gesicht und musste unwillkürlich lachen. »Keine Panik. Ich will nur bei dir einschlafen.« Als sie sich dann hinlegten, kuschelte sie sich eng an ihn, und er legte seine Arme um ihren warmen Körper. Aber er hielt seine Hände ganz still; denn er spürte, wenn er jetzt begonnen hätte, sie zu streicheln, wäre leicht mehr daraus geworden, und das hätte dann durchaus auch mit seinen Sehnsüchten zu tun gehabt.

Leise stand er auf und verließ das Zimmer. Er schlüpfte in einen Trainingsanzug und Badeschlappen und stieg die Treppe hinunter, um im Schaufenster die Zeitung des Tages auszuhängen. Sherry begleitete ihn und durfte um das Haus herumstreunen, solange sein Herrchen zu tun hatte. Als Christian und sein Hund in die Wohnung zurückkehrten, roch es nach Kaffee, und im Bad rauschte die Dusche. Der Hausherr richtete das Frühstück und füllte Sherrys Futterschüssel. Das Geräusch der Dusche verstummte, die Badezimmertür ging auf, und Dorothee erschien, nur mit einem Handtuch um die Hüften, in der Küche. Sie griff umstandslos nach einem Stück Käse, in das sie fest hineinbiss. »Am besten vergisst du, was ich gestern Abend alles an dich hingeredet habe.«

»Ich geh rasch duschen«, sagte Christian. Auf dem Weg zur Tür kam er dicht an ihr vorbei. Sie legte einen Arm um seinen Hals, stellte sich auf die Zehen, kümmerte sich nicht darum, dass dabei das Handtuch zu Boden glitt, und küsste ihn auf beide Wangen. »Du bist ein Schatz!«

Als er aus dem Bad zurückkam, war sie voll angezogen, saß am Küchentisch und bestrich eine Scheibe Brot mit Butter. Ohne aufzusehen, sagte sie: »Ich werde dem Herrn Professor künftig weiträumig aus dem Weg gehen.«

Christian setzte sich. »Ich denke eher, in einem Jahr wirst du mit ihm verheiratet sein.« Er wusste nicht, wo er den Satz hernahm, aber er gefiel ihm.

16

Matthias Hepf schlug mit der Faust auf den Tisch. »Es gibt immer einen Tropfen, der das Fass zum Überlaufen bringt!« Der Bürgermeister saß mit fünf anderen Männern um den runden Tisch im kleineren der beiden Nebenzimmer des Gasthauses *Schwarzer Adler*. Vor ihm lag ein aufgeschlagenes Exemplar der *Kreiszeitung*. Die Ulmer Redaktion hatte Christians Bericht über die Demonstration im Weiherseck eine ganze Seite eingeräumt. Das lag nicht zuletzt an den atmosphärisch dichten Bildern, die Anneliese Gramlich dazu geliefert hatte. Eines der Fotos zeigte Bürgermeister Hepf mit seiner Begleitung, die versteckt hinter Büschen und Bäumen hervorlugten. Christian hatte als Bildunterschrift dazugeschrieben: »*Statt mutig auf das Podium zu steigen und sich den Bedenken der Bürger zu stellen, beobachtete Bürgermeister Matthias Hepf die Demonstration aus sicherer Entfernung und nahm sich so selbst die Möglichkeit, seine Argumente vor den rund 300 Zuhörern vorzutragen.*«

»Dieser Rotzlöffel! Da muss endlich etwas geschehen«, sagte der Versicherungsagent Müller.

»Das kann doch nicht so schwer sein, diesen Kerl wieder loszuwerden«, ließ sich nun Dr. Konzelmann hören. »Der ist doch noch kaum trocken hinter den Ohren.«

Dr. Reddemann, der Oberstudiendirektor des Gymnasiums, hatte den ganzen Abend noch nichts gesagt. Jetzt nahm er das Wort: »Überall begegnet man inzwischen solchen aufmüpfigen Leuten. Die sind noch nicht trocken hinter den Ohren, meinen aber, uns gestandene Männer kritisieren zu können, und das nur, weil wir auf den Werten bestehen, ohne die unsere Gesellschaft den Bach runter gehen würde.«

»Ganz recht«, rief Müller. Friedrich Lutz, der in Ulm ein großes Warenhaus betrieb, aber in einer schönen großen Villa hoch oben am Hang über Blaubeuren wohnte, meldete sich: »Aber begabt ist dieser Ebinger, das muss man sagen.«

»Na, umso besser!« Das war Direktor Geißendörfer, der Vorsitzende des Konsortiums, das die Müllverbrennungsanlage bauen wollte. »Man muss mit dem alten Wachter reden und den jungen Mann fortloben. Seine Talente sind doch hier in unserem kleinen Blaubeuren verschenkt.«

»Ja, so weit kommt es noch, dass ausgerechnet wir für die Karriere dieses dreckigen Nestbeschmutzers sorgen«, empörte sich der Bürgermeister.

Die Männer um den schweren ovalen Eichentisch gehörten zu einem kleinen Kreis, der sich schlicht BB nannte. Die Abkürzung stand für Bürger Blaubeurens. Insgesamt umfasste die illustre Gruppe zwölf Männer. Mehr als sechs oder sieben fanden sich aber nicht ein, wenn ein Treffen so kurzfristig anberaumt wurde wie dieses. Die Mitgliedschaft war auf ein Dutzend begrenzt, schied einer aus, musste sein Nachfolger einstimmig von den restlichen elf Mitgliedern akzeptiert werden, nachdem ihn einer aus der Runde vorgeschlagen hatte. Eine Satzung gab es nicht. Jeder von ihnen hätte geleugnet, dass es eine solche Vereinigung überhaupt gab. Das gehörte zu den ungeschriebenen Gesetzen dieses Clubs.

»Du bist doch mit dem alten Wachter befreundet«, wendete sich nun Geißendörfer an Müller.

»Würde ich heute nicht mehr so sagen«, entgegnete der Versicherungsagent. »Der hat mich nämlich ganz schön im Stich gelassen, als dieser Zeitungsschmierer die Sache mit meinem Hund an die Öffentlichkeit gezerrt hat.«

»Wer hätte das gedacht«, sagte Dr. Konzelmann nachdenklich, »dass wir uns wegen eines solchen Bürschchens eines Tages den Kopf zerbrechen müssen.«

»Jedenfalls muss der Kerl hier weg«, rief der Bürgermeister entschieden. »Der Wahlkampf steht ins Haus. Und wenn der mich weiter anschießt, traut sich vielleicht doch noch einer, gegen mich anzutreten.«

»Da sei Gott vor«, sagte Müller beflissen.

»Den lieben Gott wollen wir dafür lieber nicht anrufen«, meldete sich Pfarrer Fischer leise. Es war das erste Mal, dass sich der evangelische Geistliche an diesem Abend zu Wort meldete. »Aber irgendwann wird der junge Mann einen Fehler machen, und dann müssen wir rasch und entschieden handeln. Jedenfalls wird es gut sein, wenn wir ihn nicht aus den Augen lassen.«

Matthias Hepf ging zur Tür und rief nach der Bedienung. »Wir wollen jetzt essen«, sagte er, als die Kellnerin kam. »Und danach gehen wir zum gemütlichen Teil über.«

Freitagabend, kurz vor 18 Uhr, erschien ein Mann um die fünfzig in der Geschäftsstelle der *Kreiszeitung*, um eine ungewöhnlich große Todesanzeige für den Montag aufzugeben. Er entpuppte sich als der Sohn eines langjährigen Generaldirektors der Zementwerke. Der Verstorbene, Gustav Ölmüller, hatte testamentarisch verfügt, dass er in Blaubeuren beerdigt werden sollte, obwohl er seit 17 Jahren in Heidelberg wohnte. Der Sohn sagte beiläufig, er und die ganze Familie hätten kein Verständnis für diesen letzten Wunsch seines Vaters, aber natürlich müsse man ihn erfüllen. Den Text für die Anzeige hatte er dabei, ebenso eine Vorlage für die Gestaltung. »Die habe ich in unserer grafischen Abteilung machen lassen, und ich bitte, den Entwurf eins zu eins zu übernehmen, ja?!« Christian rechnete aus, was die Anzeige kosten würde, und kassierte die Summe. Er brachte den Mann zur Tür, schloss die Geschäftsstelle ab und ging rasch in die Wohnung hinauf, um sich für Annelieses Geburtstagsfest umzuziehen und das Geschenk für die Freundin einzupacken. Er war am Tag zuvor extra mit dem Zug nach Ulm gefahren, um einen Fotoband zu kaufen, den ihm Simon Restle empfohlen hatte: »Mein Paris« von Jules Doisneau. Nun blätterte er in dem Buch und war von den Bildern so fasziniert, dass er sich immer mehr in deren Betrachtung vertiefte. Sobald er genug Geld haben würde, wollte er unbedingt nach Paris fahren, das nahm er sich in diesem Augenblick fest vor.

17

Erst gegen halb acht Uhr machten sich Christian Ebinger und sein Hund Sherry auf den Weg zu Anneliese Gramlichs Geburtstagsfeier. Es war die erste Fahrt mit dem neuen Dienstwagen, einem weißen Fiat 600. Am Nachmittag hatten zwei Männer von der Fahrbereitschaft des Verlags das kleine Auto gebracht und Christian eingewiesen. Danach waren sie mit einem zweiten Wagen zurückgefahren.

Vor dem Aussiedlerhof der Gramlichs oberhalb der Seißener Steige, auf der Hochfläche der Schwäbischen Alb Richtung Berghülen, standen bereits Dorothees Citroën 2CV und Rudi Dentlers VW sowie ein NSU-Motorrad mit Beiwagen, das sicherlich den Krieg noch miterlebt hatte. Die Haustür stand offen. Anneliese hatte ihm erzählt, dass das Dachgeschoss für sie ausgebaut worden sei. Also stieg er, den Hund dicht hinter sich, die Treppe hinauf und klopfte an der einzigen Tür auf dem obersten Treppenabsatz. Fast im gleichen Moment öffnete sie sich. Das Geburtstagskind strahlte ihn an. Sie sah anders aus, als er sie kannte. Die Haare, die sie sonst streng nach hinten gekämmt und in einem Pferdeschwanz zusammengefasst hatte, umrahmten jetzt in wilden Locken ihr Gesicht. Sie trug auch nicht, wie sonst, einfache Jeans und einen engen Pullover, sondern ein Kleid, das ab der Taille von einem Petticoat weit ausgestellt wurde, dazu hochhackige Schuhe, die sie wesentlich größer erscheinen ließen. Christian trat einen Schritt zurück, musterte sie von Kopf bis Fuß und sagte: »Toll siehst du aus! Herzlichen Glückwunsch. Sind die andern schon da?« Sherry sprang an Anneliese hoch, als ob auch er gratulieren wollte.

»Ja, bis auf dich sind wir vollzählig«, sagte Anneliese. »Komm doch rein!«

Um den Tisch, der unter einem breiten Dachflächenfenster stand, saßen Rudi Dentler, Dorothee Niggemeier, Dr. Köberlin,

Annelieses Bruder Kurt und eine junge Frau, die er noch nicht kannte und die sich ihm als Birgit Raible vorstellte.

»Wird aber auch Zeit, dass du kommst«, sagte Rudi Dentler. »Wegen dir warten wir schon seit einer Stund aufs Essen!«

»Ihr hättet doch ruhig anfangen können.«

»Ist doch kein Problem«, ließ sich Dr. Köberlin hören. »Ein gutes Choucroute d'Alsace darf ruhig ein bisschen vor sich hin schmoren, ehe es serviert wird.«

Kurt Gramlich nickte: »Vom Kochen versteht er was, der Nicodemus. Typisch für einen, der sich sein ganzes Leben im Labor rumtreibt.«

»Sie heißen also wirklich Nicodemus?«, fragte Christian. »Ich hab den Namen auf Ihrem Manuskript gelesen, aber für ein Pseudonym gehalten.«

»Ja, ich heiße wirklich so, und damit wissen Sie schon einiges über meine Eltern«, antwortete Köberlin. »Meine Freunde sagen aber Nico zu mir, und das gilt, wenn Sie wollen, auch für Sie, beziehungsweise dich, Christian.«

Und schon hatte Christian einen neuen Duzfreund in Blaubeuren.

Anneliese, die sich eine Schürze umgebunden hatte, kam aus der Küche. Sie trug eine große Platte, auf der ein Berg Sauerkraut aufgehäuft war, das sie mit Schweinebauch, durchwachsenem Speck, Kassler Koteletts und polnischen Rauchwürsten garniert hatte. Am Weißwein habe sie nicht gespart und auch nicht am Kümmel und den Lorbeerblättern, erzählte sie. »Die Zwiebeln hab ich zusammen mit säuerlichen Äpfeln in Schweineschmalz angedünstet und erst spät dem Sauerkraut zugemischt, genau, wie du gesagt hast«, sagte sie zu Köberlin. Zu ihrem Choucroute servierte sie Salzkartoffeln.

Es wurde still am Tisch. Nur ab und zu stieß einer der Gäste einen begeisterten Laut des Lobes aus.

Christian sagte schließlich: »Ich kann mich nicht erinnern, schon einmal so gut gegessen zu haben.«

»Junggesellen leben halt von der Hand in den Mund«, sagte Dorothee.

»Na, da frag mal Nico«, meldete sich Birgit Raible.

»Kochen Sie denn, äh … kochst du auch für dich selber ganz allein?«, fragte Christian.

»Jeden Tag! Übrigens: Zum Nachtisch mache ich nachher eine Zabaione. Die ist mein Geschenk für das Geburtstagskind.«

»Und darf man fragen, was das ist?«

»Weinschaumcreme heißt das bei uns«, erklärte Birgit.

»Chaudeau-Sößle«, wusste Rudi Dentler. »Hat's das bei euch daheim nicht gegeben?«

»Doch.« Christian erinnerte sich, dass sein Vater immer gewarnt hatte, da sei mehr Alkohol drin, als den Kindern gut tue, was seine Mutter freilich immer ignoriert hatte.

»Ist eigentlich ganz einfach«, sagte Köberlin. »Eigelb und Zucker aufschlagen, mit Marsala, Rum und etwas Zimt abschmecken, dann im Wasserbad schaumig schlagen, Zucker drüberstreuen, und fertig ist die Zabaione.«

Nach dem Essen setzte man sich in eine gemütliche Couchecke. Christian weigerte sich zunächst, Wein zu trinken wie alle anderen. Schließlich musste er noch fahren, und er hatte ein nagelneues Auto, das zudem nicht ihm, sondern der Firma gehörte. »Ich kann dich mitnehmen«, sagte Nico Köberlin, »falls du dich auf mein Motorrad traust.«

»Was denn, das gehört Ihn … äh dir?« Christian hatte noch Probleme, sich an das Du zwischen ihnen zu gewöhnen.

»Er sucht halt immer und überall das Abenteuer«, rief Rudi Dentler. »Sehr sympathisch!« Er formte mit Daumen und Zeigefinger ein O, stieß die Hand in die Luft und gab zwei Pfiffe von sich. »Keiner weiß, wie oft er schon in die Blautopfhöhle hineingetaucht ist.«

Dorothee meldete sich: »Wollen wir jetzt endlich über unseren Plan reden?«

Christian Ebinger sah verwirrt in die Runde. »Haben wir einen Plan?«

Kurt Gramlich schenkte dem Redakteur, trotz dessen Protests, ein Glas Rotwein ein. »Es geht um die Bürgermeisterwahl im nächsten Jahr.«

»Ich denke, der Hepf macht das wieder«, sagte Christian.

»Und genau das wollen wir verhindern.«

»Es gibt einen sehr begabten Stadtinspektor in Ulm, der sich eventuell bewerben will«, wusste Köberlin. »Er stammt aus Blaubeuren, ist hier also kein Unbekannter, und seine Familie ist durchaus angesehen.«

Kurt schüttelte den Kopf. »Der Hepf hat einen Amtsbonus. Die Leute wissen zwar nicht, wie sehr der an den Fäden seiner mächtigen Freunde zappelt. Aber so ein unbeschriebenes Blatt hat da doch gar keine Chance!«

»Und wer sind diese mächtigen Freunde?«, wollte Christian wissen.

»Du hast sie zum Teil doch selber in der Zeitung gezeigt.« Dorothee schlug die Seite mit dem Bericht über die Demonstration auf. »Und Anneliese hat sie fotografiert.«

Die Fotografin meldete sich. »Meine Freundin Ulrike bedient im *Schwarzen Adler*. Dort treffen die sich immer: Der Chef des Konsortiums, der Dr. Konzelmann, der Müller, halt alle, die in der Stadt was gelten oder gelten wollen.«

»Soviel ich weiß, gehört mein Chef auch dazu«, sagte Nico Köberlin.

»Uli – also wir sagen nur Uli zu ihr – meint, die hätten so eine Art Geheimklub, und dort werde die ganze Lokalpolitik ausgekungelt«, sagte Anneliese.

Christian richtete sich so abrupt auf, dass sich auch sein Hund, der auf seinen Füßen lag, plötzlich auf die Vorderbeine stellte und aufmerksam den Kopf hob.

»Das wär ja ein Thema, mein lieber Mann, wenn man das beweisen könnte.«

Dorothee meldete sich wieder. »Jetzt geht es aber erst einmal darum, ob wir einen Gegenkandidaten finden.«

»Der Hepf wird doch der CDU zugerechnet, obwohl er kein Mitglied ist«, wusste Kurt Gramlich. »Man müsste mal die anderen Parteien fragen.«

Dorothee winkte ab. »Vergiss es. Die Freien Wähler formieren sich nur kurz vor den Wahlen, um eine Liste aufzustellen, und der Ortsverein der SPD hat grade mal sieben Mitglieder …«

»Und Kommunisten haben wir zwei, wobei sich einer aus Angst vor den Leuten gar nicht traut, zuzugeben, dass er einer ist«, ergänzte Rudi Dentler.

Birgit Raible hatte die ganze Zeit nichts gesagt. Jetzt nahm sie einen großen Schluck aus ihrem Glas, stellte es hart auf den Couchtisch zurück und sagte: »Ich versteh gar nicht, warum keiner auf die Idee kommt, meinen Vater zu fragen.«

Einen Augenblick war es ganz still, bis Nicodemus Köberlin rief: »Menschenskind, waren wir vernagelt!«

»Würde er's denn machen?«, fragte Kurt.

»Keine Ahnung!«

»Und was meinst du, Dorothee?«

»Fragt ihn selber. An der Tatsache, dass ich genau so überrascht bin wie ihr, könnt ihr sehen, dass in unserer Familie noch nicht darüber gesprochen worden ist.«

Man kam überein, dass Dorothee ihrem Schwiegersohn die Idee behutsam näherbringen sollte. Falls Thomas Raible geneigt war, sich einer Kandidatur zu stellen, wollte man sich wieder treffen. »Wir wären dann sozusagen die Keimzelle einer Truppe, die für ihn als möglichen Bürgermeister kämpft«, sagte Nico. Christian hob abwehrend beide Hände. »Mich lasst da bitte raus. Ich kann nur ein neutraler, unabhängiger Berichterstatter sein.«

»Aber eine Meinung darfst du ja wohl haben«, fuhr ihn Dorothee ärgerlich an.

»Ja, die hab ich auch beziehungsweise werde ich mir bilden. So lange bin ich ja nun auch noch nicht hier.« Er trank sein Glas aus und protestierte nicht, als ihm Kurt noch einmal einschenkte.

Eine halbe Stunde später beschloss die Runde, sich draußen ein wenig die Füße zu vertreten. Danach sollte es dann Nicos Zabaione geben.

Ein heller Nachthimmel wölbte sich über der Schwäbischen Alb. Der Mond hing als schräge Sichel im matten Blau. Die Sterne waren ungewöhnlich deutlich zu erkennen. Die Luft war frisch und kühl für so einen Sommerabend. Dorothee hängte sich bei Christian ein und zog ihn ein paar Schritte von den anderen weg. »Wenn's mir mal wieder dreckig geht, schlaf ich wieder eine Nacht bei dir.« Sie begleitete den Satz mit einem glucksenden Lachen. »Das hat mir gutgetan.«

»Ich kann dir aber nicht versprechen, dass ich mich dabei immer so unbeteiligt verhalte«, entgegnete Christian.

»Ich nehme das als Kompliment und ein ganz klein wenig auch als ein Versprechen.«

Der Rest des Abends verlief so, dass Christian das Angebot Rudi Dentlers annahm, ihn nach Hause zu fahren und sein schönes neues Auto stehen zu lassen. Christian könne ja anderntags zu Fuß zum Hof der Gramlichs kommen, hatte Kurt gesagt, das sei gut für die Ausnüchterung, und der Hund werde sich freuen.

Es war gegen drei Uhr in der Nacht, als der Goldschmied, der nach seiner Gewohnheit sehr wenig getrunken hatte, seinen Wagen vor der Zeitungsgeschäftsstelle stoppte. Sie blieben noch einen Augenblick sitzen. »Du und die Anneliese …«, sagte Rudi.

»Was ist damit?«

»Siehst du eigentlich net, wie die dich anguckt?«

»Wie denn?«

»Ha, verliebt halt.«

»Du spinnst!«

»Ja, oft. Aber diesmal, glaub ich, nicht.«

»Vielleicht willst du bloß von dir ablenken.«

»Blödsinn! Ich bin da anders unterwegs.«

»Aha, und wie?«

»Du wirst sie schon mal kennelerne. Und jetzt geh endlich ins Bett!«

Christian stieg aus dem VW, klopfte zum Abschied mit der flachen Hand aufs Dach des Autos und trat in die Geschäftsstelle. Er hielt sich aber nicht auf, sondern stieg sofort die Treppe hoch in seine Wohnung. Wenige Minuten später war er schon eingeschlafen.

18

Wenn Sherry ihn nicht geweckt hätte, indem er zweimal mit seiner rauen Zunge durch Christians Gesicht fuhr, hätte er vielleicht den Samstag ganz verschlafen. Aber so zwang er sich, aufzustehen und unter die Dusche zu gehen. Gemeinsam mit seinem Hund machte er sich gegen Mittag auf den Weg zum Aussiedlerhof der Gramlichs. Der Fußweg schlängelte sich durch einen dichten Mischwald und an einzeln stehenden, steil aufragenden Felsnadeln vorbei über den Wilhelmsfelsen zur Albhochfläche hinauf. Im Lauf des Tages war es immer wärmer geworden. Eine helle Sonne blinzelte durch das Blattwerk der Bäume. Christian spürte, wie ihm der Schweiß zwischen den Schulterblättern hinabrann. Er zog Hemd und Unterhemd aus und ging mit nacktem Oberkörper weiter. Etwa auf halber Höhe stand eine Bank. Christian setzte sich, streckte die Beine von sich, legte den Kopf weit nach hinten in den Nacken und schloss die Augen. Dass Anneliese ihn auf besondere Weise angesehen haben sollte, war ihm nicht aufgefallen. Aber Rudi gab so etwas nicht einfach so von sich. Dazu war er viel zu ernst.

Christian wäre nicht auf den Gedanken gekommen, dass die Fotografin eine mögliche Partnerin für ihn wäre. Dabei musste er vor sich selber zugeben, dass es ihn nun schon seit einiger Zeit immer mehr nach einer Frau verlangte. Er onanierte regelmäßig, stellte sich dabei alle möglichen Szenarien vor, auch mit Frauen, die er kannte, aber er hatte danach immer ein schales Gefühl, und er schämte sich vor sich selber, obwohl er doch wusste, dass dafür in seiner Situation überhaupt kein Grund vorlag. Und immer danach wuchs seine Sehnsucht, richtig mit einer Frau zu schlafen. Freilich träumte er nicht davon, sich zu verlieben. Er glaubte ohnehin nicht, dass er jemals noch einmal so eine Nähe zu einer anderen Frau herstellen könnte wie damals zu Sarah. Ein paar Augenblicke rang er mit sich, ob er nicht umkehren sollte. Das Auto konnte er auch irgendwann später holen. Aber er entschloss sich dann doch, den Berg weiter hinaufzusteigen.

Kurt fuhr gerade mit dem Traktor vom Hof, als Christian ziemlich außer Atem ankam. Der Bauer tippte mit dem Zeigefinger gegen den Schirm seiner Mütze und fuhr in einer eleganten Kurve seinen Feldern zu. Einen Augenblick überlegte Christian, ob er nicht einfach in seinen Fiat einsteigen und davonfahren sollte, aber er betrat dann doch das Bauernhaus. Die Tür war auch diesmal nicht verschlossen.

Als er im Dachstock an Annelieses Wohnungstür klopfte, dauerte es eine Weile, bis geöffnet wurde. »Ach, du bist's. Komm rein!«

»Ich sag nur schnell Grüß Gott. Du hast sicher eine Menge zu tun.«

Anneliese ließ ihre Blicke auf Christians nacktem Oberkörper ruhen. »Du kannst mir ja helfen.« Sie selbst trug nur knappe rote Shorts, darüber eine leichte Bluse, unter der sie erkennbar nichts anhatte. Und sie ging barfuß. Die Haare trug sie noch lose wie am Abend zuvor. Freilich hatte sie sich nicht die Mühe gemacht, sich zu kämmen, was ihr ein leicht verwegenes Aussehen gab. »Ziemlich heiß hier oben direkt unterm Dach«, sagte sie. Christian folgte ihr in die Küche. In der Spüle stapelte sich das Geschirr. Anneliese warf ihm ein Handtuch zu. »Du kannst abtrocknen, wenn du Lust hast. Musst du aber nicht.«

»Mach ich aber gern«, log der Redakteur. Sherry hatte es sich im Wohnzimmer auf einem Sessel bequem gemacht.

Eine Weile arbeiteten sie Hand in Hand. Christian sah immer wieder verstohlen zu der jungen Frau hinüber. Sie hatte wirklich eine zauberhafte Figur. Die festen kleinen Brüste waren unter der Bluse leicht zu sehen. Einen Augenblick fragte er sich, ob das Berechnung war oder ob sie sich darüber überhaupt keine Gedanken machte. Plötzlich sagte Anneliese: »Du und Dorothee …«

»Ja?«

»Gestern hat es fast so ausgesehen, als hättet ihr etwas miteinander.«

»Hör auf. Sie könnte meine Mutter, ja fast schon meine Großmutter sein.«

»Ja, und?«

Um vom Thema abzulenken, sagte Christian: »Ich hab dich gar nicht gefragt, wie alt bist du denn gestern geworden?«

»Neunundzwanzig. Also deine Großmutter könnte ich nicht sein.« Sie lachte ein bisschen angestrengt.

Dann schwiegen sie, bis Anneliese sagte. »So! Fertig! Hast du Hunger? Es ist noch so viel da von gestern.«

»Mhm, ich könnt schon was essen.«

»Und ein kleines Gläschen dazu?«

»Und am Ende muss ich mein Auto dann wieder stehen lassen.«

»Kein Problem, Kurt kann dich mit dem Traktor heimfahren.« Anneliese holte den Krauttopf vom Herd, wo sie ihn auf kleiner Flamme warm gehalten hatte. Sie aßen gleich am Küchentisch. Christian trank zwei Gläser Weißwein dazu und merkte, wie ihm der Alkohol in den Kopf stieg. »Bei der Hitze sollte ich eigentlich keinen Alkohol trinken!« Eine starke Müdigkeit überkam ihn.

Anneliese, die das bemerkte, sagte: »Du kannst dich drüben im Wohnzimmer auf der Couch ein bisschen hinlegen. Und wenn du ausgeruht bist, fährst du. Sherry kann ich mitnehmen. Ich lass dich ganz in Ruhe, ich muss nämlich für eine Stunde aufs Feld, Kurt bei der Arbeit helfen. Wir bringen schon die Gerste ein.«

Christian nahm das Angebot an. Bevor er einschlief, fiel ihm ein, was Rudi vor einiger Zeit mal gesagt hatte: »Was treibt dich bloß so um, dass du so rastlos bist? Wovon willst du dich eigentlich ablenken? Geduld ist eine Tugend!« Christian war es in diesem Moment, als ließe er sich fallen.

Als er wieder zu sich kam, saß Anneliese auf der Kante der Couch und hatte den Rücken ihrer Hand auf seine Wange gelegt. »Wenn ich nur auch so schlafen könnte«, sagte sie leise, beugte sich zu ihm hinab und küsste ihn weich auf den Mund. Und so wie er sich zuvor hatte in den Schlaf sinken lassen, so überließ er sich jetzt dieser schönen jungen Frau.

Der Fiat stand auch noch am Abend vor der Tür und blieb dort bis Sonntagfrüh. Gegen zehn Uhr stiegen Anneliese und Christian in das kleine Auto. Als er einmal in der Nacht aufgewacht war und sie sich schläfrig ein wenig unterhalten hatten, hatte er ihr versprochen, mit ihr am Sonntag nach Tübingen zu fahren.

Das sonnige Wetter hatte sich gehalten. Aber die Hitze hatte ein wenig nachgelassen. In Tübingen stellte Christian das Auto in der Nähe des Hauptbahnhofs ab. Hand in Hand bummelten sie über die Neckarbrücke, danach die Neckargasse hinauf bis zum Holzmarkt und dann hinüber zum Marktplatz. Sie fanden zwei Plätze in einem Straßencafé, tranken Milchkaffee und aßen ein Stück Kuchen dazu. Christian sah zum Haus Haaggasse 1 hinüber. Dort hatte Kathrin gewohnt, als sie ihn, den unerfahrenen Primaner, verführte. Er hätte es Anneliese gern erzählt. Aber irgendwer hatte ihm einmal gesagt, Frauen würden auch auf lang zurückliegende Liebesaffären eifersüchtig reagieren. Also berichtete er nur, wie er im Kepler-Gymnasium, drunten am Neckar, während des Abiturs von der Schule geflogen war, wie er zur Bundeswehr hatte einrücken müssen, obwohl er mit allen Mitteln versucht hatte, den Wehrdienst zu verweigern. Er schilderte seine ersten Erfahrungen als Amateurreporter bei der Zeitung und erzählte von dem alten Maler, dessen jüdische Frau von den Nazis abtransportiert worden war, und wie vergeblich dieser Mann als junger Anwalt ums Überleben seiner geliebten Frau gekämpft hatte. Aber er erzählte nicht, wie er sich selbst in dessen Nichte Sarah verliebt hatte, wie zärtlich sie sich zugetan waren und wie er noch heute litt, dass sie vor anderthalb Jahren bei einem Unfall in Israel ums Leben gekommen war. Dennoch tauchte Sarah in seinen Gedanken auf, und sie ließen sich nicht mehr vertreiben. Anneliese spürte den Stimmungsumschwung. »Was ist passiert?«, fragte sie. »Du bist plötzlich so verändert.«

Christian nahm ihre Hand. »Du hast recht. Aber ich kann's dir jetzt nicht erklären. Sei bitte nicht böse, aber ich würde jetzt gerne zurückfahren.«

Die junge Frau auf dem Beifahrersitz versuchte, die Traurigkeit, die sie mit einem Mal erfasst hatte, nicht zu sehr an sich heranzulassen. Als der Fiat auf den Aussiedlerhof zurollte, sagte sie: »Sehen wir uns denn wieder?«

Christian hielt an. »Aber ja. Was ist denn das für eine Frage?«

»Du warst auf einmal so weit weg«, sagte sie sehr leise.

Er fasste Anneliese an beiden Schultern, zog sie zu sich heran und küsste sie. »Ich komm auch wieder ganz nah zu dir. Versprochen!«

Sie erwiderte seinen Kuss leidenschaftlich und sprang dann aus dem Auto. Sherry verließ den Rücksitz, hopste mit einem Satz über die Lehne und ließ sich auf dem Beifahrersitz nieder.

Zu Hause legte sich Christian auf die Matratze am Boden und schlief ein.

19

Zwar war er zwischendurch immer mal wieder aufgewacht. Ein paarmal war er auch aufgestanden. Einmal hatte er sogar Sherry vor die Tür gelassen. Aber er war immer auf sein Lager zurückgekehrt und auch prompt wieder eingeschlafen. Gegen sieben Uhr am Montagmorgen weckte ihn die Türklingel. Sie wurde im Dauerton gedrückt. Er hatte verschlafen. Mühsam rappelte er sich auf. Der Hund sprang bellend an der Wohnungstür hinauf. Als Christian öffnete, stand der Mann vor ihm, der am Freitag die Todesanzeige für den einstigen Generaldirektor der Zementwerke aufgegeben hatte: Axel Ölmüller. »Die Anzeige ist nicht in der Zeitung!«

»Wie bitte? Was?«

Christian starrte den Mann an, und zugleich erfasste ihn ein Gefühl der Panik.

»Die Anzeige steht nicht in der Zeitung«, wiederholte Ölmüller. »Wenn die Leute erst morgen von der Beisetzung erfahren, können sie sich ja nicht mehr darauf einrichten. Das ist eine Katastrophe!«

»Die Anzeige ist nicht ...? Jetzt Moment mal, wie ... wie kann denn das passiert sein?«, stammelte Christian.

»Ich will wissen, wer dafür verantwortlich ist!«

»Wer? Na ja ...« Christian trat von einem nackten Fuß auf den anderen. »Kann man die Beerdigung nicht um einen Tag verschieben?«

»Was reden Sie denn da für einen Schwachsinn! Alle wichtigen Leute sind per Brief benachrichtigt und reisen genau zum Termin an. Der Bürgermeister gibt nach der Beisetzung einen Empfang für sie. Und das ist nicht irgendwelche Laufkundschaft. Der neue Vorstandsvorsitzende hat sich angesagt, der Staatssekretär im Wirtschaftsministerium, der Landrat natürlich, wichtige Leute aus der Stadt hier.«

»Na, die müssen ja nicht anreisen.«

Der Mann starrte Christian an. »Sagen Sie mal, sind Sie sich der Tragweite der Geschichte eigentlich nicht bewusst? Das ist ein Skandal. Mehr als ein Skandal ist das! Wenn es Ihr Fehler war, sind Sie Ihren Job los. Da können Sie sich drauf verlassen!«

Christian sah an sich hinunter. Er trug seinen ältesten Schlafanzug, den er eigentlich schon längst hatte aussortieren wollen. Wie er da stand, gab er eine absolut erbärmliche Figur ab. Jetzt räusperte er sich, richtete sich ein wenig auf und sagte »Es ist meine Schuld. Ich hab die Anzeige buchstäblich vergessen. Was kann ich tun, um das wieder in Ordnung zu bringen?«

»Sie? Sie können überhaupt nichts tun. Ich werde direkt mit Ihrem Vorgesetzten reden. So etwas ist mir ja überhaupt noch nie passiert.« Das sagte er schon auf den ersten Stufen, und er redete weiter laut schimpfend auf seinem ganzen Weg durchs Treppenhaus hinunter, bis er das Haus verließ. Christian stand erstarrt unter der Wohnungstür. Es dauerte eine ganze Weile, ehe er sich wieder bewegen konnte. Langsam drehte er sich um, schob die Tür zu, ging in die Küche und ließ sich auf einen Stuhl fallen.

Der erste Weg führte den Sohn des verstorbenen Generaldirektors direkt zum Pfarrer der evangelischen Kirchengemeinde. Der war gerade dabei, gemeinsam mit dem Kirchenrechner die Kollekte des Sonntagsgottesdienstes zu zählen, und wollte möglichst schnell den Endbetrag bei der Sparkasse einzahlen, um ihn dann sofort ans Dekanat zu überweisen. In diesem Dingen galt er als außergewöhnlich korrekt, und es lag ihm viel daran, diesen Eindruck zu erhalten. Aber als er hörte, worum es ging, ließ er sich gerne unterbrechen. Es sei zwar sehr schwierig, die Beerdigung zu verlegen, aber an ihm solle es nicht liegen. Es werde ja ein Leichtes sein, in den beiden Tageszeitungen sehr deutliche redaktionelle Hinweise auf die Veränderung unterzubringen.

Kaum hatte sein Gast das Pfarrhaus verlassen, riss der Geistliche den Telefonhörer von der Gabel, wählte die Nummer des

Bürgermeisters. Als Matthias Hepf sich meldete, trompetete der Pfarrer: »Wir haben ihn! Matthias, wir haben ihn!«

Bürgermeister Matthias Hepf war also bereits vorbereitet, als seine Sekretärin Ölmüller anmeldete. Die beiden hatten ohnehin ein Treffen vereinbart, weil die Stadt von Ölmüller ein Grundstück erwerben wollte, das im neuesten Bebauungsplan eine zentrale Rolle spielte. Der verstorbene Generaldirektor der Zementwerke hatte sein Geld vornehmlich in Grund und Boden investiert. »Wenn das Geld wieder verreckt, ist das die sicherste Anlage«, hatte er stets verkündet. Nun war das Grundstück ein Teil des reichen Erbes, das sein einziger Sohn demnächst antreten würde.

Mit ausgebreiteten Armen ging Hepf auf Ölmüller zu. »Des ischt jetzt a richtige Freud«, sagte er. Wie immer, wenn er sich jovial geben wollte, verfiel er ins Schwäbische. Im gleichen Moment fiel ihm ein, dass er seinem Archivleiter Raible für neun Uhr einen Termin eingeräumt hatte. Er riss noch mal kurz die Tür auf. »Fräulein Nagel, sagen Sie dem Raible, wir müssen verschieben. Ich sag dann, wann's passt.« Dann fasste er nach Ölmüllers Ellbogen. »Nehmen Sie doch Platz. Einen Kaffee vielleicht?«

»Gern, ich hab noch nicht gefrühstückt.«

»Ja, dann aber!« Noch einmal öffnete Hepf die Tür zum Sekretariat. »Fräulein Nagel, der Herr Ölmüller kriegt einen Kaffee, und springet Se schnell zum Bäcker Hämmerle …« Er wendete sich seinem Gast zu: »Brezeln, Croissants, oder was hätten Sie gern?«

»Also, zu einer Butterbrezel würde ich nicht Nein sagen.«

Fräulein Nagel hatte gerade drei Butterbrezeln, den Kaffee, Sahne und eine Untertasse mit Zuckerwürfeln auf einem Tablett angerichtet und wollte das Frühstück für den Gast ins Bürgermeisterzimmer bringen, als Thomas Raible das Sekretariat betrat. »Warten Sie, ich mach Ihnen auf!« Der Archivleiter eilte zur Tür und öffnete sie. Stimmen drangen aus dem Büro des Stadtoberhaupts. »Dass der Ebinger diesen gravierenden Fehler gemacht hat, kostet ihn seinen Posten«, hörte er den Bürgermeister tönen. Dann lachte das Stadtoberhaupt auf. »Vergisst die wichtigste Todesanzeige des Jahres! Nicht zu fassen. Aber das passt zu dem.« Raible schob die Tür noch mal ein Stück zu, sodass die Sekretärin unwillkürlich stehen bleiben musste, und so vernahm er auch noch den nächsten Satz: »Am besten gehen Sie gleich zu Herrn Wachter senior. Wenn Sie wollen, können wir ihn gleich zusammen anrufen … Und den Empfang verschieben wir. Das wird schon gehen.« Er lachte. »Und wenn nicht alle können, wird's billiger. Sagen wir Donnerstag. Beerdigung 14 Uhr, Empfang 16 Uhr im *Schwarzen Adler.*« Jetzt gab Raible die Tür vollends frei, blieb aber hinter ihr stehen, während Fräulein Nagel dem Gast das Frühstück servierte.

»Kandidieren Sie denn wieder?«, fragte Ölmüller.

»Sicher. Ich sehe ja weit und breit niemanden, der es wagen würde, gegen mich anzutreten. Schade eigentlich, was ist eine Wahl, wenn der Bürger eigentlich gar keine hat?«

Ölmüller bedankte sich bei der Sekretärin. Und Hepf sagte noch: »Weiß der Raible Bescheid?«

»Ich bin noch nicht dazu gekommen, aber ich erledige das gleich.« Die Sekretärin kam zurück und zwinkerte dem Stadtinspektor zu. Der sagte leise vor sich hin: »Was ist eine Wahl, wenn man gar keine hat!«

»Bitte?« Fräulein Nagel sah ihn fragend an.

»Klingt wie ein Slogan.«

»Ja, aber für den Gegenkandidaten, und den gibt's ja nicht.« Eigentlich hätte sie gerne noch ein »leider!« hinzugefügt, aber dazu war sie im Verlauf ihrer langen Tätigkeit im Vorzimmer des Bürgermeisters zu vorsichtig geworden. Stattdessen sagte sie nun: »Der Herr Bürgermeister bedauert …«

»Das glaub ich jetzt weniger …«, unterbrach Raible lächelnd.

»Sie kriegen einen neuen Termin.«

»Gut. Ich bin dann mal für eine Stunde aus dem Haus.« Er ging zur Tür, wendete sich dort aber noch mal um. »Gibt es denn eine Liste der offiziellen Gäste, die zur Trauerfeier für Gustav Ölmüller kommen?«

»Ja, die gibt's.« Sie fasste in die oberste Schublade ihres Schreibtisches und zog ein Papier heraus. »Ich dachte schon, dass man das archivieren muss«, sagte sie grinsend und reichte es dem Archivleiter.

Christian Ebinger sah überrascht auf, als das Glockenspiel über der Eingangstür erklang und kurz darauf Thomas Raible vor ihm stand. Ohne Umschweife sagte der Stadtinspektor: »Angriff ist die beste Verteidigung, junger Mann!«

Seitdem er in Blaubeuren arbeitete, war Christian Ebinger dem Stadtinspektor zwei- oder dreimal begegnet, sie hatten aber jedes Mal nur ein paar unverbindliche Worte gewechselt. Dennoch glaubte der Redakteur, Thomas Raible gut zu kennen. Das lag an seinen Gesprächen mit dessen Schwiegermutter Dorothee Niggemeier. Aber er hatte keine Ahnung, was Raible mit seinem Satz sagen wollte, und sah ihn deshalb nur fragend an.

»Sie haben offenbar einen ziemlichen Mist gebaut.«

Christian, der schon den ganzen Morgen wie gelähmt war, nickte. »Sieht ganz so aus. Aber woher wissen Sie das?«

Raible zog die Liste der Ehrengäste aus der Tasche. »Haben Sie ein zweites Telefon?«

»Ja, für die Geschäftsstelle haben wir eine andere Nummer.«

»Gut, wenn Sie mich für eine Stunde als Mitarbeiter akzeptieren, können wir die Sache gemeinsam in Angriff nehmen.«

»Die Sache?«

»Das hier«, Raible deutete auf das Papier, »ist die Einladungsliste für die prominenten Trauergäste, und ich weiß, dass der Bürgermeister bereit ist, das Trauerbankett – nennen wir's mal so – auf den Donnerstag zu verlegen. Ich hab gehört, wie er zu Ölmüller junior sagte: ›Den Empfang verschieben wir. Das wird schon gehen. Und wenn nicht alle können, wird's billiger. Sagen wir Donnerstag. Beerdigung 14 Uhr, Empfang 16 Uhr im *Schwarzen Adler.*‹«

Christian begriff immer noch nicht.

»Also: Ziehen Sie die Vorhänge zu, hängen Sie ein Schild ›Bin in einer Stunde wieder da‹ an die Tür, und los geht's. Wir telefonieren die Leute auf der Liste nacheinander ab. Sie rufen am besten den Prälaten der evangelischen Kirche in Ulm als Ersten an. Ich übernehme den Staatssekretär Dr. Noller im Wirtschaftsministerium in Stuttgart.«

Während Christian das Schild an die Tür hängte und die Vorhänge zuzog, hörte er im Hintergrund den Stadtinspektor bereits telefonieren. Er meldete sich mit »Redaktion *Ulmer Kreiszeitung*«, ohne einen Namen zu nennen, und bat die Sekretärin, ihn doch bitte zum Herrn Staatssekretär durchzustellen. Mit offenem Mund verfolgte Christian das Telefonat seines unerwarteten Helfers. »Es ist da ein bedauerlicher Irrtum geschehen. Die Beerdigung von Herrn Ölmüller muss leider auf den Donnerstag, 14 Uhr, verschoben werden. Um 16 Uhr gibt Bürgermeister Hepf seinen Empfang. Er bedauert die Verschiebung am meisten, würde sich aber sehr freuen … Wie bitte?« Raible hörte nun zu, machte aber gleichzeitig Christian Zeichen, er solle endlich auch anfangen zu telefonieren. Dann sprach er wieder ins Telefon. »Da sind wir Ihnen wirklich sehr dankbar, Herr Staatssekretär.« Er legte auf. »Donnerstag passt ihm sogar besser, sagt er. Da könne er ein bisschen mehr Zeit mitbringen.« Raible zog die Liste zu sich her. »Ich übernehme jetzt den Präsidenten der Industrie- und Handelskammer. Und Sie rufen endlich den Prälaten an. Wenn der zusagt, kann der Pfarrer hier den neuen Termin nicht ablehnen.«

Am Ende ihrer Telefonaktion hatten sogar mehr Leute für den Donnerstag zugesagt als zuvor für den Dienstag.

Thomas Raible sah auf die Uhr. »Ich muss los!«

»Warum machen Sie das alles für mich?«

»Sagen wir so: Der Feind meines Feindes ist mein Freund. Außerdem haben meine Schwiegermutter und meine Tochter Sie ins Herz geschlossen. Fragen Sie mich nicht, warum.« Raible schloss die Tür auf, nahm das Schild ab und warf es Christian zu: »Einen Rat noch, junger Mann, gehen Sie zuerst zu Pfarrer Fischer und lassen Sie sich die Verlegung bestätigen, dann melden Sie sich möglichst bald bei Ihrem Verleger. Gehen Sie in Sack und Asche, aber Sie können ihm ja auch sagen, dass Sie als Journalist angestellt seien und nicht als Anzeigenfachmann.« Bevor er die Ladentür hinter sich schloss, rief Raible noch: »Hat Spaß gemacht! Bis bald!«

Der evangelische Pfarrer ließ sich nicht anmerken, dass er längst über die ganze Affäre informiert war. »Tja, Herr Ebinger, ich sehe da schwarz«, sagte er und wiegte seinen schweren Kopf, der auf einem zu kurzen Hals saß, hin und her. »Donnerstag, das wird leider nicht gehen.«

»Schade«, sagte Christian Ebinger, »der Herr Prälat Mönichmeier in Ulm meinte, ihm sei dieser Termin sogar lieber. Das Gleiche gilt für den Staatssekretär Dr. Noller.«

»Woher wollen Sie das denn wissen?«

»Ich habe mit allen Gästen telefoniert, die zum Bankett des Bürgermeisters eingeladen sind. Es haben sogar zwei mehr zugesagt als ursprünglich.«

Der Pfarrer stand auf. »Wenn das so ist … Aber ich müsste alle meine Pläne umschmeißen.«

»Sie würden mir sehr helfen.«

»Ich weiß nicht, ob ich ausgerechnet Ihnen helfen möchte. Aber vielleicht erkennen Sie ja, dass Sie die Berichterstattung über unsere kirchlichen Veranstaltungen bisher eher – wie soll ich sagen – stiefmütterlich behandelt haben.«

»Das war mir zwar bisher nicht bewusst, aber wenn Sie es sagen …«

»Nun gut!« Der Pfarrer setzte sich wieder. »Wann sagten Sie?«

»Donnerstag, 14 Uhr Bestattung, 16 Uhr Empfang im *Schwarzen Adler*.«

»Ich notiere mir das. Aber ich glaube nicht, dass damit die Sache für Sie erledigt ist, Herr Ebinger.«

»Ich bin durchaus bereit, die Folgen zu tragen. Jetzt geht es erst einmal darum, den Schaden für die Familie Ölmüller klein zu halten.«

Kaum war der Redakteur gegangen, rief der Pfarrer im Rathaus an. Aber der Bürgermeister, sagte dessen Sekretärin, sei in wichtigen Besprechungen und erst am späteren Nachmittag wieder erreichbar.

Christian Ebinger erzählte derweil dem Jungverleger am Telefon die ganze Geschichte, ohne sich selbst zu schonen. Tim Wachter lachte schallend, wurde aber schnell wieder ernst. »Mein Vater hat nicht den gleichen Humor wie ich«, sagte er, »und bestimmt wird der Bürgermeister in diesem Fall nicht mich, sondern meinen alten Herrn anrufen. Schauen wir mal, was daraus wird.«

Sehr getröstet war Christian nicht nach diesem Telefonat, als er sich auf den Weg ins Rathaus machte.

»Leider ist das so, dass uns die Zeitung immer wieder nur halb fertige, nachlässige oder unbegabte Redakteure schickt.« Der Bürgermeister fixierte den jungen Redakteur mit seinen kalten grauen Augen. »Ich will jetzt nicht sagen, was davon auf Sie zutrifft, aber ich glaube, der Skandal wird sich so ausweiten, dass Sie sehr viel schneller hier wieder weg sind, als Sie gekommen sind.«

»Das kann sein. Aber zuvor wollte ich versuchen, den Schaden für die betroffene Familie und auch für Sie, Herr Bürgermeister, möglichst klein zu halten.«

Hepf lachte gallig auf. »Aha, und wie wollen Sie das machen?«

»Ich habe alle Ehrengäste angerufen. Sie wären mit einer Verschiebung auf Donnerstag einverstanden. Es haben sogar zwei mehr zugesagt als für den Dienstag, und Staatssekretär Noller lässt bestellen, der Termin sei für ihn viel besser, er könne dadurch sogar etwas mehr Zeit mitbringen.«

Matthias Hepf starrte den jungen Redakteur mit offenem Mund an. Es dauerte ein wenig, bis er seine Sprache wiederfand. »Und woher wussten Sie, wer eingeladen ist?«

»Die Namen habe ich schon im Vorfeld recherchiert«, log Christian. »Ich war übrigens auch schon bei Pfarrer Fischer«, fuhr er schnell fort, um weitere Fragen abzublocken. »Ihm würde Donnerstag, 14 Uhr, gut passen. Und der Prälat aus Ulm, der am Dienstag nicht hätte kommen können, freut sich sogar über die Verschiebung. Der Wirt vom *Schwarzen Adler* kann es auch möglich machen, das Bankett auf Donnerstag, 16 Uhr, zu verlegen, sagt er. Ich bin auf dem Weg hierher bei ihm vorbeigegangen. Offenbar hatten Sie ihn auch schon darum gebeten.«

Bürgermeister Hepf hatte es schon wieder fast die Sprache verschlagen. Er räusperte sich ein paarmal, wippte auf den Fußballen hin und her und knetete seine Hände vor seinem Bauch. Schließlich sagte er: »Aber über Ihre Fehlleistung ist das letzte Wort noch nicht gesprochen.«

»Ja, da bin ich sicher.« Christian ging zur Tür. »Wissen Sie, was mein Vater immer sagt?«

»Was hat jetzt Ihr Vater damit zu tun?«

Christian ignorierte die Frage. »Er sagt immer: ›Nur wer nicht arbeitet, macht keine Fehler.‹«

Vom Rathaus aus machte sich Christian Ebinger auf den Weg in die Redaktion des *Alb-Donau-Kurier*. Seinen Kollegen Günter Braun kannte er von verschiedenen Terminen, an denen sie zwangsläufig beide teilnehmen mussten, aber zu einem persönlichen Gespräch war es bislang nicht gekommen. Auf dem Weg kam Christian zum ersten Mal der Gedanke, dass es sich eigentlich gehört hätte, bei dem Redakteur des Konkurrenzblattes einen Antrittsbesuch zu machen, als er Anfang Mai in Blaubeuren angekommen war. Es hatte ihn freilich auch niemand darauf hingewiesen, dass dies eigentlich ein normaler und angebrachter Akt der Höflichkeit gewesen wäre. Wieder einmal beschlich ihn das Gefühl, dass er eigentlich viel zu wenig wusste und konnte, um jetzt schon so eine selbstständige Position auszufüllen. Er war ins Wasser geworfen worden, teils auch selber gesprungen, ohne richtig schwimmen zu können. Das war es auch, was ihn so rastlos machte. Oft hatte er das Gefühl, mit viel zu kurzem Atem durch die Welt zu rennen, ohne sein Ziel zu kennen.

Braun war 62 Jahre alt, ein gemütlicher Mann. Sein Redaktionsbüro glich einem Wohnzimmer. Die Einrichtung bestand aus einem schweren Schreibtisch aus Eichenholz mit einem gepolsterten Stuhl auf Rollen dahinter sowie einer Sitzecke mit einem Sofa, zwei Plüschsesseln und einem nierenförmigen Tisch mit einer Glasplatte und Füßen aus Bambusholz. An der Wand stand ein schweres dunkles Bücherregal, in dem ein paar Nachschlagewerke und eine Galerie von Fotos in silbernen Rahmen standen. Unter der Decke schaukelte ein Modellflugzeug. Braun gab Christian die Hand und sagte: »Das freut mich, dass Sie mal vorbeischauen, wenn's vielleicht auch in der Not ist.« Es klang aber nicht ironisch oder gar hämisch, sondern ausgesprochen freundlich.

Braun öffnete zwei Bierflaschen, die er aus einem Kühlschrank hinter seinem Schreibtischsessel genommen hatte. Gläser reichte er nicht dazu. »Prost«, sagte er. »Setzen wir uns.«

Christian entschuldigte sich. Er habe jetzt erst begriffen, dass er gleich Anfang Mai mal hätte vorbeischauen müssen, um sich vorzustellen. Braun nahm einen langen Schluck aus der Flasche und fuhr sich mit dem Handrücken über den Mund.

»Sie fangen an, ich denke ans Aufhören. Aber wir haben trotzdem noch Zeit, uns kennenzulernen.« Und dann begann er, unaufgefordert zu erzählen. Er habe als Setzer begonnen und sei nach und nach ins Schreiben reingeraten, weil er ein paarmal habe einspringen müssen. Eine vernünftige Ausbildung als Journalist habe er nie erhalten. Aber für die Arbeit hier habe es allemal gereicht. »Meinem Verleger war es sowieso wichtiger, dass die Geschäftsstelle funktioniert. Und wenn ich ehrlich bin, mache ich diese Arbeit auch viel lieber.« Jetzt fahre er »auf Sicht«, die Pensionierung fest im Blick.

In Günter Brauns Zeitung war die Traueranzeige für Gustav Ölmüller erschienen, aber die Auflage des *Alb-Donau-Kurier* war nicht so hoch wie die der *Kreiszeitung* und hatte in letzter Zeit sogar weiter abgenommen. »Sie verdrängen uns vollends«, sagte Braun und machte dabei nicht den Eindruck, als nähme er das dem Redakteur oder dem Verlag der *Kreiszeitung* übel. Nach einem weiteren langen Schluck aus der Bierflasche sagte er: »Ich kann morgen einen redaktionellen Hinweis bringen, dass die Beerdigung verschoben werden musste.«

»Es ist meine Schuld«, sagte Ebinger, »das können Sie ruhig schreiben.«

Braun lachte. »›Redakteur verschusselt Todesanzeige. Heillose Verwirrung in Blaubeuren‹ – so was in der Art, meinen Sie?«

»Es ist Ihre Sache, wie Sie das formulieren«, antwortete Christian schmallippig.

»Warum soll ich Sie in die Pfanne hauen?« Braun leerte seine Bierflasche und öffnete sofort eine neue. »Für Sie auch noch eine?«

Christian lehnte dankend ab.

Braun nahm einen ersten Schluck aus der neuen Flasche und unterdrückte einen kleinen Rülpser. »Ich bin jetzt seit 1950 hier. Der Verdienst ist nicht schlecht. Ich hab mir am oberen Haag ein Häuschen gebaut. Meine Kinder sind aus dem Haus. Meine

Rente wird reichen. Leider ist meine Frau ziemlich krank. Sie braucht mich. Ich höre hier auf, sobald die mich rauslassen. Vielleicht macht mein Verlag die Blaubeurer Geschäftsstelle auch dicht. Was weiß ich?«

Christian sah seinen Kollegen nachdenklich an. Er war kürzlich in dem Roman *Mein Name sei Gantenbein* von Max Frisch auf den Begriff »Die fidele Resignation« gestoßen, mit dem der Autor das Verhalten vieler Menschen in der Nachkriegszeit charakterisierte. Aber fidel war der Kollege nicht, nur resigniert, wie es schien. »Wissen Sie was?«, sagte Braun jetzt, »warum schreiben Sie den Text nicht einfach selber?« Er lachte kurz auf. »Aber Honorar gibt's dafür natürlich nicht.« Damit schob er seine Schreibmaschine über den Tisch und reichte Christian ein Blatt Papier, das einen Rahmen in Spaltenbreite aufwies.

Ebinger tippte:

BEERDIGUNG ÖLMÜLLER VERSCHOBEN
Da durch ein Versehen der Kreiszeitung die Todesanzeige für den einstigen Direktor des Zementwerkes, Dr. h. c. Gustav Ölmüller, dort nicht erschienen ist, wurde der Termin der Beisetzung von Dienstag auf Donnerstag, 14 Uhr, verschoben. Zu viele Bürger, die dem hoch angesehenen einstigen Firmenchef das letzte Geleit geben wollten, wären nicht rechtzeitig informiert gewesen. Unserer Redaktion gegenüber drückten die Kollegen der Kreiszeitung ihre tiefe Betroffenheit über den eigenen Fehler aus und bekundeten ihre Dankbarkeit gegenüber der evangelischen Kirche und der Gemeindeverwaltung, welche die Verlegung der Beisetzung und des anschließenden Empfangs für geladene Gäste um 16 Uhr im Schwarzen Adler ermöglicht haben.

Christian drehte die Walze. Das Papier wanderte aus der Maschine. Braun überflog den Text, nickte ein paarmal, sagte »sehr geschickt« und schob die Seite in ein Kuvert, das seine Beiträge von diesem Tag und ein paar Fotos enthielt. Dann sah er den jungen Kollegen noch mal lächelnd an. »Am besten gehen Sie morgen um 14 Uhr auf den Friedhof. Kann ja sein, dass ein paar Leute nur die Anzeige in unserem Blatt gelesen haben. Denen müsste man dann Bescheid geben.«

Als Christian Ebinger am nächsten Morgen dem Seniorverleger so früh gegenübersaß, dass er zur Öffnungszeit seines Büros wieder in Blaubeuren zurück sein konnte, hatte dieser schon die Lokalseite des *Alb-Donau-Kurier* vor sich liegen. »Ausgesprochen fair von denen«, sagte er. »Es scheint ja noch mal halbwegs glimpflich auszugehen. Aber damit ist nicht gesagt, dass Ihr Fehler nicht bestraft werden muss. Ich kann und will so etwas nicht durchgehen lassen. Sie hätten mal hören sollen, was ich mir von diesem Herrn Ölmüller alles habe anhören müssen. Und mit dem Bürgermeister Hepf, der andauernd versucht, mich zu erreichen, habe ich vorsichtshalber noch gar nicht gesprochen.«

»Aber ich hab den Schaden auch für ihn so klein wie möglich gehalten.«

»Aha, und wie?«

Christian berichtete von seiner Aktion, erwähnte allerdings seinen Helfer Thomas Raible nicht. Der Verleger gönnte sich ein kaum merkliches Lächeln. »Das imponiert mir, macht aber Ihren Fehler nicht kleiner.«

Christian nahm all seinen Mut zusammen. »Ich würde gerne in Blaubeuren weiterarbeiten.«

»Es ist zu früh, das zu entscheiden. Wir müssen darüber in der Geschäftsleitung und mit der Chefredaktion noch beraten.«

»Aber die Chefredaktion hat mit der Anzeigenannahme nichts zu tun.«

»Ganz recht. Und genau das wird sie ins Feld führen«, sagte Wachter. »Aber unsere Finanzlage erlaubt es uns nicht, zusätzlich zur Redaktion auch noch eine eigenständige Geschäftsstelle in Blaubeuren aufzubauen. Also muss der Redakteur diese Arbeit mitmachen. Und ich muss mich darauf verlassen können, dass er dies ordentlich tut.«

»Ein zweites Mal wird mir so ein Fehler nicht unterlaufen.«

Der Verleger schien nicht richtig zugehört zu haben. »Ihr Vorgänger hatte eine Frau, die mitarbeiten konnte. Wir haben ihr auch ein kleines Gehalt bezahlt. Wie sieht es denn da bei Ihnen aus?«

»Ich lebe allein, und es sieht auch nicht so aus, als ob sich das ändern würde.«

»Na gut. Wollen wir sehen, wie es mit Ihnen weitergeht.«

Karl Josef Wachter stand auf. Das war das Zeichen dafür, dass für ihn die Unterredung beendet war.

Kurz vor 14 Uhr stand Christian Ebinger am offenen Grab, das für Gustav Ölmüller ausgehoben war. Die vier Ränder waren mit Dielenbrettern gesichert. Ein ordentlich aufgeschichteter Erdhügel erhob sich etwa einen Meter rechts von der Grube. Um die Mittagszeit waren graue Wolken aufgezogen. Jetzt fielen erste feine Regentropfen. Der Redakteur schlug den Kragen seiner Jacke hoch und suchte unter einer Birke Schutz, die ein paar Schritte hinter der offenen Grube stand. Tatsächlich kamen nach und nach fünf Leute in schwarzer Kleidung, zwei davon mit Blumensträußen, den schmalen Friedhofweg herunter auf ihn zu. Christian erklärte ihnen, warum keine Sargträger, kein Pfarrer, kein Posaunenchor und keine Angehörigen da waren. Eigentlich hatte er erwartet, dass die Trauergäste ihrem Unmut auf die eine oder andere Weise Luft machen würden. Aber – es musste am Ort liegen – sie nahmen die Nachricht alle gelassen entgegen. Nur ein Mann fragte: »Sind Sie ein Angehöriger?«

»Nein«, sagte Christian, aber er sei schuld daran, dass die Beisetzung habe verschoben werden müssen. Und als er dies genauer erklärte, schienen die Trauergäste eher amüsiert als verärgert. »Was machen wir denn jetzt aus dem Tag?«, fragte einer der Männer seine Frau, »ich hab ja extra Urlaub genommen.« Seine Gattin schob ihren Arm unter den seinen. »Jetzt fährst du mit mir nach Ulm, und wir kaufen endlich das Kostüm, das du mir schon so lange versprochen hast.«

Gegen sieben am Abend holte Rudi Dentler den Redakteur ab. Der hatte völlig vergessen, dass ja der Dienstag ihr wöchentlicher Saunatag war. In der Schwitzkiste wurde dann der Fall Ölmüller noch einmal durchdiskutiert, bis Rudi rief: »Schluss jetzt! Als ob's nix anderes gäb!«

»Ganz recht«, sagte Nicodemus Köberlin. »Ich wollte dich schon lang fragen, was du eigentlich machst, wenn du dauernd zum Ballett nach Ulm fährst.«

»Ha, tanze halt«, antwortete der Goldschmied. Er sprang von der Sitzbank und stieß die Tür auf. Christian und ein paar andere folgten ihm. Als sie zu sechst in dem großen Duschraum standen und sich gegenseitig mit eiskaltem Wasser aus schwarzen Schläuchen abspritzten, schrie Andreas, um den Lärm des rauschenden Wassers zu übertönen: »Wie sieht denn das aus, wenn du tanzt?«

Rudi drehte seinen Wasserhahn ab und sprang in den Vorraum der Dusche, wo der Boden trocken war. Da stand er nun: Klein, gedrungen, muskulös – der nackte Rudi Dentler sah nicht aus, wie man sich landläufig einen Tänzer vorstellt, es sei denn, man hätte sich auf die starken Stränge seiner Beinmuskulatur und seinen flachen Bauch konzentriert. Jetzt nahm er die Ausgangsposition ein und erklärte: »Beide Füße stehen auf einer Linie, im besten Falle in einem Winkel von 180 Grad. Die Fersen berühren sich, die Beine sind vollständig geschlossen, die Knie durchgedrückt.«

»Schwierig, wenn man solche O-Beine hat wie du«, rief Kurt Gramlich. Aber Rudi ließ sich nicht drausbringen. »Und jetzt Position zwei: Arme ausbreiten, Füße im Winkel wie gehabt, aber jetzt etwa ein Fußbreit auseinander. Position drei: rechter

Arm im Halbkreis über den Kopf, linker Arm seitwärts ausgestreckt. Die Ferse des rechten Fußes wird etwa in der Mitte des anderen Fußes platziert. Position vier: linke Hand an die Hüfte. Der rechte Fuß steht jetzt genau mit der Ferse vor den Zehen des linken, aber in einem Abstand von einer Fußlänge. Position fünf: beide Arme im Kreis über dem Kopf, Handflächen zeigen nach innen, jetzt kein Abstand mehr zwischen den Füßen.« Als er so weit war, drehte er sich ein paarmal auf der Stelle und kehrte dann zu Position eins zurück. »So«, rief Rudi, »jetzt werden die Beine gebeugt, das nennt man ein kleines Plié, dann springt man vom Boden ab. In der Luft werden die Beine möglichst weit ausgestreckt.« Er schnellte hoch, und ein Raunen ging durch den Saunavorraum, als er wieder landete. »Das war ja mindestens ein Meter!«, rief einer. »Sieht verdammt gut aus«, kommentierte Nico Köberlin. Rudis Gesicht blieb konzentriert, als würde er gar nicht wahrnehmen, was um ihn herum geschah. »Der schwierigste Sprung ist aber der Grand Jeté«, sagte er jetzt. »Da muss das vordere Bein hinausgeschleudert werden, damit ein Spagat in der Luft entsteht.« Rudi zeigte diesen Sprung gleich mehrmals hintereinander.

Sein Glied und seine Hoden – er war mit beidem gut ausgestattet – führten dabei ihren eigenen Tanz auf, während der restliche Körper sich nach den strengen Regeln des Balletts bewegte. Aber keiner der nackten Männer, die nun einen Kreis um Rudi gebildet hatten und rhythmisch zu klatschen begannen, lachte. Zu viel Ernsthaftigkeit ging von dem Tänzer aus. Als er schwer atmend wieder ruhig stand, sagte er: »Dabei soll der Tänzer elegant aussehen und sich leicht wie eine Feder fühlen.« Das löste bei seinen Saunafreunden dann doch ein leises Schmunzeln aus.

»Trittst du denn auch mal auf?«, fragte Köberlin.

»In der nächsten Spielzeit im ›Sommernachtstraum‹. Ich gebe den Puck.«

»Mit Text?«

»Es ist kein Handlungsballett, sondern das Bühnenstück. Ich bin der einzige Tänzer auf der Bühne.« Rudi drehte noch eine Pirouette und rief: »*Klatscht erst Beifall unserem Stück. Dann bringt Puck euch nichts als Glück.*« Damit sprang er mit einem eleganten Satz in das Kaltwasserbecken.

»Das ist das Ende von Pucks Schlussmonolog«, wusste Köberlin.

Auf dem Heimweg erzählte Christian dem Freund Rudi, wie ihm Thomas Raible am Tag zuvor geholfen hatte, die Ehrengäste für das Trauerbankett abzutelefonieren. »Hat er erwähnt, ob die Dorothee mit ihm gesprochen hat wegen der Kandidatur?«, fragte der Goldschmied.

»Nein, mit keinem Wort.«

»Aber wenn er so was macht wie gestern mit dir, ist er wahrscheinlich sowieso entschlossen«, sagte Rudi Dentler.

Auf der Beerdigung des einstigen Fabrikdirektors sah Christian den Stadtinspektor Raible wieder. Er stand hinter Bürgermeister Hepf und hielt einen schweren Kranz in den Händen, den er an das Stadtoberhaupt weiterreichte, als die ersten Schaufeln Erde auf den Sarg gefallen waren und die Trauergäste ihre Blumen und Gestecke niederlegten, ehe sie dem Sohn des Verstorbenen kondolierten. Hepf trat an das Grab. Raible zog sich zurück und stellte sich neben Christian, der am äußersten Rand der Trauerversammlung stand. »Verstehen Sie jetzt, was ich meinte, als ich sagte: der Feind meines Feindes …?«, flüsterte er.

»Nicht ganz«, sagte Christian.

Während sie sich unterhielten, entfernten sich die beiden Männer in kleinen Schritten rückwärts mehr und mehr von der Trauergemeinde, dabei führten sie ihre Unterhaltung im Flüsterton weiter.

»Er hat mich bewusst zum Kranzträger degradiert. Eine Aufgabe, die sonst der Gemeindediener zu übernehmen hat.«

»Und warum machen Sie's dann?«

»Vielleicht, um genügend Wut anzusammeln, damit ich den entscheidenden Schritt am Ende tue.«

»Sie werden also kandidieren?«

»Ich muss meine Familie vollends überzeugen. Vor allem meine Frau.«

»Ich bin sicher, das gelingt Ihnen«, antwortete Christian. »Sagen Sie mir Bescheid, sobald Sie sich endgültig entschlossen haben? Die Meldung hätte ich gerne exklusiv.«

Raible schüttelte den Kopf. »In so einem Fall macht man eine Pressekonferenz, junger Mann! Das muss alles taktisch klug eingefädelt werden.«

Der Posaunenchor spielte jetzt den Choral »Bis hierher hat mich Gott gebracht«. Danach löste sich die Trauergemeinde auf.

Christian musste sich mit seinem Bericht über die Beisetzung Gustav Ölmüllers beeilen, um das Kuvert mit dem Text rechtzeitig auf den Zug nach Ulm zu bringen. Er zitierte die Worte des evangelischen Pfarrers Fischer vielleicht etwas zu ausführlich, gab den Abschiedsworten der Betriebsratsvorsitzenden ziemlich viel Raum und erwähnte nur mit dürren Worten, dass der Bürgermeister einen Kranz niedergelegt und die Verdienste des Verstorbenen um die Stadt Blaubeuren gewürdigt habe. Als er auf dem Bahnhof dem Schaffner das Kuvert übergeben hatte und langsam zum Büro zurückging, sagte er zu seinem Hund, der ihn wie immer auf diesem Weg begleitete: »Ich muss aufpassen, Sherry. Ich werde langsam parteiisch, und das darf mir nicht passieren.« Der Hund sah nur kurz zu ihm auf, rannte dann zu einem der Straßenbäume und hob sein rechtes Bein.

Ein paar Tage später rief Tim Wachter seinen Blaubeurer Redakteur an. »Mein Vater hat die dringliche Bitte von Bürgermeister Hepf, Sie durch einen anderen Journalisten zu ersetzen, abgelehnt. Sie können also bleiben, stehen aber unter besonderer Beobachtung.« Er ließ diesem Satz ein kleines Lachen folgen. Dann fragte er, was denn die Bemühungen gebracht hätten, die Bürgermeister der umliegenden Gemeinden für ein gemeinsames Amtsblatt zu gewinnen.

»Die Bürgermeister von Seißen, Sonderbuch und Beiningen haben praktisch zugesagt. Die von Hausen ob Urspring, Weiler, Asch und Wippingen wollen es sich noch überlegen, können sich aber eine Zusammenarbeit vorstellen. Nur der Bürgermeister von Schelklingen hat kategorisch ›Nein‹ gesagt.«

»Hört sich ja ganz gut an. Am Jahresende zählen wir dann zusammen. Dann kriegen wir auch die neue Leseranalyse und wissen, wie sich die Auflage der Zeitung in Ihrem Beritt entwickelt hat. Und dann können wir auch über eine Gehaltserhöhung reden.«

20

Die Theatersaison begann im ganzen Land am 22. September, einem Samstag. Die Premiere von Kleists »Der zerbrochene Krug« im Blaubeurer Staatstheater, wie Theo Dentler sein neues Haus nannte, war ausverkauft. Das heißt, es hatten sich 140 Leute angemeldet, die fest zugesagt hatten, einen Stuhl als Eintrittspreis mitzubringen. Für prominente Besucher hatten die Schauspieler ein paar Sitzgelegenheiten bei Freunden und Bekannten erbettelt. Um 18 Uhr lag der ehemalige Kirchensaal noch kahl und leer da. Aber schon eine Viertelstunde später trafen die ersten Theaterbesucher ein: zwei junge Männer mit einem alten Sofa, das sie auf ihren Schultern trugen. »Einer hinten, einer vorn – die Mitte trägt sich von selbst«, rief der Vordermann fröhlich. Kurz nach den beiden fuhr ein Kombi vor, aus dem ein älteres Ehepaar einen alten Stuhl mit eingebauter Bettpfanne auslud. Manche brachten einfache Wohnzimmerstühle, aber es waren auch sogenannte Long Chairs dabei, die grade in Mode kamen, zwei Freischwinger in echtem Breuer-Design, eine Gartenbank und ein Schaukelstuhl. Theo Dentler, schon im Kostüm des Dorfrichters Adam, dirigierte die Ankommenden und ordnete die Sitzgelegenheiten so an, dass so etwas wie Reihen entstanden. Begeistert tanzte er zwischen den Zuschauern herum. Mit leichter Hand gestaltete er den Zuschauerraum, der am Ende wie eine eigens geschaffene Skulptur erschien. In der ersten Reihe standen die wenigen Stühle, die von den Theaterleuten vorab besorgt worden waren. Auf den Sitzflächen lagen Zettel, die auswiesen, für wen die Plätze reserviert waren: Bürgermeister Hepf mit Gattin, Landrat Oberländer mit Begleitung, Pfarrer Fischer, Fabrikant Maihöfer, der mit einer Gabe von 5000 Mark der größte Spender für das Theater war, was er freilich nicht veröffentlicht haben wollte. »Die Leut sollet net wisse, dass i für so was so viel Geld ausgeb!« Zwei Stühle waren für die Presse reserviert, womit Christian

Ebinger und sein Kollege Braun gemeint waren. Matthias Hepf und seine Gattin kamen als Letzte. Der Bürgermeister grüßte mit erhobener Hand jovial nach links und rechts, ehe er sich setzte. Theo Dentler hieß das Stadtoberhaupt mit einem herzlichen Handschlag willkommen und verschwand dann hinter dem Vorhang. Das Licht erlosch, eine Glocke ertönte. Der Vorhang, der in seiner Buntheit von einem starken Scheinwerfer beleuchtet wurde, rauschte auseinander, und es erschien das Bühnenbild: eine Gerichtsstube, die dem Bürgermeisterbüro im Rathaus nicht unähnlich war.

Theo humpelte auf die Bühne, verletzt am rechten Bein und am Kopf, gefolgt von seinem Schreiber Licht, der ihn unterrichtete, dass in den nächsten Stunden der Gerichtsrat Walter aus Ulm nach Blaubeuren kommen werde. Er sei ein strenger Mann. Der Richter in Biberach habe sich nach der Revision, die der Herr Walter zurzeit überall durchführe, erhängt. Die Theaterleute hatten aus Utrecht Ulm und aus Husum Blaubeuren gemacht. Aber sonst hatten sie Kleists Text keine Gewalt angetan. Die Zuschauer amüsierten sich köstlich, als sich der Richter immer weiter in seine Lügen verstrickte, und sie litten erkennbar mit dem von Lydia gespielten Evchen, das nicht verhindern konnte, dass ihre Mutter Marthe, gespielt von Christiane Dentler, Schadenersatz für einen zerbrochenen Krug haben wollte, den Ruprecht, der Geliebte des Mädchens, zerschlagen haben sollte. Dass es der Richter Adam war, der nächtens versucht hatte, über das Rosenspalier in Evchens Zimmer einzudringen, schwante dem Publikum schon bald, und es feierte das gute Ende für das Liebespaar und das schlechte für den heimtückischen Dorfrichter mit einem langen Applaus und vielen Bravorufen. Auch Bürgermeister Hepf und die Honoratioren in der ersten Reihe klatschten begeistert Beifall. Der Landrat beugte sich zu Hepf hinüber und sagte: »Neulich war ich in Ulm im Theater, ›Andorra‹ hieß das Stück. Es ging um einen jungen Juden, der gar kein Jude war, aber von allen verfolgt wurde, weil sie glaubten, er sei einer. Schrecklich, kann ich Ihnen sagen. Als ob man solche Themen heute schon wieder auf die Bühne bringen müsste, nur um uns, die wir ja, weiß Gott, auch genug gelitten haben, ein schlechtes Gewissen zu machen.« Christian, der dies hörte, beschloss, bei nächster Gelegenheit die Ulmer Inszenierung zu besuchen.

Nach der Aufführung gab es eine Premierenfeier, zu der alle Besucher eingeladen waren. Gut die Hälfte der Zuschauer blieb. Und als die Schauspieler abgeschminkt und umgezogen aus der Garderobe kamen, brauste noch einmal Beifall auf. Bürgermeister Hepf warf sich in Positur, klopfte an sein Weinglas, und als Ruhe einkehrte, hob er zu einer Rede an: »Meine sehr geehrten Damen und Herren, hochverehrte Künstler, wir haben einen wunderbaren Theaterabend erlebt, dem, wie ich hoffe, noch viele folgen werden. Das ist die wahre Kunst, die Menschen zu unterhalten, ihnen Vergnügen zu schenken ...«

»Blablabla«, drang es leise in Christians Ohr. Er sah sich um. Dorothee stand dicht hinter ihm. »Vielleicht sollten sie als Nächstes ›Draußen vor der Tür‹ von Borchert spielen!«

»Genau die richtige Idee«, sagte Christian.

Der Bürgermeister kam zum Ende. »Ich verspreche Ihnen, liebe Theaterleute, wir werden unseren Kulturetat durchforsten und Wege finden, Ihre schöne Arbeit zu unterstützen.«

»Das verspricht er jetzt, und wenn er wiedergewählt ist, vergisst er's ganz schnell, wollen wir wetten?«, giftete Dorothee.

»Wie steht es überhaupt – kandidiert nun dein Schwiegersohn?«

»Sieht so aus, ist aber noch nicht entschieden.«

Der Bürgermeister wurde eifrig beklatscht. Er hob sein Glas, stieß mit dem Theaterdirektor Dentler an und ließ sich dann auf einem der bequemsten Sessel nieder. »Ein bisschen bleiben wir noch.«

Christian schlenderte durch den Saal, fragte Besucher nach ihren Eindrücken und notierte die Antworten in seinen Block.

Am Nachmittag hatte er den Leiter der Lokalredaktion, Arnold Kühn, gebeten, ihm eine halbe Seite einzuräumen. Es sei doch ein ungewöhnliches Ereignis, um nicht zu sagen, eine Sensation, dass in einer so kleinen Stadt ein solch ambitioniertes Theater eröffnet würde. Sein Chef hatte ihm recht gegeben und versprochen, den Platz freizuhalten. Als Christian wieder einmal von seinem Block aufsah, um nach einem neuen Gesprächspartner zu suchen, stand Anneliese vor ihm. Von den Szenen hatte sie schon bei der Generalprobe Aufnahmen gemacht. Jetzt fotografierte sie Menschen im Publikum. »Hallo«, sagte sie, »wo warst du?«

»Bitte?«

»Es ist nur … Ich hab so lange nichts von dir gehört.«

Christian sah sich um, ob ihnen jemand zuhörte, dann sagte er: »Ich hab auch echt ein schlechtes Gewissen.«

»Musst du nicht haben. Du brauchst es mir doch nur zu sagen, wenn du dich nicht mehr mit mir treffen willst.«

»Aber so ist es nicht.«

»Wie ist es dann?«

»Ich hab einen unheimlichen Ärger am Hals gehabt, weil ich diese Todesanzeige verschwitzt habe – ausgerechnet an dem Wochenende, als wir zusammen waren.«

»Aber du willst mich jetzt nicht dafür verantwortlich machen, oder?«

»Nee du, niemanden außer mir selber. Aber es hat halt gedauert, bis sich das alles wieder eingerenkt hat.« Er spürte, was das für lahme Erklärungen waren. Deshalb setzte er neu an: »Ich war schon ein paarmal auf dem Weg zu dir, aber dann hat mich, wie soll ich sagen …?«

Anneliese lachte. »Der Mut verlassen?«

»So könnte man sagen.«

Plötzlich kam Lydia auf die beiden zugerannt, sie warf Christian beide Arme um den Hals, sah ihm in die Augen und fragte: »Na, wie war ich?«

»Natürlich großartig«, antwortete der Redakteur mit ein wenig Ironie in der Stimme, »soweit ich als Laie das beurteilen kann.«

Anneliese wollte sich zurückziehen, aber Christian hielt sie auf: »Warte, ich muss dir noch etwas sagen.«

Anneliese blieb stehen und wendete sich zu den beiden um. »Ich dir auch.« Es klang sehr ernst.

Lydia löste sich von Christian. »Na denn, schönen Abend noch!« Sie flatterte weiter zu einer Gruppe, die sich um den Goldschmied Rudi Dentler gebildet hatte.

Christian sah Anneliese fragend an. »Was wolltest du mir sagen?«

»Erst du!«

Sie zogen sich in eine Ecke zurück, weit weg von der Bühne, wo sich die Premierengäste amüsierten, und setzten sich auf zwei einfache Stühle. »Ich war, das heißt, ich bin mir halt nicht sicher«, begann Christian zögernd. »Ich glaube nicht, dass ich mich im Augenblick irgendwie binden kann. So sehr ich dich mag …« Er brach ab.

Anneliese nickte. »Ich hab mir so etwas gedacht. Und ich versteh dich.«

Christian war erleichtert. »Und was wolltest du mir sagen?«

»Das geht nicht hier, dazu ist es zu ernst.«

Verwirrt starrte er sie an. »Bist du krank?«

Anneliese lachte hell auf, sodass ein paar Leute aus der großen Gruppe vorne bei der Bühne herüberschauten. »Ganz im Gegenteil!«

»Lass uns rausgehen«, sagte Christian plötzlich entschlossen. Sie verließen den Theatersaal. Außer Dorothee Niggemeier bemerkte es niemand.

Draußen war es so warm wie an einem Sommerabend. Zwar zeigten die Straßenbäume im Licht der Laternen schon bunte Blätter in allen Schattierungen zwischen Gelb und Rot an ihren

Zweigen, aber es roch noch nicht nach Herbst. Sie gingen ein paar Schritte. Dann plötzlich blieb Christian stehen und fasste Anneliese an beiden Schultern. »Du kriegst ein Kind?«

Sie nickte nur.

Christian ließ sie wieder los. Er versuchte, die Gedanken, die auf ihn einstürmten, zu ordnen. Bevor er etwas sagen konnte, nahm Anneliese sein Gesicht in ihre beiden Hände. »Du musst dir keine Sorgen machen. Ich schaff das alleine. Außerdem ist ja mein Bruder auch noch da, der mich in jeder Hinsicht unterstützen wird.« Christian wollte etwas sagen, aber sie ließ ihn nicht dazu kommen. »Ich wollte ein Kind. Unbedingt! Schon lange wünsche ich mir das. Ich bin jetzt neunundzwanzig. Wie lange soll ich denn noch warten?«

»Heißt das …?«

»Ja, du kannst sagen, ich habe dich reingelegt.«

Sie machte ein paar Schritte Richtung Stadt. Er folgte ihr zögernd und merkte plötzlich, dass er ganz weiche Knie hatte. Christian Ebinger war pietistisch erzogen. Dass ein Mann nicht dafür geradestand, wenn er einem Mädchen – so drückte man das in seiner Familie aus – ein Kind gemacht hatte, war ausgeschlossen.

»Wenn ich Vater werde, will ich dich auch heiraten«, sagte er plötzlich mit brüchiger Stimme.

»Christian! Du bist noch keine zweiundzwanzig, ich bin sieben Jahre älter als du. Außerdem: Ich hätte mir gewünscht, dass ich einen Mann finde, der *mich* heiraten will, aber nicht mein Kind!« Sie legte unwillkürlich beide Hände flach auf ihren Bauch. »Und mach dir keine Sorgen. Ich bringe mich und das Kleine schon durch.«

»Das klingt mir alles zu einfach«, sagte Christian. »Du weißt, wie die Leute über Frauen mit unehelichen Kindern reden. Und für das Kind würde es auch nicht leicht werden. So aufgeklärt sind die Menschen nicht, dass sie anständig damit umgehen könnten. In den großen Städten vielleicht. Aber nicht hier auf dem Land!« Er setzte sich auf ein niedriges Gartenmäuerchen am Straßenrand, stützte die Ellbogen auf seine Knie und barg das Gesicht in seinen Händen. Ein leichter Wind kam auf und löste ein paar Blätter, die sanft zu Boden schwebten. Zwei davon, ein gelbes und ein rotes, verfingen sich in Christians Haaren. Anneliese schaute auf ihn hinab. »Ich will nicht, dass du dich verpflichtet fühlst, Christian. Es war meine Entscheidung. Als wir miteinander geschlafen haben, wusste ich sehr genau, dass es der richtige Moment war. Wenn ich mit dir darüber geredet hätte, wärst du bestimmt nicht bei mir geblieben an diesem Samstagabend. Also, hör zu: Du bist freigesprochen von jeglicher Schuld.«

Christian sprang auf. »Das hat doch nichts mit Schuld zu tun. Du kriegst ein Kind. Mein Kind! Da werde ich doch nicht so tun, als ob mich das nichts anginge! Hältst du mich für so verantwortungslos?«

»Ich wollte dir eben grade keine Verantwortung aufbürden. Ich wollte nur, dass du Bescheid weißt.«

Christian setzte sich wieder auf das Mäuerchen. »Ich muss nachdenken!«

»Ich fahr jetzt nach Hause«, sagte Anneliese.

»Willst du nicht bei mir bleiben?«

»Oh doch, aber nicht heute Nacht, Christian!« Sie eilte zurück zum Theatersaal, vor dem ihr Fahrrad stand. Als sie losfuhr, erfasste ihr Scheinwerfer noch einmal den Redakteur auf der kleinen Mauer.

Christian Ebinger saß noch immer dort, als Rudi Dentler in Begleitung von ein paar anderen Theaterbesuchern vorbeikam. Dorothee war darunter, auch Nicodemus Köberlin. Sie unterhielten sich laut über die Aufführung und bemerkten den Redakteur erst, als Rudi über dessen Füße stolperte. »Sag amal, was ist denn mit dir los?«, fragte der Goldschmied, als er erkannte, wer da saß.

Christian stand auf. »War ein toller Abend, voller unglaublicher Überraschungen. Gute Nacht miteinander!« Danach machte er sich grußlos und im Laufschritt auf den Nachhauseweg.

»Hoppla!«, machte Rudi. »Da stimmt doch was net!«

Christian genehmigte Sherry nur eine kurze Runde. Kurz vor Mitternacht kamen sie zurück. Vor dem Schaufenster der Zeitung, in dem um diese Zeit nur eine Notbeleuchtung brannte, stand eine Frau, die der Redakteur zuerst nur als Schattenriss wahrnahm. Als er näher kam, erkannte er, dass es Dorothee Niggemeier war. Sherry begrüßte sie schwanzwedelnd und mit leisem Bellen.

»Wartest du etwa auf mich?«, fragte Christian.

»Auf wen wohl sonst um diese Zeit an diesem Ort? Ich hab ein paarmal geklingelt, aber dann hab ich mir gedacht, dass du mit dem Hund unterwegs bist.«

»Komm rein!« Christian schloss die Tür auf.

Sie gingen durchs Büro nach hinten ins Treppenhaus und stiegen in die Wohnung hinauf. Dorothee ging ganz selbstverständlich in die Küche und setzte sich an den Tisch. »Rot oder weiß?«, fragte Christian.

»Egal, Hauptsache, Alkohol. Und jetzt erzähl!«

»Ich? Was soll ich denn erzählen?«

»Mach mir nichts vor, Christian. Etwas Entscheidendes muss passiert sein.«

»Kann schon sein, aber das muss dich nicht interessieren.«

»Könnte es nicht sein, dass du von der Weisheit einer lebenserfahrenen Frau profitieren könntest?«

»Könnte es sein, dass sich eine lebenserfahrene Frau in Dinge einmischen will, die sie gar nichts angehen?«

»Ja, das auch. Danke für den Wein!« Sie leerte das Glas in einem Zug, stand auf und ging zur Tür.

»Bitte, setz dich wieder hin, Doro. Ich werde Vater!«

Dorothee kam an den Tisch zurück, beugte sich zu Christian hinab, sah ihm aus nächster Nähe ins Gesicht. »Du wirst was?«

»Du hast ganz richtig verstanden.« Und nun erzählte er ihr in allen Einzelheiten, was ihm Anneliese an diesem Abend eröffnet hatte. »Vielleicht heiraten wir«, schloss er.

»Dann hätte Anneliese gleich zwei Kinder, dich und das Baby, das sie offenbar unbedingt kriegen will.«

»Jetzt hör aber auf, ja?!«

Endlich setzte sich Dorothee wieder, schenkte sich selber das nächste Glas ein, lehnte sich weit zurück und legte ihre Beine auf den Tisch. »Es gibt Statistiken, die besagen, dass Ehen, die aus Vernunftgründen geschlossen werden, besser funktionieren als jede Liebesheirat.«

»Ich glaube nicht an Statistiken, wenn es um mein eigenes Leben geht.«

»Liebst du sie denn gar nicht?«

»Doch … vielleicht … weiß nicht. Ich mag sie. Ich bin gern mit ihr zusammen, und wir haben wunderbar miteinander geschlafen, aber irgendwie reicht das alles nicht.«

»Vielleicht solltest du nach Israel fahren.«

»Wie bitte?«

»Du musst endlich mit dieser Geschichte um Sarah abschließen. Du kannst nicht jede Beziehung daran messen, ob sie so ist, wie die mit Sarah wohl geworden wäre. Zusammengelebt habt ihr ja noch nicht. Menschen, die früh gestorben sind, werden von denen, die sie einmal geliebt haben, oft so sehr glorifiziert, dass kein anderer Mensch mehr damit konkurrieren kann. Und das Ergebnis? Du bleibst ein Leben lang einsam.«

Christian sah die Freundin versonnen an. »Vielleicht hast du recht. Wie geht's denn mit dir und dem Professor?«

»Willst du jetzt ablenken?«

»Nein. Es interessiert mich.«

»Er wollte eigentlich heute Abend zu der Premiere kommen, aber er ist halt mal wieder nicht erschienen.«

»Vielleicht hatte er keinen Stuhl, von dem er sich trennen wollte.«

»Oder er hat einfach keine Lust, mir zu begegnen. Die Demonstrationen werden wir ja jetzt auch erst einmal aussetzen.«

»Und warum das?«

»Weil eine Klage gegen das Projekt eingereicht wird, und wenn das Amtsgericht sie akzeptiert, müssen wir vorerst auch nicht mehr demonstrieren.«

»Und wenn nicht?«

»Dann geht es natürlich von vorne los. Aber das wird dann vermutlich erst im Frühjahr sein. Man weiß ja, wie lange so etwas vor Gericht dauern kann.«

»Wer sind denn die Kläger?«

Sie lachte. »Sieh ihn dir an«, sagte sie zu Sherry, »schon hat der Reporter wieder eine Spur aufgenommen. Federführend ist Professor Dr. Dräger, kennst du ihn?«

»Nein, nie gehört.«

»Einer von den Stillen im Lande, aber wenn er sich mal was vorgenommen hat, kann er unglaublich hartnäckig sein. Das weiß niemand besser als Friedrich Lutz.«

»Der Kaufhausbesitzer?«

»Ja. Das Kaufhaus hat früher mal einer Familie Freudenreich gehört. Friedrichs Vater hat es 1937 für 'n Appel und 'n Ei übernommen. Dafür durfte die jüdische Familie ausreisen. Dr. Dräger ist Volkskundler und Historiker. Allerdings schon emeritiert. Vor drei Jahren ist er hierher, in unsere Gegend, gezogen. Manche sagen, nur weil er sich so sehr in den Fall der Arisierung des Kaufhauses Freudenreich verbissen habe.«

»Und das erzählst du mir alles erst jetzt? Das sind doch lauter Geschichten für die Zeitung!«

»Ich hab gedacht, ich werde mein Wissen nur portionsweise an dich weitergeben, damit ich mir dein Interesse erhalte!« Die Lehrerin feixte über das ganze hübsche Gesicht, nahm die Füße vom Tisch, stand auf und sagte: »Ja, dann will ich mal gehen.«

»Du kannst auch gerne über Nacht bleiben.«

Dorothee schüttelte den Kopf. »Mir zu gefährlich.« Sie beugte sich zu Christian hinab, küsste ihn auf beide Wangen, sagte: »Ich finde den Weg« und ging hinaus.

Christian goss sich noch ein Glas ein. Sherry kam aus seiner Ecke und stupste seinen Herrn mit der Schnauze am Knie an. »Ja, du hast ja recht«, sagte Christian. »Ich gehöre ins Bett. Aber ich kann ja eh nicht schlafen.«

Darin allerdings hatte er sich getäuscht. Kaum lag er auf seiner Matratze, den Hund in seinen Kniekehlen, da war er auch schon eingeschlafen.

21

Dr. Alfons Dräger hatte sich nach seiner Pensionierung ein Grundstück am Dorfrand von Berghülen gekauft, das als Bauland ausgewiesen war. Darauf hatte er ein schlichtes Holzhaus errichten lassen, das mit seinem blauen Anstrich und den roten Läden aussah, als habe man es direkt aus Norwegen importiert. Als Christian das dem Professor sagte, lächelte er. »Ja, ich bin in allen meinen Ferien – also Ferien hatten wir an der Uni ja nicht, sondern nur unterrichtsfreie Zeit – also jedenfalls war ich, wann immer ich Zeit hatte, in Finnland oder Schweden. Ich liebe die skandinavischen Länder.«

Christian hatte sich gleich am Montag in der Mittagspause auf den Weg nach Berghülen gemacht, um Dräger zu treffen. Der schien in keiner Weise überrascht zu sein, vielmehr wirkte er so, als hätte er den Besuch des Reporters schon seit längerer Zeit erwartet. »Ich habe heute Morgen übrigens schon Ihren Bericht über die Theatereröffnung gelesen. Vielleicht sind Sie ein bisschen zu sehr begeistert, aber es liest sich gut. Setzen wir uns.«

Dräger war ein kleiner, untersetzter Mann. Sein rundes Gesicht zeigte nur wenige Falten, wirkte aber außerordentlich ernst. Ein schmaler grauer Haarkranz lief um eine spiegelnde Glatze. An der rechten Hand trug er einen auffallenden Siegelring. Auch die Küche, in die Dräger seinen Gast führte, wirkte auf Christian, als käme sie aus einem der nordischen Länder.

»Mögen Sie einen Tee?«, fragte Dr. Dräger.

»Danke. Sehr freundlich. Wollen Sie denn gar nicht wissen, warum ich Sie belästige?«

»Dorothee, ich meine Frau Niggemeier, wird Sie dazu animiert haben.« Wieder überzog ein freundliches Lächeln das Gesicht des Professors. »Ich klage gegen den Bau des Müllwerkes im Weiherseck.«

»Seit wann?«

»Das ist ganz neu. Ich musste ja erst die entsprechenden Fakten sammeln, danach das Geld für die Gutachten zusammenbetteln, die richtigen Anwälte finden, und erst als das alles geschafft war, habe ich die Klage eingereicht. Das Schwierigste war, meine Aktion so klammheimlich zu betreiben, dass die Gegenseite zum spätestmöglichen Zeitpunkt davon Wind bekam.«

»Stelle ich mir ziemlich schwierig vor.«

»War es auch. Und da ich mich vordergründig vor allem um einen anderen Fall kümmerte ...«

»Sie meinen die Arisierung des Kaufhauses Freudenreich in Ulm?«

»Ach, das hat Doro Ihnen also auch schon erzählt?«

»Na ja, für mich ist das ein spannendes Thema.«

»Na gut. Jedenfalls haben alle gedacht, der spinnerte Professor interessiert sich nur für die Geschichte des Kaufhauses Lutz, ehemals Freudenreich. Aber das ist ja eine banale Sache, wie sie Tausende Male vorgekommen ist. Auch dass die Nachfolger der Arisierer so tun, als gehe sie das überhaupt nichts mehr an, ist ja nichts Neues.«

»Das scheint ein allgemeines Phänomen zu sein«, sagte Christian.

»Was meinen Sie?«

»Dass die Leute, die im Dritten Reich fröhlich mitmarschiert sind, heute so tun, als wären sie nie dabei gewesen.«

»Schlimmer, junger Mann, viel schlimmer: Sie haben sich längst wieder neu formiert. Die alten Seilschaften funktionieren wie eh und je. Wenn man mal überprüft, wer alles in sein Amt zurückgekehrt ist, das er nie und nimmermehr wieder hätte bekleiden dürfen: Richter, Staatsanwälte, Lehrer, Verwaltungsbeamte, ja sogar Politiker. Da kann einem schlecht werden! Der engste Vertraute des Bundeskanzlers Adenauer ist seit 1953 Hans Globke, Staatssekretär im Kanzleramt. Zu Nazizeiten war er als Kommentator einer der wichtigsten Befürworter der Nürnberger Rassengesetze. Unser Ministerpräsident Kurt Georg Kiesinger war Parteimitglied. Ich könnte Ihnen noch zahllose Beispiele aufzählen. Über unserem ganzen Land liegt ein brauner Schleier, der das Leben zu lähmen droht. Dazu passt der wichtigste Slogan, den die Konservativen schon im Wahlkampf 1957 kreiert haben – ›Keine Experimente‹ – und den sie wie ein Mantra immer noch wiederholen. Man kann übrigens genau sagen, wann und wo das Unheil begonnen hat.«

Christian nippte an seinem Tee und musste unwillkürlich an Professor Albrecht Ladurner denken. Der hatte eine ganz ähnliche Art zu dozieren.

»Das war am 31. August 1950«, fuhr Dr. Dräger fort, »irgendwann zwischen 9.30 Uhr und 13.15 Uhr. In diesen Stunden tagte das Bundeskabinett im Hörsaal des Zoologischen Museums König in Bonn, der provisorischen Unterkunft des Kanzleramtes. Bundeskanzler Konrad Adenauer rief Tagungsordnungspunkt 15 auf: ›Die Besetzung der Abteilungsleiterposten in den obersten Bundesbehörden mit früheren Mitgliedern der NSDAP‹. Eingebracht hatte den Punkt der Innenminister Gustav Heinemann, der später als SPD-Mann Bundespräsident wurde, damals aber noch in der CDU war.«

»Heinemann wollte diese Posten tatsächlich wieder mit alten Nazis besetzen?«, fragte Christian.

»Nein! Ganz im Gegenteil. Er selbst war ja von den Nazis verfolgt worden. Bei einem frühen Auftritt Adolf Hitlers, 1920, hat er sogar lauthals gegen dessen Judenhass protestiert und wurde von den Sturmtruppen der Nazipartei aus dem Saal geworfen. Später hat er in seinem Keller heimlich Flugschriften der Bekennenden Kirche gegen die Nazis gedruckt, die er selbst nachts verteilte. Also Heinemann hatte den Tagesordnungspunkt eingebracht, um zu verhindern, dass immer mehr ehemalige Parteigenossen der NSDAP in ihre alten Stellungen zurückkamen. Er schlug vor, auf solche Leute doch wenigstens als Staatssekretäre, Abteilungsleiter, Personalreferenten und

Ministerialdirektoren in Ministerien und oberen Bundesbehörden zu verzichten. Aber Adenauer lehnte ab. Man könne ja in jedem Einzelfall den Bewerber überprüfen, bot er an, was allerdings in der Praxis darauf hinauslief, dass NS-belastete Spitzenbeamte zu Hunderten eingestellt wurden. Und wissen Sie, was der Kanzler als Kommentar dazu abgab?«

Christian schüttelte den Kopf. »Ich hab ja bis heute noch gar nicht gewusst, dass es überhaupt so etwas gab.«

»Adenauer hat gesagt: ›Man schüttet kein dreckiges Wasser aus, wenn man kein reines hat!‹ Jetzt verstehen Sie mich vielleicht, wenn ich sage, dass sich dieser braune Schleier über unser ganzes Land gelegt hat. Natürlich haben die Menschen, die dank des Beschlusses vom 31. August 1950 auf hohe Posten kamen, ihre alten Freunde nicht vergessen. Viele nachgeordnete Beamte wurden von ihren ehemaligen und nun wieder eingesetzten Chefs bevorzugt behandelt. So sind die Menschen nun mal. Und wenn Sie sich fragen, warum über unserem Land so eine Lähmung liegt, warum keine Zeichen des Aufbruchs zu erkennen sind, dann haben Sie da die Antwort.«

Christian wollte etwas sagen, aber Dräger ließ sich nicht unterbrechen. Er hob den Zeigefinger und fuhr fort: »Aber es gibt auch eine kleine Hoffnung: Unter den jungen Leuten, zumal unter den Studenten, rumort es. Das dauert noch ein paar wenige Jahre, dann begehren die richtig auf.«

»Ein paar wenige Jahre können lang sein«, meinte Christian.

»Ja, dann sollten wir etwas tun, damit es schneller geht«, sagte Dräger.

Christian trank seine Teetasse aus, zog Block und Stift aus der Tasche und setzte so ein Signal, dass die Zeit des Plauderns für ihn zu Ende war. »Was sind denn nun die Hauptargumente in Ihrer Klage gegen die Müllentsorgungsanlage?«

»Luftverschmutzung, Gefährdung des Grundwassers, Bauarbeiten in einem Naturschutzgebiet. Und ich werfe den Behörden vor, nicht ausreichend nach Alternativstandorten gesucht zu haben, die zu einer geringeren Belästigung der Anwohner führen würden.«

»Sehen Sie denn eine Chance, dass Sie ein Urteil in Ihrem Sinne erreichen können?«

»Sonst würden wir ja nicht prozessieren. Nehmen wir mal an, das Gericht entscheidet, dass die Verwaltung zumindest Alternativstandorte ausweisen muss und dass so lange nicht gebaut werden darf – das wäre schon ein Erfolg.«

»Könnten Sie mir denn die Klageschrift zur Verfügung stellen?«

»Noch haben wir keine Nachricht, ob das Gericht die Klage akzeptiert. Sobald das der Fall ist, kriegen Sie den Text.«

»Aber über die Tatsache, dass Sie klagen, kann ich doch schreiben?«

»Ich hab Ihnen das ja alles nicht unter dem Siegel der Verschwiegenheit erzählt, sondern ganz bewusst, damit es unter die Leute kommt.«

Christian grinste: »Das haben Sie geschickt eingefädelt, Sie und Dorothee.«

»Ja«, sagte Dr. Dräger ernst, »einer der Gründe, warum ich hierhergezogen bin, ist die Tatsache, dass es hier Menschen gibt wie Dorothee Niggemeier.«

Auf dem Rückweg nach Blaubeuren fuhr Christian am Hof der Geschwister Gramlich vorbei. Er hielt an und öffnete die Fahrertür. Sherry sprang über ihn hinweg und raste sofort los, kreuz und quer über die abgeernteten Felder. Aus der Scheuer klang das Geräusch einer Dreschmaschine.

Christian ging zum Scheunentor und sah zunächst Kurt und Anneliese eine Weile zu. Sie standen auf einem Leiterwagen, der noch zu etwa einem Drittel beladen war. Er betrachtete sie, wie sie die Maschine mit Weizengarben fütterten. Sie arbeiteten in einem vollkommen harmonischen Rhythmus. Christian wartete geduldig, bis die letzte Garbe im Schlund der Dreschmaschine verschwunden war und Kurt das Ungeheuer abstellte. Die Geschwister klatschten sich ab wie Fußballspieler, die ein Tor erzielt haben, der eine auf Vorlage des anderen. Dann drehten sie sich um und sahen den Redakteur.

»Hallo!«, sagte Christian.

Die beiden stiegen von dem leeren Leiterwagen.

Sherry kam hereingefegt und sprang an den beiden hoch.

»Stehst du schon lange so da?«, wollte Kurt wissen.

»Lang genug, um zu sehen, wie gut ihr zwei aufeinander eingespielt seid.«

»Wir haben leider keine Zeit«, rief Anneliese. »Die Dreschmaschine ist nur für vier Stunden gemietet. Wir müssen sehen, dass wir rechtzeitig fertig werden.«

»Kann ich helfen?«, fragte Christian.

Kurt lachte. »Lieber nicht. Du würdest womöglich alles durcheinanderbringen. Was wolltest du denn?«

»Ich bin zufällig vorbeigekommen. Ich war bei Professor Dräger in Berghülen.«

»Aha. Wegen der Klage?«, fragte Kurt.

Christian nickte.

»Macht ihr da auch mit?«

»Ja, klar!«, sagte Kurt. Er packte den Leiterwagen an der Deichsel und schob ihn aus der Scheune. »Ich hole die nächste Fuhre.« Christian wollte mit anfassen, aber der Bauer winkte ab. »Den leeren Wagen schaff ich alleine.«

Anneliese kam nun auf Christian zu. Sie trug eine Kittelschürze, die sehr locker saß. Strohhalme hingen in ihrem Haar und klebten auf der verschwitzten Haut. Sie trat dicht vor Christian hin, legte ihre Arme um seinen Hals, stellte sich auf die Zehen und küsste ihn. Sie roch nach Heu und Stroh und ein wenig nach Staub und Schweiß. Christian erwiderte den Kuss leidenschaftlich. Unter dem Stoff spürten seine Hände die feuchte Haut und den straffen Körper der jungen Frau.

»Könnt ihr mal mitschieben?«, hörten sie die Stimme Kurts von draußen, und als ob er sie ebenfalls auffordern wollte, bellte Sherry dazu.

Die beiden ließen voneinander ab und traten schnell in die Sonne hinaus. Der Bauer mühte sich mit einem zweiten mit Strohgarben beladenen Leiterwagen ab. Gemeinsam schoben sie ihn in die Scheuer. Kurt drehte die Bremsen fest, und Anneliese stieg als Erste auf die Strohladung hinauf. Christian sah ihre nackten Beine und den runden Po, der für ein paar Augenblicke sichtbar wurde, und fühlte plötzlich, wie sich sein ganzer Körper nach dieser Frau sehnte.

»Ich melde mich!«, rief er betont sachlich, pfiff nach seinem Hund und verließ die Scheune. Am Tor drehte er sich noch einmal um. Anneliese stand breitbeinig auf der Ladung Weizen und hatte die Gabel bereits in die erste Garbe gerammt. Kurt warf die Maschine an und enterte dann ebenfalls den Leiterwagen. Anneliese sah zu Christian herunter. Was sie rief, konnte er wegen des Lärms der Dreschmaschine nicht verstehen. Als er in den Fiat einstieg, sagte er zu seinem Hund: »Vielleicht heiraten wir doch.«

22

Thomas Raible war etwas früher als gewöhnlich nach Hause gekommen. »Hallo!«, rief er schon von der Haustür her. Seine Frau kam aus der Küche und drückte ihm den üblichen flüchtigen Begrüßungskuss auf den Mund. »Ich muss dir was erzählen«, sagte sie.

Bettina ging ins Wohnzimmer voraus. Sie setzten sich gegenüber an den Tisch, an dem die Familie zu essen pflegte. »Ich hab noch mal mit Direktor Geißendörfer gesprochen«, erzählte Bettina.

»Aha. Und?«

»Er sagt, sie entscheiden nach sachlichen Kriterien. Was die Zeitung schreibt, interessiere ihn nicht. Ich könne fest damit rechnen, die Gastronomie auf der Baustelle zu übernehmen.«

»Aber wie es aussieht, wird das nicht so schnell kommen, dass gebaut wird«, sagte ihr Mann steif.

»Ein halbes Jahr hin oder her – darauf kommt's mir nicht an.«

»Das Gericht hat die Klage Drägers angenommen.«

»Was?«

»Ja, und nach aller Erfahrung kann sich so etwas lange hinziehen.«

»Mir reicht das auch noch in einem Jahr.«

»Und wenn du dann die Frau des Bürgermeisters wärst?«

Bettina hob den Blick. »Also hast du dich entschieden?«

»Nein. Ich sage ja nur, ›wenn‹ … Auf keinen Fall werde ich kandidieren, wenn du nicht einverstanden bist. Das muss eine gemeinsame Entscheidung sein.«

»Wenn du Bürgermeister werden willst, kann ich dir das doch nicht abschlagen.« Bettina sah auf ihre Finger hinab, die nervös auf der Tischkante Klavier spielten.

»Zunächst geht es ja eh nur um die Kandidatur. Ich werde sicher nicht gewinnen. Aber ich werde Hepf und seine Korona so gegen mich aufbringen, dass sie am Ende auch alles tun werden, um dir deinen Traum von der eigenen Gastronomie zu zerstören. Das müssen wir bedenken. Andererseits: Ich hab mit eigenen Ohren gehört, wie Hepf bedauert hat, dass es vermutlich keinen Gegenkandidaten geben werde: ›Was ist eine Wahl, wenn der Bürger eigentlich gar keine hat?‹ Das hat er zu Ölmüller gesagt.«

Bettina stand auf, umrundete den Tisch, stellte sich hinter ihren Mann und legte ihre Arme auf seine Schultern. Sanft zog sie ihn zu sich heran, beugte sich über ihn und küsste ihn auf die Stirn. »Wenn du verlierst, kündigst du auf dem Rathaus, und wir fangen gemeinsam was Neues an. Wir sind doch noch jung und stark genug, oder?«

Thomas Raible rückte mit seinem Stuhl zurück, um sich seiner Frau ganz zuwenden zu können. Er fasste sie um die Hüften, und sie setzte sich auf seinen Schoß. »Und an was denkst du da?«, fragte er.

»Schon auch an die Gastronomie. Der Wirt von der Sportgaststätte will spätestens Ende nächsten Jahres aufhören, hat Leon erzählt, und er sucht jetzt schon nach einem Nachfolger.«

»Und du meinst, wir könnten dann die Kneipe gemeinsam betreiben – du und ich?«

»Ja, warum denn nicht?«

»Ich tauge doch nicht zum Wirt!«

»Meinst du, ich tauge zur Bürgermeistersgattin?«

Sie stand abrupt auf und kehrte zu ihrem Stuhl zurück.

In diesem Augenblick kam Dorothee herein. Sie hatte eine schwere Aktentasche bei sich, in der die Aufsatzhefte waren, die sie am Abend korrigieren wollte. »Stellt euch vor: Das Gericht hat die Klage von Dr. Dräger zugelassen.« Sie ließ sich in den Lesesessel in der hinteren Ecke des Zimmers fallen und schlug die Beine übereinander.

»Ja, wissen wir!«, antwortete ihre Tochter mit finsterer Miene.

»Dass du dich darüber nicht freust, kann ich mir denken, aber …«

Bettina unterbrach ihre Mutter: »Wir haben grade beschlossen, dass Thomas kandidiert.«

Dorothee schnellte aus dem Sessel heraus. »Toll! Fantastisch! Das wurde auch Zeit. Gratuliere!«

»Das bleibt aber erst mal ganz unter uns«, sagte ihr Schwiegersohn. »So eine Kampagne will genau geplant sein.«

Bettina ging hinaus und warf die Tür etwas zu laut hinter sich zu. Thomas und seine Schwiegermutter sahen sich an.

»Da kommen schwierige Zeiten auf euch zu«, sagte Dorothee. »Aber ich finde, deine Entscheidung ist richtig.«

Dorothee beschloss am Abend, das Korrigieren der Aufsätze um einen Tag zu verschieben. Sie machte einen langen Spaziergang über den Rucken. Für Ende Oktober war es viel zu warm. Sie geriet ins Schwitzen, als sie den schmalen gewundenen Pfad zu dem Felsen hinaufstieg. Aber sie verlangsamte ihre Schritte deshalb nicht. Als sie auf der Seite, die zum Blautal hin abfiel, eine schmale Treppe mit ungleichen Stufen hinunterging, wurde es ihr etwas leichter. Einmal blieb sie stehen und sah zum Himmel hinauf, über den vereinzelte Wolkenfetzen zogen. Im Tal angekommen, überquerte sie das Flüsschen auf einer schmalen Brücke und ging auf die Mauern des Klosters zu. Schließlich landete sie in Rudi Dentlers Werkstatt. Unter dem Arbeitstisch des Goldschmieds lag Christian Ebingers Hund, rührte sich aber nicht, als sie hereinkam. »Sag mal, willst du die Doro nicht begrüßen?«, rief Rudi und stupste Sherry mit der Fußspitze an. Aber der knurrte nur kurz und legte dann den Kopf wieder auf seine Vorderpfoten. »Er ist sauer, dass ihn sein Herr wieder mal bei mir geparkt hat«, sagte Dentler und räumte einen Hocker für Dorothee frei.

Dass Dräger mit seiner Klageschrift Erfolg gehabt hatte, wusste Rudi Dentler bereits. Aber dass Thomas Raible nun tatsächlich kandidieren wollte, war auch ihm neu.

»Ich hab mir vorgenommen, ein schlagkräftiges Wahlkampfteam zusammenzustellen«, sagte Dorothee. »Du machst doch mit, oder?«

»Ja, klar, was ist denn das für eine Frage?«

»Gut! Dann tragen wir mal die Namen von all denen zusammen, die wir noch dafür gewinnen können.«

Nico Köberlin, Anneliese und Kurt Gramlich, Dr. Dräger – das waren die ersten Namen, die fielen und die sich Dorothee in ein kleines Notizbuch auf ihren Knien notierte. »Was ist mit deinem Bruder und seinen Leuten?«, fragte sie.

Rudi wog den Kopf hin und her. »Weiß nicht. Er sieht ja in Hepf einen Förderer seines Theaters.«

»Na, dann warte mal die nächste Premiere ab.«

»Und was ist mit Bettina?«, fragte Rudi.

»Am Ende wird sie Thomas unterstützen. Aber jetzt ist sie erst einmal ziemlich sauer, weil sie meint, er vermasselt ihr die Pläne für die Kantine auf der Baustelle.«

Die Tür ging auf. Sherry sprang unter dem Tisch hervor und an seinem Herrchen hinauf. Da kein Hocker mehr frei war, setzte sich Christian auf die Fensterbank. »Na, was heckt ihr aus?«

»Thomas Raible kandidiert«, sagte Rudi eher beiläufig.

Dorothee lachte: »Der Hepf hat selber mal gesagt: ›Was ist denn eine Wahl, wenn der Bürger gar keine Wahl hat?‹«

Christians Körper straffte sich, er schob den Kopf vor und sah aus wie ein Jagdhund. Dorothee, der die Veränderung nicht entging, sagte rasch: »Ist aber noch streng geheim!«

»Wo warst du überhaupt so lang?«, fragte Rudi seinen Freund.

»In Ulm, zuerst im Archiv unserer Zeitung und dann im Stadtarchiv. Ich wollte recherchieren, wie das damals war, als die Familie Lutz das Kaufhaus des Juden Freudenreich übernommen hat. Aber da findet sich keine einzige Zeile darüber.«

»Wundert dich das?«, fragte Dorothee.

»Ja, schon. Viele vergleichbare Fälle sind nämlich genau dokumentiert.«

»Ja, da frag dich mal, warum das im Falle Freudenreich und Lutz nicht so ist.«

»Vielleicht finde ich ja Zeitzeugen, die genauer Bescheid wissen. Dr. Dräger hat den Fall erst einmal zur Seite gelegt. Er interessiert sich jetzt nur noch für seine Klage gegen den Bau im Weiherseck.«

Es war zwar schon nach neun am Abend, als Christian in sein Büro zurückkehrte, aber er wusste, dass Arnold Kühn, Chef der Lokalredaktion, um diese Zeit in aller Regel noch arbeitete. »Ich brauche Ihren Rat«, sagte Christian, als er ihn am Telefon hatte.

»Ich hoffe für Sie, dass es wichtig ist, Ebinger«, sagte Kühn, »machen Sie's bitte kurz!« Er war beim Umbruch in der Mettage, und da ließ er sich nicht gerne stören.

»Thomas Raible kandidiert gegen Bürgermeister Hepf, und es gibt nur fünf Leute, die bis jetzt davon wissen. Einer davon bin ich.«

»Ja, dann nehmen wir das doch noch in die morgige Ausgabe mit rein. Für Blaubeuren und den ganzen Landkreis Ulm ist das doch eine Sensation, und wenn wir die exklusiv haben, ist das ein toller Schlag gegen die Konkurrenz. Ich geh jetzt rüber in die Redaktion und sage der Buchenecker, sie soll Sie anrufen, dann diktieren Sie den Text. Wir schlagen 30 Zeilen frei.« Den letzten Satz sagte er zu dem Metteur, der ihm gegenüberstand und sich über die fast fertige Seite im Bleisatz beugte. »20 Minuten!« Das richtete sich sowohl an Christian als auch an den Techniker am Mettagetisch.

Schon vier Minuten später rief die Sekretärin an. Christian hatte, nachdem das Gespräch mit Kühn beendet war, bereits angefangen, im Kopf seinen Text zu formulieren. Er wunderte sich selbst, wie leicht er ihm über die Lippen kam: »Überschrift: *Konkurrenz für Matthias Hepf bei der Bürgermeisterwahl 1963.*

Und jetzt der Lauftext: *Erst kürzlich hat Bürgermeister Hepf gefragt, was denn eine Wahl wert sei, wenn der Bürger gar keine Wahl habe. In der Tat sah es bis gestern so aus, als ob kein zweiter Kandidat auftauchen würde, der Hepf herausfordern will. Jetzt kommt ein Kandidat aus dem eigenen Haus. Ein Mann, den man in Blaubeuren gut kennt und der schon wesentlich länger im Rathaus sitzt als der amtierende Bürgermeister.*«

»Nicht so schnell«, rief Frau Buchenecker auf der anderen Seite der Leitung.

Christian wiederholte den letzten Satz langsam und fuhr dann fort: »*Stadtinspektor Thomas Raible, 42, der einstmals die Verwaltungsakademie als Jahrgangsbester abgeschlossen hat und der jahrelang im Hauptamt der Stadt an allen wesentlichen Entscheidungen der Stadt beteiligt war, will den Kampf mit dem Amtsinhaber aufnehmen.*«

»Das wären jetzt aber schon 30 Zeilen«, rief Frau Buchenecker.

»Na prima. Das reicht auch. Vielleicht schreiben Sie noch drunter: Ausführlicher Bericht folgt.«

»Mach ich!«

»Danke, Frau Buchenecker!«

»Und wie geht's Ihnen sonst?«, fragte die Sekretärin.

»Ganz gut. Danke. Bis bald mal!« Christian legte auf. Er stieß den Atem aus, als ob er ihn die ganze Zeit angehalten hätte, und ließ sich gegen die Lehne seines Schreibtischstuhls zurücksinken.

Erst jetzt fiel ihm das Gespräch wieder ein, das er mit Thomas Raible über dessen mögliche Kandidatur einmal geführt hatte. Es war bei der Beerdigung von Direktor Ölmüller gewesen. »Sagen Sie mir Bescheid, sobald Sie sich endgültig entschlossen haben? Die Meldung hätte ich gerne exklusiv«, hatte Christian zu Raible gesagt. Und der hatte abgelehnt. »In so einem Fall macht man eine Pressekonferenz, junger Mann!« Das müsse alles taktisch klug eingefädelt werden. Plötzlich schoss Christian eine glühende Hitze ins Gesicht, und sein Herz schlug bis zum Hals hinauf. Er griff wieder zum Telefon und ließ sich noch einmal mit Arnold Kühn verbinden. »Kann ich die Meldung noch stoppen?«

»Was ist los? Stimmt sie etwa nicht?«

»Doch! Aber ich bin sicher, Raible wollte nicht, dass sie auf diese Weise unter die Leute kommt.«

»Das ist eine Topmeldung, Herr Kollege, und wir haben sie exklusiv.« Noch nie hatte Kühn seinen einstigen Volontär »Kollege« genannt. »Da interessiert es mich einen feuchten Kehricht, ob der Betroffene damit einverstanden ist.«

»Aber mich!«

»Ich hab Ihnen schon mal gesagt: Ein guter Zeitungsmann macht sich mit keiner Sache gemein, auch nicht mit einer guten!«

»Aber ich muss das ausbaden. Ich hab einfach nicht daran gedacht …«

»Sie sind nicht da draußen, um Freundschaften zu schließen, junger Mann. Sie sind Journalist, und als solcher haben Sie sich genau richtig verhalten! Gute Nacht, Ebinger!« Kühn legte auf.

»Das ist ja unglaublich!«, rief Thomas Raible am nächsten Morgen, als er die Meldung in der *Kreiszeitung* gelesen hatte. Sie stand unübersehbar ganz oben rechts auf der Seite und war fett gedruckt. Raible saß am Esstisch im Wohnzimmer. Seine Frau und seine Schwiegermutter standen dicht nebeneinander auf der anderen Seite des Tisches, als ob sie sich in dieser Situation gegenseitig stützen müssten. »Der Ebinger hat alles versaut! Jetzt brauch ich gar nicht mehr anzutreten.« Wütend zerknüllte Raible die Zeitung. »In diesem Haus sollte man sich selbst den Mund verbieten! Erst plaudert Leon deine Pläne aus, Bettina, und jetzt … Man wird ja nicht lange fragen müssen, wer das rausgequatscht hat, oder Schwiegermutter?«

Dorothee, die sonst jeden Angriff mit einem Gegenangriff beantwortete, schlug die Augen nieder. »Ich hab ihm gesagt, dass es noch streng geheim ist.«

»Und ich hab immer gedacht, der Ebinger ist auf unserer Seite«, ließ sich Bettina hören.

»Dieser Verräter!«, sagte Dorothee. Ihre Stimme wurde langsam wieder kräftiger.

»Und ich hab ihm noch so geholfen, als das mit der Beerdigung des alten Ölmüller war«, schimpfte Raible. »Aber auf Dankbarkeit brauchst du bei so jemandem gar nicht erst zu hoffen.«

»Der Mann ist für mich gestorben«, sagte Bettina.

Thomas sah sie an. »Wieso? Du bist doch sowieso gegen meine Kandidatur, und die hat er ja nun praktisch torpediert. Was meinst du, wie jetzt schon im Rathaus die Drähte heiß laufen. Da hat die Kampagne gegen mich schon begonnen, bevor ich für meine eigene auch nur den Ansatz eines Konzepts entwickelt habe.« Raible hatte ein paar Tage Urlaub genommen, um in aller Ruhe alles vorzubereiten. Ende der Woche wollte er eine Pressekonferenz geben. Die Adressen und Telefonnummern der Journalisten aller lokalen und regionalen Zeitungen hatte er ebenso zusammengetragen wie die der infrage kommenden Rundfunkreporter.

»Du wirst doch wegen so einer Kleinigkeit nicht hinschmeißen«, rief seine Schwiegermutter entsetzt.

»Das ist keine Kleinigkeit. Ein Kandidat, der nicht selbst an die Öffentlichkeit geht, um sich mit einem starken Auftritt als Herausforderer zu präsentieren, hat schon verloren.«

Es klingelte an der Haustür. Dorothee rief: »Ich mach auf!« und verließ das Wohnzimmer.

»Es ist noch genug Zeit bis zur Wahl. Die ist erst am 20. April«, sagte Bettina.

Von draußen hörte man Dorothees Stimme: »Das traust du dich? Hau bloß ab, Mann! Verschwinde!«

Dann hörte man eine leise murmelnde Männerstimme, und als kurz darauf das Bellen eines Hundes erklang, wussten die beiden im Wohnzimmer, wen Dorothee an der Haustür abkanzelte. Thomas sprang vom Stuhl auf und ging rasch hinaus. Als er in den Flur trat, schlug Dorothee gerade wütend die Haustür zu. Thomas Raible riss sie wieder auf. »Herr Ebinger!«

Christian war schon fast am Gartentor und drehte sich noch einmal um. »Ja, bitte?«

»Mich würde interessieren, was Sie sich dabei gedacht haben, als Sie diese Meldung in die Zeitung gesetzt haben.«

Christian macht einen Schritt auf Raible zu. »Ich weiß, dass das für Sie ungünstig ist …«

»Ungünstig? Es ist eine Katastrophe!«

»Ich kann Ihnen das Angebot machen, für eine der nächsten Ausgaben ein ausführliches Interview mit Ihnen zu führen – eine gute Möglichkeit, Ihre Pläne und sich selbst zu präsentieren.«

»Jetzt, wo das Kind in den Brunnen gefallen ist? Nein, danke!« Thomas Raible kehrte ins Haus zurück und schlug die Tür zu. »Ich dementiere. Ich erkläre, dass es sich um eine Falschmeldung handelt«, rief er, als er ins Wohnzimmer zurückkehrte. »Am besten rufe ich sofort den Bürgermeister an.«

Dorothee ging rasch zum Telefon und legte ihre Hand auf den Hörer. »Nur über meine Leiche!« Im gleichen Moment klingelte der Apparat. Dorothee nahm ab. »Ja, bitte?«, meldete sie sich und sagte nach kurzem Zuhören: »Leider ist er nicht im Haus, kann er Sie zurückrufen?« Sie notierte sich die Nummer auf dem Blöckchen, das immer neben dem Telefon lag, und sagte: »Vielen Dank, das ist sehr nett. Wiederhören.«

»Wer war das?«, wollte Thomas wissen.

»Ein Reporter vom *Süddeutschen Rundfunk*, er möchte dich gerne interviewen.«

»Und warum gibst du mir dann den Hörer nicht einfach?«

»Weil du ihm womöglich erzählt hättest, dass du gar nicht kandidierst. Und das wäre der größte Fehler, den du jetzt machen könntest.«

»Bist du jetzt seine Managerin oder was?«, schnappte Bettina.

»Darüber könnte man reden.« Zum ersten Mal an diesem Morgen lächelte Dorothee. »Ich hab schon mit dem Rektor gesprochen, ob ich eventuell für ein halbes Jahr beurlaubt werden könnte.«

»Was?«, kam es von Thomas und Bettina wie aus einem Mund.

»Wer soll denn sonst den Wahlkampf organisieren? Ich hab auch schon eine Liste von Leuten, die uns unterstützen werden. Die sollte man jetzt möglichst bald zusammenrufen, damit wir eine schlagkräftige Wahlkampagne ausarbeiten können.«

Bevor Thomas oder Bettina etwas darauf sagen konnten, klingelte das Telefon schon wieder. Dorothee nahm erneut ab. »Bei Raible«, meldete sie sich. »Ach, Sie sind es, Herr Bürgermeister … Nein, er ist nicht da, aber ich kann ihm gerne etwas ausrichten … Na dann. Ja, in einer Stunde dürfte er zurück sein.« Sie legte auf.

»Bin ich jetzt eigentlich entmündigt?«, brüllte Thomas Raible. »Ich verbiete dir, noch mal ans Telefon zu gehen!« Da klingelte es schon wieder. Dorothee hob beide Hände hoch und zog sich von dem Apparat zurück. Thomas nahm ab. »Ja, bitte? … Wen wollen Sie sprechen? … Frau Niggemeier? Ja, die ist da.« Er reichte den Hörer seiner Schwiegermutter: »Professor Ladurner!«

»Dass der sich auch mal wieder meldet«, sagte Bettina. Dann kicherte sie und sagte leise zu ihrem Mann: »Schau sie dir an. Sie ist tatsächlich rot geworden.«

»Albrecht?« Dorothee versuchte, reserviert zu klingen. »Ja, das stimmt, er kandidiert … Ja, wir finden es auch großartig … Leider ist dieser Journalist mit der Meldung vorgeprescht und hat alle unsere … also alle seine Planungen über den Haufen geworfen. Hast du deswegen angerufen?« Die Antwort schien sie zu enttäuschen. »Ja dann. Mach's gut!« Sie legte auf und wendete sich wieder ihrem Schwiegersohn zu. »Er würde dich gerne unterstützen«, sagte sie. »Immerhin ist er einigermaßen prominent, nicht wahr?«

»Aber er ist kein Blaubeurer.«

»Umso besser. Er kommt Anfang Dezember zu einem Vortrag zum Thema moderne Müllentsorgung hierher. Und er wäre bereit, bei der Gelegenheit ein paar empfehlende Worte zu deiner Kandidatur zu sagen – so hat er sich ausgedrückt. Und übrigens: Ich bin überhaupt nicht rot geworden!«

Christian Ebinger kam rechtzeitig in die Geschäftsstelle zurück, um Punkt zehn Uhr die Ladentür zu öffnen. Er hatte gerade seine Jacke aufgehängt, da läutete das Telefon. Der Bürgermeister persönlich war dran. »Sagen Sie mal, Herr Ebinger, stimmt das, was Sie da heute in der *Kreiszeitung* schreiben?«

»Sie meinen die Meldung über Raibles Kandidatur?«

»Ja natürlich.«

»Ich habe keinen Zweifel daran, dass sie stimmt. Mein Informant ist sehr zuverlässig.«

Bürgermeister Hepf gönnte sich ein kurzes Lachen. »Und woher wissen Sie, dass ich gesagt haben soll, eine Wahl sei nichts wert, wenn der Bürger gar keine Wahl habe oder so ähnlich.«

»Ebenfalls von einem sehr zuverlässigen Informanten.«

»Aha. Hören Sie zu: Wenn Sie irgendwann Zeit haben, würde ich mich gerne mal wieder ein Stündchen mit Ihnen unterhalten.«

»Ja, gerne. Sagen Sie mir, wann es Ihnen recht ist.«

»Heute Nachmittag. Wann schließen Sie Ihren Laden?«

»18 Uhr.«

»Na gut, dann gleich danach. Wollen Sie aufs Rathaus kommen?

»Ja, mach ich!«

Zum Glück war es ein ruhiger Tag mit wenigen Anzeigenkunden, die ihn störten. Drei Leute wollten ein Zeitungsabonnement abschließen, zwei brachten Hinweise auf Vereinsveranstaltungen vorbei. Christian versuchte sich an einem Artikel über Thomas Raible, musste aber bald feststellen, dass er zu wenig über den Mann wusste. Ohne den Kandidaten ausführlich zu befragen, konnte kein Porträt über ihn zustande kommen. Wütend riss er das Papier aus der Maschine und wendete sich den Beiträgen fürs *Blaumännle* zu. Das war inzwischen Routine. Einige kurze Artikel, die er für die Tageszeitung geschrieben hatte, ließen sich durch zusätzliche Informationen erweitern und vertiefen. Eine Doppelseite war durch Nico Köberlins Geschichten über die Taucher, die in die Blautopfhöhlen vordrangen, gesichert. Und in letzter Zeit kamen immer mehr Leserbriefe, mit denen er auch gut zwei Seiten füllen konnte. Eine halbe Seite widmete er der Reihe »Tiere suchen ihren Herrn«, in der er Anneliese Gramlichs Vorschlag verwirklichte, Bewohner des Tierheims vorzustellen und ihnen möglichst ein neues Zuhause zu verschaffen. Inzwischen hatte er auch damit begonnen, je ein herausragendes Foto auf eine ganze Seite zu stellen. Die Bilder waren ausnahmslos von Anneliese Gramlich und zeigten Blaubeurer Motive aus einem ganz besonderen Blickwinkel, und so hatte er die Rubrik auch genannt: »Blaubeurer Blickwinkel«.

Zehn Minuten nach 18 Uhr betrat Christian das Büro des Bürgermeisters. Den Hund hatte er im Vorzimmer in der Obhut von Fräulein Nagel gelassen. Matthias Hepf kam dem Journalisten mit ausgebreiteten Armen entgegen. »Schön, dass Sie sich die Zeit nehmen konnten.« Er schüttelte dem Redakteur die Hand und wies auf den Besprechungstisch, auf dem ein Körbchen mit frischen Laugenbrezeln, zwei Gläser und eine Weißweinflasche bereitstanden. »Sie trinket doch a Gläsle mit?«

Christian setzte sich. »Ja, gern.«

Der Bürgermeister goss ein. »Dass ich des aus der Zeitung hab erfahre' müsse, dass mein eigener Mitarbeiter gegen mich kandidiert, ist schon komisch, net wahr?«

»Ich glaube, Herr Raible hat das auch ganz anders geplant«, antwortete Christian vorsichtig.

»Des glaub ich jetzt weniger. Ist doch die klassische Überrumpelungstaktik. Hat er Ihnen denn gesagt, mit welchen Themen er punkten möchte?«

»Ich hatte keine Gelegenheit, mit ihm darüber zu sprechen.«

»Aber mit seinen Freunden, nehme ich an.« Hepf hob sein Glas. Christian rührte das seine zunächst nicht an. Auch bei den Brezeln bediente er sich nicht. »Ich muss sagen, dass ich nur durch ein Versehen davon erfahren habe, dass Herr Raible kandidieren wird. Meines Wissens wollte er demnächst eine Pressekonferenz geben, und jetzt ist er wohl ziemlich sauer, dass ich mit meiner Nachricht vorgeprescht bin.«

»Im Ernst? Und ich hab das für einen besonders raffinierten Trick gehalten. Wenn er zu einer Pressekonferenz eingeladen hätte, wäre uns das ja nicht verborgen geblieben, und wir hätten entsprechend reagieren können. Aber so ... Der Gauner hat mich regelrecht auf dem falschen Fuß erwischt!« Hepf nahm einen langen Schluck aus seinem Weinglas. »Bedienen Sie sich doch!«

Christian griff nun doch nach einer Brezel.

»Was denken Sie denn«, fuhr das Stadtoberhaupt fort, »was hat der Raible für ein Wahlprogramm?«

»Na ja«, Christian zögerte, »ich nehme an, er hat zu der Müllentsorgungsanlage eine andere Meinung als Sie.«

Hepf lachte. »Und trotzdem will seine Frau da die Gastronomie übernehmen. Direktor Geißendörfer sagte mir erst gestern, dass er das nach wie vor unterstütze.«

»Das wäre natürlich Wasser auf Ihre Mühlen, Herr Bürgermeister.«

»Wieso?«

»Nehmen wir an, der Kandidat wettert gegen die Müllentsorgung im Weiherseck und seine Frau plant weiter dort ihren Kiosk oder ihre Kantine oder was das werden soll, und dies dann auch noch mit Unterstützung des Baukonsortiums …«

»Ja, gell, des wär scho komisch. Und Sie glauben auch, dass die Frau Raible an ihren Plänen festhält?«

»Ich hab keine Ahnung. Aber dem Herrn Raible würde das jedenfalls nicht in die Karten spielen.«

»Ja, ja, die Politik ischt halt ein schwieriges G'schäft. Aber ich seh, Sie entwickeln langsam ein gutes Gespür dafür. Alle Achtung! Ich würd mich gern öfter mit Ihnen austauschen.« Der Bürgermeister trank sein Glas aus. Christian lag es auf der Zunge zu sagen, erst kürzlich haben Sie doch von meinem Verleger noch verlangt, dass ich abserviert werden soll. Stattdessen sagte er: »Aber Sie wissen ja, ich muss neutral bleiben.«

Hepf nickte. »Wird schwierig sein, so befreundet, wie Sie mit den Gramlichs zum Beispiel sind und mit dem Goldschmied. Das sind alles Gegner von mir von Anfang an.«

»Ich werde mich trotzdem bemühen.« Christian stand auf. Den Wein hatte er kaum angerührt.

»Ich bring Sie zur Tür«, sagte der Bürgermeister. »Übrigens, Ihren Hund können Sie das nächste Mal ruhig mit reinbringen, nicht dass das Fräulein Nagel seinetwegen noch Überstunden machen muss.«

Das Gespräch hatte keine Viertelstunde gedauert. Christian Ebinger stieg in sein Dienstauto und fuhr Richtung Berghülen. Kurt kam grade aus dem Stall, als der Redakteur auf dem Aussiedlerhof ankam. »Wenn du zur Anneliese willst, die ist nicht da.«

»Schade. Wo ist sie denn?«

»Bei diesem Wahlkampfkomitee. Ich wär da auch gern hin, aber einer muss ja dafür sorgen, dass die Küh gemolken und versorgt werden.«

»Und wo tagen die?«

»Im *Löwen.* Aber ich glaub nicht, dass du dort willkommen bist. Irgendwie hast du's bei dem Raible verschissen.«

»Ja, kann sein!« Wütend hob Christian einen Stein auf und schleuderte ihn auf das nahe Feld hinaus.

»Als ob wir nicht schon genügend Stein' in unserm Boden hätten«, sagte Kurt. »Kennscht eigentlich des Lied: Wenn oiner a stoinigs Äckerle hat und au en schtumpfa Pflug …«

Christian nickte und ergänzte: … ond no a grätigs Weib dahoim, no hot er z'kratze gnueg!«

»Ich mach Feierabend«, sagte Kurt. »Willst auch was trinken?«

»Danke. Ich fahr wieder 'nunter in d'Stadt.«

Als Christian am *Löwen* vorbeikam, überlegte er einen Augenblick, ob er aussteigen sollte. Irgendein Vorwand wäre ihm schon eingefallen. Aber dann ließ er den Fiat doch weiterrollen und hielt schließlich vor Theo Dentlers Theater an.

Die Tür war offen. Der Zuschauerraum lag dunkel da, nur ein Scheinwerfer leuchtete die Bühne aus, auf der Theo Dentler und Lydia standen. Christian schlich sich auf Zehenspitzen in den Raum hinein, blieb aber dicht bei der Tür stehen.

»*Und warum laufen Sie so herum? Haben Sie keine richtige Brille?*«, rief die Schauspielerin gerade.

Theo antwortete: »*Nein. Gehabt ja. Aber die ist mir kaputt geschossen worden. Nein, die da ist nicht schön, eine Gasmaskenbrille, aber ohne Brille bin ich vollständig hilflos.*«

»*Mit der Brille sehen Sie aus wie ein Gespenst.*« Lydia nahm ihm die Brille von der Nase, das heißt, sie deutete es durch eine Geste an, und prompt wirkte Theo hilflos. »*Vielleicht bin ich ein Gespenst. Eins von gestern, das heute keiner mehr sehen will, ein Gespenst aus dem Krieg, für den Frieden provisorisch repariert. Ich werde ganz sachte verrückt. Gib mir meine Brille wieder. Das kommt alles nur, weil es so neblig ist vor meinen*

Augen.« Der Schauspieler fuhr mit fahrigen Bewegungen seiner Arme und Hände in der Luft herum. »*Da! Ich habe das Gefühl, dass hinter deinem Rücken ein Mann steht! Die ganze Zeit schon. Ein großer Mann. Ein Riese, und der Riese hat nur ein Bein. Er kommt immer näher, mit einem Bein und zwei Krücken. Hörst du – teck tock. Teck tock. So machen die Krücken. Jetzt steht er direkt hinter dir. Fühlst du sein Luftholen in deinem Nacken?*«

Lydia stieß einen gellenden Schrei aus und rannte von der Bühne. Der Schauspieler richtete sich auf und stand plötzlich in einer ganz normalen Körperhaltung da. Christian klatschte Beifall. Theo deckte die Augen ab und beugte sich weit nach vorne. Aber offenbar konnte er nicht erkennen, wer gekommen war. »Wer ist da?«, rief er.

»Ich bin's, der Christian!«

Theo sprang von der Bühne. »Was meinst, was die Blaubeurer Bürger sagen, wenn wir den Borchert aufführen? Das ist dann was ganz anderes als der ›Zerbrochene Krug‹.«

»Ganz schön mutig!«

Theo hob den Zeigefinger: »Zwei Dinge sind wichtig fürs Theater: Wut und Mut! Wenn du mal keine Wut mehr im Bauch hast gegen die Ungerechtigkeit, die Selbstgefälligkeit und die Ignoranz der Menschen, brauchst du gar nicht mehr aufzutreten. Freilich – da hast du recht –, Mut gehört dazu.«

»Aber was machst du, wenn der Bürgermeister den finanziellen Zuschuss nicht zahlt, weil ihr ein Programm macht, das ihm nicht gefällt?«

»Vor dir, Herr Redakteur, habe ich, wie immer, den nötigen Respekt«, zitierte der Schauspieler Goethes »Götz von Berlichingen« leicht abgewandelt. »Er aber, der Bürgermeister, sag's ihm, er kann mich im Arsch lecken! Ich hab nämlich noch ganz andere Sachen vor, als ›Draußen vor der Tür‹ zu spielen. Erst gestern hab ich mit einem Bauern auf der Alb droben vereinbart, dass er uns einen seiner größten Äcker zur Verfügung stellt. Dort kann jeder für zehn Mark pro Quadratmeter ein Stück Land erwerben, aber nicht größer als vier Quadratmeter, und ganz nach seinem Gusto gestalten. Er kann einfach einen Liegestuhl draufstellen und die Sonne genießen. Er kann den Liegestuhl aber auch vermieten oder sein Stück zubetonieren. Er kann ein Hüttchen drauf bauen, einen Motor laufen lassen und die Städter gegen Geld Stadtluft atmen lassen. Wer will, kann Bücher verkaufen oder für andere aus Büchern vorlesen. Man kann auch was anpflanzen oder das Gemüse mitbringen und einfach so verkaufen. Man kann kochen und grillen und natürlich trinken. Es wird schon Leute geben, die ihren eigenen Most oder einen guten Wein verkaufen. Dem Einfallsreichtum der Menschen sind da keine Grenzen gesetzt.«

»Deinem offensichtlich auch nicht«, sagte Christian lachend.

»Stimmt! Ich überlege mir auch, eine ›Gewissen-Service-Station‹ hier am Theater zu eröffnen. Das Publikum kann dann bei uns sein Gewissen abgeben, wir werden es sorgfältig reinigen, und so lange läuft der Mensch dann ohne Gewissen herum – sagen wir 24 Stunden lang, was natürlich zu schrecklichen Folgen führen kann. Wenn sich ein Gewissen nicht reinigen lässt, kriegt der Besitzer ein neues. Mit TÜV-Siegel. Das gibt es natürlich auch für die frisch gereinigten Gewissen der anderen.« Jetzt sah er Christian an, als ob er ihn gerade erst bemerken würde. »Was willst du überhaupt?«

»Ich weiß nicht. Ich war ein bisschen ratlos, was ich mit dem Abend anfangen soll.«

»Und da kommst du zu mir? Ich bin doch kein Alleinunterhalter für Leute, die nicht wissen, was sie mit sich anfangen sollen.«

»Bin schon wieder weg«, sagte Christian und ging schnell zur Tür.

Im gleichen Augenblick kam Lydia auf die Bühne zurück. »Salü, Christian«, rief sie. Aber der Redakteur reagierte nicht darauf.

»Sei doch nicht gleich beleidigt«, rief ihm Theo nach. »War nur so dahingesagt, komm, wir trinken einen zusammen!«

»Ein anderes Mal wieder. Gute Nacht, Theo.« Die Tür fiel hinter Christian ins Schloss. Theo wendete sich zu Lydia um. »Trinken halt wir zwei zusammen.« Er nahm sie in die Arme und küsste sie, und sie erwiderte den Kuss leidenschaftlich.

23

Kurz nach neun am nächsten Tag machte sich Christian mit Sherry an seiner Seite auf den Weg. Die Wolken hingen tief über der Stadt. Sein Ziel war das Gymnasium, an dem Dorothee Niggemeier unterrichtete. Er wusste, um 9.45 Uhr war große Pause. Als er bei der Schule ankam, lag das graue Gebäude ruhig da. Wenige Minuten später schrillte die Pausenglocke, und es war, als ob der ganze Bau explodieren wollte. Rufe, Schreie, das Getrappel unzähliger Füße waren zu hören. Dann wurde die große Eingangstür von innen aufgestoßen, und eine Masse von Schülern quoll heraus, als ob alle auf einmal dem düsteren Haus entfliehen wollten. Sherry presste zuerst seinen Körper ängstlich an Christians Beine und zerrte dann wild an der Leine. Nur nichts wie weg hier! Sein Herrchen redete beruhigend auf das Tier ein und stellte sich auf die Zehenspitzen, um sich einen besseren Überblick zu verschaffen. Und da sah er sie. In Begleitung zweier Kollegen kam Dorothee Niggemeier aus dem Haus. In der Hand hielt sie ein belegtes Brot, in das sie herzhaft hineinbiss. Christian ging auf sie zu. Aber da entdeckte sie ihn auch schon und kam ihm entgegen: »Willst du etwa zu mir?«, fragte sie betont reserviert.

»Ja, ich muss mit dir reden.«

»Das ist im Augenblick ein einseitiger Wunsch.«

Christian ging nicht darauf ein. »Ich muss ein Porträt über deinen Schwiegersohn schreiben, und ich weiß viel zu wenig über ihn. Der Bürgermeister sagt im Übrigen, die Ankündigung Raibles habe ihn kalt erwischt. Er sei darauf in keiner Weise vorbereitet gewesen. Hepf hält die ganze Geschichte für ein besonders geschicktes Manöver, für einen ganz ausgekochten Trick, wie er sagt.«

Dorothee sah Christian nachdenklich an. »Ja, so könnte das gewirkt haben. Aber es war nicht so gewollt. Das weißt du genau.«

»Was ist nun? Redest du mit mir, oder kannst du auf deinen Schwiegersohn einwirken, dass er mit mir redet?«

»Ich hab bis 11.30 Uhr Unterricht. Dann komm ich bei dir in der Redaktion vorbei.« Mit diesen Worten drehte sie sich um und kehrte zu ihren Kollegen zurück. Christian beugte sich zu seinem Hund hinunter, tätschelte dessen Hals und sagte: »Das ist doch schon mal was.«

Auf dem Rückweg wurden die beiden von einem heftigen Regenschauer überrascht. Herr und Hund kamen zehn Minuten nach zehn klitschnass bei der Zeitungsgeschäftsstelle an. Dort stand ein Mann unter dem kurzen Vordach und studierte die ausgehängten Zeitungsseiten. Beim Näherkommen entdeckte Christian, dass es sich um Professor Albrecht Ladurner handelte. Christians Freund Rudi Dentler pflegte zu sagen, es gebe keine Zufälle. Der Redakteur war da anderer Meinung. »Na, so ein Zufall!«, rief er und reichte dem Professor die Hand.

»Warum Zufall?«

»Ich komme grade von einem kurzen Gespräch mit Dorothee.«

»Ah ja? Wie geht es ihr?«

»Vielleicht sollten Sie das Ihre Freundin selber fragen.« Christian schloss die Tür auf. »Kommen Sie rein. Wenn ich Sie bitten darf, ein wenig zu warten, geh ich schnell rauf und ziehe mir etwas Trockenes an.«

»Gut. Ich halte so lange die Stellung.«

Als Christian zurückkam, fand er den Professor in ein angeregtes Gespräch mit Friedrich Lutz vertieft. Christian verharrte unter der Tür, als er erkannte, dass ihn die beiden nicht gleich bemerkten.

»So gut kenne ich mich dann auch wieder nicht aus«, sagte Lutz gerade. »Ich hab mein Kaufhaus in Ulm und wohne nur hier. In aller Regel fahre ich schon morgens vor sieben in die Stadt und komme erst spät abends nach Hause. Wo, sagten Sie, liegt das Areal?«

»Auf der Seißener Alb, weitab von allen menschlichen Ansiedlungen, wenn ich es mal so ausdrücken soll. Geradezu ideale Luftverhältnisse, nicht wahr. Nach Osten erhebt sich eine sanfte Anhöhe, nach Westen fällt das Gelände ein wenig ab.«

»Entschuldigen Sie«, sagte Lutz, »aber mein Interesse hält sich da in Grenzen. Ich glaube, dass der Bürgermeister mit seinen Plänen im Weiherseck richtig liegt.«

»Nein«, antwortete Ladurner bestimmt. »Da irren Sie sich.«

Christian räusperte sich und trat in den Raum. »Grüß Gott«, sagte er in Richtung Lutz.

»Ah, da sind Sie ja. Ich habe nur eine Frage.«

Christian lächelte. »Normalerweise stellen wir Journalisten die Fragen. Aber bitte!«

»Sie schnüffeln in unserer Firmengeschichte herum.«

»Wie kommen Sie denn darauf?«

»Ich habe davon erfahren. Wieso tun Sie das?« Lutz war ein hochgewachsener schlanker Mann Anfang fünfzig. Er trug einen taubenblauen Anzug mit Weste und eine Krawatte in der gleichen Farbe, die mit weißen Sternchen gesprenkelt war. Ein Einstecktuch im gleichen Muster steckte im Brusttäschchen seines Jacketts. Seine kurzen blonden Haare hatte er akkurat rechts gescheitelt. Sein Gesicht war schmal. Unter der etwas zu langen Nase lag der Mund wie ein Strich, der das leicht vorspringende Kinn vom Rest des Gesichtes zu trennen schien.

»Ich habe einen Hinweis darauf bekommen, dass Ihr Vater unter Umständen in den Besitz des Unternehmens gekommen ist, wie es sie nur im Dritten Reich gegeben hat.«

»Reden Sie doch nicht um den Brei herum«, sagte nun Ladurner. »Es wird sich um eine der üblichen Arisierungen gehandelt haben, nicht wahr?«

»Meine Eltern haben damals der Familie Freudenreich geholfen, ihr Leben zu retten. Das ist die Geschichte. Ohne den Einsatz meines Vaters wäre diese jüdische Familie in einem Konzentrationslager verschwunden. Das können Sie mir glauben. Und wenn Sie jetzt versuchen, unseren guten Namen zu beschmutzen, werde ich mit allen Mitteln gegen Sie vorgehen, die mir zur Verfügung stehen.«

Christian lehnte sich gegen den Tresen und sah Lutz forschend ins Gesicht. »Es könnte doch sein, dass ich bei meinen Recherchen genau zu diesem Ergebnis komme.«

»Was für einem Ergebnis?«

»Dass Ihre Familie nur die Freudenreichs retten wollte und keinerlei Absicht hatte, sich zu bereichern.«

Ladurner lachte kurz auf. »Dann stünde der Herr Lutz plötzlich als Judenfreund da, und das will heute auch nicht jeder, nicht wahr?«

Wütend fuhr Lutz zu dem Professor herum. »Halten Sie sich raus, ja!«

»Haben Sie eigentlich eine Erklärung dafür, dass man weder im Stadtarchiv noch in unserem Zeitungsarchiv etwas über den Vorgang von damals findet?«, fragte Christian den Kaufhausbesitzer.

»Nein! Und wenn Sie damit andeuten wollen, ich oder jemand aus meiner Familie hätte dafür gesorgt, dass irgendwelche Akten verschwunden sind, kann ich Sie nur warnen!«

»Danke. Ich nehme das zur Kenntnis.« Christian ging zur Tür und öffnete sie weit. »Vielen Dank, Herr Lutz, dass Sie sich die Mühe gemacht haben.«

Einen Augenblick starrte der Besucher den Redakteur irritiert an. Was wollte der jetzt damit sagen? Aber Christian lächelte dem Kaufhausbesitzer nur freundlich zu, deutete eine Verbeugung an und vermied es, dem Besucher die Hand zu geben.

Schon gleich nach seiner Ankunft in Blaubeuren hatte sich Christian Ebinger umfangreiches Kartenmaterial über die Stadt und ihre Umgebung beschafft. Jetzt lagen er und Ladurner auf den Knien im Redaktionsraum und beugten sich über breit ausgelegte Messtischblätter, in denen jedes Gewann genau eingezeichnet war. »Darf ich darauf rummalen?«, fragte der Professor.

»Nur zu. Aber so, dass wir's für die Zeitung reproduzieren können.«

Ladurner nahm aus der Innentasche seines Jacketts einen Vierfarbstift, schob die rote Mine nach vorne und umrandete nun ein Areal etwa drei Kilometer östlich von Seißen. »Das sind 20 Hektar. Vieles davon Brachland, weil die Grenze zwischen den beiden Gemeinden genau mittendurch geht. Sehen Sie, hier! Der Untergrund ist stabil, stabiler jedenfalls als im Weiherseck, nicht wahr. Das hier gehört einem Bauern, mit dem ich geredet habe und der jederzeit bereit wäre, sich von seinem Grund und Boden zu trennen. Vorausgesetzt, er bekommt einen angemessenen finanziellen Ausgleich, nicht wahr. Die anderen Stücke sind im Gemeindebesitz, zum Teil von Blaubeuren, zum Teil von Seißen.«

Das Glockenzeichen ertönte. Die Tür ging auf. »Na so was. Wie die spielenden Kinder!« Auf der Schwelle zwischen Geschäftsstelle und Redaktion erschien Dorothee Niggemeier und sah auf die beiden am Boden hockenden Männer hinab.

Ladurner sah auf. »Na so ein Zufall.«

Dorothee sah Christian streng an. »Wusstest du, dass er kommt?«

»Nein, ich hatte keine Ahnung. Aber was er mitgebracht hat, kann für Raible ein ganz tolles Wahlargument sein. Professor Ladurner hat den idealen Standort für die Müllverbrennungsanlage gefunden. Wenn dein Schwiegersohn diese Planung zu seiner Sache macht …« Plötzlich hielt er inne.

»Was ist denn?«, fragte Ladurner.

»Wir müssen davon ausgehen, dass Lutz schnurstracks zum Bürgermeister rennt und ihm die Idee brühwarm erzählt.«

»Dafür hat er zu wenig mitgekriegt«, wendete Ladurner ein.

»Also dafür würde ich meine Hand nicht ins Feuer legen«, sagte Christian.

»Und was bedeutet das nun?«, wollte Dorothee wissen.

»Wir müssen schnell damit an die Öffentlichkeit, das heißt, der Herr Raible muss damit schnell an die Öffentlichkeit, nicht wahr!«, rief Ladurner.

Friedrich Lutz war nicht zum Rathaus gefahren, sondern direkt nach Ulm in seine Firma. Er sagte seiner Sekretärin, er wolle den ganzen Tag über nicht gestört werden, schloss sich in seinem Büro ein, nahm ein großes Porträt seines Vaters von der Wand und öffnete den Tresor, der dahinter zum Vorschein kam, indem er eine Zahlenkombination einstellte. Aus dem untersten Fach nahm er einen schmalen Ordner, setzte sich in den schweren Ledersessel, der in einer kleinen Nische stand, und begann die Akte zu studieren. Er selbst hatte sich bis vor einiger Zeit noch nie mit der jüngeren Vergangenheit der Familie beschäftigt. Das war immer die Sache seiner älteren Schwester gewesen, und wenn er ihr irgendwelche Fragen zur Familiengeschichte gestellt hatte, war sie äußerst zugeknöpft gewesen. »Kümmere du dich um das Geschäft«, pflegte sie zu sagen. »Alles andere überlass mir!«

Isolde, die fünf Jahre älter war als er, hatte nie geheiratet, und mit zunehmendem Alter war sie immer menschenscheuer geworden. Sie wohnte in einer geräumigen Fünfzimmerwohnung ganz oben unter dem Dach des Kaufhauses. Nur ganz selten ging sie aus dem Haus. Eine Zeit lang hatte ihr Bruder versucht, sie immer mal wieder zu einem Theater- oder Kinobesuch zu überreden. Sie hatte immer abgelehnt. Nur in die monatlich stattfindenden Orgelkonzerte im Ulmer Münster ging sie regelmäßig.

Auch Friedrich hatte nie geheiratet. Aber er war Junggeselle aus Überzeugung. Mit dem besten Willen konnte er sich nicht vorstellen, tagein, tagaus eine Frau neben sich zu haben und dann auch noch das Schlafzimmer mit ihr zu teilen. Und so blieb es bei wechselnden Bekanntschaften. Friedrich sah gut aus, er hatte exzellente Manieren, war äußerst zuvorkommend und ging im Übrigen ganz in seinem Beruf auf. Er hätte auch diesen jungen Redakteur nicht gestellt, wenn Isolde ihn nicht in die Pflicht genommen hätte.

Gegen 14 Uhr klopfte seine Sekretärin. Lutz schob den Ordner unter einen Stapel Wirtschaftszeitungen, stand auf und rief: »Herein!« »Ihre Schwester wird gleich herunterkommen«, sagte die Sekretärin. »Sie hat sich telefonisch angekündigt.«

Friedrich Lutz seufzte, sagte leise: »Na gut, wenn es sich nicht vermeiden lässt«, schloss die Tür hinter seiner Mitarbeiterin und verwahrte die Akte wieder sorgfältig im Tresor.

Isolde Lutz trug jahraus, jahrein die gleichen Kleider. Sie hatte bestimmt ein Dutzend davon: grau, hochgeschlossen, am Hals ein gekraustes Bündchen und in der Taille einen breiten schwarzen Gürtel. Sie war ein klein wenig größer als ihr Bruder und außergewöhnlich dünn. Ihre Füße steckten immer in den gleichen flachen, unauffälligen Schuhen. Im Ärmel ihres Kleides verwahrte sie ein feines Spitzentaschentuch, das sie alle paar Augenblicke hervorzog, um sich den Mund abzuwischen. Einen Grund dafür hatte ihr Bruder noch nie erkennen können.

Friedrich hatte sich hinter seinen Schreibtisch gesetzt und den Ordner mit den Umsatzzahlen der letzten drei Monate aufgeschlagen. Er kannte jeden Posten darin. Das Kaufhaus florierte. Der Gewinn hatte sich in den letzten vier Jahren kontinuierlich gesteigert. Die Menschen kauften ein, als ob sie Angst hätten, bald würde es nichts mehr geben. Erstaunlich, auf welche Ratenverträge sie sich einließen. Friedrich beschäftigte längst eine kleine Gruppe Männer, die säumige Zahler auf wenig sanfte Weise dazu brachten, ihre Schulden zu begleichen. Und wenn das nicht half, ging der Kaufhausdirektor sofort vor Gericht und ließ die Kunden pfänden. Schon seit einiger Zeit trug er sich mit dem Gedanken, Filialen zu eröffnen.

Die Tür ging auf. Isolde kam herein. Wie immer hörte man ihre Schritte nicht. Sie schien zu gleiten, nicht zu gehen. »Gruß dich, meine Liebe«, sagte Friedrich.

Sein Schwester setzte sich, ohne den Gruß zu erwidern: »Nun, was hast du erreicht?«

»Ich glaube nicht, dass dieser Schnösel sich noch einmal bemerkbar macht.«

»Glaubst du das, oder weißt du das?«

»Ich kann es nicht mit absoluter Sicherheit sagen.«

Isolde richtete sich auf. Ihre Hände umklammerten die Seitenlehnen des Sessels. Weiß traten die Knöchel hervor. »Du bist in solchen Dingen zu weich, Friedrich.«

Er hatte sich vorgenommen, ruhig zu bleiben, aber jetzt spürte er, wie die Wut in ihm hochstieg. Er hatte Mühe, sie zu unterdrücken. »Ich habe ihm klargemacht, dass wir mit allen Mitteln gegen ihn vorgehen, wenn er noch einmal hier im Haus oder sonst irgendwo herumschnüffeln sollte.«

»Gut!«, sagte sie. »Im Zweifel werden wir Heinz und seine Leute auf ihn loslassen.«

»Das wäre bestimmt das falsche Mittel«, entgegnete Friedrich. »Ich glaube nicht, dass man ihn mit Gewalt einschüchtern kann.«

»Geld?«, fragte sie.

Friedrich schüttelte den Kopf. »Er muss mit seinen Recherchen ins Leere laufen, das ist der einzige Weg.«

»Wo mag bloß der Vertrag geblieben sein, den Vater damals mit Freudenreich abgeschlossen hat?«

Friedrich hätte am liebsten geantwortet: Der liegt dort drüben im Tresor. Stattdessen antwortete er. »Ich habe mich nie darum gekümmert.«

»Ja, leider«, stieß seine Schwester giftig hervor.

»Isolde, wie oft soll ich das noch sagen: Ich war damals an der Front. Unser Vater hat nie mit mir darüber gesprochen, und mit dir offenbar auch nicht. Sonst würdest du dir ja vielleicht die Mühe machen, mich über das zu informieren, was du weißt.«

»Mich hat Papa nie eingeweiht, das weißt du doch. Für ihn haben ja nur seine beiden Söhne etwas gegolten. Als Helmut vor Stalingrad gefallen ist …«

»Entschuldige, Isolde, aber ich kenne die Geschichte in- und auswendig.«

Aber sie ließ sich nicht unterbrechen. »Und niemand wusste, ob du noch lebst. Auch da hat er mit keinem Gedanken daran gedacht, mich in die Geschäftsführung einzuweisen.«

»Er hatte halt ein sehr konservatives Frauenbild«, sagte Friedrich.

»Er hat mir nichts zugetraut, dabei hätte ich …« Sie unterbrach sich, nahm ihre Hände von den Stuhllehnen, zog ihr Spitzentaschentuch aus dem Ärmel ihres Kleides und fuhr sich damit ein paarmal über den Mund. »Dabei hätte ich das so gut gekonnt wie Helmut oder du, wenn nicht besser.«

»Du könntest mir zugutehalten, dass ich das immer genau so gesehen habe. Deshalb habe ich dich auch in alle Entscheidungen mit einbezogen.«

Isolde nickte. »Trotzdem habe ich manchmal das Gefühl, dass auch du mich nicht in alles eingeweiht hast.«

Friedrich lächelte. »Dieses Misstrauen wird dir wohl niemand mehr nehmen können, obwohl es durch nichts gerechtfertigt ist, Isolde.«

»Das sagst *du.*« Sie erhob sich und glitt zur Tür. »Wollen wir hoffen, dass das alles kein böses Ende nimmt!« Damit verließ sie ihren Bruder. Der blieb noch eine ganze Weile regungslos hinter seinem Schreibtisch sitzen, ehe er wieder zu dem gewaltigen Ölbild hinüberging, das seinen verstorbenen Vater darstellte, den Tresor öffnete und die Akte herausnahm.

Der Tresor war zehn Jahre lang ungeöffnet geblieben. Als der Vater 1952 gestorben war, hatte niemand in der Familie überhaupt eine Ahnung, dass es den Stahlschrank hinter dem

Bild gab. Friedrichs Vater hatte kaum jemanden in sein Büro gelassen. Wenn er es abends verließ, schloss er es sorgfältig ab. Gleich nach der Übernahme des Hauses von den Freudenreichs hatte er die Tür dreifach sichern lassen. Gespräche führte er nur in einem Besprechungszimmer, das einen Stock tiefer lag.

Isolde Lutz war damals Zeugin der Übernahme gewesen. Eigentlich mehr durch Zufall. Sie hatte ihren Vater, dessen Bruder Ernst, der ein hoher Parteifunktionär der NSDAP war, und ihre Mutter begleitet. Sie sollte ein neues Kostüm bekommen, und das Kaufhaus Freudenreich war für die Qualität und den modischen Schick seiner Textilien bekannt. Isolde wusste, dass ihr Vater im Begriff war, das Kaufhaus des Juden Freudenreich in seinen Besitz zu bringen, und sie fand das völlig in Ordnung. Jeder wusste doch, dass die Juden das Unglück des deutschen Volkes waren. Eine Übernahme, wie sie ihr Vater vorhatte, hielt sie für mehr als anständig, war er doch bereit, die Freudenreichs mit einer kleinen Summe abzufinden.

Während Isolde und ihre Mutter, von einer Verkäuferin äußerst zuvorkommend bedient, nach dem richtigen Kleidungsstück suchten, verhandelten Ernst und Friedrich Lutz im fünften Obergeschoss mit dem Kaufhauskönig David Freudenreich. Der jüdische Kaufhausbesitzer, ein Mann um die sechzig, verwies leise darauf, dass das Unternehmen schon seit über fünfzig Jahren im Familienbesitz sei. Er erklärte, dass er und seine Familie in Ulm allezeit zu den angesehenen bürgerlichen Familien gezählt hätten. Er selbst habe im Ersten Weltkrieg gekämpft und sei als Hauptmann in französische Gefangenschaft geraten. Aber all diese Ausführungen prallten an den Brüdern Lutz ab. Vor allem Ernst fuhr dem jüdischen Kaufmann immer wieder in die Parade: »Wir kennen alle diese Scheinargumente. Jude bleibt Jude. Und wenn Sie vierzehnachtzehn an der Front waren, was wir nicht nachprüfen können, müssten Sie dankbar sein, dass man Ihnen das damals gestattet hat!«

Isolde hatte ihre Wahl schnell getroffen und wollte das Kostüm ihrem Vater vorführen. »Ich weiß nicht, ob das gut ist«, hatte ihre Mutter gesagt. »Er ist ja wohl in sehr wichtigen Verhandlungen.«

Aber Isolde hatte schon immer ihren eigenen Kopf gehabt, und wenn sie sich etwas vorgenommen hatte, ließ sie sich nicht mehr davon abbringen. Sie stieg also in den Aufzug, um in den fünften Stock hinaufzufahren. Ein kleiner gedrungener Mann in einem etwas zu knappen grauen Anzug stand schon in der Kabine und nickte ihr zu. Im fünften Stock erwies es sich, dass er das gleiche Ziel hatte wie die junge Frau in dem nagelneuen Kostüm, an dessen Jacke noch das Preisschild hing. Im Vorzimmer sagte der kleine Mann, er sei der Notar Leonhardt. Man erwarte ihn.

»Und Sie?«, fragte die Sekretärin, eine Frau Mitte fünfzig in einem grauen plissierten Kleid mit einer weißen Schluppe im Ausschnitt.

»Ich bin die Tochter von Herrn Lutz und wollte ihm gerne das Kostüm zeigen.«

»So, so, Sie sind die Tochter von diesem Herrn, der gerade dabei ist, der Familie Freudenreich alles zu stehlen, was die sich mit größter Mühe aufgebaut hat? Bitte verschwinden Sie!«

»So lasse ich nicht mit mir reden!«, schrie Isolde viel zu laut.

Die Tür zum Büro Freudenreichs ging auf. Isoldes Vater erschien. Hinter ihm hörte man die Stimme Freudenreichs. »Es heißt also: Vogel, friss oder stirb, und was Sie mir zu fressen anbieten, ist zu wenig zum Leben und zu viel zum Sterben. Schämen Sie sich eigentlich gar nicht?«

Danach war Onkel Ernsts Stimme zu hören: »Passen Sie auf, was Sie sagen. Wir können den ganzen Laden auch konfiszieren, und einen Grund, Sie ins Lager zu schicken, finden wir allemal!«

»Bitte warte unten auf mich«, sagte Isoldes Vater zu ihr. »Es dauert nicht lange.« Er verschwand mit dem Notar im Chefbüro. Isolde starrte die Sekretärin an. »Sie sind die Erste, die fliegt, wenn das mal alles uns gehört!«

»Ich gehe freiwillig. Nie im Leben würde ich für so jemanden arbeiten!« Ohne weiter auf Isolde zu achten, begann sie, in rasendem Tempo auf die Tasten ihrer Schreibmaschine einzuhämmern.

Friedrich Lutz hatte den Tresor schon wenige Tage, nachdem er in das Chefbüro eingezogen war, entdeckt. Aber die Zahlenkombination, mit der er sich öffnen ließ, hatte der alte Herr mit ins Grab genommen. Neun Jahre lang hatte sich Friedrich an jedem Arbeitstag am Abend eine Stunde lang damit beschäftigt, das Zahlenschloss zu knacken. Geduldig drehte er das Rad in immer neue Positionen und notierte sich jede einzelne, damit er nicht zweimal den gleichen Versuch machen musste. Er hätte den Stahlschrank von einem Spezialisten aufbrechen lassen können. Aber mit der Zeit wurde es zu einer Obsession, das Problem aus eigener Kraft zu lösen. Im April 1962 war die Tür plötzlich aufgesprungen. Der Tresor war leer bis auf die schmale Akte, die Friedrich inzwischen nahezu auswendig kannte. Nun legte er sie wieder auf seinen Schreibtisch und schlug sie auf.

Ladurner hatte vorgeschlagen, Thomas Raible zu bitten, noch am selben Abend in der Redaktion vorbeizuschauen. Aber Christian hatte abgelehnt. »Nachher heißt es, wir hätten die Räume hier zur Wahlkampfzentrale gemacht. Außerdem ist er so sauer auf mich, dass er ohnehin nicht darauf eingehen wird.«

»Aber es geht nur, wenn wir in dieser Sache zusammenspielen, nicht wahr?«, sagte Ladurner. »Man muss genau abwägen, wann der Herr Raible mit der Idee des alternativen Standorts für das Müllwerk an die Öffentlichkeit geht.«

»Nicht man, *er* muss das abwägen. Es ist sein Wahlkampf«, sagte Christian.

Dorothee stand entschlossen auf und fasste Ladurner an der Hand. »Los, komm!«

»Wohin?«

»Zu mir nach Hause. Dort sitzt er schließlich und brütet darüber, ob und, wenn ja, wie er in den Wahlkampf einsteigen soll, nachdem der da«, sie zeigte auf Christian, »alles erst mal vermasselt hat, was Thomas vorhatte.«

»Ich hab euer Haus noch nie betreten«, sagte Ladurner.

Christian grinste. »Einmal ist immer das erste Mal. Lasst es mich wissen, wenn ihr zu einem Ergebnis gekommen seid.«

»Und du sagst uns, wie Hepf reagiert. Er wird ja dann sofort an die Öffentlichkeit gehen, und das kann er zum Glück nicht ohne dich«, sagte Dorothee zu Christian. Sie hielt weiter Ladurners Hand und zog ihn nun vom Boden hoch, wo der Professor immer noch zwischen den Messtischblättern saß.

Christian schrieb am Nachmittag einen ausführlichen Artikel, in dem er Ladurners Idee für einen neuen Standort der Müllanlage erläuterte. Er wollte den Beitrag mit einem Faksimile der Karte illustrieren, in die Ladurner das Areal eingezeichnet hatte.

Bis 18 Uhr meldete sich niemand bei ihm. Christian schloss das Büro ab, ließ Sherry ins Auto springen und setzte sich hinter das Steuerrad.

Als Anneliese den Motor des Fiats hörte, eilte sie schnell in ihr Schlafzimmer, zog eine neue Bluse an, kämmte sich und legte Rouge auf ihre Lippen. Durch das halb geöffnete Fenster hörte sie, wie Kurt den Ankömmling begrüßte. Und sie vernahm das aufgeregte Bellen des Hundes, der offenbar irgendeinem Tier hinterherjagte. Danach waren auch schon bald Christians Schritte auf der Treppe zu hören. Anneliese öffnete die Tür genau in dem Moment, da Christian die oberste Stufe erreichte. Stumm nahm er sie in den Arm, und erst nachdem sie sich geküsst hatten, sagte er. »Na, du?«

Sie antwortete mit genau denselben Worten.

Gemeinsam stiegen sie die Treppe hinunter und trafen sich mit Kurt in der großen Wohnküche. Draußen war es schon dunkel. »Ich kann mich gar nicht daran gewöhnen, dass der Tag jetzt immer schon so früh verschwindet«, sagte Christian. »Eigentlich wollte ich noch mit dir los, ein Foto machen.«

»Was denn für ein Foto?«, fragte Anneliese.

Christian erzählte von Ladurners Entdeckung. Kurt wusste sofort, welches Gebiet gemeint war, und nickte heftig. »Hätten wir eigentlich auch drauf kommen können.«

Anneliese stellte verschiedene Sorten Hausmacherwurst auf den Tisch, dazu ein Glas eingelegte Gurken, Senf und einen großen Laib Holzofenbrot, den sie selbst in dem kleinen Backhaus hinter der Scheune gebacken hatte.

»Bier oder Wein?«, fragte Kurt.

»Zu so einem Bauernvesper immer Bier, bitte«, sagte Christian und legte den Arm um Annelieses Hüfte. Die Freundin hatte sich dicht neben ihn gesetzt.

»Bleibst da heut Nacht?«, fragte Kurt den Redakteur, als Anneliese sich anschickte, den Tisch abzuräumen.

»Kurt!«, rief seine Schwester mahnend.

Der zuckte nur die Achseln. »Wird man doch noch fragen dürfen, oder?«

»Wenn du mich dabehältst, bleibe ich«, sagte Christian zu Anneliese.

»Willst du wirklich noch fahren?«, fragte Dorothee den Professor Ladurner etwa um die gleiche Zeit. »Du hast mindestens fünf Viertel Trollinger intus.«

Und der Professor antwortete genau mit den gleichen Worten wie Christian: »Wenn du mich dabehältst …«

Dorothee hatte sich mit Albrecht Laduner in ihre kleine Einliegerwohnung zurückgezogen. Jetzt schenkte sie noch einmal ein und stieß mit ihm an. »Ich glaube, das war ein erfolgreicher

Abend«, sagte sie. »Ich danke dir, dass du Thomas so zugeredet hast. Womöglich hat das den Ausschlag gegeben.«

Ladurner schüttelte den Kopf. »Der hat in keiner Sekunde wirklich daran gedacht, nicht zu kandidieren, nicht wahr. Jetzt kann ich ihm nur raten, seinen Frieden mit dem jungen Redakteur zu machen.«

Das junge Paar auf dem Bauernhof wurde früher wach als die beiden anderen. Erst krähte der Hahn auf dem Misthaufen, dann antwortete Sherry mit heiserem Gebell, und schließlich machten sich auch die Kühe laut bemerkbar. Anneliese stieß die Decke mit beiden Füßen von sich. Christian stützte sich auf die Ellbogen hoch und warf einen langen Blick auf den nackten Körper der jungen Frau. Aber als er sich über ihre festen Brüste beugte, sprang sie mit einem Satz aus dem Bett. »Wenn wir jetzt noch mal damit anfangen«, rief sie, während sie sich einen Morgenmantel überwarf, »wird es zu spät. Los! Steh auf! Das Foto muss im Kasten sein, bevor du in die Redaktion fährst.« Annelieses resolute Art erregte einen leisen Unmut bei Christian. Er mochte es nicht, wenn ihm jemand etwas befahl.

Eine Viertelstunde später saß er in der Küche, vor sich einen Pott dampfenden Kaffee und auf dem Teller ein Leberwurstbrot, das, wie es ihm schien, seinen Hunger für einen ganzen Tag stillen würde. Anneliese war im Stall, versorgte die Kühe, gab anschließend den Hühnern Futter und spielte nebenher noch mit Sherry, indem sie Stöckchen warf, die er brav apportierte. Christian sah das alles durchs Küchenfenster. Kurt kam herein. Er trug Jeans und ein graues Achselhemd, gähnte ungeniert und setzte sich zu Christian. »Wie habt ihr's denn nun vor?«, fragte er.

»Was meinst du?«

»Na ja, im Juni nächstes Jahr kommt das Kind.«

»Ach so, das meinst du? Wir haben noch nicht endgültig darüber gesprochen«, antwortete Christian steif.

»Hat ja auch noch Zeit«, sagte Kurt.

Anneliese kam herein. Sie fröstelte. »Jetzt wird's doch langsam richtig Herbst«, sagte sie und rieb die Hände. »Ein bisschen riecht's draußen sogar schon nach Schnee. Wollen wir los?«

»Frühstückst du denn nicht?«, fragte Christian.

»Ich bin noch satt von gestern Abend. Ich hol nur noch schnell meine Kamera, dann können wir fahren.«

»Lass dir Zeit«, rief Kurt ihr hinterher. »Ich brauch dich heut nimmer.« Und dann zu Christian: »Das ist das Schöne an der Jahreszeit. Die Arbeit wird weniger.«

Das Areal war leicht zu finden. Die beiden stiegen aus und gingen zu der sanften Anhöhe im Osten der Felder. Nach Westen hin fiel das Gelände ein wenig ab, genau wie Ladurner es beschrieben hatte. Die Äcker waren längst abgeerntet, gepflügt und geeggt und bildeten eine ruhige, gleichmäßig braune Fläche bis fast zum Horizont. Die Luft war noch immer kühl. Über der dunklen Ackerkrume lagen Nebelfetzen, dünn wie Gazestreifen. Anneliese suchte sich sorgfältig die beste Position für ihre Aufnahmen. Christian half ihr, das Stativ aufzubauen. In ihrem Rücken stieg langsam eine strahlende Sonne höher. Anneliese montierte ihre Kamera. »Hab ich mir von den Honoraren deiner Zeitung gekauft«, erklärte sie, »eine echte Hasselblad Stellar. Allerdings gebraucht, neu hätte ich mir die nicht leisten können.«

Die Fotografin arbeitete sehr konzentriert. Jeder Handgriff saß. Christian ging ein paar Schritte zur Seite, beobachtete ein paar Krähen, die sich um einen Bissen stritten und gleichzeitig aufflogen, als Sherry auf sie zurannte. »Ist das nicht eine wunderbare Stimmung?«, rief Anneliese, als sie den Film wechselte. »Ich mach das jetzt noch in Farbe, auch wenn du's nicht brauchen kannst.«

»Irgendwann drucken wir in der Zeitung bestimmt auch Farbfotos«, antwortete er. »Aber wenn es so weit ist, bin ich längst Chefredakteur. Und unser Sohn geht aufs Gymnasium.«

»Unsere Tochter, meinst du?«

»Auch gut!« Christian kehrte zu Anneliese zurück und nahm ihr den belichteten Film ab, den sie in einer lichtundurchlässigen Dose verwahrt hatte. Er blieb dicht vor ihr stehen, und als sie ihm ihr Gesicht entgegenhob, als ob sie einen Kuss erwartete, sagte er: »Willst du mich heiraten?«

Sie machte einen kleinen Schritt zurück. »Was hast du gesagt?«

»Ich hab dich gefragt, ob du mich heiraten willst.«

»Willst *du* denn *mich* heiraten?«

»Hätt ich sonst gefragt?«

»Liebst du mich denn?«, fragte sie.

»Wollen wir jetzt immer weiter diskutieren, oder sagst du endlich Ja?«

»Ich muss das wissen!«

»Ich glaube, ich werde dich jeden Tag ein bisschen mehr lieben und hoffen, dass es dir nicht irgendwann zu viel wird.«

Sie warf ihre Arme um seinen Nacken und zog ihn zu sich heran. »Dann lass ich mich auf das Abenteuer ein!« Sie besiegelten den Satz mit einem langen Kuss.

24

Christian lieferte Anneliese auf dem Bauernhof ab. Genauer: vor einem schmalen Steinbau, in dem früher die Waschküche untergebracht war. Jetzt diente der Sandsteinbau der Fotografin als Dunkelkammer, in der sie ihre Filme selbst entwickelte und kopierte. »Wann krieg ich die Fotos?«, fragte der Redakteur.

»Gleich nach deiner Mittagspause, so gegen drei.« Sie hauchte ihm einen Kuss auf die Wange und sprang aus dem Auto.

Christian schaffte es, rechtzeitig zur Bürоöffnung um zehn Uhr in der Geschäftsstelle zu sein. Er kam gleichzeitig mit Thomas Raible an, der sorgfältig sein Fahrrad abschloss.

»Guten Morgen«, grüßte Christian und versuchte, dabei möglichst beiläufig zu klingen. »Sie möchten sicher zu mir?«

»Ja, Sie wollten doch mit mir reden«, antwortete der Kandidat.

Während Christian die Tür aufschloss und wie immer seinem Hund den Vortritt ließ, sagte er zu Raible: »Ich muss mich zuerst einmal entschuldigen wegen der Meldung über Ihre Kandidatur.«

»Ich hab mich wahnsinnig geärgert!«, gab Raible zurück. »Aber gut, der Schaden hält sich in Grenzen. Und wenn ich jetzt gleich mit einem Thema in die Offensive gehen kann, statt nur mit der Ankündigung, kandidieren zu wollen, ist das ja auch nicht schlecht.« Sein Ton blieb reserviert.

Sie setzten sich an den kleinen Besprechungstisch.

»Und ich kann beides miteinander verbinden«, sagte Christian. »Das Porträt und Professor Ladurners Idee von dem neuen Standort für die neue Müllentsorgungsanlage.«

»Gut. Fragen Sie!«

Christian sah Raible ins Gesicht. Wie sich ein Mensch doch wandeln kann, wenn er sich auf veränderte Bedingungen einstellen muss oder will, ging es ihm durch den Kopf. Und so lautete seine erste Frage auch: »Wie fühlt sich das an, wenn man, wie Sie, mit einem Mal aus dem Schatten heraustritt und plötzlich im Blick der Öffentlichkeit steht?«

»Interessante Frage.« Raible strich sich über die Haare und rückte auf seinem Stuhl nach vorne. »Im Schatten ... ja, das bin ich eigentlich als Angestellter der Stadt immer gewesen. Und jetzt?« Er dachte nach, fragte dann aber: »Was beobachten Sie denn?«

»Ihr Ton hat sich geändert, vielleicht sogar Ihr ganzes Auftreten. Sie haben etwas Bestimmtes, das ich vorher nicht an Ihnen beobachtet habe. Aber so gut kenne ich Sie ja nicht.«

»Trotzdem haben Sie recht. Wissen Sie, ich komme aus kleinen Verhältnissen. Mein Vater war Hilfsarbeiter in einer kleinen Fabrik, und meine Mutter hat als Putzfrau etwas dazuverdient. Mein Studium an der Verwaltungsakademie musste ich selbst finanzieren. Aber das war in den Zeiten kurz nach dem Krieg nichts Besonderes.«

»Sie haben erst nach fünfundvierzig studiert?«

»Ja, ich habe zuerst eine Lehre gemacht und zwei Jahre als Schreinergehilfe gearbeitet. Dann war ich, wie alle meines Alters, Soldat. 1938 wurde ich eingezogen. Ich bin Jahrgang 1916. Bei Kriegsbeginn war ich dreiundzwanzig. Meine militärische Karriere endete mit der Beförderung zum Stabsunteroffizier, und das Kriegsende erlebte ich zu meinem Glück in Frankreich. Dort geriet ich in englische Gefangenschaft, und 1947 im Frühjahr war ich schon wieder zu Hause.«

Christian schrieb eifrig mit. »Und dann sind Sie sofort auf die Verwaltungsakademie?«

»Im September 1947, nachdem mich meine Frau etwas herausgefüttert hatte. Sie verdiente damals das Geld als Verkäuferin in einem Lebensmittelgeschäft.«

»Dass Sie als Jahrgangsbester abgeschlossen haben, wissen wir ja aus der Presse.« Christian grinste, aber Raible blieb ernst. »Ich hab dann die Stelle hier bei der Stadt Blaubeuren angenommen, und es entspricht durchaus meinem Naturell, dass ich, trotz verschiedener Angebote, meinen Arbeitsplatz nie gewechselt habe.«

»Heißt das, Sie attestieren sich selbst eine gewisse Bequemlichkeit?«

»Jedenfalls hasse ich Veränderungen. Ich hab's gern ruhig.«

Unwillkürlich musste Christian an seinen Bruder Gerhard denken. Der hatte mit sechzehn als Lehrling bei einer Versicherung angefangen und sich danach als so begabt erwiesen, dass seine Firma ihn auf die Versicherungsakademie nach Köln geschickt hatte. Jetzt war er stellvertretender Abteilungsleiter, und er würde sicher im gleichen Unternehmen weiter aufsteigen. Dabei hatten konkurrierende Versicherungen ihm mehrfach Angebote gemacht, die einen großen Karrieresprung bedeutet hätten. Aber er war seinem Arbeitgeber treu geblieben und würde daran sicher auch in Zukunft nichts ändern.

»Aber wenn Sie es gern ruhig haben und Veränderungen hassen, warum wollen Sie dann Bürgermeister werden?«

Zum ersten Mal lächelte Thomas Raible. »So groß wäre die Veränderung ja nicht. Ich kenne Blaubeuren sehr gut, ich weiß, welche Probleme wir in den nächsten Jahren lösen müssen, und ich glaube ...«, er räusperte sich und setzte noch einmal neu an: »Ich glaube, dass ich weiß, wie man sie löst.«

»Besser als jeder andere?«, fragte Christian.

»Sonst würde ich gar nicht antreten.«

»Das heißt auch, besser als der augenblickliche Amtsinhaber?«

»Das auf jeden Fall!«

Christian legte den Stift zur Seite und hob den Kopf. »Darf ich das genau so in meinem Artikel zitieren?«

Raible nickte. »Kein Problem.«

Christian zeigte Raible nun das Messtischblatt, in dem Ladurner das mögliche neue Areal eingezeichnet hatte, und erzählte, dass er am Morgen schon mit Anneliese vor Ort gewesen sei, um Fotos von dem Gelände zu machen. Mit beidem wolle er seinen Artikel illustrieren.

»Sehr gut!«, sagte Raible und sah dann auf. »Warum grinsen Sie so?«

»Das war schon ganz der Ton des regierenden Bürgermeisters von Blaubeuren.«

»Ehrlich?«

»Ehrlich.«

»Da muss ich wohl ein bisschen aufpassen.«

»Ich weiß nicht. Die Leute haben ja alles gerne, was entschieden klingt!«

Bei der nächsten Gemeinderatssitzung stand unter Verschiedenes der Programmpunkt »Entscheidung über die Weiterbeschäftigung des Stadtinspektors Thomas Raible« auf der Tagesordnung. Christian Ebingers Artikel, in dem er den Kandidaten vorgestellt und auch gleich über dessen Plan berichtet hatte, das Müllverbrennungswerk auf die Seißener Alb zu verlegen, hatte einige Unruhe unter den Gemeinderäten ausgelöst. Es war ihnen nicht verborgen geblieben, dass der neue Standort in der Bevölkerung auf große Zustimmung stieß. Die CDU-Fraktion, die den Amtsinhaber in seinem Wahlkampf unterstützte, hatte nun den Tagesordnungspunkt eingebracht. Der Fraktionsvorsitzende Hubertus Müller trug vor, man könne nicht mehr mit der Loyalität Raibles rechnen, nachdem er nicht nur gegen seinen Dienstherrn kandidieren wolle, sondern auch noch in der Presse frech behauptet habe, die Probleme der Stadt besser lösen zu können als der amtierende Bürgermeister.

Dorothee meldete sich als Erste zu Wort. Der Bürgermeister, nach der Gemeindeordnung auch Vorsitzender des Gemeinderats, wollte es ihr aber nicht erteilen. Sie sei ja wohl aus familiären Gründen befangen.

»Wenn das so ist«, antwortete Dorothee, »dann nehme ich an, dass Sie, Herr Bürgermeister, nicht weniger befangen sind, denn Sie kandidieren ja auch. Ich stelle also den Antrag: Der Gemeinderat möge beschließen, dass sich weder Bürgermeister Matthias Hepf noch die Gemeinderätin Dorothee Niggemeier in diesem Gremium zu den bevorstehenden Bürgermeisterwahlen äußern dürfen.«

Plötzlich redeten alle durcheinander, bis Bürgermeister Hepf die Sitzungsglocke schwang. »Der Antrag ist zulässig, meine Dame, meine Herrn. Stimmen wir ab.«

Dorothees Antrag wurde abgelehnt.

»Ich habe also das Wort«, rief Dorothee. »Und ich würde Sie, werte Kollegen, gerne fragen, ob Sie seit Beginn der Beschäftigung Thomas Raibles in diesem Rathaus jemals auch nur den geringsten Zweifel an dessen Loyalität gegenüber der Stadt, der Stadtverwaltung und dem Stadtoberhaupt gehabt haben. Vielleicht erinnert sich ja der eine oder andere auch noch an seine erfolgreiche Arbeit im Hauptamt, bevor er – aus welchen Gründen auch immer – ins Stadtarchiv versetzt wurde.«

»Welche Gründe auch immer?«, blaffte Müller. »Er hat sich öffentlich gegen eines der wichtigsten Vorhaben unserer Stadt gestellt.«

»Irrtum!«, sagte Dorothee. »Durch eine Indiskretion ist herausgekommen, dass er privat den Bau der Müllverbrennungsanlage im Weiherseck nicht gut heißt. Öffentlich hat er die Entscheidung der Gemeindeverwaltung immer loyal mitgetragen, was ihm sicher nicht leichtgefallen ist.«

Dr. Konzelmann, der zu den Freien Wählern zählte, meldete sich. »Es wäre doch sicher auch im Sinne von Herrn Raible, wenn er während des Wahlkampfes nicht im Rathaus Dienst tun müsste.«

»Sie sprechen sich für eine Beurlaubung aus, wenn ich Sie recht verstehe«, sagte Friedrich Lutz, der, wie Müller, für die Mehrheitsfraktion der CDU im Gemeinderat saß.

»Ja. Aber eigentlich sollte er, meiner Meinung nach, ganz aus den Diensten der Gemeindeverwaltung ausscheiden«, antwortete Dr. Konzelmann.

»Sie wissen genau, dass er auf sein Gehalt angewiesen ist!«, rief Dorothee.

»Ja, das hätte er sich vielleicht früher überlegen müssen«, sagte Bürgermeister Hepf mit einem süffisanten Lächeln.

Friedrich Lutz widersprach. »Ich glaube, wir tun der Demokratie keinen guten Dienst, wenn wir so denken.«

Für einen Augenblick war es ganz ruhig in dem dunkel getäfelten Raum. Lutz' Fraktionskollegen sahen ihn überrascht an. Christian Ebinger, der neben seinem Kollegen Günter Braun am Pressetisch saß, hielt im Schreiben inne und hob den Kopf.

»Klingt nach Willy Brandt, und das aus Ihrem Mund, Kollege Lutz!«, sagte Hubertus Müller.

Lutz lächelte: »Ich antworte Ihnen mit Konrad Adenauer: ›Es kann mich niemand daran hindern, jeden Tag etwas klüger zu werden.‹«

Ein paar der Gemeinderäte lachten, und dann applaudierten die meisten. Bürgermeister Hepf hakte den Tagesordnungspunkt ab und beendete die Sitzung.

Im Vorraum des Sitzungssaals fing Christian Ebinger den Kaufhausbesitzer Lutz ab. »Wenn Sie jeden Tag etwas klüger werden …«

»Schon gut«, sagte Lutz. »Ich werde tatsächlich jeden Tag ein bisschen schlauer, auch bei dem Thema, das Sie so besonders interessiert. Vielleicht reden wir bei Gelegenheit noch einmal drüber.« Dann wandte er sich wieder seinen Gemeinderatskollegen zu.

Günter Braun trat zu Christian. »Welches Thema interessiert Sie denn besonders bei Friedrich Lutz?«

»Seien Sie mir nicht böse, Herr Kollege, aber das habe ich vorerst noch exklusiv …«

»Kein Problem.« Braun winkte ab. »Ich mach sowieso nur noch Dienst nach Vorschrift. Nach der Bürgermeisterwahl wird unsere Redaktion in Blaubeuren eingespart. Die Auflage trägt es nicht mehr, sagt mein Verleger. Und dementsprechend gehen die Anzeigeneinnahmen zurück. Ich werde ›freigesetzt‹, wie das heißt, und krieg 'ne Abfindung. Die ist allerdings so beschissen, dass man sie eigentlich ablehnen müsste.«

»Und wie geht es Ihrer Frau?«

»Immer gleich. Man muss froh sein, dass sich ihr Zustand nicht weiter verschlechtert.«

»Wir sollten mal wieder in Ruhe ein Bier miteinander trinken«, sagte Christian.

»Nichts lieber als das!« Braun gab dem Jüngeren die Hand und verließ das Rathaus.

25

Vor der Premiere von Wolfgang Borcherts Stück »Draußen vor der Tür« in Theo Dentlers Theater traf sich Christian mit Anneliese, ihrem Bruder Kurt, Nico Köberlin, Dorothee Niggemeier und Rudi Dentler im *Löwen* zum Essen. Theo Dentler hatte in den letzten drei Wochen niemand zu den Proben zugelassen, und er hatte seinen Ensemblemitgliedern verboten, auch nur mit einer Silbe über die Inszenierung zu reden. Entsprechend gespannt waren die Anwesenden auf die bevorstehende Premiere. Nico und Dorothee kannten immerhin das Stück. Auch Christian hatte sich eine gedruckte Ausgabe davon besorgt, war aber noch nicht dazu gekommen, das Drama zu lesen.

»Hat sich denn der Bürgermeister zur Premiere angesagt?«, fragte Nico.

Rudi nickte. »Er und der halbe Gemeinderat. Auch der Landrat will wieder kommen. Das Theater ist ja richtig wichtig geworden, nachdem alle Vorstellungen des ›Zerbrochenen Krugs‹ ausverkauft waren.«

Dorothee nickte. »Der Bürgermeister hat eine Umfrage machen lassen. 32 Prozent der Besucher kommen aus Blaubeuren. Alle anderen aus dem Umland. Viele aus Ulm, auch welche aus Ehingen und Biberach. Es sollen sogar schon Stuttgarter darunter gewesen sein.«

»Dann ist Theos Bühne also ein richtiger Wirtschaftsfaktor für die Stadt geworden«, sagte Nico Köberlin.

»Zumindest die Gastronomie profitiert davon«, ergänzte Anneliese.

»Nicht nur«, wusste nun wieder Dorothee, »aus der Umfrage geht hervor, dass die Leute oft schon früh anreisen und den Tag in der Stadt verbringen. Offenbar spürt das auch der Einzelhandel.«

Rudi lachte. »Kann ich bestätigen. Ich hab schon ein paar Schmuckstücke mehr verkauft als sonst, und jetzt, wo's auf Weihnachten zugeht, kann das nur noch besser werden.«

Kurz nach 19 Uhr machte sich die kleine Gruppe auf den Weg.

Kaum hatten die Theaterbesucher Platz genommen, erlosch das Licht. Ein paar Minuten geschah gar nichts, dann ertönte Christiane Dentlers Stimme: »*Ein Mann kommt nach Deutschland. Er war lange weg, der Mann. Sehr lange. Vielleicht zu lange. Und er kommt ganz anders wieder, als er wegging. Äußerlich ist er ein naher Verwandter jener Gebilde, die auf den Feldern stehen, um die Vögel (und abends auch manchmal die Menschen) zu erschrecken. Innerlich – auch. Er hat tausend Tage draußen in der Kälte gewartet. Und als Eintrittsgeld musste er mit seiner Kniescheibe bezahlen. Und nachdem er nun tausend Nächte draußen in der Kälte gewartet hat, kommt er endlich doch noch nach Hause. Ein Mann kommt nach Deutschland.*«

Jetzt erstrahlten die Scheinwerfer. Der Vorhang rauschte zur Seite. Auf der Bühne befand sich nur ein schwarzer Kasten, der leicht hin- und herschaukelte. Ein Ponton auf dem Wasser. Auf diesem Podest stand schwankend der Schauspieler Theo Dentler und glich der Beschreibung. Wie eine Vogelscheuche stand er da, reglos, leicht nach vorne gebeugt.

Nun ertönte wieder Christiane Dentlers Stimme, wenn auch verändert. Sie klang nun tiefer, männlicher: »*Aha, da steht einer auf dem Ponton. Sieht aus, als ob er Uniform anhat. Ja, einen alten Soldatenmantel. Mütze hat er nicht. Seine Haare sind kurz wie eine Bürste. Er steht ziemlich dicht am Wasser. Beinahe zu dicht am Wasser steht er da. Das ist verdächtig. Die abends im Dunkeln am Wasser stehen, das sind entweder Liebespaare oder Dichter. Oder das ist einer von der großen grauen Zahl, die keine Lust mehr haben.*«

In diesem Augenblick stürzte die Figur Dentlers nach vorne und verschwand. »*Rums! Da! Weg ist er. Reingesprungen. Stand zu dicht am Wasser. Hat ihn wohl untergekriegt. Und jetzt ist er weg. Ein Mensch stirbt. Und? Nichts weiter.*«

In der ersten Reihe der Zuschauer entstand Unruhe. Bürgermeister Hepf beugte sich zum Landrat hinüber. »Was wird denn jetzt au des?«, fragte er in seinem Honoratiorenschwäbisch.

»Ich fürchte, das ist so was ganz Modernes«, antwortete der Landrat.

Auf der Bühne kam Gott vorbei, ein alter Mann, verzweifelt, weil die Menschen sich das Leben nehmen und er nichts ändern kann. Auch Gott wurde, wie alle anderen Rollen, außer dem Mädchen, das Lydia spielte, und Beckmann von Christiane dargestellt.

Sie spielte auch die Ehefrau des Kriegsheimkehrers und sprach ihn immer nur mit seinem Nachnamen Beckmann an. »*Drei Jahre sind viel, weißt du, Beckmann.*«

Und Theo wandte sich ans Publikum: »*Sie sagt Beckmann zu mir, nur Beckmann, wie man zu einem Tisch Tisch sagt. Möbelstück Beckmann. Ich komme nach Hause, und mein Bett ist besetzt. Eine Tür schlägt zu. Ich stehe draußen.*«

Manches, was Wolfgang Borchert einen Erzähler über Beckmann sagen lässt, hatte der Theaterleiter für die Blaubeurer Aufführung so umgesetzt, dass er, der Heimkehrer, selbst über sein Schicksal klagen konnte. Dentler hatte das Stück stark bearbeitet und auf sein kleines Ensemble zugeschnitten. »Borchert hat das Werk mit 25 Jahren geschrieben«, hatte er während der Proben einmal gesagt, »mit sechsundzwanzig ist er gestorben. Er wäre mit meiner Bearbeitung einverstanden, da bin ich ganz sicher.« Und so hatte Theo Dentler aus einer ohnehin schon starken Rolle eine Paraderolle für sich selbst geschaffen. Das tat aber der Intensität des Stückes keinen Abbruch, eher im Gegenteil. Auch die Unruhe in der ersten Reihe des Publikums legte sich. Man konnte die Spannung, welche die Menschen erfasste, körperlich spüren. Niemand half Beckmann, weder seine Frau noch ein Beerdigungsunternehmer. Der Oberst, sein einstiger Vorgesetzter, wendete sich genauso von ihm ab wie ein Kabarettdirektor. Und er selbst hatte einen anderen Menschen in den Tod getrieben –

den Einbeinigen, dessen Frau, gespielt von Lydia, Beckmann trockene Kleider zum Anziehen gab, als ihn der Fluss wieder ausgespuckt hatte. Theo Dentler setzte zu seinem Schlussmonolog an: »*Wie soll ich weiterleben? Wozu? Für wen? Für was? Hab ich kein Recht auf meinen Tod? Soll ich mich weiter morden lassen und weiter morden? Wohin soll ich denn? Wohin sollen wir denn auf dieser Welt? Wo bist du, Anderer? Du bist doch sonst immer da! Wo bist du jetzt, Jasager? Jetzt antworte mir. Wo bist du, der mir den Tod nicht gönnte! Wo ist denn der alte Mann, der sich Gott nennt? Warum redet er denn nicht?*

Gebt doch Antwort!
Warum schweigt ihr denn? Warum?
Gibt denn keiner Antwort?
Gibt keiner Antwort?
Gibt denn keiner, keiner Antwort?«

Das Bühnenlicht erlosch. Das Publikum verharrte wie erstarrt. Erst nach einer Zeit, die Christian wie eine kleine Ewigkeit vorkam, klatschte der erste Zuschauer. Darüber hörte man die Stimme des Bürgermeisters: »Unmöglich! Absolut unmöglich. Eine Zumutung!« Der Beifall nahm zu und übertönte die Stimme des Stadtoberhauptes. Bravorufe ertönten. Jetzt öffnete sich der Vorhang. Die Schauspieler verbeugten sich. Buhrufe, Pfiffe und der Applaus schienen gegeneinander zu kämpfen, aber nach und nach überwogen die Bravorufe und das begeisterte Klatschen. Bürgermeister Hepf stand auf, griff nach der Hand seiner Frau, nickte auffordernd den Gemeinderäten zu und verließ den Saal. Einige seiner Ratsmitglieder folgten ihm, andere blieben da und erhoben sich mit den anderen Zuschauern von ihren Stühlen, um den Schauspielern stehend zu applaudieren. Als Theo Dentler sich alleine verbeugte, schwollen die Beifallsbekundungen an. Der Schauspieler hatte Tränen in den Augen und machte eine Bewegung, als wolle er das ganze Publikum umarmen.

Zur Premierenfeier blieben gut 40 Besucher da. Die Aufführung wirkte nach. Es wurde nur wenig geredet. Bier und Wein wurde kaum zugesprochen.

»Sag doch was!« Anneliese fasste nach Christians Hand.

»Mir steckt das Stück so in den Knochen. Lass uns später drüber reden«, antwortete er. Rudi Dentler trat zu ihnen. »Habt ihr den Bürgermeister gesehen. Der war ja total verstört.«

»Das bin ich auch«, sagte Christian.

»Aber anders. Der kommt rein, will sein heiteres Volksstück sehen, und dann kriegt er so was vor den Kopf geknallt.«

Überraschend gesellte sich der Kaufhausbesitzer Lutz zu ihnen. »Kommen die Schauspieler denn noch?«, fragte er. »Ich würde gerne mit Herrn Dentler reden.«

»Kann nimmer lang dauern«, antwortete Rudi.

Im gleichen Augenblick entdeckte Lutz Dr. Dräger, ging auf ihn zu und reichte ihm die Hand. Christian ließ die beiden nicht aus den Augen, und als sich das Gespräch zu vertiefen schien, ging er langsam zu ihnen hinüber. Er hörte schon beim Näherkommen, wie Dräger sagte: »Ja, ich hatte Kontakt zu den Freudenreichs. Aber nur kurz. Auf meine späteren Schreiben hat niemand mehr geantwortet.«

»Und wie haben Sie die Leute aufgetrieben?«, fragte Lutz.

»Über die frühere Sekretärin von David Freudenreich. Sie ist eine sehr alte Dame, aber geistig noch hellwach.«

Jetzt bemerkten die beiden den Redakteur.

Christian entschuldigte sich. »Ich wollte Sie nicht belauschen.«

»Das wollten Sie sehr wohl«, sagte Dr. Dräger, »aber das gehört ja wohl zu Ihrem Beruf.«

»Sie kennen sich?«, fragte Lutz, antwortete aber dann selbst auf die Frage: »Ach ja, Dr. Dräger hat Sie ja wohl darauf gebracht, die Geschichte von damals zu recherchieren.«

Christian nickte. »Von der Sekretärin hat er mir allerdings nichts erzählt.«

Friedrich Lutz griff ein Weinglas von einem Tablett, das Birgit Raible vorbeitrug, nahm einen Schluck und schaute dann seine beiden Gesprächspartner über den Rand des Glases hinweg an. »Ich war lange unschlüssig, wie ich mich in der Sache verhalten soll. Solche Erlebnisse wie der Theaterabend heute, aber nicht nur die, bringen einen naturgemäß zum Nachdenken.«

»Ich glaube nicht, dass das viele Leute über sich sagen können«, meinte Dr. Dräger.

»Ich ja!« Lutz trank sein Glas aus und stellte es auf einen Fenstersims. »Meine Herren!« Er verbeugte sich ein wenig und ließ die beiden stehen.

Beifall rauschte auf. Die drei Schauspieler kamen aus der Garderobe.

Theo Dentler kam auf Christian zu, legte ihm einen Arm um die Schulter und rief: »Und übermorgen können wir dann lesen, ob es uns gefallen hat!«

»Aber der Text stammt dann nicht von mir«, erwiderte Christian. »Dort steht mein Kollege Kammerer aus unserer Feuilletonredaktion. Er wird die Premiere besprechen.«

»Welche Ehre!«, sagte Theo.

Kammerer reichte dem Schauspieler die Hand und sagte: »Ohne mir vorgreifen zu wollen, kann ich sagen: ein großer Wurf!«

»Da haben wir uns eine schöne Laus in den Pelz gesetzt!«, schnaufte Bürgermeister Hepf im Nebenzimmer des *Schwarzen Adler*.

»Die haben uns doch hinters Licht geführt«, sagte Direktor Geißendörfer. »Erst kommen sie mit dem ›Zerbrochenen Krug‹ daher und jetzt mit so was. Auf einmal haben wir so ein paar wild gewordene Existenzialisten in unserem Städtle. Und ich sag euch, die werden noch viel Unruhe stiften.«

»Schönes Versprechen«, maulte Hubertus Müller.

»Der Mehrheit der Leute wird das nicht gefallen«, meinte Dr. Konzelmann. »Die spielen ihr eigenes Theater leer, das kann ich euch prophezeien.«

»Wo ist eigentlich der Friedrich Lutz?«, fragte ein anderer aus der Runde.

»Wollte nicht mitkommen«, wusste Müller. »Zu mir hat er gesagt, er sei stark beeindruckt und wolle möglichst noch mit den Schauspielern sprechen.«

»Der Mann hat sich in letzter Zeit ziemlich verändert«, meldete sich Konzelmann, »auf mich wirkt er, als trage er eine Krankheit mit sich herum. Aber ich bin natürlich nicht sein Hausarzt.«

Gegen elf Uhr am Abend waren die meisten der Theaterbesucher gegangen. Theo Dentler saß am Bühnenrand und schlug mit seinen Fersen gegen den hölzernen Aufbau, dass es fast so klang wie das Teck-tock im Stück. »Wer kennt denn diesen Friedrich Lutz?«, fragte er in die Runde seiner Getreuen, die sich um ihn versammelt hatten.

»Ich«, sagte Christian. »Warum?«

»Er hat mir seine finanzielle Unterstützung versprochen.«

»Geld hat er ja wohl genug«, sagte Dorothee.

»Er hat gesagt, nach dem ›Zerbrochenen Krug‹ wäre ihm das nicht eingefallen, aber nach dem heutigen Abend.«

»Manchmal wird ja aus einem Saulus ein Paulus«, sagte Christian.

»Was meinst du denn damit?«

»Sein Kaufhaus hat bis Ende der Dreißigerjahre einer jüdischen Familie gehört. Sein Vater hat es dann – sagen wir mal: übernommen. Arisierung nannte man das damals.«

»Das Wort hab ich noch nie gehört«, meldete sich Kurt Gramlich.

Dr. Dräger, der bislang ein wenig von den anderen abgesetzt auf einem Stuhl gesessen hatte, stand auf und kam herüber.

»Schon kurz nach der Machtergreifung 1933 begannen die Nazis, den Juden Schritt um Schritt ihre wirtschaftlichen Möglichkeiten zu entziehen«, fing er an zu erklären. »Damals kam der Spruch auf ›Kauft nicht bei Juden!‹. 1935 erließen die Nationalsozialisten dann das Reichsbürgergesetz, das den Antisemitismus vollends hoffähig machte. Und dann ging es Schlag auf Schlag. Zuerst traf es die Presse, dann den Groß- und Einzelhandel. Jüdische Manager und Angestellte wurden reihenweise entlassen. Danach wurden Gesellschafter, Aufsichtsräte und selbstständige Unternehmer von ihren Posten beziehungsweise aus ihren eigenen Firmen verdrängt. Dann kam die Reichskristallnacht 1938, am 9. November, als im ganzen Land die Synagogen brannten und jüdische Geschäfte zerstört wurden. Drei Tage später erließ Hermann Göring, damals verantwortlich für die NS-Wirtschaftspolitik, die ›Verordnung zur Ausschaltung der Juden aus dem deutschen Wirtschaftsleben‹. Darin wurde geregelt, dass das Vermögen emigrierter und deportierter Juden dem Reich zufiel. Wer mit Einwilligung der Nazis emigrierte, musste zudem eine ›Reichsfluchtsteuer‹ bezahlen. Unternehmer hatten nur eine Chance, der Deportation zu entgehen, wenn sie ihre Geschäfte für einen minimalen Preis einem deutschen Nachfolger übereigneten.«

»Aber das war doch ein schreiendes Unrecht!«, empörte sich Anneliese. »Werden denn die Opfer jetzt wenigstens entschädigt?«

»Zum Schein wurden Kaufverträge gemacht. Aber rechtlich sind die natürlich nicht haltbar«, erklärte Dräger: »Eine Willenserklärung, die durch Druck und Verfolgung erpresst wurde, ist sittenwidrig, also nichtig. Aber das will in unserem Land weder der Politik noch der Justiz einleuchten, wie es scheint. Ich glaube freilich, dass sich das noch ändern wird. Fragt sich nur, wie lange es dauert.«

26

Christian hatte Name und Adresse der alten Dame, die 1940 David Freudenreichs Sekretärin gewesen war, von Dr. Dräger erfahren. Sie hieß Amelie Rentschler und wohnte in einem Appartementhaus am Neu-Ulmer Donauufer. Als Christian an einem Samstagnachmittag bei ihr klingelte, ging die Tür zunächst nur ein paar Zentimeter auf und wurde von einer Kette gebremst.

»Ja?« Ein schmales, sehr helles Gesicht erschien in Hüfthöhe hinter dem Türspalt.

Christian stellte sich vor, zeigte seinen Presseausweis und sagte dann, dass er auf Empfehlung von Herrn Dr. Dräger komme.

Frau Rentschler hakte die Kette auf und öffnete die Tür ganz. Jetzt sah Christian, dass sie in einem Rollstuhl saß. Sie trug graue Hosen und einen schwarzen Rollkragenpulli, über dem eine Bernsteinkette lag. Ihre graublauen Haare waren frisch geföhnt, die schmalen Augenbrauen mit einem schwarzen Stift nachgezogen. Die Lippen hatte sie dezent geschminkt. Auf Christian Ebinger wirkte sie, als hätte sie Besuch erwartet.

»Kommen Sie rein!« Sie drehte den Rollstuhl geschickt und fuhr voraus in ein lichtes Zimmer. Gegenüber der Tür gab ein großes Fenster den Blick auf die Donau frei. Auf der anderen Seite des Flusses sah man das Münster, dessen Turm die Dächer der Ulmer Altstadt weit überragte. Der Raum war mit wenigen, hellen Möbeln eingerichtet. An der Wand hingen ausschließlich Bilder von Monet, Drucke in schmalen hellgrauen Rahmen.

»Herr Dr. Dräger hat mich angerufen«, sagte sie. »Sie sehen, ich bin auf Sie vorbereitet.« Sie deutete auf einen niedrigen Glastisch, auf dem zwei Kaffeetassen, zwei Tellerchen, ein Milchkännchen, eine Zuckerdose und eine Schale mit Gebäck standen. »Wenn Sie so nett sind und aus der Küche den Kaffee holen.«

Christian nahm in der Küche die gläserne Kanne aus der Kaffeemaschine und kehrte damit ins Wohnzimmer zurück. Frau Rentschler hatte inzwischen ein Fotoalbum auf den Tisch gelegt. »Am besten gießen Sie gleich ein«, sagte die Gastgeberin, »ich zittere immer ein bisschen dabei, vor allem wenn ich aufgeregt bin.«

»Aber Sie sind doch hoffentlich meinetwegen nicht aufgeregt.«

»Aber natürlich. Ich bekomme so selten Besuch, und dann noch von so einem gut aussehenden jungen Mann.« Sie gestattete sich ein kleines kokettes Lächeln.

Dann stemmte sie sich aus dem Rollstuhl heraus. Christian wollte ihr helfen, aber sie wehrte ab. »Das kann ich zum Glück noch selber. Ein paar Schritte schaffe ich.«

Sie bewegte sich langsam zu der Couch hinter dem Glastisch, ließ sich nieder und klopfte dann mit der flachen Hand auf den Platz neben sich. »Setzen Sie sich zu mir! Ich möchte Ihnen etwas zeigen.« Amelie Rentschler schlug das Fotoalbum auf. »Sehen Sie, das war damals in unserem Kaufhaus. Die Feier zum 50-jährigen Bestehen. Das da ist unser Chef, der Herr Freudenreich, also David Freudenreich der ältere, sein Sohn heißt ja auch so. Das ist der junge Mann da ganz rechts, der mit den vielen schwarzen Locken. Leider lebt ja der alte Herr nicht mehr. Aber, na ja, er ist immerhin 82 Jahre alt geworden.« Sie blätterte weiter. Viele der Bilder zeigten, wie das Kaufhaus einstmals aussah. »Die Dekoration war dem Chef immer sehr wichtig. Er hat sie selber gestaltet – also natürlich nicht mit eigenen Händen aufgebaut, sondern nur Zeichnungen gemacht, nach denen dann die Dekorateure gearbeitet haben.« Sie seufzte. »Es war eine wunderbare Zeit, bevor die Nazis kamen. 35 Jahre habe ich für Herrn Freudenreich gearbeitet, und in der ganzen Zeit habe ich nie ein böses Wort von ihm gehört. Er war so ein feiner Mann. Eigentlich hat er gar nicht in die Zeit gepasst, als so viel Geschrei und Lärm auf den Straßen war.« Sie hielt inne und fuhr sich kurz mit der rechten Hand über die Augen. »Sie werden jetzt sagen, die alte Frau lebt nur noch in der Vergangenheit. Und Sie haben natürlich recht damit.«

Christian hatte bis dahin noch gar nichts gesagt, aber nun meinte er: »Das ist doch eigentlich nur zu verständlich.«

»Ich weiß nicht. Ja, wahrscheinlich. Wissen Sie, ich habe keine Familie. Eigentlich waren die Freudenreichs meine Familie, obwohl natürlich immer eine große Distanz zwischen uns geherrscht hat. Aber trotzdem war der Chef mir gegenüber so fürsorglich, als wäre ich eine Verwandte. Das können Sie sich gar nicht vorstellen. Wenn es mir einmal schlecht ging, merkte er das sofort. ›Was haben Sie denn, Amelie?‹, fragte er dann gleich. ›Wenn ich Ihnen irgendwie helfen kann …‹« Wieder dieser kleine Seufzer. »Ach ja, das sind lange vergangene Zeiten. – Wenn Sie mal zu dem Schrank dort gehen, da steht ein Likör, der würde jetzt zu dem Kaffee gut passen. Danziger Goldwasser. Gläschen stehen im oberen Teil hinter der rechten Schranktür.«

Christian holte das Gewünschte und sah eine Gelegenheit, nun auch zu Wort zu kommen. »Wie war das denn damals, als die Familie Lutz das Kaufhaus übernahm?«

»Furchtbar! Schrecklich! Unmenschlich! Vor allem dieser Bruder, der gar kein Kaufmann war, sondern irgendein hohes Tier bei der SA. Er hat Herrn Freudenreich vom ersten Wort an nur gedemütigt. Er hat gedroht, die ganze Familie ins Lager zu schicken, wenn unser Chef die Bedingungen nicht akzeptiere. Und man wusste damals längst, was das bedeutete. Es war völlig unmöglich, sich zu wehren. Und dann war da noch eine Tochter, die war noch schlimmer als die Männer.« Frau Rentschler lachte kurz auf. »Mir hat sie gleich angekündigt, dass ihre Familie mich als Erste rausschmeißen würde. Ich bin natürlich selbst gegangen. Keinen Tag hätte ich für diese Nazibrut gearbeitet.«

Frau Rentschler blätterte weiter in dem Fotoalbum. »Das war unsere Abschiedsfeier. Obwohl, Feier ist natürlich das ganz falsche Wort. Wir haben Rotz und Wasser geheult, und nur der alte Herr Freudenreich ist halbwegs gelassen geblieben. Er hat noch so eine schöne Rede gehalten. An was der sich alles erinnert hat!« Die alte Dame schlug die Hände zusammen. »Dass ich mal trotz einer schweren Grippe jeden Tag zur Arbeit kam, weil der Jahresabschluss gemacht werden musste. 1929 war das gewesen. Stellen Sie sich das mal vor!«

Sie führte das Likörglas zum Mund, für Christian eine Gelegenheit, zu fragen: »Wissen Sie denn, zu welchen Bedingungen die Familie Freudenreich ihren Besitz abgeben musste?«

»Nein, genau weiß ich das nicht. Ich erinnere mich nur, dass der Herr Freudenreich gesagt hat, das Geld würde nicht einmal reichen, um die Überfahrt nach Amerika zu bezahlen. Aber natürlich hatte er vorgesorgt. Er war ja so ein kluger Mann!«

»Sie sind immer mit den Freudenreichs in Verbindung geblieben?«

»Nach dem Krieg haben sie sich gleich gemeldet. Ich hab damals noch unter derselben Adresse gewohnt wie vor dem Krieg. Zuerst kam ein Brief, und dann kam alle vier Wochen ein Carepaket.« Frau Rentschler stand unter größten Mühen auf und ging in kleinen Schrittchen zu einem reich mit Intarsien verzierten Sekretär, schloss ihn auf und entnahm ihm ein Bündel Luftpostbriefe, die mit einem roten Band zusammengehalten wurden. »Auch als die Zeiten wieder besser wurden und die Carepakete nicht mehr nötig waren, ist der Kontakt nie abgerissen.« Sie kam zurück, ließ die Briefe aber auf der aufklappbaren Schreibfläche des Sekretärs liegen.

»Ich würde gerne Kontakt zu der Familie Freudenreich aufnehmen«, sagte Christian, »können Sie mir denn die Anschrift geben?«

»Und was wollen Sie damit machen?«

»Ich würde gerne die Geschichte des Kaufhauses Freudenreich schreiben.«

»In der *Kreiszeitung*?«

»Ja, da bin ich Redakteur.«

»Und Sie glauben, die drucken das?«

»Ja, warum denn nicht?«

»Weil ich mindestens zehnmal versucht habe, denen die Geschichte schmackhaft zu machen. Aber sie haben mich immer abgewimmelt.«

»Wissen Sie noch, wer das war?«

»Keine Ahnung. Das war Anfang der Fünfzigerjahre. Irgendwann hab ich's dann aufgegeben.«

Christian nahm noch einen Schluck Kaffee, stand auf und ging zum Sekretär hinüber. »Darf ich mir die Adresse abschreiben?«

»Ja, natürlich!« Auch Frau Rentschler stand auf, ließ sich wieder in ihrem Rollstuhl nieder und fuhr zu Christian hinüber. Mit leicht zitternden Händen nahm sie einen Brief aus der Hülle und reichte dem Redakteur das Kuvert.

Diesmal war Isolde Lutz aus dem 5. Stock heruntergekommen, ohne sich zuvor telefonisch anzumelden. Als die Sekretärin sie bemerkte, war die Schwester des Kaufhausdirektors schon durch den Raum geglitten und hatte die Tür zum Büro ihres Bruders geöffnet. Der stand am Fenster und telefonierte. Draußen fiel der erste Schnee in diesem Jahr – nasse große Flocken segelten dicht an dicht aus einem grauen Himmel, der tief über der Stadt hing. Die Menschen auf der Einkaufsstraße hasteten über das Pflaster, als ob sie sich vor dem Schneefall in Sicherheit bringen wollten. Vor dem Kaufhaus Lutz stand ein vier Meter hoher Weihnachtsbaum, der mit zahllosen bunten Kugeln geschmückt war. »Sie haben da mein volles Vertrauen«, sagte Friedrich Lutz ins Telefon. Isolde war in seinem Rücken so leise hereingekommen, dass er sie nicht gehört hatte. Jetzt drückte sie lautlos die gepolsterte Tür ins Schloss. »Und sagen Sie bitte den Herrschaften, wenn sie bereit sind, mit mir zu reden, komme ich gerne auch einmal selbst nach New York. Auf

Wiederhören, Herr Dr. Lachmann. Und viel Glück da drüben in den Staaten!« Er legte auf, wendete sich um und bemerkte jetzt erst seine Schwester. Sie sah ihren Bruder aus schmalen Augen misstrauisch an, zog ihr Taschentuch aus dem Ärmel und fuhr sich damit mehrmals hastig über die Lippen. »War das der Rechtsanwalt Lachmann?« Langsam setzte sie sich auf den Besucherstuhl vor dem Schreibtisch.

»Ja.«

»Und warum fliegt der für uns nach New York?«

»Geschäfte«, sagte Friedrich kurz angebunden.

»Kaufen wir neuerdings Waren in Amerika?«

»Nein.«

»Was soll er dann dort?«

Friedrich Lutz stieß einen langen Seufzer aus und ging zu dem Bild des Vaters hinüber. Er hängte es vorsichtig ab. Isolde starrte auf die Tresortür, die zum Vorschein kam und die sie noch nie zuvor gesehen hatte. Als ihr Bruder die Zahlenkombination einstellte und die stählerne Tür aufschwang, glitt das Spitzentaschentuch aus Isoldes knochiger Hand und segelte auf den Teppichboden hinab. Friedrich nahm den Ordner heraus und warf ihn vor Isolde auf den Tisch. »Da! Lies!«

Zögernd griff sie danach.

Während ihr Bruder das Spitzentaschentuch vom Boden aufhob, sagte er: »Unser Vater hat 1940 das Kaufhaus für 1500 Reichsmark gekauft.«

»Ja, und?« Isolde überflog die Papiere.

»Das war weniger als ein Hundertstel des wirklichen Wertes.«

Noch einmal sagte Isolde: »Ja, und?«

»Schämst du dich denn gar nicht dafür?«

»Ich? Wie komme ich dazu?«

»Du kommst dazu, weil du seine Tochter bist.«

Isolde klopfte mit ihren Fingerknöcheln auf den schmalen Ordner: »Das ist ein notariell beglaubigter Vertrag.«

»Ja«, sagte Friedrich. »Trotzdem …«

»Was trotzdem?«

»Es ist eine Schande, dass solche Verträge gemacht wurden.«

»Manche Juden sind überhaupt nicht entschädigt worden.«

»Du wirst ja diese Summe wohl nicht als Entschädigung bezeichnen wollen!«

»Warum nicht? Immerhin durften diese Leute ausreisen. Das war für sie damals auch ein hoher Wert.«

»Mein Gott, Isolde, wie argumentierst du denn?!«

»Wie eine Geschäftsfrau. Und das solltest du auch tun! Ich gebe jedenfalls meine Hand nicht dazu, dass wir da im Nachhinein etwas verändern. Dr. Lachmanns Reise kannst du stornieren.«

Friedrich Lutz stand auf, nahm seiner Schwester den schmalen Aktenordner aus der Hand und legte ihn wieder in den Tresor.

»Seit wann wusstest du von dem Geldschrank?«, fragte sie.

»Noch nicht lange. Und erst kürzlich habe ich die Zahlenkombination herausgefunden. Außer diesem Ordner war nichts drin.«

»Und warum erfahre ich erst heute davon?«

»Weil ich befürchtet habe, du würdest genauso reagieren, wie du nun reagiert hast.«

»Wir nehmen zu diesen Menschen keinen Kontakt auf«, sagte Isolde in schroffem Ton.

»Wir vielleicht nicht. Ich schon«, antwortete Friedrich ruhig. »Ich will versuchen, ein bisschen etwas wiedergutzumachen.«

»Du bist verrückt!« Isolde stand abrupt auf. »Ich verbiete dir …« Sie rang nach Luft und musste sich an der Kante des Schreibtisches abstützen.

Friedrich kam um den Tisch herum. »Ist dir nicht gut?«

»Wundert dich das?« Auf ihrer Stirn glänzten dicke Schweißperlen. Sie atmete kurz und stoßweise. Ihr Gesicht verfärbte sich und wurde kreideweiß. Friedrich legte seine Arme um sie und führte sie zu seinem gepolsterten Stuhl. Sobald er sicher war, dass sie sich dort halten konnte, rannte er zur Tür, riss sie auf und rief: »Fräulein Melchers, rufen Sie einen Arzt. Schnell!«

In der Klinik diagnostizierten die Mediziner ein schweres Herzleiden. Der Blutdruck sei viel zu hoch, zudem müsse man davon ausgehen, dass die Herzkranzgefäße schwer angegriffen seien. Frau Lutz leide aller Wahrscheinlichkeit nach unter Angina Pectoris. Friedrich Lutz saß neben dem Bett, als der Chefarzt ihr dies eröffnete. Er hoffe aber, dass man ihren Zustand stabilisieren könne, fügte der Doktor hinzu, sie werde die Krankheit überstehen. Danach sei eine vier- bis sechswöchige Kur angezeigt.

Als der Arzt gegangen war, sagte Isolde Lutz zu ihrem Bruder: »Am besten macht man gar nichts. Ich habe nichts dagegen, wenn dieses freudlose Leben bald ein Ende hat.«

»Mein Gott«, antwortete Friedrich Lutz. »Du bist noch keine sechzig. Da kann das Leben noch so viel bringen.«

»Mir nicht. Das weißt du. Und wenn du jetzt noch damit anfängst, unseren guten Namen in den Schmutz zu ziehen …« Sie unterbrach sich.

Ihr Bruder schüttelte den Kopf. »Eigentlich versuche ich das Gegenteil.«

»Aber das wird dir nicht gelingen. Warum willst du denn unbedingt schlafende Hunde wecken? Bisher weiß doch niemand, auf welche Weise das Kaufhaus an uns übergegangen ist.«

»Dieser Dr. Dräger weiß das, und dieser junge Redakteur von der *Kreiszeitung* recherchiert die Geschichte. Da ist es mir schon lieber, wenn wir selber initiativ werden.«

Isolde ließ sich in ihr Kissen zurücksinken. »Du machst einen Fehler, Friedrich.«

Er hätte gerne geantwortet, dass seine Schwester ihm schon immer unterstellt habe, nur Fehler zu machen. Schon als sie noch Kinder waren, hatte sie alles bestimmen wollen. Er war fünf Jahre jünger als sie, und Isolde hatte sich ein Leben lang so verhalten, als sei sie seine Mutter, nur dass sie ungleich strenger war als jene, die eine herzensgute Frau gewesen war. Als sie starb, war Friedrich zehn Jahre alt, und seine 15-jährige Schwester übernahm nun vollends das Kommando. Er hatte sich ihr stets unterworfen, weil er die Auseinandersetzungen mit ihr fürchtete. Im Grunde war das bis heute so. Die Tatsache, dass er mit der Familie Freudenreich Kontakt aufzunehmen versuchte und sich dabei nicht von seiner Schwester abbringen ließ, war im Grunde ein Novum. Aber Friedrich war fest entschlossen, seine Pläne weiterzuverfolgen. Er stand auf. »Ich komme morgen Vormittag wieder. Wenn du etwas brauchst, lass es mich wissen.«

»Ich brauche nichts, aber ich möchte, dass du zur Vernunft kommst«, sagte Isolde mit schwacher Stimme.

Friedrich lächelte. »Ich denke, das werde ich.«

Am darauffolgenden Montag telefonierte Christian Ebinger mit dem Kaufhausbesitzer und berichtete ihm von dem Gespräch mit Frau Rentschler. »Ich würde gerne mit Ihnen direkt darüber reden«, sagte der Redakteur.

»Gerne«, antwortete Lutz. »Kommen Sie doch heute Abend in meinem Haus in Blaubeuren vorbei. Sagen wir 19 Uhr?«

»Eine Frage noch«, sagte Christian rasch. »Kann ich meinen Hund mitbringen, dann würde ich zu Fuß kommen.«

»Ja, natürlich. Kein Problem!« Der Hörer wurde aufgelegt.

Christian war überrascht. Eigentlich hatte er damit gerechnet, dass Lutz ihn abweisen würde.

Am Nachmittag hatte es wieder zu schneien begonnen. Aber diesmal fielen feine Flocken vom Himmel, die man wie Staub von der Kleidung pusten konnte. Die Villa lag halbhoch am Hang im hinteren Teil eines parkähnlichen Gartens. Lampen, die historischen Gaslaternen nachgebildet waren, beleuchteten den Plattenweg, der vom Eingangstor in einer schwungvollen Kurve zum Eingang des Gebäudes führte. Über niedrige Steinstufen gelangte man zur Haustür, die in der Mitte eines vorgebauten Erkers lag. Hinter den bodentiefen Fenstern im Erdgeschoss rechts und links der Haustür brannte Licht. Als Christian klingelte, leuchtete kurz darauf eine Lampe über seinem Kopf auf, gleichzeitig ertönte die Stimme von Friedrich Lutz: »Sind Sie es, Herr Ebinger?«

»Ja!« Christian schüttelte sich, um den Schnee von seinem Mantel loszuwerden. Kurz darauf öffnete der Hausherr die Tür. »Guten Abend. Kommen Sie rein!«

Christian grüßte zurück und bat um einen Lappen oder ein Tuch, um Sherrys Fell abzutrocknen.

Im Wohnzimmer, das eigentlich den Namen Salon verdient gehabt hätte, brannte ein Kaminfeuer. In der Mitte des Raums stand ein langer rustikaler Eichentisch mit zwölf Stühlen darum herum. »Trinken Sie ein Glas Wein mit?«, fragte Lutz.

»Ja, gerne.«

Der Hausherr stellte ein silbernes Tablett auf den Tisch und füllte zwei bauchige Gläser zu einem Drittel mit Rotwein.

»Wohnen Sie alleine hier?«, fragte Christian.

Lutz lächelte: »Nicht immer, aber doch die meiste Zeit. Natürlich ist das Haus für einen Menschen viel zu groß, aber umziehen mag ich nicht. Und es ist sehr praktisch, wenn man Gäste hat. Ich kann hier gut ein Dutzend Leute unterbringen.« Er hob sein Glas. Sie nahmen einen ersten Schluck. Christian verstand nicht viel von Wein. Wenn er ehrlich war, musste er zugeben, dass er gar nichts davon verstand. Aber dass dies ein besonderer Tropfen war, erkannte auch er. Als er sein Glas absetzte, sah er den schmalen Ordner auf dem Tisch. Lutz bemerkte den Blick seines Gastes. »Da steht alles drin, was Sie wissen wollen. Ich habe mich entschlossen, die ganze Geschichte offenzulegen. Zurzeit befindet sich mein Anwalt bei der Familie Freudenreich in New York.«

Christian war förmlich überrumpelt. »Sie wollen tatsächlich …?«

Weiter ließ ihn Lutz nicht kommen. Er legte die Hand auf den Ordner. »Als dies alles geschah, war ich Soldat. Ich lag in einer norddeutschen Garnison. Und ich hatte vom ersten Tag an den ganzen Krieg mitgemacht. Eine Möglichkeit, meinem Vater ab- oder zuzuraten, hatte ich nicht. Und ich weiß auch nicht, ob ich das eine oder das andere getan hätte. Wissen Sie, viele, die heute alle Menschen verurteilen, die in den Jahren des Hitlerregimes schuldig geworden sind, wissen nicht, wie sie selbst gehandelt hätten, wenn sie damals erwachsene Menschen gewesen wären.«

Christian nickte. »Das Problem kenne ich. Mein Vater war NSDAP-Mitglied, am Ende des Kriegs sogar Ortsgruppenleiter. Meine Geschwister und ich haben uns mit ihm auseinandergesetzt, und er hat sich dieser Auseinandersetzung gestellt.«

»Sehen Sie, das ist es, was ich denke. Man kann dem, was war, im Nachhinein nicht ausweichen.«

»Aber Sie waren doch bei mir in der Redaktion. Ich hab Ihren Satz noch im Ohr: ›Wenn Sie jetzt versuchen, unseren guten Namen zu beschmutzen, werde ich mit allen Mitteln gegen Sie vorgehen, die mir zur Verfügung stehen.‹«

Lutz nickte. »Und ich erinnere mich, was Sie darauf gesagt haben: ›Es könnte doch sein, dass ich bei meinen Recherchen genau zu diesem Ergebnis komme, dass ohne den Einsatz Ihres Vaters diese jüdische Familie in einem Konzentrationslager verschwunden wäre.‹ Ich muss sagen, das hat mich beeindruckt, Herr Ebinger.«

»Und? Wie war es nun?«

Friedrich Lutz nahm bedächtig noch einmal einen Schluck. »Ich habe eine Bitte an Sie«, sagte er schließlich.

Christian sah ihn nur fragend an.

»Warten Sie meine Bemühungen ab, und schreiben Sie dann – wenn sie gelingt – über die Versöhnung unserer beiden

Familien und nicht nur über das Verhalten meines Vaters, der schon lange tot ist.«

Christian hatte sich schon ein paarmal ausgemalt, wie sein erster Artikel über die Arisierung des Kaufhauses Freudenreich aussehen würde. Dem Biedermann Lutz wollte er die Maske vom Gesicht reißen. Er wollte die hinterhältige und gemeine Firmenübernahme in dramatischen Sätzen schildern. In flammenden Worten wollte er beschreiben, wie die einen alles verloren geben mussten, um ihr Leben zu retten, während die anderen sich ins gemachte Nest setzten und in Saus und Braus lebten. Bis heute, ohne einen Funken von Schuld oder Scham zu empfinden. Nach Theo Dentlers Aufführung von »Draußen vor der Tür« hatte er sogar darüber nachgedacht, ob man daraus nicht ein Bühnenstück machen könnte. »Ich weiß nicht …«, sagte er jetzt unsicher.

»Warten Sie noch einen Moment.« Lutz goss nach, führte sein Glas zum Mund, ohne Christian zuzutrinken, und als er es abgesetzt hatte, erzählte er die ganze Geschichte, wie er nach dem Vertrag gesucht, wie er ihn schließlich gefunden hatte und wie fast zur gleichen Zeit Dr. Dräger mit seinen Ermittlungen begonnen hatte. Er schilderte auch die Kontroverse mit seiner Schwester, die nun im Krankenhaus lag, und er gab über seine Versuche Auskunft, Kontakt zu den Freudenreichs aufzunehmen, was seine Schwester auf das Schärfste missbilligte.

Christian seinerseits gab unumwunden zu, dass er sich mit der Entscheidung darüber, wie man sich in so einem Fall journalistisch richtig verhielt, überfordert fühlte.

»Denken Sie drüber nach«, sagte Lutz, »und sagen Sie mir Bescheid, wenn Sie sich entschieden haben.«

Der junge Redakteur deutete auf den Ordner: »Kann ich die Akte einsehen?«

»Nur wenn Sie sich zu dem Weg bereitfinden, den ich Ihnen vorgeschlagen habe.« Lutz stand auf und schob die Akte in eine elegante Ledertasche, die auf dem Stuhl neben ihm lag.

Als Christian mit seinem Hund die Villa des Kaufhausbesitzers verließ, hatte es aufgehört zu schneien. Dünne Wolken zogen rasch über den Himmel. Hinter ihren Schleiern hing der Mond als weißer Schemen. Am Ende des Plattenwegs wendete sich der junge Journalist noch einmal um. Friedrich Lutz stand unter der Haustür und hob kurz die Hand, ehe er das Licht löschte und in die Villa zurückkehrte.

Christian ging nicht nach Hause, sondern nahm den Weg zum Klosterhof. Es war kurz nach acht am Abend. Um diese Zeit pflegte sein Freund Rudi Dentler noch zu arbeiten. Und so war's auch an diesem Abend. »Hoppla«, sagte der Goldschmied. »Was machscht denn du für a G'sicht. Isch was Wichtig's passiert?«

»Könnte man so sagen.« Christian setzte sich auf den zweiten Hocker. Und dann erzählte er dem Freund haarklein, was geschehen war, seitdem er die alte Frau Rentschler aufgesucht hatte. Rudi hörte zu, ohne den Jüngeren zu unterbrechen. »Weißt was«, sagte er schließlich. »Ich bin der Meinung, es ist immer besser, über die guten Seiten der Menschen zu reden als über ihre schlechten. Des könnt doch a G'schichte werden, die andere dazu anregt, was Ähnliches zu versuchen wie der Lutz.«

Auf seinem Spaziergang zum Klosterhof hatte Christian sich noch vorgenommen, seinen Ressortleiter Arnold Kühn anzurufen und um Rat zu fragen. Aber im Stillen hatte er befürchtet, der könnte ihn beauftragen, die Geschichte gleich zu schreiben, ohne Rücksicht auf Verluste, wie er manchmal sagte. Und eigentlich hätte er da schon begreifen können, dass er lieber auf die mögliche Versöhnung zwischen den Familien Freudenreich und Lutz warten wollte.

27

Die Tage bis Weihnachten verliefen ruhig. Christian traf sich nun fast jeden Tag nach Feierabend mit Anneliese. Mal blieb er über Nacht bei ihr, mal schlief sie bei ihm in der Wohnung über der Geschäftsstelle der Zeitung. Am dritten Advent schlug er ihr vor, über die Feiertage gemeinsam mit ihm nach Fleckenhausen zu fahren, um dort bei seinen Eltern Weihnachten zu feiern. Anneliese sagte nicht sofort zu. Kurt wäre dann ja ganz allein, meinte sie. Das könne sie ihm eigentlich nicht antun.

An einem der wöchentlichen Saunaabende nahm Christian Kurt zur Seite und fragte ihn, wie schlimm es denn wäre, wenn er Anneliese über die Feiertage mitnehmen würde. Kurt grinste breit. Damit habe er doch gerechnet. Er selbst werde Weihnachten und Silvester mit drei Freunden, die, wie er, solo seien, in Damüls im Bregenzer Wald verbringen. Zwar könne er noch nicht Ski fahren, aber das werde er bei der Gelegenheit lernen. Ein guter Freund werde sich so lange um den Hof kümmern. Für ein paar Augenblicke schien es Christian verlockend, sich mit Anneliese Kurts Gruppe anzuschließen. Aber als er daran dachte, dass sich die Schwangerschaft mit jedem Tag deutlicher zeigte, siegte die Vernunft. Außerdem hatte er seinen Eltern schon mitgeteilt, dass er sich zum Jahresende verloben und dann auch bald heiraten wolle. Sein Vater hatte in einem langen Brief geschrieben, dass so eine Entscheidung gut bedacht sein müsse. Man wisse ja, dass Christian zu spontanen, ja vorschnellen Entschlüssen neige, und deshalb wolle er ihm dringend raten, sich Zeit zu nehmen. ›Schreib uns doch mal, um wen es sich bei der jungen Frau handelt‹, hieß es in dem Brief. ›Was macht sie beruflich? Aus was für einer Familie kommt sie? Wie alt ist sie?‹ Christian hatte keine der Fragen beantwortet, sondern nur geschrieben, Anneliese und er würden zum Weihnachtsfest kommen, dann könnten die Eltern ja alles erfahren.

In der Nacht zum 23. Dezember fielen in fünf Stunden 40 Zentimeter Schnee. Als Christian losfuhr, waren die Straßen noch nicht geräumt. Das Auto kämpfte sich mühsam die Seißener Steige hinauf. Immer wieder rutschte das kleine Fahrzeug in den Kurven weg. Es war ein Glück, dass wenig Verkehr herrschte und Christian keinem anderen Fahrer in die Quere kam.

Anneliese stand wartend hinter dem Fenster im Oberstock des Bauernhofs. Als sie den Fiat 600 endlich kommen sah, nahm sie ihren Koffer und stieg die Treppe hinab. »Wollen wir denn bei dem Wetter überhaupt fahren?«, fragte sie.

»Wir versuchen es!« Christian warf ihren Koffer auf den Rücksitz und öffnete die Beifahrertür, um sie einsteigen zu lassen.

Der Schneefall nahm zu. Die Scheibenwischer schafften es kaum mehr, die Sicht freizuhalten. Unter dem Schnee hatte sich auf der Fahrbahn eine tückische Eisschicht gebildet. Kurz vor der Ortseinfahrt von Berghülen rutschte das Fahrzeug in einer Kurve über die Fahrbahn hinaus und landete im Straßengraben. Das geschah ganz sanft. Der kleine Fiat blieb in Schieflage stehen – die Hinterräder im Graben, die Vorderräder in einer kleinen Schneewehe am Straßenrand. Zum Glück ließen sich beide Türen öffnen. Christian bat Anneliese, sich ans Steuer zu setzen, stieg aus und versuchte, das Auto auf die Straße zurückzuschieben, während Anneliese vorsichtig Gas gab. Aber seine Kraft reichte nicht, und dass Sherry bellend um ihn herumsprang und immer wieder mit den Zähnen an seinem Hosenbein zerrte, machte die Sache auch nicht leichter. Bei jedem Versuch wühlten sich die Reifen tiefer in den Untergrund. »Hilft alles nichts!« Christian erschien neben der Fahrertür. Er war völlig durchnässt. Seine Haare hingen ihm ins Gesicht, triefend vom Schnee. Die Hände waren rot vor Kälte. »Wir müssen Hilfe holen. Willst du so lange im Wagen bleiben?«

»Auf keinen Fall. Ich komme mit!«

Zu Fuß machten sie sich auf den Weg. Das erste Haus, das in Sicht kam, war das von Dr. Dräger. Christian wusste von seinem ersten Besuch bei dem emeritierten Professor, dass er keine Klingel an der Haustür hatte, sondern nur einen altertümlichen, schweren Türklopfer, den der Journalist nun betätigte. Nach einer Weile öffnete sich ein Fenster, und Dr. Dräger rief, ein altes Weihnachtslied zitierend: »Wer klopfet an?«

»O zwei gar arme Leut«, antwortete Christian, dem sofort wieder einfiel, wie das Lied weiterging.

»Was wollt ihr denn?« Diese Zeile sang Dräger schon, und auch Christian antwortete singend. »O gebt uns Herberg heut!« Und nun fiel auch Anneliese ein: »O um Gottes Lieb wir bitten, öffnet uns doch eure Hütten …«

Anders als im Lied weigerte sich der Hausbesitzer nicht, sondern bat das junge Paar samt dem Hund herein.

Man kam gemeinsam zu der Überzeugung, dass es keinen Sinn mache weiterzufahren. »Wenn das Auto den Verkehr nicht behindert, lasst es einfach stehen, und wir suchen morgen einen Bauern, der es mit dem Traktor rauszieht«, sagte Dräger, der sich über den Besuch sichtlich zu freuen schien. Christian rief im *Gasthaus zur Sonne* in Fleckenhausen an und bat die Wirtin, seinen Eltern, die ja kein eigenes Telefon besaßen, auszurichten, dass er und seine Verlobte wegen des schlechten Wetters frühestens morgen, am Heiligen Abend, ankommen könnten.

Die Wirtin hatte vor allem gehört, dass Christian mit seiner Verlobten kommen wollte, und bevor sie ins Schulhaus hinüberging, um den Ebingers Bescheid zu geben, verkündete sie den Gästen am Stammtisch: »Stellt euch vor, der Christian Ebinger hat sich verlobt.«

»So jung, wie der ist«, sagte einer der Gäste. »Warum pressiert der denn so?«

»Des kann mr sich ja denka«, antwortete einer der anderen.

»Dann wird der womöglich Vater, der arme Kerle?«, rief ein Dritter. »Emma, da müsse mir drauf trinka. Bring a Runde Schnaps.«

Auch das erledigte die Sonnenwirtin noch, bevor sie zu den Nachbarn hinüberging, um Bescheid zu sagen.

Dr. Dräger gab sich große Mühe, seinen Gästen den Aufenthalt in seinen vier Wänden so angenehm wie möglich zu machen. Sherry bekam eine ganze Blutwurst, die sich der Hausherr eigentlich am nächsten Tag zum Sauerkraut hatte zubereiten wollen. Für Anneliese und Christian kochte der Hausherr zuerst einen Tee, ehe er auftischte, was sein Kühlschrank hergab, den er für die Feiertage gut bestückt hatte. Im offenen Kamin brannte ein Feuer, das aber am Erlöschen war.

»Ich hab mich schon oft gefragt, ob Sie sich nicht schrecklich einsam fühlen hier«, sagte Anneliese plötzlich.

»Doch!«, antwortete Dräger. »Ich hatte mir das alles anders vorgestellt, als ich hierherzog.«

»Sie gehen halt auch viel zu wenig unter die Leute«, meinte Christian.

Dräger lächelte ihn an. »Aber das ist in letzter Zeit doch besser geworden, seitdem es das Dentler'sche Theater gibt. Übrigens: Haben Sie die Kritik von diesem Thilonius Kammerer über die Aufführung von ›Draußen vor der Tür‹ gelesen?«

Christian lächelte. »Ja selbstverständlich. Stand doch in meiner Zeitung. Er zitierte: »*Ein Theater, das sich mit jeder Großstadtbühne messen kann. Eine ungeheuer kreative Inszenierung. Ein Schlag ins Gesicht aller Gestrigen!*«

»Vielleicht ein bisschen überschwänglich für einen Journalisten, der so neutral wie möglich berichten sollte.«

Dr. Dräger ging zum Kamin und warf ein dickes Holzscheit hinein.

Christian nahm einen Schluck Tee. »Sie sagten mal zu mir, Sie hätten das Haus hier gebaut, weil es bei uns Menschen wie Dorothee Niggemeier gebe.«

»Ich hätte sagen sollen, weil es hier Dorothee gibt, nicht Menschen wie …«

Anneliese und Christian sahen sich an. Frau Niggemeier war also der Grund dafür gewesen, dass Dräger hierhergezogen war.

Als Dräger den Tisch abräumte, half ihm Anneliese dabei. »Hat Dorothee Ihnen denn Hoffnungen gemacht?«, fragte sie ihn in der Küche.

Er sah sie ein wenig befremdet an. »Was soll ich darauf antworten? Wir haben uns in Tübingen kennengelernt. Bei einem Seminar von Professor Bausinger. Anschließend saß man in der *Forelle* beisammen. Kennen Sie das Restaurant?«

Anneliese schüttelte den Kopf. »Ich war zwar vor einiger Zeit mit Christian in Tübingen, aber das Lokal kenn ich nicht.«

»Es ist sehr gemütlich da. Dorothee und ich – wir haben uns ganz wunderbar unterhalten. Sie ist ja eine ausnehmend kluge und witzige Frau.«

Anneliese begann, das Geschirr abzuwaschen. »Das müssen Sie doch nicht machen«, sagte er. »Dazu hab ich morgen den ganzen Tag Zeit.«

»Und haben Sie sich da schon in sie verliebt?«, fragte Anneliese, ohne auf seinen Einwurf zu achten.

»Finden Sie die Frage nicht ein bisschen indiskret?«

»Oh, Entschuldigung! Ich wollte Ihnen nicht zu nahe treten.«

Es trat eine kleine peinliche Pause ein, bis Dräger sich räusperte. »Obwohl, man kann das natürlich fragen.« Er nahm ein Handtuch und begann, das Geschirr und das Besteck abzutrocknen. »Nur weiß ich die Antwort nicht. Wissen Sie, ich hab zu wenig Erfahrung in diesen Dingen.«

Anneliese sah ihn von der Seite an. »Das glaub ich Ihnen nicht.«

»Ist aber so.«

»In Ihrem Alter!«

»Sagen wir so: Ich war viel zu sehr mit meiner Wissenschaft beschäftigt, und keine Frau hat das verstanden. Dorothee war die Erste …« Er hielt inne.

»Und dann sind Sie gleich hierhergezogen?«

»Na ja. In Tübingen hatte ich sowieso nicht bleiben wollen. Man sieht fast von überall in der Stadt das Schloss. Und dort war unser Institut untergebracht. Von meiner kleinen Wohnung aus konnte ich sogar direkt die Fenster meines Arbeitszimmers und die des Seminarraums sehen. Stellen Sie sich vor, ein Mann ist ein Leben lang zur See gefahren. Er mustert eines Tages endgültig ab, weil er in den Ruhestand geht, wohnt aber am Hafen und sieht jeden Tag die ein- und ausfahrenden Schiffe.«

»Ja«, sagte Anneliese, »an dessen Stelle würde ich auch ganz woanders hinziehen.«

»Ich hab mich ja dann auch gleich für die Auseinandersetzung um die Müllverbrennungsanlage interessiert. Da war natürlich auch Dorothee daran schuld. Und wie es so meine Art ist, hab ich mich richtig reingekniet.«

»Und dass Sie die Geschichte der Familie Freudenreich recherchiert haben, war das auch Dorothees Idee?«

»Nein. Da bin ich bei der Lektüre eines Fachbuchs drauf gestoßen, in dem es um die Arisierung jüdischer Firmen im Süden Deutschlands ging. Über keinen der dort erwähnten Fälle wurde da so wenig berichtet wie über den der Familie Freudenreich. So etwas macht einen natürlich neugierig. Aber jetzt bin ich froh, dass sich Herr Ebinger so intensiv mit der Sache beschäftigt, denn in den letzten Monaten habe ich die Recherche doch sehr vernachlässigt.«

Als die beiden ins Zimmer zurückkehrten, kniete Christian vor dem offenen Kamin und blies mit aufgeblähten Backen in die Glutperlen auf einem mächtigen Holzscheit. Erste kleine Flammen züngelten hoch, fielen aber sofort wieder in sich zusammen. Dräger und Anneliese blieben in der Tür stehen. »Dort links liegt ein Blasebalg«, sagte der Hausherr, »mit dem geht es besser.« Christian schaute auf. »Jetzt hat mich schon der Ehrgeiz gepackt.« Er kroch fast in den Kamin hinein, holte tief Luft und blies erneut mit aller Kraft. Tatsächlich schaffte er es diesmal: Knisternd erfasste das Feuer das ganze Stück Holz, das lichterloh zu brennen begann. Christian richtete sich auf, taumelte ein wenig und hielt sich für einen Moment an Anneliese fest. »Mann, mir ist richtig schwindlig.«

»Wenn Sie bei allem so hartnäckig sind«, sagte Dräger, »werden Sie noch viel Erfolg haben in Ihrem Beruf.«

Es war schon nach Mitternacht, als die drei beschlossen, ins Bett zu gehen. Christian und Anneliese traten noch einmal mit dem Hund vor die Tür. Draußen war es klirrend kalt. Aber der Schneefall hatte aufgehört. Über der Albhochfläche wölbte sich ein heller, klarer, mit Sternen übersäter Himmel. Anneliese schmiegte sich an Christians Seite, und er legte seinen Arm um sie. »Eigentlich ganz schön«, sagte er, »dass wir im Straßengraben gelandet sind.«

Christian wachte am nächsten Morgen sehr früh auf. Gegen das helle Licht, das durchs Fenster fiel, erblickte er die nackte Silhouette Annelieses. Genauso hatte Sarah an jenem Wintermorgen vor zwei Jahren vor dem Fenster gestanden, und er hatte atemlos gesagt: »Mein Gott, bist du schön!« Plötzlich war alles wieder da. Er schwang seine Beine über den Bettrand. Als er damals aufstehen wollte, um zu Sarah hinüberzugehen, hatten sich seine Füße in einem Laken am Boden verfangen. Sarah hatte sich umgedreht und gelacht. »Vorsicht! Du stolperst über die Beweise meiner verlorenen Jungfräulichkeit.« Sie hatte sich einen Morgenmantel übergeworfen und gerufen: »Ich mache schon mal Kaffee! Und danach bauen wir endlich unseren Schneemann!«

Anneliese hatte noch nicht bemerkt, dass Christian aufgewacht war. Ganz still saß er da. Er hatte jetzt die Augen geschlossen. Es war genau so ein Morgen gewesen wie jetzt, genau so ein heller kalter Wintertag. Er hatte wie jetzt auf dem Bettrand gesessen. Und dann hatte er Sarahs Schrei gehört: »Nein!

Nein!! Nein!!!« Er war aus dem Zimmer und über den Korridor gerannt. »Bitte, bitte, bitte nicht!« Sarahs Stimme kam aus Gregor Leuschners Schlafzimmer. Die Tür stand offen. Christian stürmte hinein. Sarah war in die Knie gebrochen. Ihre Stirn lag auf der Bettkante, ihre Arme hatte sie um die Brust ihres Großonkels geschlungen. Christian setzte sich neben Sarah auf den Boden und zog sie in seine Arme. Erst dann blickte er in das Gesicht des Alten, der zu lächeln schien. Ganz ruhig lag er da, als schlafe er tief. Gregor Leuschner war in der Nacht gestorben, die ihre erste Liebesnacht gewesen war.

Ein paar Tage vor seinem Tod hatte Sarahs Onkelopa, wie sie ihn nannte, sehr ernsthaft mit den beiden gesprochen. »Sarah kann meine Wohnung übernehmen. Sie gehört mir, und ich werde sie ihr überschreiben.«

»Das hat aber noch Zeit, Onkelopa«, hatte Sarah gesagt und war in die Küche gegangen, um Tee zu kochen. Und als sie draußen war, hatte sich Leuschner an Christian gewandt: »So viel Zeit ist nicht mehr, sie ist begrenzt. Ich habe eine Krankheit zum Tod, und ich werde mich nicht weiter ärztlich behandeln lassen. Man muss wissen, wann es Zeit ist.«

Es war, als ob dies alles gestern gewesen wäre. Christian wischte sich mit dem Handrücken die Tränen aus den Augen. Anneliese bemerkte die Bewegung in ihrem Rücken. Sie drehte sich um, und Christian sagte den gleichen Satz wie damals vor zwei Jahren: »Mein Gott, bist du schön!«

Sie lächelte. »Du machst mich verlegen.« Dann beugte sie sich ein wenig nach vorne und sah ihm ins Gesicht. »Sag mal, hast du geweint?«

Er nickte und versuchte es mit einem Scherz: »Soll nicht wieder vorkommen.«

»Aber warum?«

»Ich erzähl dir's auf der Fahrt. Jetzt ziehen wir erst mal das Auto aus dem Graben.«

Alfons Dräger war schon wach und hatte ein Frühstück vorbereitet, was Christian mit dem typischen schwäbischen Spruch kommentierte: »Aber des wär doch net nötig g'wesen.«

Er habe auch schon mit dem Bauern Breitling geredet, sagte Dräger. Der sei bereit, den Fiat aus dem Graben zu ziehen. »Er ist ja so stolz darauf, dass er den stärksten Traktor im Dorf hat.«

Es war dann auch nur eine Affäre von zwei Minuten. Als Christian und Anneliese zum Unfallort kamen, hatte der Bauer schon ein dickes Seil an der vorderen Stoßstange angebracht. Er und Anneliese kannten sich und begrüßten sich freundschaftlich. Christian setzte sich ans Steuer, und nach ein paar Ruckern stand das kleine Auto wieder auf der Straße. »Was kriegen Sie dafür?«, fragte der Redakteur.

»Ischt mei Weihnachtsgschenk für die Anneliese, obwohl sie mi net hat heirate wolle!«

»Aber viel hätt net g'fehlt«, antwortete Anneliese Gramlich lachend.

»Knapp danebe ischt halt au vorbei!« Der Bauer Breitling legte seinen rechten Zeigefinger an seine Schirmmütze. »Fröhliche Weihnachten!« Dann fuhr er davon.

Inzwischen waren Räumfahrzeuge gefahren und hatten den Schnee am Straßenrand zu Wällen zusammengeschoben, die gut einen halben Meter hoch waren. Die Fahrbahn war mit feinem Kies gestreut. Die Oberfläche des gefrorenen Schnees auf den Feldern glänzte in der Sonne. Christian fuhr vorsichtig und machte den schnelleren Autos Platz, damit sie überholen konnten. Eine ganze Zeit sprachen sie nicht. Erst nach ungefähr einer halben Stunde sagte Anneliese: »Du wolltest mir sagen, warum du geweint hast.«

Christian sah konzentriert geradeaus und begann stockend zu erzählen, wie das damals am Todestag Gregor Leuschners gewesen war. Anneliese hörte aufmerksam zu und hütete sich, ihn zu unterbrechen. Sie waren schon auf der Höhe der Burg

Lichtenstein, als Christians Erzählung endete. Er sah zum ersten Mal zu Anneliese hinüber. Ihr Gesicht war ernst. Nach einer langen Pause sagte sie: »Und du glaubst, dass du trotzdem lernen könntest, mich zu lieben?«

»Ja«, sagte Christian spontan. »Dich und unser Kind!«

Anneliese fasste zu ihm hinüber und legte ihre Hand in seinen Nacken, sagte aber nichts. Auch er schwieg. Erst als sie die Honauer Steige hinter sich hatten und auf Reutlingen zufuhren, nahm er wieder das Wort: »Sag mal, darf ich dich umbenennen?«

»Wie bitte?«

»Anna passt viel besser zu dir. Es klingt irgendwie erwachsener.«

»Oder meinst du, es klingt eher wie Sarah?«, fragte sie.

»Nein. Daran habe ich überhaupt nicht gedacht. Ich wäre nur gern die Liese los.«

Jetzt lachte sie. »Weißt du, dass ich mir genau das schon immer gewünscht habe? Allerdings wollte ich immer nur Anne heißen.«

»Gefällt mir sogar noch besser«, sagte Christian.

Als sie in den Schulhof von Fleckenhausen einfuhren, war es kurz nach zwölf mittags. Luise Ebinger stand am Fenster des Wohnzimmers. Christian hätte wetten können, dass sie dort schon seit Stunden stand. »Früher, wenn ich in der Tanzstunde in Tübingen war und den letzten Bus verpasst hatte und deshalb zu Fuß heimlaufen musste, stand sie auch immer so da oben, egal ob es zwölf oder zwei Uhr nachts war!«, sagte Christian, stieg aus und winkte seiner Mutter zu. Sie öffnete das Fenster und rief mit ihrer starken Stimme. »Bin i froh, dass ihr da seid!«

»Früher, wenn sie nach mir gerufen hat, hat man das im ganzen Dorf gehört, sogar drunten auf dem Fußballplatz an der Schaich«, erzählte Christian noch, ehe sie ins Haus gingen.

Die Eltern erwarteten das Paar an der Wohnungstür im ersten Stock. Luise Ebinger nahm ihren Jüngsten in den Arm. Der Vater reichte ihm die Hand und wendete sich dann der jungen Frau zu, um ihr ebenfalls die Hand zu geben. »Das ist die Anneliese«, stellte Christian vor. »Anneliese Gramlich aus Blaubeuren.«

Der Vater bat die beiden förmlich herein. Als sie um den Tisch im Wohnzimmer Platz genommen hatten, sagte er feierlich. »Ja, Anneliese, dann wollen wir Ihnen also das verwandtschaftliche Du anbieten, nicht wahr?«

Am Heiligen Abend war es dann fast wie früher. Christians Bruder Gerhard war mit seiner Familie gekommen. Sie standen um das Klavier im Herrenzimmer und sangen zu der schlichten Begleitung des Vaters Weihnachtslieder, während drüben im Wohnzimmer Luise die Kerzen am Christbaum entzündete und die Geschenke unter den tief hängenden Zweigen der Tanne aufschichtete. Bevor es ans Auspacken ging, las Albert Ebinger noch die Weihnachtsgeschichte vor. »Es begab sich aber zu der Zeit, als Cyrenius Landpfleger in Syrien war ...« Auf der Fahrt hatte Christian Anneliese schon erzählt, dass sein Vater diesen Brauch während der Nazizeit abgeschafft hatte.

Gerhard und seine Frau schenkten dem Hausherrn einen Plattenspieler. Luise hatte eine Krawatte erstanden und die unvermeidlichen Socken für ihn gestrickt, die es immer zu Weihnachten gab. Christian hatte für seine Mutter bei Rudi Dentler ein Schmuckstück ausgesucht. Einen Anhänger, der wie ein versilbertes Stück Baumrinde aussah und bei Albert Ebinger ein gewisses Befremden auslöste. Ganz anders reagierte seine Frau Luise: »So was Schönes«, jubelte sie ein ums andere Mal, »so was Schönes hab ich ja in meim ganze Lebe' noch nie g'habt!« Christian legte ihr die dünne Silberkette um den Hals. Auf der dunkelblauen Bluse kam das Schmuckstück erst so richtig zur Geltung. Und nun gestand auch Albert Ebinger ein: »Der Goldschmied muss ja ein richtiger Künstler sein.«

Christian, der von seinem Bruder erfahren hatte, dass die Eltern einen Plattenspieler bekommen sollten, steuerte zwei

Schallplatten bei. Mozarts Klavierkonzert Nummer 20, von dem er wusste, dass es der Vater besonders liebte, und das Forellenquintett von Franz Schubert, bei dem seine Mutter gerne mitsang: »An einem Bächlein helle, da schoss in froher Eil die launische Forelle vorüber wie ein Pfeil …«

Als alle ihre Geschenke ausgepackt und hinreichend bewundert hatten, kramte Christian ein schmales Schächtelchen aus der Tasche, öffnete es und entnahm ihm zwei Ringe. »Die hat der Rudi Dentler zu unserer Verlobung gemacht.« Er steckte den kleineren an Annelieses Ringfinger, und sie nahm den größeren, um ihn Christian anzupassen. Die anderen vier am Tisch klatschten Beifall. Axel, der kleine Sohn von Theresa und Gerhard, krähte fröhlich dazu, und Sherry drückte seinen Applaus bellend aus.

Albert Ebinger öffnete eine Flasche Wein. »Ein Spätburgunder aus dem Remstal«, sagte er, »war net ganz billig!« Dann goss er ein. Anneliese hob abwehrend beide Hände. »Mir bitte nur ganz wenig.« Theresa sah sie an. Ihre Blicke trafen sich. »Des machscht recht«, sagte die künftige Schwägerin leise und mit einem wissenden Blick.

Der Abend zog sich ein wenig in die Länge. Mit zunehmender Zeit sprach nur noch der Vater, und es waren vor allem Geschichten aus dem Internierungslager, in das ihn die Franzosen nach dem Krieg gesteckt hatten, weil er am Ende der Hitlerzeit der Nazi-Ortsgruppenleiter des Dorfes gewesen war. Dennoch fühlte sich Christian wohl. Ein warmes Gefühl hatte ihn erfasst. Wie schön war es doch, in eine Familie eingebettet zu sein. Ein paarmal griff er nach Annes Hand und hielt sie lange fest. Schließlich sagte Christian: »Weißt, Vater, wir kennen die Geschichten ja alle. Vielleicht sollte unsere Mutter mal erzählen, was *sie* in der Zeit alles geleistet hat.«

Albert Ebinger schwieg betroffen. Gerhard meinte: »Das war nicht wenig. Sie hat uns ganz allein durchgebracht. Und wir haben nicht nur Freund g'habt, damals im Dorf.«

Jetzt nahm auch Luise das Wort. »Ich mach mir heut noch Vorwürf, dass ich dich damals zum Betteln zu den Bauern g'schickt hab, Gerhard, als wir drei Tag nix zu Essen g'habt haben. Erst danach hab ich g'merkt, wie schwer dir das g'fallen ist.«

Gerhard lächelte: »Schon verschmerzt, Mama!« So war er schon immer gewesen, sein großer Bruder, ging es Christian durch den Kopf. Ruhig, versöhnlich, auf Ausgleich bedacht. Es gab kaum einen Menschen, den er mehr liebte als ihn. Vielleicht wäre es gar nicht schlecht gewesen, dies seinem Bruder einmal zu sagen. Aber so etwas ging in der Familie Ebinger nicht. Dafür waren sie alle zu spröde. Jetzt sagte er nur: »Das war eine unheimliche Mutprobe. Und du bist tatsächlich mit einem Laib Brot heimgekommen.«

Gerhard nickte. »Vielleicht die größte Leistung in meinem Leben.«

»Darauf trinken wir!«, rief plötzlich der Vater, dem es nicht gefiel, dass er mit seinen Geschichten nicht mehr im Mittelpunkt stand.

Als sie kurz vor Mitternacht im ehemaligen Bubenzimmer schlafen gingen, stellte Anneliese entsetzt fest, dass die Betten hintereinander standen. Gemeinsam schoben sie Gerhards ehemaliges Lager neben das von Christian. Jetzt war aber das schmale Zimmer so vollgestellt, dass sie nur noch übers Fußende einsteigen konnten. Als sie sich endlich unter den dicken Plumeaus aneinanderkuschelten, stieß Christian mit seinen Füßen gegen etwas Heißes. »Jetzt stell dir vor, meine Mutter hat doch tatsächlich genau wie damals eine heiße Kupferbettflasche für mich gemacht.«

»In meinem Bett ist keine«, sagte Anne.

»Ja, du bist ja auch nicht ihr Kind«, antwortete er lachend. »Oder sie ist davon ausgegangen, dass ich dich schon wärmen werde.«

Die Feiertage verliefen ruhig. Christian und Anneliese standen spät auf. Da hatten die Eltern schon gefrühstückt. Luise

Ebinger setzte sich aber noch mal an den Tisch zu dem jungen Paar. Mit Anneliese hatte sie sich auf Anhieb verstanden. Auch Albert Ebinger schien seine zukünftige Schwiegertochter zu mögen.

Das Wetter hielt sich über das ganze Weihnachtsfest. Zwar hatte es bis zu zehn Minusgrade, aber die Sonne stand am Himmel, und die Luft war ungewöhnlich klar. Anne und Christian machten lange Spaziergänge. Der verharschte Schnee brach unter jedem Schritt. Angeregt durch die heimatliche Umgebung erzählte Christian seiner Verlobten die Geschichten seiner Kindheit und Jugend, wobei er zugab, dass man die schon längst nicht mehr eins zu eins nehmen durfte. »Sie ändern sich halt jedes Mal ein bisschen, wenn ich sie erzähle.«

»Und dabei werden sie jedes Mal ein bisschen besser, vermute ich.«

»Könnte sein.«

»Und am Ende glaubst du, dass es genauso war wie in deiner schönsten Version.«

»Ja, auch das könnte sein!«

Am 27. Dezember fuhren sie sehr früh zurück, weil Christian an diesem Tag schon wieder arbeiten musste. Auch Anneliese Gramlich übernahm sofort wieder das Kommando auf dem Hof. Und dabei sollte es eine ganze Weile bleiben. Als ihr Bruder Kurt am 6. Januar aus Damüls zurückkam, steckte sein Bein in einem Gipsverband. Er hatte sich für einen Anfänger im Skifahren zu viel zugetraut, war an einem Steilhang gestürzt und erzählte nun voller Stolz, wie er von einer Pistenraupe, einem Kettenfahrzeug, das man dort in den Bergen »Ratrack« nenne, ins Dorf und von dort mit dem Krankenwagen nach Bregenz ins Krankenhaus gebracht worden war.

28

Nun schrieb man schon den letzten Freitag im März. Über der Stadt lag ein Hauch von Frühling. Die Weiden an der Blau trugen die ersten silbergrauen Kätzchen. Und in den städtischen Anlagen steckten die Krokusse ihre bunten Köpfchen aus der Erde.

Die Konferenz hatte im geräumigen Nebenzimmer des Gasthofs *Zum Hirsch* stattgefunden. Neun Bürgermeister aus umliegenden Orten Blaubeurens und Bürgermeister Hepf waren gekommen, um das Ergebnis von Christian Ebingers Bemühungen in einer gemeinsamen Vereinbarung festzuschreiben. Statt bisher zehn monatlich erscheinender Gemeindeblättchen sollte es jetzt jedes Wochenende eine ansehnliche gemeinsame Beilage in den Tageszeitungen geben. Der Titel *Das Blaumännle* blieb. Und Christian Ebinger sollte weiter der verantwortliche Redakteur sein.

Nach einer kurzen Begrüßung durch Hepf hatte der Gastgeber, Verleger Karl Josef Wachter, in einer kleinen Rede die Vorteile der Kooperation zwischen den Rathäusern und seinem Verlag hervorgehoben. An erster Stelle hatte er die Ersparnis erwähnt, die neue Form würde ja für jede einzelne Gemeinde wesentlich billiger werden. Dazu komme der Vorteil, die Bevölkerung insgesamt besser informieren zu können, weil nun jeder Leser auch erfahre, was in den Nachbargemeinden geschehe. Kompakt und übersichtlich werde man jedes Wochenende in ein und demselben Blatt nachlesen können, was für die Verwaltungen und die Bürger in der ganzen Region wichtig sei. Christian Ebinger hatte die Rede für seinen Verleger geschrieben, und der hatte nur ganz wenig an dem Text verändert.

Nach der Vertragsunterzeichnung gab es ein schwäbisches Büfett mit Maultaschensuppe, Linsen und Spätzle, Leberkäse frisch aus dem Backofen und einer Roten Grütze als Nachtisch.

Dazu servierten die Kellnerinnen einen Rotwein aus Uhlbach und als Weißwein einen Heilbronner Stiftsberg Riesling. Begonnen hatte die Konferenz um elf Uhr. Gegen 13.30 Uhr verließen die Bürgermeister nach und nach den Gasthof. Bevor auch er sich verabschiedete, fasste Matthias Hepf den jungen Redakteur am Ellbogen und führte ihn kurz zur Seite. »War ja eine tolle Idee, die wir da hatten«, sagte er in vertraulichem Ton. »Ich habe schon mit Ihrem Verleger gesprochen, also mit dem Senior, nicht wahr. Er ist auch der Meinung, es wäre nicht schlecht, wenn Sie da drüber was schreiben würden.«

»Worüber?« Christian war sichtlich irritiert.

»Na, darüber, dass wir beide die Idee hatten, das *Blaumännle* auf diese Weise für die Leser viel wertvoller zu machen.«

»Ich kann mich nicht erinnern …«

»Macht doch nichts«, unterbrach ihn der Bürgermeister, »umso besser erinnere ich mich. Wie gesagt, der Herr Wachter stimmt mir da voll zu.« Hepf legte noch einmal kurz seine Hand auf Christians Schulter, und dann verließ auch er den Gasthof.

Karl Josef Wachter, sein Sohn Tim, der Redaktionsleiter Arnold Kühn und Christian Ebinger saßen schließlich allein an einem Ecktisch in der Wirtschaft, tranken Kaffee und ließen die Veranstaltung noch einmal Revue passieren. Tim Wachter übernahm es, dem jungen Redakteur für seinen Einsatz zu danken. Und Christian Ebinger erzählte, dass die vielen Kontakte mit den Bürgermeistern immer auch Themen für Geschichten geliefert hätten. Er sei froh, die Gemeindevorsteher jetzt alle so gut zu kennen. Dorothee Niggemeier hatte ihm am Abend zuvor gesagt: »Stell ja dein Licht nicht unter den Scheffel. Du weißt, wie's heißt: Tue Gutes und rede darüber!« Seine Vorgesetzten schienen beeindruckt zu sein, und so kamen sie schließlich auch auf das Thema Gehaltserhöhung. Arnold Kühn wurde quasi anwaltlich für seinen Mitarbeiter tätig. Und als sie auf die Straße hinaustraten, die Herren nach Ulm zurückfuhren und

Christian sich eilig auf den Weg in die Redaktion machte, hatte er eine Gehaltserhöhung um 300 auf 1400 Mark in der Tasche.

Christian erreichte seine Redaktion rechtzeitig, um die Ladentür Punkt fünfzehn Uhr aufzuschließen. Erst in diesem Moment fiel ihm das kurze Gespräch mit dem Bürgermeister wieder ein. Wie kam der dazu, zu behaupten, er sei an der Idee beteiligt gewesen, das *Blaumännle* zum Amtsblatt der ganzen Region zu machen? Christian zermarterte sein Gehirn. Ab wann hatten sie über den Plan geredet? Vielleicht hatte er tatsächlich den einen oder anderen Vorschlag gemacht. Sicher sogar. Hepf war ein Meister darin, sich an die Spitze einer Entwicklung zu stellen, die Erfolg versprach. Wenn nun auch noch Karl Josef Wachter damit rechnete, dass Christian in seinen Artikeln Hepf quasi zum Miturheber des Plans machte …? Christian wurde aus seinen Gedanken gerissen, weil die Ladenklingel ertönte. Den jungen Mann, der kurz danach hereintrat, kannte er nur flüchtig. Aber er wusste immerhin, dass er Ralf Stegemann hieß und ein Freund von Leon Raible war. Nur einmal hatte er über ihn berichtet: als er in die Auswahl der Fußball-A-Jugend des Landes berufen worden war. Stegemann war in dem Alter, bei dem man nicht wusste, ob der Betreffende noch geduzt oder schon gesiezt wurde. Also fragte Christian allgemein. »Na, was gibt's Interessantes?«

Morgen früh um zehn wolle er mit seinem Freund Leon die Blautalwand erklettern, sagte der junge Mann. Das Wetter solle gut werden, und das sei wichtig für so ein Vorhaben. Bisher sei das noch nie einem Sportler in ihrem Alter gelungen. Zumindest nicht so, wie sie es vorhätten.

Christian kannte den Kletterfelsen. Aus dem ganzen Land kamen geübte Bergsportler, um an der senkrecht aufragenden Felswand zu trainieren. Die Kletterwand ragte knapp 50 Meter senkrecht in die Höhe. Der Weg zur Spitze dieses hohen Steinungetüms galt als extrem kraftraubend und schwierig. »Jetzt mal langsam«, sagte Christian, »hast du denn die entsprechende Erfahrung?«

»Natürlich. Ich klettere, seit ich zehn Jahre alt bin.«

»Und Leon?«

»Der auch.«

»Und warst du schon mal an der Blauwand?«

»Klar, allerdings am gesicherten Seil.«

»Und was habt ihr jetzt vor?«

»Wir steigen ohne Hilfsmittel auf. Freeclimbing, freies Klettern. Verstehst? Kennt man bei uns noch kaum, aber in Amerika gibt's das schon länger. Wichtig ist halt, dass es geheim bleibt.«

»Und warum das?«

»Weil man so eine Sensation net vorher zerreden kann. Es soll ja auch eine Werbung für dem Leon seinen Vater werden. Im Wahlkampf. Verstehst? Wenn Sie drüber schreiben und die Anneliese Gramlich ein paar tolle Fotos macht – des wär echt was!«

»Zehn Uhr hast du gesagt?«

»Genau! Bis morgen!« Ralf Stegemann verließ die Geschäftsstelle.

Christian setzte sich an seinen Schreibtisch und begann, den Artikel über die Vereinbarung der Bürgermeister zu schreiben, künftig ein gemeinsames Amtsblatt für die ganze Region Blaubeuren herauszugeben. Eine Überschrift wollte er sich am Schluss überlegen. Jetzt begann er, in seinem Zweifingersystem auf die Tasten der alten Adler-Schreibmaschine einzuhacken:

»*Künftig werden die Leser in und um Blaubeuren umfassender und besser informiert sein. Die Idee für die Erweiterung des ›Blaumännle‹ entstand in der Redaktion der ›Kreiszeitung‹. Bürgermeister Hepf …*«

Christian hielt inne. Was sollte er schreiben? »*Bürgermeister Hepf war von Anfang an einer der Ideengeber …*« Nein. Alles in ihm sträubte sich dagegen. Schließlich schrieb er weiter: »*Bürgermeister Hepf begleitete den Plan von Anfang an mit Sympathie, wie er uns am Freitag in einem Gespräch am Rande der*

Unterzeichnung des Vertrags sagte ...« Als Christian die Klippe überwunden hatte, schrieb er den Beitrag in einem Fluss herunter. Für so einen Artikel brauchte er inzwischen nie länger als eine halbe Stunde. In der grafischen Abteilung des Verlags war ein neues Layout für die Wochenendbeilage entwickelt worden. Ein paar Beispiele für die neu gestalteten Seiten sollten neben dem Artikel als Faksimile abgedruckt werden. Arnold Kühn hatte eine ganze Seite für die Geschichte freigeschlagen, die am Montag erscheinen sollte.

Als Christian Ebinger am Abend das Kuvert mit dem Manuskript und einigen Anzeigenbestellungen dem Schaffner übergeben hatte, fuhr er zum Hof der Geschwister Gramlich hinauf. Sherry, den er an diesem Tag in Annes Obhut gelassen hatte, sprang freudig an ihm hoch, als er ausstieg. Kurt kam aus dem Stall. Seine Schwester habe sich ein bisschen hingelegt. Es gehe ihr nicht so gut, sagte er.

Christian eilte die Treppe hinauf. Anneliese lag auf dem Sofa. Sie hatte geschlafen und kam zu sich, als er die Tür hinter sich ins Schloss drückte. Christian beugte sich zu ihr hinab, küsste sie auf die Stirn und fragte besorgt: »Was ist mir dir?«

»Nichts! Mir geht's gut. Ich war nur müde. Immerhin bin ich im sechsten Monat!« Sie richtete sich ein bisschen mühsam auf. »Dann mach ich die Fotos morgen selber«, sagte Christian.

»Kommt nicht infrage – was denn für Fotos?«

Christian erzählte von den angekündigten Kletterversuchen Leon Raibles und Ralf Stegemanns.

Kurt, der währenddessen hereingekommen war, rief entsetzt: »Das gibt's doch nicht. Das muss man denen verbieten!«

Christian sah den Freund überrascht an. »Meinst du?«

»Mann, ich bin Mitglied der DRK-Bergwacht Württemberg, Bereitschaft Blautal. Hast du eine Ahnung, was da alles passieren kann?«

Der Redakteur, der sich noch nie besonders für den Klettersport interessiert hatte, antwortete: »Ehrlich gesagt nein!« Aber

Kurt wirkte so alarmiert, dass Christian sich sofort bereitfand, zu Leons Eltern zu fahren, um sie zu warnen.

»Das reicht ja, wenn wir morgen um zehn am Blaufelsen sind«, sagte Kurt. »Ich, als Bergwachtmitglied, kann denen die Klettertour verbieten.«

Doch als Christian, Kurt und Anneliese am nächsten Vormittag um halb zehn am Blaufelsen ankamen, hingen die beiden Jungkletterer schon gut fünf Meter hoch in der Wand. Sie hatten damit gerechnet, dass sich Ebinger vielleicht kundig machen und dafür sorgen würde, ihnen den Aufstieg zu verbieten, und waren deshalb schon anderthalb Stunden früher gestartet.

Kurt sprang aus dem Auto, formte mit beiden Händen einen Trichter vor dem Mund und rief: »Hier spricht die Bergwacht. Sofort absteigen!«

Anneliese richtete ihre Kamera auf die beiden Kletterer.

Christian setzte ein Fernglas an die Augen, das zu Kurts Ausrüstung gehörte. Entsetzt sah er, dass Leon mit einer Fußspitze auf einem kleinen Felsvorsprung nur einen unsicheren Halt hatte. Seine rechte Hand dagegen hatte einen festen Griff in einem Loch des Felsens gefunden.

Leon und Ralf antworteten nicht. Der junge Raible war schon zwei Meter höher als sein Freund, zog sich jetzt mit der rechten Hand ein paar Zentimeter nach oben und suchte mit dem freien Fuß nach einem Halt. Ralf Stegemann dagegen begann, vorsichtig abzusteigen.

»Leon, komm runter. Es ist zu gefährlich!«, rief Kurt Gramlich.

Der Junge reagierte nicht darauf. Sein linker Fuß hatte nun eine kleine Felsnase gefunden, die ihm einen guten Stand bot. Vorsichtig schob er die linke Hand nach oben. Seine Finger krallten sich in einer schmalen Kante, die gut einen Meter quer zum Fels verlief.

»Nicht!«, schrie Kurt. »Die Kante ist brüchig!«

Zu spät. In dem Augenblick, da sich Leon hochziehen wollte und den Fuß von der Felsnase nahm, brach der Stein. Leon rutschte. Mit beiden Händen suchte er nach einem Halt. Der linke Fuß war schon an der Felsnase vorbeigerutscht. Einen Moment lang schien es, als könne er noch einmal einen Halt finden. Seine Hand krallte sich in eine Vertiefung. Für Sekunden konnte er sich festhalten, aber die Kraft seiner Finger ließ nach. Seine Füße fuhren an dem glatten Fels hin und her. Nirgendwo war ein Vorsprung zu finden. Als sich Leon nicht mehr halten konnte, stieß er einen Schrei aus. Er stürzte. Christian sprang nach vorne und versuchte, den fallenden Körper aufzufangen. Aber er bekam den Jungen nicht richtig zu fassen. Beide wurden zu Boden gerissen. Der Redakteur rappelte sich schnell wieder auf. Leon dagegen blieb mit schmerzverzerrtem Gesicht liegen. Im gleichen Augenblick kam Ralf Stegemann sicher unten an.

»Wir brauchen einen Arzt!«, sagte Kurt so ruhig wir möglich. »Wer weiß, was er gebrochen hat!«

Leon stöhnte auf und verlor das Bewusstsein.

»Weiß einer, wer Wochenenddienst hat?«, fragte Anne.

»Dr. Konzelmann. Hab ich selbst im *Blaumännle* geschrieben!« Christian sprang in Kurts Auto und fuhr los.

Kurt, der neben dem bewusstlosen Leon kniete, drehte dessen Körper ein wenig. »Ich muss ihn in eine stabile Seitenlage bringen.«

Ralf Stegemann stand dicht neben Gramlich. Er zitterte am ganzen Körper. »Muss er sterben?«, fragte er mit schwacher Stimme.

Kurt sah auf. Die Vorwürfe, die er den Jungen machen wollte, fielen in sich zusammen, als er dessen entsetzte Miene sah. »Setz dich hin, du bist ja ganz weiß im Gesicht.«

Frau Konzelmann sagte, ihr Mann sei nicht in der Praxis, sondern bei einem Krankenbesuch. Sie wisse aber nicht, wo.

»Sie haben doch sicher so ein Funkgerät, mit dem Sie ihn erreichen können.«

»Das liegt drüben in der Praxis. Ich hol's.«

»Kann ich solange Ihr Telefon benutzen?«, fragte Christian.

»Ja. Ja natürlich!«

Nach einigen Versuchen erreichte Ebinger die Notfallambulanz. Er schilderte, was passiert war, und gab genau den Standort des Unfalls durch. Der Mann am anderen Ende sagte: »Wir können frühestens in 50 Minuten da sein. Sorgen Sie dafür, dass ein Arzt vor Ort sich sofort um den Verunglückten kümmert!«

Christian legte auf. Frau Konzelmann kam herein. »Er meldet sich nicht. Oder es klappt nicht mit der Verbindung. Das ist manchmal so.«

»Wir müssen unbedingt sofort Ihren Mann finden«, sagte Christian. »Wissen Sie denn wirklich nicht, wo er ist?«

Frau Konzelmann presste die Lippen aufeinander und sah zu Boden.

»Der Junge kann sterben, wenn ihm nicht schnell geholfen wird.«

»Im *Schwarzen Adler*«, stieß sie plötzlich hervor.

»Ist dort jemand krank?«

»Ich weiß nicht.«

Christian ging wieder zum Telefon. Ein Verzeichnis lag neben dem Apparat. Eine Minute später war er mit dem *Schwarzen Adler* verbunden. Am anderen Ende meldete sich Ulrike, Annes gute Freundin. »Ist der Dr. Konzelmann bei euch?«, fragte Christian.

»Du klingst so aufgeregt. Ist was passiert!«

»Ulrike! Schnell!! Es geht um Leben und Tod!«

»Ich hol ihn!« Der Hörer wurde zur Seite gelegt.

Christian kam die Zeit wie eine halbe Ewigkeit vor, die es dauerte, ehe Konzelmann sich meldete. »Ja, was ist denn?«

»Sie müssen sofort zur Blautalwand kommen. Leon Raible ist abgestürzt.«

»Was tut der am Samstagmorgen da draußen? Hat der keine Schule?«

Christian bemühte sich, nicht die Beherrschung zu verlieren. »Das können Sie später fragen. Bitte kommen Sie sofort!«

»Haben Sie die Notfallambulanz angerufen?«

»Ja, aber die schaffen das erst in 50 Minuten!«

»Na gut, wenn's denn sein muss.«

Auf der anderen Seite wurde aufgelegt. Christian blieb ein paar Augenblicke regungslos stehen, dann wählte er die gleiche Nummer noch mal. Und wieder meldete sich Ulrike.

»Ich bin's noch mal«, sagte Christian. »Sag mal, was macht denn der Dr. Konzelmann bei euch?«

»Er spielt Skat, wie jeden Samstagmorgen.«

Christian kehrte an den Fuß des Unglücksfelsens zurück. Konzelmann war noch nicht da. Leon Raible war inzwischen wieder zu sich gekommen. Er lag unbeweglich auf einer Decke, die Kurt und Anneliese mit größter Sorgfalt unter seinen Körper geschoben hatten. Ralf Stegemann saß einen halben Meter daneben an die Felswand gelehnt und hatte die Beine an den Körper gezogen. Tränen liefen über seine Wangen.

Endlich hörte man ein Fahrzeug kommen. Konzelmann stieg aus und kam mit schweren Schritten herüber. Christian sah auf die Uhr. Seit seinem Anruf war fast eine halbe Stunde vergangen. »Wie konnte das passieren?«, fragte der Mediziner.

Niemand antwortete darauf. »Würden Sie sich bitte um den Patienten kümmern«, sagte Christian.

Der Arzt ging vor Leon in die Hocke. »Kannst du die Zehen bewegen?«

»Ja«, kam es leise zurück.

»Na, das ist ja schon mal was. Zieh mal ganz vorsichtig das Bein hoch!« Das ging, aber Leon jaulte auf vor Schmerz.

»Jetzt das andere.« Das schien sich ohne Schmerzen bewegen zu lassen. Der Arzt tastete beide Beine ab, danach die Hüften und den Rücken. Zwischendurch sah er zu Kurt Gramlich auf. »Gut, dass Sie ihn so stabil gelagert haben. Ich glaube, das Rückgrat hat nichts abbekommen, aber sicher kann man das erst sagen, wenn er geröntgt ist. Ich geb dir jetzt eine Schmerzspritze«, sagte er wieder zu Leon.

Der Rettungswagen kam gut eine Stunde nach Christians Anruf. Auch der Rettungsarzt untersuchte Leon und kam zu einem ähnlichen Ergebnis wie sein Kollege Konzelmann. »Es kann sein, dass ein Wirbel angebrochen ist, aber das können wir erst in der Klinik feststellen. Vermutlich hat er einen Trümmerbruch im Knie. Ob innere Verletzungen dazukommen, müssen wir auch erst feststellen. Ist die Familie unterrichtet?«

»Nein, aber das übernehmen wir«, sagte Anneliese.

Der Doktor sah die junge Frau intensiv an. »Wann kommt denn das Kind?«

»In drei Monaten.«

»Muten Sie sich ja nicht zu viel zu«, sagte der Arzt.

Zwei Sanitäter hoben den Verletzten mit aller Vorsicht auf eine Trage und schoben ihn in den Krankenwagen. Das Fahrzeug rollte davon. Erst jetzt spürte Christian seine eigenen Schmerzen. Plötzlich musste er sich stützen. Schweißperlen traten auf seine Stirn, und er atmete mit einem Mal schwer. Anneliese sah ihn alarmiert an. »Was ist mit dir?«

»Das ist der Schock«, sagte Konzelmann. »Kommt manchmal mit Verzögerung.«

»Er hat versucht, Leon aufzufangen, und ist dabei selber hingestürzt. Sie sollten ihn auch untersuchen.«

Konzelmann musterte Christian. »Gehen Sie mal ein paar Schritte.«

Christian gehorchte.

»Ein bisschen unrund«, sagte der Mediziner. »Aber das ist nichts Ernstes. Im Übrigen«, wandte er sich direkt an Christian, »werden Sie ja wohl nicht erwarten, dass ausgerechnet ich mich auf besondere Weise um Sie kümmere.«

Damit schritt er zu seinem Auto.

»Eine Frage noch, Herr Doktor!«, rief ihm Christian nach. Konzelmann drehte sich um. »Ja?«

»Sie haben doch so ein Funkgerät, über das Ihre Frau Sie im Notfall erreichen kann.«

»Ja, aber das funktioniert oft nicht.«

»Und Sie hatten es nicht ausgeschaltet, während Sie im *Schwarzen Adler* Skat gespielt haben?«

Jetzt machte der Arzt ein paar Schritte auf Christian zu. »Sie haben schon mal probiert, mir etwas anzuhängen. Ich kann Sie nur warnen, das noch mal zu versuchen.« Damit wandte er sich endgültig ab, stieg in sein Auto und fuhr davon.

Eine Viertelstunde später betraten Anneliese und Christian das Haus der Familie Raible. Bettina war allein zu Hause. Ihr Mann war auf einer Wahlveranstaltung beim Fischereiverein. Dorothee war noch in der Schule. Birgit studierte in Tübingen und kam nur noch selten nach Hause. Leon habe einen schulfreien Samstag, sagte Bettina, wegen einer wichtigen Lehrerkonferenz.

Anneliese Gramlich übernahm es, Bettina Raible von dem Unglück an der Kletterwand zu unterrichten. Sie tat das in einem sachlichen Ton und versuchte bewusst, bei ihrem Bericht keinerlei Dramatik aufkommen zu lassen. Trotzdem geriet Bettina Raible sofort in Panik. »Du sagst, er ist auf dem Weg in die Klinik. Und ihr wisst nicht, wie schlimm die Verletzungen sind? Er ist doch abgestürzt, sagst du. Das überlebt man doch nicht. Sag die Wahrheit! Los, sag die Wahrheit!«

»Er war noch nicht sehr hoch gestiegen«, mischte Christian sich ein. »Und Christian, also Herr Ebinger, hat noch versucht, ihn aufzufangen. Das hat den Sturz gemildert«, ergänzte Anneliese. »Wieso wart ihr überhaupt dort?«, wollte Bettina plötzlich wissen.

Anneliese und Christian sahen sich an. »Wir hatten davon erfahren, dass Leon und sein Freund Ralf einen besonderen Klettерversuch unternehmen wollten«, antwortete Christian.

Anneliese wollte keine weitere Diskussion aufkommen lassen. »Wir fahren jetzt zu der Veranstaltung von Thomas und dann direkt in die Klinik nach Ulm. Los!«

Christian sah seine Verlobte an. Es war typisch für sie, wie sie das Heft in die Hand nahm. »Ich muss in die Redaktion«, sagte er, »aber ihr braucht mich ja nicht mehr.«

Tim Wachter hatte einmal zu Christian gesagt, er könne ihn jederzeit anrufen, auch an Wochenenden oder nachts, wenn es Probleme gäbe. Davon hatte der junge Redakteur noch nie Gebrauch gemacht. Aber jetzt wählte er die Telefonnummer, die auf einer eleganten silbernen Visitenkarte des Verlegers stand. Wachter meldete sich fast sofort mit einem herrischen »Ja?«.

»Ebinger hier. Ich stecke in einer schwierigen Situation. Haben Sie ein paar Minuten Zeit für mich?«

»So viel Sie wollen.« Die Stimme klang auf einmal freundlich und warm.

Christian schilderte die Ereignisse des Vormittags und schloss mit der Bemerkung: »Irgendwie bin ich Teil der Nachricht beziehungsweise des Berichts. Wie soll ich mich denn da verhalten?«

»Haben Sie diesem Jungen zugeredet, diesen Freeclimb-Versuch zu machen?«

»In keiner Weise. Ich bin ja zusammen mit Gramlich hingefahren, um das ganze Vorhaben zu verhindern. Allerdings ist mir erst bewusst geworden, wie gefährlich das Unternehmen war, als Gramlich mich aufgeklärt hat.«

»Das können Sie doch genau so schreiben. Schließlich haben Sie sich noch nie als Kletterspezialist ausgegeben, oder?«

»Nein, natürlich nicht.«

»Gibt es Fotos?«, wollte der Verleger wissen.

»Ja. Die Fotografin, die auch sonst für uns arbeitet, war dabei. Aber ich weiß nicht, was sie auf ihrem Film hat.«

Es trat eine kleine Pause ein. Schließlich sagte Tim Wachter: »Heute ist Samstag, wir haben bis morgen Abend Zeit. Legen

Sie schon mal los. Schreiben Sie. Und was ist mit diesem Arzt? Ist das nicht der, der sich damals nicht um die alte Frau gekümmert hat?«

»Doch. Aber es ist seinerzeit ja gut ausgegangen. Und das könnte im Fall Leon Raible auch wieder der Fall sein.«

»Raible? Ist der mit dem Bürgermeisterkandidaten verwandt?«

»Er ist sein Sohn.«

»Na, umso besser. Human interest, Ebinger! Wir müssen viel mehr solche Geschichten haben, die das Menschliche hervorkehren. Vielleicht hat der junge Raible das nur gemacht, um eine tolle Nummer für den Wahlkampf seines Vaters abzuliefern.«

»Ja, genau das war seine Absicht. So hat es mir wenigstens sein Freund gesagt.«

»Das alles will ich am Montag in der Zeitung lesen. Und wenn der Arzt seinen Notdienst vernachlässigt hat, müssen wir das auch schreiben, klar?«

»Klar«, sagte Christian.

»Ich sorge dafür, dass Sie in der Montagsausgabe genügend Platz kriegen. Im Zweifel schieben wir den Bericht über das neue *Blaumännle* um ein, zwei Tage.« Damit legte Tim Wachter auf.

Christian sah seinen Hund an und sagte: »Mist, verdammter. Bei der Geschichte kann man 'ne Menge Fehler machen.«

Sherry verstand Christians Worte als Aufforderung und rannte zur Tür. Offenbar war er der festen Überzeugung, sein Chef habe ihn soeben zu einem Spaziergang aufgefordert. Christian war es recht. Wenn er mit Sherry durchs Gelände schnürte, hatte er oft die besten Ideen. Und Zeit war ja noch.

Eine halbe Stunde, nachdem er wieder in der Redaktion war, kam Anneliese aus Ulm zurück. Leon Raibles Zustand sei bedenklich, er habe wohl innere Verletzungen, die man erst nach weiteren Untersuchungen einschätzen könne. Aber die Ärzte seien vorsichtig optimistisch. Der Junge sei haarscharf an einer Querschnittslähmung vorbeigeschrammt. Genau so habe es einer der Mediziner ausgedrückt. »Und wahrscheinlich ist es dein Verdienst, dass es dazu nicht gekommen ist«, sagte Anneliese und legte ihre Arme von hinten um den Hals ihres Verlobten. »Du bist ein richtiger Held!«

»Lass mal. Zum Helden tauge ich nicht.«

»Du kokettierst doch!« Anneliese ließ ihn los. »Ich geh in die Dunkelkammer.« Seitdem sie ständig zusammen waren, hatte Christian mithilfe Kurt Gramlichs für Anne einen Arbeitsraum im Souterrain des Hauses eingerichtet. Während er nun seinen Artikel begann, entwickelte sie einen Stock tiefer den Film, den sie an dem Kletterfelsen belichtet hatte.

Es waren spektakuläre Bilder, die erschienen, als Anneliese sie im Fixierbad hin- und herschwenkte. Christian stand dicht hinter ihr. Drei der Fotos zeigten die beiden Jungen, wie sie ohne Seil und Haken in der Wand hingen. Da die Fotografin bei diesen Aufnahmen direkt unter den Kletterern gestanden hatte, wirkten die Bilder, als seien die beiden schon ganz hoch im Fels. Ein Foto hatte Anneliese just in dem Moment geschossen, als Leon Raible den Halt verlor und stürzte. Und geistesgegenwärtig hatte sie auch in dem Augenblick auf den Auslöser gedrückt, als Christian versuchte, den Stürzenden aufzufangen.

Jetzt trat der Redakteur einen Schritt zurück. »Sensationell!«, sagte er. Anneliese hängte die Abzüge mit Wäscheklammern an eine Leine und schaltete das Oberlicht ein. Sie trocknete ihre Hände an einem Handtuch ab, das dicht neben der Tür hing. »Wie weit bist du mit dem Artikel?«

»Ich hab echt Probleme damit. Jetzt hab ich schon den dritten Anfang geschrieben. Aber den hab ich genauso wie die anderen weggeschmissen. Es fängt schon bei der Überschrift an. Soll ich da reinnehmen, dass der Verunglückte der Sohn des Bürgermeisterkandidaten ist?«

»Würde ich nicht machen«, sagte Anneliese, »aber am Ende bestimmen das doch die in der Ulmer Redaktion, oder?«

»Du hast recht.«

»Auf jeden Fall muss in deinem Bericht stehen, dass solche Kletterversuche verboten sind, weil sie viel zu gefährlich sind«, sagte die Fotografin.

»Ich weiß schon, was ich schreiben muss.«

Anneliese hatte sich wieder ihren Fotos zugewandt, weshalb sie nicht mitbekam, wie sich Christians Miene verfinsterte.

»Eigentlich hättest du das dem Ralf Stegemann schon gestern sagen müssen«, meinte sie.

»Danke für die Belehrung!«

Anneliese sah auf. Jetzt erst merkte sie, wie verärgert er war.

»Ich wollte dich nicht belehren.«

»Und warum hast du's dann getan?«

»Bitte?«

»Du merkst das gar nicht. Im Übrigen warst du doch dabei, als dein Bruder gesagt hat, das reicht, wenn wir am Morgen rechtzeitig da sind.«

»Lass uns jetzt bloß nicht streiten.« Sie nahm die Fotos von der Leine und verließ die Dunkelkammer. Christian blieb noch eine ganze Weile unbeweglich stehen. Erst als Anneliese vom Treppenhaus her rief: »Kommst du?«, folgte er ihr.

In der Redaktion setzte er sich sofort an den Schreibtisch und zog ein frisches Manuskriptblatt in die Maschine. Anne stand neben dem Tisch, die Fotos in der Hand, aber Christian verhielt sich so, als ob sie gar nicht im Raum wäre.

Es klopfte an der Tür. »Das wird Kurt sein«, sagte die Fotografin und schloss auf. Ihr Bruder kam herein. Natürlich interessierte auch er sich dafür, wie Christian das Erlebte zu Papier bringen würde. Der Redakteur hämmerte weiter auf den Tasten seiner Schreibmaschine herum, hob nur kurz den Kopf und sagte: »Du wirst es ja dann lesen.«

Die Geschwister sahen sich an. Christian tat wieder so, als wären sie gar nicht im Raum. Anneliese legte die Fotos auf den Schreibtisch. Ihr Bruder beugte sich darüber. »Die sind ja stark!«

»Welche verwendest du?«, fragte Anneliese Christian.

»Mal sehen!«, antwortete dieser, ohne aufzuschauen.

»Ja dann!«, sagte Kurt schließlich.

Die beiden Geschwister gingen zur Tür. »Bis später!«, rief Kurt.

»Wiedersehen!« Auch jetzt hob Christian nicht einmal den Kopf.

Als Kurt die Beifahrertür für seine schwangere Schwester öffnete, fragte er: »Was hat er denn?«

»Offenbar denkt er, ich mische mich zu sehr in seine Arbeit ein.«

»Und? Machst du das?«

»Bisher hab ich das jedenfalls nicht gedacht.«

Kurt schlug die Beifahrertür zu, ging um das Auto herum und setzte sich ans Steuer. Aber er fuhr nicht gleich los.

»Er hatte das Gefühl, dass ich ihn belehren wollte«, sagte Anneliese.

Kurt kratzte sich am Hinterkopf. »Du bist fast zehn Jahre älter als er!«

»Ja und?«, fuhr sie auf.

»Vielleicht solltest du daran denken.« Kurt startete den Motor und fuhr los.

Anneliese ging in ihrer kleinen Dachwohnung auf und ab, und immer endeten ihre Schritte am Fenster. Sie starrte hinaus und schimpfte sich gleich darauf eine dumme Gans. Sie konnte Christian ja nicht herbeizaubern, indem sie ständig nach ihm Ausschau hielt. Und sofort suchte sie in ihren Gedanken nach Gründen, warum er an diesem Abend ja ohnehin nicht kommen konnte. Er quälte sich mit dem Artikel über den abgestürzten Kletterer herum. Schließlich hatte er selbst gesagt, er habe dreimal angefangen und alles wieder weggeschmissen. Anrufen konnte sie ihn nicht. Auf dem Hof hatten sie noch immer kein Telefon, obwohl es schon lange beantragt war. Aber bei der Post waren sie und Kurt immer aufs Neue vertröstet worden. Sie wollte auch nicht zu ihrem Bruder hinuntergehen. Der machte fast alle Arbeit allein, seitdem ihr die Schwangerschaft manchmal solche Beschwerden bereitete, und er war am Abend völlig erschöpft, auch wenn er das nie zugeben wollte. Anneliese setzte sich aufs Sofa und sprang sofort wieder auf, weil sie ein Motorengeräusch hörte. Aber vom Fenster aus sah sie nur auf der Landstraße ein Auto, das an der Zufahrt zum Hof vorbeifuhr.

Christian lag mit sich selber im Streit. Der Ärger wollte nicht verfliegen. Dabei wusste er nicht, ob dieser Ärger mehr Anneliese galt als ihm selbst. Vielleicht sollte er zum Hof der Gramlichs hinauffahren, sobald er mit seinem Artikel fertig sein würde, überlegte er sich. Aber dann wurde er mitten in der Arbeit unterbrochen. Das Telefon klingelte. Friedrich Lutz meldete sich. Seit Wochen hatte Christian von dem Kaufhausbesitzer nichts mehr gehört, und jetzt meldete er sich auf einmal. Der Redakteur spürte, wie sein Herz schneller schlug. »Ich freu mich, dass Sie sich melden«, sagte er eine Spur zu förmlich ins Telefon.

»Ja, es hat alles ein wenig gedauert«, antwortete der Kaufhausbesitzer. »Aber endlich tut sich etwas, und ich habe Ihnen ja versprochen, Sie auf dem Laufenden zu halten.«

Christian war längst zu der Überzeugung gekommen, dass dies ein leeres Versprechen gewesen war, um ihn sozusagen ruhigzustellen. Umso mehr freute er sich jetzt.

»Daniel Freudenreich, der Enkel des früheren Besitzers, kommt Mitte nächster Woche nach Ulm«, fuhr Lutz fort. »Ich hatte eigentlich schon nicht mehr damit gerechnet. Weil mein

Rechtsanwalt, Dr. Lachmann, ziemlich enttäuscht aus New York zurückgekommen war.«

»Ich freue mich, dass Sie mich das wissen lassen«, sagte Christian noch immer mit einer Formulierung, die ihm selber fremd war.

»Vielleicht können Sie ja zu dem Treffen hinzukommen.«

»Das wäre ...«, Christian musste noch mal ansetzen: »Also das wäre ja ganz toll.«

»Na schön. Ich melde mich. Gute Nacht, Herr Ebinger.« Lutz legte auf.

Christian starrte einen Moment den Hörer an, legte ihn in die Gabel und sprang auf. »Jiipii!«, brüllte er durch die beiden Räume. Sherry antwortete laut bellend. Der Redakteur warf noch einen Blick auf das Manuskript in der Adler-Schreibmaschine. Das hatte noch Zeit bis morgen. Einen Augenblick überlegte er, mit wem er die Neuigkeit teilen konnte. Rudi war an diesem Abend beim Ballett in Ulm, das wusste er. Mit Anneliese wollte er nicht reden. Noch immer hatte er diese Drahtbürste im Bauch, die sich aufgestellt hatte, als sie ihm erklären wollte, was in seinen Artikel hineinmüsse. Dr. Dräger? Auf dem Weg zu ihm hätte er am Hof der Gramlich-Geschwister vorbeigemusst. Dorothee? Er rief im Hause Raible an, und zu seinem Glück war sie selbst am Apparat. »Ich weiß, es ist spät«, sagte er, als sie sich meldete. »Ach, du bist's? Thomas und Bettina sind noch in Ulm in der Klinik, ich weiß nicht, wann sie zurückkommen.«

»Ich wollte eigentlich mit dir reden.«

»Aha, und warum?«

»Friedrich Lutz hat sich gemeldet. Er hat jetzt Kontakt mit den Freudenreichs in Amerika, und einer von denen will herüberkommen. Und wenn ich Glück habe ...«

Dorothee unterbrach ihn. »Und warum erzählst du mir das? Ist Anneliese nicht da?«

»Bei uns herrscht grade Funkstille!«

»Oh. Das klingt nicht gut. Aber ich kenne das ja. Kommst du, oder soll ich zu dir kommen?«

»Wenn du zu mir kommst, kann ich vielleicht noch ein bisschen an meinem Artikel weiterschreiben.«

Er schrieb nicht weiter. Er tigerte in seinen beiden Büroräumen auf und ab. Dann rief er nach Sherry, und sie gingen Dorothee entgegen. Als sie sich bei der Stadtkirche trafen, umarmten sie sich, und Dorothee sagte: »Was bist du nur für ein rastloser Mensch!«

Gemeinsam gingen sie die Hauptstraße hinunter. Als sie die Geschäftsstelle der *Kreiszeitung* erreichten, durchquerten sie die beiden Erdgeschossräume und gingen in Christians Wohnung hinauf. Obwohl er inzwischen alle Räume einigermaßen wohnlich eingerichtet hatte, setzten sie sich ganz selbstverständlich am Küchentisch gegenüber. Die ersten Gläser Rotwein leerten sie rasch.

Christian resümierte noch einmal seine Gespräche mit Lutz und vor allem die Begegnung mit Freudenreichs ehemaliger Sekretärin Amelie Rentschler. Dorothee sagte: »Die Frau würde ich gerne mal kennenlernen!«

»Das lässt sich sicher machen«, antwortete Christian. »Sie ist ziemlich einsam und freut sich über Besuch.«

Dorothee legte, wie immer, wenn es gemütlich wurde, ihre hübschen langen Beine auf den Tisch.

»Und jetzt sag, warum herrscht Funkstille zwischen dir und Anneliese?«

»Wahrscheinlich bin ich ja zu empfindlich«, sagte Christian. »Aber ich packe es nicht, wenn sie mir sagt, was gut für mich ist und was ich tun soll.«

Dorothee lachte und fuhr sich mit den gespreizten Fingern beider Hände durch ihr kurzes graues Haar. »Männer! Fürsorge bedeutet für euch immer gleich Bevormundung. Und je näher sich die Partner stehen, umso mehr!«

»Was soll daran Fürsorge sein, wenn Anne mir sagt, wie ich meine Artikel schreiben soll?«

»Sie will halt, dass du keine Fehler machst.«

»Das kann ja manchmal ganz gut sein. Aber hier geht es um meinen Beruf, und da weiß ich, verdammt noch mal, ziemlich genau, was richtig ist.«

»Na ja, du bist noch jung.«

»Aha! Und sie ist natürlich viel älter, klüger und lebenserfahrener, willst du sagen.«

»Nö. Was ich eigentlich sagen beziehungsweise fragen wollte: War das deine einzige Flasche Rotwein?«

»Du säufst!«, konstatierte Christian lakonisch.

»Ja. Und ich hab auch Grund dazu. Meinst du, du seist der einzige Mensch mit Beziehungsproblemen?«

Christian holte aus dem Küchenschrank einen Uhlbacher Götzenberg. »Den hab ich schon seit einiger Zeit für besondere Anlässe aufgehoben.«

»Dann kommt er genau richtig!«, sagte Dorothee. »Mit Ladurner hab ich endgültig Schluss gemacht.«

»Schade!« Christian holte für den neuen Wein neue Gläser und goss ein.

»Er ist tatsächlich noch mal eine ganze Nacht bei mir geblieben. War erst ganz schön …« Sie sah träumerisch zur Decke hoch.

»Und dann?«

»Enttäuschend! Erst schlugen die Flammen hoch … Kann man das so sagen?«

Christian machte eine Geste, die besagte: na ja, geht so.

»Und dann fielen sie aber ganz schnell in sich zusammen, und er wollte nur noch reden.«

»Kann doch auch schön sein.«

»Ja, aber nicht, wenn einer wissen will, wie viel Pension ich mal kriege, was ich gespart habe und ob ich wohl mit einer Gütergemeinschaft einverstanden wäre, wenn wir uns richtig zusammentun würden. Verstehst du? Der Mann ist pleite und sucht auf seine alten Tage eine Frau, die ihn finanziert.«

»Glaubst du das wirklich?«

»Wie soll man das denn sonst verstehen? Ich hab ihn auf jeden Fall am anderen Morgen freundlich verabschiedet. Zwei Tage später habe ich ihm einen Brief geschrieben und einen Strich unter die ganze Angelegenheit gemacht.« Sie setzte ihr Glas ab und nahm einen Schluck, wie er sonst nur Biertrinkern eigen ist.

»Es gibt ja einen, der dich wirklich verehrt!«

Dorothee starrte ihn an. »Du meinst jetzt aber nicht dich.«

»Nein, obwohl ...«

»Da kommen wir später drauf zurück.« Sie trank das Glas leer und goss sich selber ein. »Wen meinst du denn?«

»Zufällig habe ich erfahren, dass Dr. Dräger nur deinetwegen hierhergezogen ist.«

Dorothee setzte ihr Glas hart ab. Dass nichts überschwappte, lag nur daran, dass es schon wieder fast leer getrunken war. »Der kleine scheue Dräger?«

»Das ist ein wunderbarer Mensch, finde ich.«

»Aber du bist schöner!« Dorothee lachte die Tonleiter hinauf.

Christian zog es vor, nichts darauf zu sagen. Stattdessen erzählte er, wie er und Anneliese den Tag vor Heiligabend im Haus des Wissenschaftlers verbracht hatten und was für ein wunderbarer Gastgeber Dräger gewesen war.

»Ich war noch nie dort«, sagte Dorothee, nun sichtlich nachdenklich geworden. »Dabei hat er mich ein paarmal eingeladen.«

»Solltest du nachholen.«

Dorothee wechselte das Thema: »Ich hoffe, dass mein Enkel diesen Unfall gut übersteht. Es sieht fast so aus, als hättest du ihm das Leben gerettet.«

»Weiß ich nicht. Ich hab versucht, ihn aufzufangen. Aber dafür war ich einfach zu schwach. Mir tun jetzt noch alle Knochen weh!«

»Ehrlich? Und warst du beim Arzt?«

Christian lachte. »Dr. Konzelmann hat mir beim Gehen zugeschaut, und danach hat er mich gesundgeschrieben – sozusagen.«

Dorothee nahm mit Schwung ihre Beine vom Tisch, stand auf, kam zu Christian herüber und beugte sich von hinten über ihn. »Wo tut's denn weh?«

»Ich sag doch, überall!« Er lehnte seinen Kopf zurück, und der landete zwischen den Brüsten Dorothees. Sie zog sich nicht zurück. Im Gegenteil, und gleichzeitig fuhr sie mit den Händen über seine Schultern, seine Brust und bis hinab zur Mitte seines Körpers.

»Ich habe heilende Hände«, sagte Dorothee.

»Das bildest du dir ein.«

»Ja, natürlich. Aber ich glaube auch daran, und wenn du auch daran glaubst, dann …«

»Was dann?«

»Du hast doch so eine wunderbare Matratze.«

»Das geht nicht.«

»Wegen Anneliese?«

»Mhm.«

»Anneliese wird nichts davon erfahren. Morgen wird alles wieder so sein wie gestern.«

Er spürte, wie Dorothee dicht an seinem Ohr heftig atmete.

»Ich hab ein Gästezimmer. War mal für eine Untermieterin gedacht. Aber die wohnt jetzt woanders.«

Dorothee ließ ihn los, setzte sich auf seinen Schoß und gab ihm einen Kuss, den er nach kurzem Zögern erwiderte. »Ich weiß, du hast jetzt ein schlechtes Gewissen«, hauchte sie. »Aber dafür gibt's keinen Grund.«

»Ich habe zu viel getrunken«, sagte Christian mit schwacher Stimme.

»Viel! Aber nicht zu viel!« Sie knöpfte sein Hemd auf, ohne aufzuhören, ihn zu küssen. Nur kurz ließ sie von ihm ab, um ihren Pulli über den Kopf zu ziehen, während er die Haken ihres BHs in ihrem Rücken löste. »Los, komm!«, sie sprang auf, nahm ihn an der Hand und zog ihn aus der Küche. »Wo?«, fragte sie. Nun übernahm er es, sie zu führen, und sie landeten in dem Bett, das er eigentlich für Lydia angeschafft hatte.

Wie jeden Sonntagmorgen läuteten die Glocken der katholischen Kirche auf der anderen Straßenseite schon um sechs Uhr. Christian schreckte hoch. Das Bett neben ihm war leer. Benommen rappelte er sich auf und lief durch die ganze Wohnung. Dorothee war verschwunden. War sie überhaupt da gewesen? Christian ging ins Bad und warf zwei Aspirin ein, dann ging er in sein Schlafzimmer und legte sich auf die große Matratze am Boden. Sherry, der es sichtlich genossen hatte, die Schlafstatt für sich allein zu haben, machte nur widerstrebend Platz. Christian schlief noch einmal ein und wachte erst wieder auf, als es an der Tür klingelte. Er öffnete. Vor ihm stand Anneliese. »Ich hab's nicht ausgehalten«, sagte sie, warf sich an ihn und schlang ihre Arme um seinen Hals. Sie wird es riechen, fuhr es Christian durch den Kopf. Sie muss die andere Frau doch riechen!

»Puh«, sagte sie plötzlich. »Du musst ganz schön was getrunken haben.«

»Stimmt!«, gab er zurück.

»Weil wir uns gestritten haben?«

»Ja, warum denn sonst?«

Anneliese atmete sichtlich auf. »Das ist gut. Das ist sehr gut! Ich hab schon befürchtet, es macht dir gar nichts aus.«

»Ganz im Gegenteil«, sagte er.

»Ich bin gleich wieder da!« Anneliese verschwand in der Toilette. Zeit genug für Christian, in der Küche alle Spuren zu beseitigen, die auf eine zweite Person hingedeutet hatten. Nicht auszudenken, was passiert wäre, wenn Anne ihn mit Dorothee angetroffen hätte.

Plötzlich war die Erinnerung an die vergangene Nacht wieder da. Wahrscheinlich werde ich in meinem ganzen Leben keine so leidenschaftliche Geliebte mehr treffen wie Dorothee, schoss es Christian durch den Kopf. Ein Gedanke, der ihm Angst machte.

29

Am Montag erschien der Bericht über den Unfall der jugendlichen Extremkletterer in der *Kreiszeitung*. Arnold Kühn hatte eine ganze Seite daraus gemacht und den Artikel mit drei großen Fotos von Anneliese Gramlich illustriert. In einem Punkt war Christian nicht den Anweisungen Tim Wachters gefolgt. Er hatte nicht geschrieben, dass das ganze Abenteuer der beiden jungen Männer im Wahlkampf für Thomas Raible eine Rolle spielen sollte. In Christians Text hieß es: »*Sie hatten Großes vor. Im freien Stil, ohne jedes Hilfsmittel, wollten sie die gefährliche Blauwand durchklettern. Freeclimbing nennen das die Amerikaner, die den wagemutigen Kletterstil einstens aus Tirol importiert haben und weiterentwickelten, während er in Europa fast ganz in Vergessenheit geriet. Zwei Jugendliche, Ralf S. und Leon R. aus Blaubeuren, hatten nun vor, einen Rekord in dieser Disziplin aufzustellen. Noch nie ist es jemandem gelungen, die 40 Meter hohe senkrechte Steilwand ohne Haken und Seil zu bezwingen. Als Kurt Gramlich, ein Mitglied der Bergwacht, von dem Unternehmen Wind bekam, versuchte er, es noch zu stoppen. Aber da hingen die beiden tollkühnen Burschen bereits in der Wand. Gramlich überredete die beiden, abzusteigen. Ralf S. schaffte es. Leon R. dagegen verlor den Halt und stürzte ab. Er überlebte den Sturz. Allerdings mit gefährlichen Verletzungen. Kurt Gramlich weist nachdrücklich darauf hin, dass an den Blaubeurer Kletterfelsen niemand ohne die Genehmigung der Bergwacht klettern darf. Die Kalkfelsen können tückisch sein. Sie ohne Hilfsmittel bezwingen zu wollen, ist ein selbstmörderischer Plan.*«

Kurz nachdem Christian Ebinger an diesem Vormittag seinen Platz an seinem Schreibtisch eingenommen hatte, erreichten ihn zwei Anrufe. Der erste kam von der Redaktion einer bekannten Illustrierten in Hamburg. Man sei sehr an den Fotos interessiert, und falls es davon noch mehr gäbe, würde man auch die gerne bekommen. Christian versprach, die Telefonnummer an die Fotografin weiterzugeben. Das zweite Telefonat kam von Bürgermeister Hepf. »Ich hätte gerne mit Ihnen gesprochen. Unter vier Augen, und das möglichst bald.«

Christian versprach, in seiner Mittagspause im Rathaus vorbeizuschauen.

»Das war doch der Sohn von Thomas Raible, der an dem Kletterfelsen verunglückt ist?« Das war, nach einer kurzen Begrüßung, die erste Frage des Bürgermeisters. »Warum haben Sie den Namen denn nicht ausgeschrieben?«

»Um den jungen Mann zu schützen.«

»Den jungen Mann oder den Vater?«

»Ich verstehe nicht.«

»Wie verantwortungslos muss ein Mensch denn sein, der zulässt, dass sein halbwüchsiger Sohn eine derart gefährliche, ja hirnrissige Klettertour unternimmt.«

»Ich nehme an, er wusste nichts davon.«

»Wird in dieser Familie nicht miteinander gesprochen?«

Der Bürgermeister beugte sich kurz zu Sherry hinunter und kraulte den Hund hinterm Ohr. »Na, was sagst du dazu?«

»Warum haben Sie mich denn nun hergebeten?«, fragte Christian.

Hepf richtete sich auf. »Ihr Artikel hat die ganz falsche Tendenz. Sie bemitleiden diesen Leon Raible, statt zu zeigen, wie verantwortungslos die ganze Familie ist. Und dieser Mann will die Verantwortung für unsere ganze Stadt übernehmen!«

Jetzt begriff Christian. Stand es so schlecht um Hepfs Aussichten, dass er schon zu solchen Mitteln greifen musste? »War das alles?«, fragte er.

»Nein, es gab einen wichtigeren Grund, Sie herzubestell… Sie herzubitten. Wir haben gestern den Gerichtsentscheid bekommen«, sagte Matthias Hepf ernst. »Wir dürfen im Weihersеck nicht bauen. Wenn Sie die Nachricht morgen bringen, dann schreiben Sie bitte, dass ich die richterliche Entscheidung selbstverständlich respektiere. Zum Glück haben wir einen Plan B mit dem Gelände auf der Seißener Alb. Sie haben das Areal ja schon in Ihrer Zeitung vorgestellt.«

»Sind Sie denn nun mit einem Mal für das neue Baugelände?«, fragte Christian überrascht.

»Im Grunde war ich nie dagegen. Ich hätte nur lieber im Weiherseck gebaut. Politik ist die Kunst, das Machbare zu tun und nicht irgendwelchen Träumen nachzuhängen, junger Mann.«

»Ihr Gegenkandidat hat diese Alternative in seinem Wahlkampf zu seiner Sache gemacht. Bisher hatten Sie beide da eine völlig gegensätzliche Position.«

»Ja, aber ich werde nicht zulassen, dass dieses Werk ganz woanders gebaut wird. Dann bau ich doch lieber da oben auf der Alb. Gott sei Dank gehört das Areal zu unserer Gemarkung. Wir haben bereits so viel in das Projekt investiert. Das alles rechnet sich nur, wenn wir als Kommune es am Ende auch mit betreiben.«

Christian hatte inzwischen seinen Block herausgezogen und schrieb eifrig mit.

»Eine Kopie der Gerichtsentscheidung liegt draußen bei Fräulein Nagel. Hab ich extra für Sie machen lassen.«

»Vielen Dank!« Christian ging zur Tür, die ins Sekretariat führte.

»Moment noch!«, rief der Bürgermeister. »Am Samstag haben Sie nach Dr. Konzelmann gesucht, nicht wahr?«

»Ihnen scheint nichts zu entgehen.«

»Na, das war in diesem Fall ja einfach. Ich hab im *Schwarzen Adler* Skat gespielt mit Direktor Geißendörfer und Herrn Müller. Und plötzlich krieg ich solche Herzschmerzen. Atemnot, Schweißausbruch – Sie kennen das. Ach so, nein, Sie sind dafür ja viel zu jung. Jedenfalls hatte ich einen richtigen Herzanfall, und da hab ich Dr. Konzelmann gerufen. Zum Glück war er schon nach zehn Minuten da und hat mir eine Spritze gegeben. Danach ist es mir gleich viel besser gegangen.«

Christian Ebinger starrte den Bürgermeister an. Ulrike, die Bedienung, hatte doch klipp und klar gesagt, Konzelmann sei von Anfang an einer der Skatspieler gewesen. Der Redakteur wollte das schon einwenden, besann sich aber anders. »Da kann man Ihnen ja nur gratulieren. Sherry, komm!«

Hepf öffnete die Tür für Herr und Hund. »Ich bin gespannt auf Ihren Artikel. Und denken Sie daran, was sich die Familie Raible da geleistet hat.«

Zufrieden schloss der Bürgermeister die Tür, ging zu seinem Schreibtisch zurück, nahm den Telefonhörer ab und rief Dr. Konzelmann an. »Ich bin's, der Matthias. Entwarnung. Ich hab's dem Ebinger genau so erzählt, wie wir es besprochen haben – nur falls er dich auch noch mal fragt.«

Aber Christian fragte nicht den Arzt, sondern die Kellnerin Ulrike. Auch der Wirt des *Schwarzen Adler* bestätigte, nicht ahnend, dass er sich in einen Widerspruch zum Bürgermeister brachte, Konzelmann sei, wie immer, um halb zehn Uhr zur Skatrunde gekommen. Die Herren spielten jeden Samstag zu viert. »In jeder Runde setzt einer aus, und der gibt dann die Karten fürs nächste Spiel. Das ist praktisch, verstehen Sie? Wer aussetzt, kann aufs Klo oder Getränkenachschub bestellen.« Christian hatte den Wirt so harmlos gefragt, dass der gar nicht auf die Idee kommen konnte, einen seiner guten Gäste mit seiner Aussage zu schädigen.

Am Dienstag erschien der Artikel über die neue Form des *Blaumännle* als gemeinsames Amtsblatt für zehn Gemeinden und mit einem umfangreichen, zusätzlichen redaktionellen Teil. Als das Stadtoberhaupt den Satz las »*Bürgermeister Hepf begleitete den Plan von Anfang an mit Sympathie, wie er uns in einem Gespräch am Rande der Unterzeichnung des Vertrags sagte …*«, wurde er fuchsteufelswild. »Dieses miese Frettchen«, brüllte er so laut, dass seine Sekretärin hereinkam und fragte, was denn geschehen sei. »Der dreht einem doch das Wort im Mund rum! Ich hab ihm gesagt, er soll schreiben …«, Hepf unterbrach sich. »Es war doch eine meiner besten Ideen …«, wieder hielt er inne. Seine Sekretärin kam zu ihm herüber und warf einen Blick in den Artikel. »Entschuldigung, aber das klingt doch sympathisch, Herr Bürgermeister.«

»Ja? Finden Sie? Na gut, vielleicht haben Sie ja recht.« Er blätterte weiter. Dann schrie er auf. »Das gibt's doch nicht!«

»Was ist denn noch?«, fragte Fräulein Nagel, die schon wieder auf dem Weg in ihr Büro war.

Hepf hämmerte mit den Fingerknöcheln auf einer Schlagzeile herum. »Haben Sie gesehen, was da steht? ›Arzt schwänzt Notdienst und spielt stattdessen Skat‹!«

Fräulein Nagel kehrte an den Schreibtisch ihres Chefs zurück und nahm die Zeitung in die Hand. Dann zitierte sie laut: *»Zu allem Überfluss gab Bürgermeister Hepf gegenüber unserer Zeitung Dr. Konzelmann auch noch ein falsches Alibi.«*

»Was?«, schrie Hepf. Er sprang auf, rannte zum Fenster, riss es auf und rang nach Luft.

»Steht da!«, fuhr sie Sekretärin ungerührt fort. »Sie hätten von einem Herzanfall erzählt, den die Zeugen nicht bestätigen könnten. Dr. Konzelmann sei nicht zu Ihnen als Notfall gerufen worden, sondern er sei wie jeden Samstagvormittag nur einer von den vier Skatbrüdern gewesen.«

»Zeugen? Was denn für Zeugen?«, brüllte der Bürgermeister.

»Das steht nicht dabei.«

»Den bring ich um! Ich bring diesen Kerl um!«

Fräulein Nagel hatte sich inzwischen auf den Bürgermeisterstuhl gesetzt und die Zeitung zu sich herangezogen. »Da ist auch noch ein Artikel über das Gerichtsurteil.«

»Verschonen Sie mich. Ich will nichts mehr hören.«

Die Sekretärin stand wieder auf. »Scheint aber ganz freundlich zu sein. ›*Bürgermeister Hepf respektiert das Gerichtsurteil und will nun dem Gedanken nähertreten, auf der Seißener Alb zu bauen, wie es sein Gegenkandidat schon seit einiger Zeit im Wahlkampf vorschlägt.*‹«

»Jeder Satz ist bei diesem Scheißkerl vergiftet!« Der Bürgermeister war inzwischen zu einem Schrank getreten, hatte eine Schnapsflasche und ein Glas herausgeholt, schenkte ein, trank das Glas in einem Zug leer und goss sofort nach. »Ich hab's schon immer gewusst. Dieser Ebinger ist ganz allein die fünfte Kolonne von dem Raible.«

Fräulein Nagel, deren ganze Sympathie dem Gegenkandidaten ihres jetzigen Chefs galt, stand vom Bürgermeisterstuhl auf und gab einen kleinen Seufzer von sich. »Er ist halt Journalist«, sagte sie.

»Und der Wachter deckt das Schwein auch noch!«

»Na ja.« Die Sekretärin machte sich auf den Weg in ihr Büro. »Wenn man sieht, wie sich die Auflage der *Kreiszeitung* entwickelt und wie die vom *Alb-Donau-Kurier* runtergeht …«

»Da kann man mal sehen, was so eine Dreckschleuder wie dieser Ebinger anrichten kann.« Endlich setzte sich Hepf wieder auf seinen gepolsterten Schreibtischstuhl.

Die Dienstagsausgabe der *Kreiszeitung* schien die ganze Stadt aufgescheucht zu haben. In den Ladengeschäften und an den Wirtshaustischen gab es kein anderes Thema. Und natürlich wurden die Berichte Christian Ebingers auch im Hause Raible diskutiert. Drei Wochen vor der Wahl am 20. April gab das dem Hausherrn einen gewaltigen Schub, darin waren sich Thomas, Bettina und Dorothee einig. »Jetzt geht es nur noch darum, mit dem Pfund zu wuchern«, sagte Raibles Schwiegermutter.

Thomas Raible blieb skeptisch. »Die Leute wissen doch, wer sich hinter Leon R. verbirgt. Das haben wir nun davon, dass wir einen so ausgefallenen Vornamen ausgesucht haben. Man wird mir vorwerfen, dass ich diese blödsinnige Klettertour nicht verhindert habe.«

»Ach was!« Dorothee machte eine wegwerfende Handbewegung. »Viel schwerer wiegt, dass der Hepf nun auf deine Pläne für das Müllwerk einschwenkt. Das schwächt ihn. Und dass er dem Konzelmann ein Alibi verschaffen wollte, wird die Leute gegen ihn aufbringen.«

»Du wirst ja wohl nicht darauf spekulieren, dass ich das zum Thema mache.«

»Das musst du aber«, sagte seine Frau Bettina. »Der Mann disqualifiziert sich doch selber. Das muss man den Wählern klarmachen.«

»Ich bleibe bei meinem sachlichen Stil«, erwiderte Thomas Raible.

»Bleibst du auch dabei, dass du für diese Woche alle Wahlkampftermine abgesagt hast?«, fragte Dorothee.

»Ja. Solange man nicht weiß, ob Leon wieder gesund wird, habe ich nicht die Kraft dazu.«

Bürgermeister Hepf hatte den Freundeskreis Bürger Blaubeurens diesmal ins Rathaus eingeladen. In den *Schwarzen Adler* würde er nicht mehr gehen, hatte er beschlossen, denn es konnten ja nur der Wirt oder dessen Bedienungen gewesen sein, die dem Redakteur Ebinger gesteckt hatten, dass sein Herzanfall eine Lüge gewesen war. Um den Besprechungstisch im Bürgermeisterbüro hatten sich Pfarrer Sigbert Fischer, Direktor Geißendörfer, Dr. Reddemann und Hubertus Müller versammelt. Alle anderen fehlten entschuldigt. Aber Hepf war klar, dass es sich bei den Entschuldigungen nur um Ausreden gehandelt haben konnte. »Du wirst sehen, die Ratten verlassen das sinkende Schiff«, hatte er schon beim Frühstück bitter zu seiner Frau gesagt.

Auf die Frage des Stadtoberhauptes, was man gegen den sich abzeichnenden Trend zugunsten Raibles unternehmen könne, herrschte Ratlosigkeit. Da man keinen Einfluss auf die *Kreiszeitung* habe, sagte Dr. Reddemann, könne man dort auch keine Artikel mehr unterbringen, mit denen die Stimmung vielleicht noch mal zu drehen gewesen wäre.

»Aber Annoncen müssen sie drucken«, sagte Geißendörfer. Seine Firma sei bereit, eine Anzeigenkampagne zu finanzieren. Das sei man der bisherigen guten Zusammenarbeit schuldig.

»Sehr gut«, rief Müller. »Raible hat ja bisher nur eine einzige Anzeige geschaltet.«

Geißendörfer lachte auf. »›Neue Besen kehren gut.‹ Mehr ist ihm nicht eingefallen.«

»Ich bin gerne bereit, bei der Formulierung zu helfen«, meldete sich Pfarrer Fischer. »Wir könnten direkt kontern: ›Neue Besen kehren gut, aber mit den alten kommt man besser in die Ecken.‹«

Alle lachten, und es klang ein wenig Erleichterung mit.

Dr. Reddemann schlug dem Bürgermeister vor, seinen Gegenkandidaten zu einem öffentlichen Rededuell in der Stadthalle herauszufordern. »Da können Sie mit all Ihren Erfolgen punkten. Schließlich sind Sie der erfahrene Amtsinhaber, und Raible ist ein kleiner Stadtinspektor.«

Wieder meldete sich der Pfarrer: »›Man geht nicht zum Schmiedchen, man geht zum Schmied.‹ Das wäre die passende Schlagzeile dazu.«

»Ich könnte mit allen Vereinsvorsitzenden reden«, bot Müller an. »Bin ja selber Vorstand des Schützenvereins und pflege gute Kontakte zu allen anderen Vorsitzenden. Noch haben wir drei Wochen Zeit. Da kann man eine Menge erreichen.«

»Könnte man nicht noch mal die Geschichte hochkochen, dass Frau Raible die Gastronomie auf der Baustelle übernehmen will?«, fragte Fischer.

»Da ist doch alles gesagt«, meinte der Bürgermeister.

»Na ja.« Der Geistliche gab sich nicht so schnell geschlagen. »Wenn wir in die Welt setzen, dass das ihr Mann gegenüber dem Bauherrn zur Bedingung gemacht habe, um die Pläne weiter im bisherigen Sinne …«

Geißendörfer unterbrach den Pfarrer. »Das kommt für mich nicht infrage. Wir sind ehrliche Kaufleute.« Das kam so scharf, dass erst einmal ein paar Augenblicke Stille herrschte.

Schließlich meldete sich Hubertus Müller: »Aber wenn es zu dem Rededuell kommt, kann doch unser Freund Hepf den Herrn Raible ganz unschuldig fragen: ›Bleibt's denn dabei, dass Ihre Frau die Kantine auf der Großbaustelle übernimmt?‹ Den Rest werden sich die Leute dann schon denken.«

»Das kann man natürlich machen«, lenkte Geißendörfer ein.

Bürgermeister Hepf öffnete eine Weinflasche, und Müller verteilte Gläser.

»Noch ist Blaubeuren nicht verloren«, tönte der Geistliche. »Darauf wollen wir trinken.«

»Und wer heute gefehlt hat, den werden wir uns merken«, fügte Müller hinzu, indem er sein Glas hob.

30

Christian Ebinger hatte die Mehrarbeit, die das erweiterte *Blaumännle* mit sich brachte, unterschätzt. Jetzt saß er oft bis Mitternacht in der Redaktion, um die vielen Seiten zu füllen. In Theo Dentlers Theater ließ er sich kaum mehr blicken. Und noch seltener schaffte er es, am Abend Anneliese auf ihrem Hof zu besuchen. Deshalb war es zur Gewohnheit geworden, dass sie zu ihm kam. Ohne viel Aufhebens übernahm sie die eine oder andere Aufgabe in der Geschäftsstelle. So hatte sie an den letzten beiden Monatsenden die Abrechnung mit den Zeitungsträgerinnen gemacht. Auch in der Beratung der Anzeigenkunden war sie inzwischen firm. Christian war es nicht wohl dabei, denn Anneliese machte das alles ohne Bezahlung, nur um ihren Verlobten zu entlasten.

Hatte er dann endlich auch sein Pensum erledigt, machten sie es sich im ersten Stock in der Küche gemütlich. Da hatten sie dann auch Zeit, über ihre Zukunft zu reden. Für Christian war klar, dass er nicht länger als zwei oder drei Jahre die Redaktion und die Geschäftsstelle in Blaubeuren führen wollte. Aber eine genaue Perspektive, wie es danach weitergehen sollte, hatte er nicht. Auch Anneliese hatte keine festen Pläne. Sie wusste nur, dass sie in ihrem Beruf als Fotografin weiterarbeiten wollte. Die Hamburger Illustrierte hatte sich alle Fotos von dem »Bergunglück« am Blaufelsen schicken lassen und für die Druckrechte ein Honorar von 1500 Mark in Aussicht gestellt. Ein Reporter aus der Hamburger Redaktion war einen halben Tag in Blaubeuren gewesen. Christian hatte er spüren lassen, dass ein Provinzredakteur »in einem Kaff wie diesem Blaubeuren« in der journalistischen Hierarchie ganz unten angesiedelt war – zumindest in seinen Augen. Seine Fragen aber waren eher oberflächlich gewesen, und als er sich verabschiedete, sagte er: »Das meiste, was ich brauche, steht ja schon in Ihrem Bericht in der *Kreiszeitung*.« Christian dachte:

So bequem möchte ich es mir auch mal machen können, aber er sagte nur: »Bei Ihnen wird sich das natürlich ganz anders lesen.«

»Und ob!«, hatte der Illustriertenreporter getönt, war in seinen Mietwagen gestiegen und Richtung Flughafen Stuttgart davongebraust.

Anneliese hatte eine Flasche Champagner mitgebracht. Gegen elf Uhr am Abend waren sie in die Wohnung hinaufgestiegen und hatten sich an den Küchentisch gesetzt. »Und? Was feiern wir?«, fragte Christian mit Blick auf die Flasche.

»Das Honorar ist heute gekommen. Stell dir vor: So viel Geld für drei Minuten. Länger hat die ganze Aktion ja nicht gedauert.«

»Die zahlen dir eben, dass du im richtigen Moment an der richtigen Stelle warst. Und dass du nicht die Nerven verloren, sondern geistesgegenwärtig fotografiert hast.«

Anneliese freute sich darüber, dass Christian ihr den Erfolg nicht neidete. Er hätte ja auch anders reagieren können. Zumal er sicher auch in der Lage gewesen wäre, für die Illustrierte einen fulminanten Beitrag zu schreiben. Davon war Anneliese überzeugt, und das sagte sie ihm auch.

Christian gab zu, dass er sich genau das erhofft hatte. Aber er wolle andere Dinge versuchen, sagte er nun. Erst letzte Woche habe er einen Text für einen Kurzgeschichtenwettbewerb eingereicht. Und ein kleines Hörspiel, das er geschrieben habe, sei vom *Süddeutschen Rundfunk* angenommen worden.

Anneliese schaute ihn überrascht an. »Wann hast du das denn gemacht? Du weißt doch auch so schon nicht, wo dir der Kopf steht.«

»So schlimm ist das nicht. Manchmal wache ich um vier Uhr oder sogar früher auf und kann nicht mehr einschlafen. Dann gehe ich an den Schreibtisch und arbeite ein oder zwei Stunden an solchen Sachen. Danach tausche ich die Zeitungsseiten im

Schaufenster aus, komm wieder rauf und krieche zu dir ins Bett, wenn du da bist. Und wenn nicht, schreibe ich einfach weiter, bis ich unter die Dusche muss.«

»Du bist verrückt!«

»Ja, ich fürchte, das stimmt. Aber ich muss einfach ausprobieren, was geht.«

Vorsichtig öffnete er die Champagnerflasche und wollte in zwei Gläser eingießen.

»Halt«, rief Anneliese. »Nicht für mich. Der Champagner ist ganz alleine für dich.« Christian stellte die Flasche zur Seite. Dann legte er die Hand auf Annelieses runden, prallen Bauch und spürte die Bewegungen seines Kindes. »Mein Vater fragt in jedem Brief, wann wir denn nun heiraten.«

»Und? Was antwortest du ihm?«

»Sobald Blaubeuren einen neuen Standesbeamten hat. Gleich am Anfang hab ich ihm erklärt, dass hier der Bürgermeister auch die Trauungen vollzieht.«

»Und wenn der Hepf wiedergewählt wird?«

»Dann heiraten wir in Gretna Green oder auf einem Schiff. Jeder Kapitän darf uns standesamtlich trauen.«

Eine Weile schwiegen sie. Dann sagte Anneliese: »Kurt will den Hof verpachten.«

»Im Ernst?«

»Ja. Er macht schon seit drei Jahren ein Fernstudium.«

»Und was studiert er?«

»Paläontologie.«

»Was ist denn das?«

»Das weißt du nicht?«

Christian schüttelte den Kopf.

»Die Wissenschaft von den Lebewesen längst vergangener Erdzeitalter.«

»Und so was interessiert den Kurt?«

»Ja, seitdem er ein kleines Kind war. Er hat schon mit fünf Jahren angefangen, in den Schiefersteinbrüchen der Alb Versteinerungen zu suchen. Das hat er von unserem Vater übernommen.«

»Mit mir hat er darüber noch kein Wort geredet.«

»Mit niemand. Und du solltest es auch nicht tun. Er will, dass es erst bekannt wird, wenn er sein Examen bestanden hat.«

Als sie ins Bett gingen, fragte Anneliese: »Was hast du morgen vor?«

»Daniel Freudenreich ist heute angekommen. Ich hab die Chance, ihn zu treffen. Deshalb fahre ich gegen Mittag nach Ulm. Kannst du Sherry übernehmen?«

»Natürlich!«

Eng aneinandergeschmiegt schliefen sie fast gleichzeitig ein.

Isolde Lutz war von ihrem Herzanfall nur langsam genesen. Es war, als verweigere sie sich der Rekonvaleszenz. Auch nach einer vierwöchigen Kur in einer Rehabilitationsklinik für Herz- und Kreislaufleiden in Bad Krozingen behauptete sie, keinerlei Verbesserung zu spüren. Dabei hatte ihr Bruder dafür gesorgt, dass es ihr während des Aufenthalts in dem südbadischen Kurort an nichts fehlte. Er hatte sie selbst hingebracht und in ausführlichen Gesprächen mit den Ärzten dafür gesorgt, dass ihr alle nur denkbare Aufmerksamkeit entgegengebracht wurde. Sie aber empfand die fürsorgliche Behandlung durch die Mediziner als zudringlich und ließ kein gutes Haar am Pflegepersonal. Als Friedrich sie abholte, sagte sie: »Das war doch alles für die Katz!«

Er antwortete nicht darauf. Er unterließ es auch, entgegen seinen guten Vorsätzen, seine Schwester schon auf der Fahrt davon zu unterrichten, dass der Besuch von Daniel Freudenreich bevorstand, dem Enkel des einstigen jüdischen Kaufhausbesitzers.

Sie waren nicht gleich nach Ulm gefahren. Friedrich hatte seiner Schwester angeboten, die ersten Tage nach der Kur in Blaubeuren zu bleiben. Zu seiner großen Erleichterung hatte sie eingewilligt. So konnte es fürs Erste zu keiner Begegnung zwischen Freudenreich und ihr kommen.

Für den Abend hatte der Kaufhausbesitzer ein Menü beim Wirt des *Schwarzen Adler* bestellt, das dieser ins Haus lieferte. Und so saßen sich die Geschwister gegen acht Uhr an dem großen Eichentisch im Wohnzimmer der Villa gegenüber. Isolde aß mit gutem Appetit. Das schien schon länger der Fall zu sein, denn die sonst so dürre Frau hatte ein wenig zugenommen, was ihr gut stand. Das sagte Friedrich ihr auch, aber sie antwortete nur: »Und? Was nützt mir das?« Eine Frage, auf die ihrem Bruder mit dem besten Willen nichts einfiel. Sie tranken einen sizilianischen Rotwein zum Essen und danach sogar noch einen Kräuterschnaps zur besseren Verdauung.

Endlich sagte Friedrich: »Es gibt Neuigkeiten, Isolde.«

»Gute oder schlechte?«

»Kommt drauf an, wie du sie bewertest. Der Nachfahre der Freudenreichs kommt nach Ulm.«

Isolde setzte ihr Glas hart ab. »Nein!«

»Doch!«

»Hat das der Lachmann auf dem Gewissen?«

Friedrich lächelte. »Nein, es ist das Ergebnis einer längeren Korrespondenz zwischen uns beiden.«

»Zwischen welchen beiden?« Die dünnen Augenbrauen Isoldes bildeten steile Dreiecke. Ihre Augen fixierten den Bruder.

»Zwischen Daniel Freudenreich und mir.«

Jetzt griff Isolde wieder nach dem Glas und stürzte den Kräuterschnaps hinunter. »Das hast du also alles hinter meinem Rücken gemacht, solange ich wegen meiner Krankheiten außer Gefecht war.« Es gehörte zu Isoldes Einschätzungen, dass sie nicht von einer, sondern von vielen Krankheiten gepeinigt wurde.

»Unsinn. Du wusstest doch, dass ich den Kontakt zu der Familie Freudenreich gesucht habe.«

»Wann kommt der Jude?«

»Daniel Freudenreich ist vorgestern auf dem Stuttgarter Flughafen gelandet. Er reist ein wenig im Land herum und kommt morgen nach Ulm.«

»Zu uns?«

»Nicht direkt. Ich werde ihn erst einmal in seinem Hotel treffen. Danach sehen wir dann weiter.«

»Und du bist natürlich nicht auf den Gedanken gekommen, dass ich dabei sein sollte?«

»Ehrlich gesagt: nein. Ich kenne ja deine Ansichten zu der Geschichte.«

»Ich verlange …«

Friedrich ließ seine Schwester nicht weiterreden. Sanft sagte er: »Meine liebe Isolde, in der Angelegenheit kannst du nichts verlangen. Ich führe, seit unser Vater tot ist, unsere Firma. Und du wirst nicht behaupten können, dass ich das erfolglos tue. Es gibt Entscheidungen, die muss ich alleine treffen.«

»Früher hättest du dich so etwas nicht getraut.«

Friedrich lächelte. »Da hast du recht …«

»Aber jetzt, wo ich so schwach bin …«, unterbrach sie ihn.

Friedrich ging zur Anrichte und kehrte mit einer kleinen Kiste aus Zedernholz zurück. Sorgfältig wählte er eine Zigarre aus, während er seiner Schwester antwortete: »Das kann sogar sein. Fast mein ganzes bisheriges Leben warst du für mich die Instanz, ohne deren Zustimmung ich mich kaum etwas zu entscheiden getraut habe. Na gut, es gab schon geschäftliche Dinge, bei denen ich dich nicht gefragt habe, aber insgesamt war dein Einfluss doch ungewöhnlich stark.«

»Das bildest du dir ein.«

»Ja. Ja natürlich. Vieles wäre leichter gewesen, wenn ich mir nicht immer eingebildet hätte, dass da noch jemand über mir ist, der beziehungsweise die mein Tun absegnen muss.« Er zündete die Zigarre an, deren würziger Geruch sich unaufdringlich in dem großen Raum verbreitete.

Isolde, die während des kurzen Disputs bis auf die vorderste Kante ihres Stuhls vorgerückt war, rutschte zurück, lehnte sich an und schlug die Beine übereinander, was sie, nach Friedrichs Erinnerung, noch nie getan hatte. Jetzt erst wurde ihm bewusst, dass sie noch kein einziges Mal ihr Taschentuch aus dem Ärmel ihres Kleides gezogen und sich damit den Mund abgewischt hatte. »Schenkst du mir bitte noch ein Glas von dem Rotwein ein?«, fragte sie jetzt. Ihre Stimme klang verändert.

Friedrich sah sie überrascht an. Ihre Gesichtszüge schienen sich ein wenig entspannt zu haben. Er schenkte ihr ein und goss sich auch selber nach.

»Hättest du etwas dagegen, wenn ich hier in die Villa einziehen würde?«, fragte sie plötzlich.

»Nein, natürlich nicht.«

»Ich will dem Trubel des Kaufhauses aus dem Weg gehen. Ich will überhaupt nichts mehr mit dem Geschäft zu tun haben. Und erst recht will ich einer Begegnung mit diesem Juden aus dem Weg gehen.« Sie setzte das Glas an die Lippen und nahm einen kleinen Schluck.

Friedrich sah seine Schwester versonnen an. »Was ist passiert?«, fragte er.

»Wofür soll ich noch kämpfen? Und wenn ich gewinnen würde, was hätte ich davon? Ich bin so allein, und ich habe nur dich.«

Daniel Freudenreich saß im Foyer des Ulmer Hotels in einem bequemen Sessel. Ein junger Mann Mitte, Ende zwanzig, in einem eleganten hellen Anzug mit Weste. Er blätterte in einer Zeitung, senkte aber das Blatt, sobald sich die Drehtür am Eingang bewegte, hob den Blick und fixierte jeden Neuankömmling. Zwischendurch sah er nervös auf die Uhr. Sein scharf geschnittenes Gesicht mit dem dünnen Oberlippenbart wirkte angespannt. Angekommen war er schon am frühen Abend des Vortages. Eigentlich hatte er sich vorgenommen, noch einen

Spaziergang durch die Stadt zu machen, um das Kaufhaus zu suchen, das einst seinem Großvater gehört hatte. Aber er hatte den Erkundungsgang auf den nächsten Tag verschoben.

Als sie damals das Land hatten verlassen müssen, war er noch ein kleines Kind gewesen. Er hatte nicht verstanden, warum sie nicht in Ulm bleiben konnten. Freilich hatte sich auch niemand die Mühe gemacht, ihm irgendetwas zu erklären. Die Abreise ging so hastig vonstatten, dass für lange Gespräche keine Zeit blieb. Nicht einmal von seinem Vater hatte er sich verabschieden können.

Der Schwiegersohn des Kaufhausbesitzers hatte sich schon kurz nach der Geburt des kleinen Daniel zurückgezogen und bald danach die Scheidung beantragt. Erst auf dem Schiff, das sie nach New York brachte, hatte die Mutter ihrem Sohn gesagt, dass ihr Mann nicht mit einer Jüdin habe zusammenleben wollen.

Irgendwann einmal, da war Daniel noch keine zehn Jahre alt, war seine Mutter mit ihm zu einer New Yorker Behörde gegangen. Und dort hatten sie einen neuen Nachnamen bekommen, nämlich den seines Großvaters, und so war aus Daniel Zwirner Daniel Freudenreich geworden. Dass er nun genauso hieß wie sein Opa, gefiel dem Jungen.

Der alte Freudenreich hatte in Amerika nie richtig Fuß gefasst. Zwar gelang es ihm, bei einem Cousin, der lange vor ihm in die Staaten emigriert war, eine Arbeit zu finden, und er stieg auch bis zum Leiter einer Filiale in dessen kleiner Kaufhauskette auf. Aber David Freudenreich war nicht gewohnt, Anweisungen entgegenzunehmen, zumal dann, wenn er sie für unsinnig hielt. Als dann seine Tochter wieder heiratete und der alte Herr nur noch für sich selber sorgen musste, zog er sich zurück und lebte von seinen Ersparnissen. Als diese Mitte der Fünfzigerjahre aufgebraucht waren, schied er aus eigenem Entschluss aus dem Leben. Das hatte er so konsequent durchgezogen wie alles in seinem Leben.

Mit dem neuen Mann seiner Mutter hatte sich der heranwachsende Daniel nicht verstanden. Peter Donovan arbeitete als Autoverkäufer, und ihm war der Junge, der jede Woche mindestens ein Buch las und das noch am liebsten auf Deutsch, zu versponnen. Daniel ging dem Stiefvater aus dem Weg, so gut es ging. Wenn er ihn am Wochenende zum Fischen mitnehmen wollte, erwies sich der Junge als ausgesprochen einfallsreich im Erfinden von Ausreden, warum er nicht mitkommen konnte.

Daniels Mutter dagegen vergötterte den unternehmungslustigen, immer zu Scherzen aufgelegten Amerikaner. Als sie Daniel erklärte, sie habe Pete, wie sie ihn nannte, unter anderem auch geheiratet, damit er, der inzwischen zwölfjährige Sohn, wieder einen Vater habe, hatte Daniel barsch geantwortet: »Ich brauche keinen Vater, ich hab ja den Opa.« Dessen Selbstmord aber hatte er sein ganzes bisheriges Leben lang für einen großen Verrat gehalten. Peter Donovans Angebot, Daniel zu adoptieren, hatte sich der Junge beharrlich widersetzt. Schon wegen des Namens. Er war ein Freudenreich, und das wollte er ein Leben lang bleiben.

Vielleicht war das auch der Grund dafür, dass er jetzt in Ulm war.

Daniel Freudenreich war um 11.30 Uhr mit Friedrich Lutz verabredet. Es waren nur noch wenige Minuten bis dahin. Plötzlich kam ihm das ganze Vorhaben unsinnig vor. Was sollte er mit diesem Deutschen besprechen? Wenn sein Großvater noch gelebt hätte – für den wäre ein solches Treffen möglicherweise sinnvoll gewesen. Auch für seine Mutter, die nicht müde wurde, die Ungerechtigkeit der Deutschen gegen ihre Familie zu beklagen. Aber er selbst? Das war doch alles Geschichte, zugegeben auch seine Geschichte, aber er hatte ja nie zu den handelnden Personen gehört. Dafür war er zu jung und im Übrigen durch und durch Amerikaner – zumindest hatte er das bis vor wenigen Stunden gedacht. Aber dann war er am Morgen durch die

Altstadtgassen Ulms gegangen. Nach und nach waren die Erinnerungen zurückgekehrt. Und als er dann vor dem Münster stand, dessen riesiger Turm wie eh und je fast unendlich hoch in den Himmel ragte, fühlte er sich plötzlich in seine Kindheit zurückversetzt. Hier, genau auf diesem Platz vor der mächtigen Kirche, hatte er seine erste Radelrutsch, heute hieß das Gerät wohl Tretroller, ausprobiert. Sein Großvater hatte unter dem Eingangsportal des riesigen Gotteshauses gestanden und ihm dabei zugesehen, während seine Mutter besorgt um ihn herumgerannt war, in der ständigen Angst, das Kind könnte stürzen.

»Herr Freudenreich?« Daniel sah auf. In den letzten Minuten hatte er nicht mehr darauf geachtet, wer durch die Drehtür gekommen war. Und nun stand dieser Mann plötzlich vor ihm.

»Ja«. Daniel stand auf. Die Beiden waren ungefähr gleich groß. Sie gaben sich die Hand. »Entschuldigen Sie, ich spreche nicht sehr gut Deutsch«, sagte Freudenreich.

»Sicher besser als ich Englisch. Wollen wir etwas trinken und danach miteinander essen gehen?«

»Gerne. Ich habe keine Pläne«, antwortete der Amerikaner.

Zu Fuß gingen sie ins sogenannte Fischerviertel hinunter. Im Hotel hatte sich ihr Gespräch nur zögernd entwickelt. Allerdings wurde klar, dass Daniel Freudenreich nahezu fehlerfrei Deutsch sprach. Jetzt schwiegen sie, bis Daniel vor einem Fachwerkgebäude stehen blieb. »Das sieht noch aus wie früher«, sagte er.

»Das *Schiefe Haus*«, erklärte Lutz lächelnd.

Daniel lachte. »Eigentlich ist ja das ganze Viertel schief. Schön, dass das alles noch erhalten ist.«

»Ja«, antwortete Lutz, »es ist viel zerbombt worden hier in Ulm, aber manches ist zum Glück auch stehen geblieben.«

Bevor sie zum Essen gingen, machten sie noch einen kleinen Abstecher zum Donauufer. Unter dem Bogen der Herdbrücke blieb der Amerikaner stehen. »War das nicht hier mit dem Echo?«

»Ja, genau!«

Daniel legte seine Hände als Trichter vor den Mund und rief laut: »Wie heißt der Bürgermeister von Wesel?«

»Esel, Esel, Esel …«, tönte es leiser werdend zurück.

»Was einem doch wieder alles so einfällt«, sagte Daniel und wiederholte das Spiel mit dem Echo.

Am Ende ihres Spaziergangs landeten sie in einem dunklen, aber gemütlichen Lokal mit niedrigen Decken und einer rustikalen Einrichtung. Daniel Freudenreich studierte die Karte. »Lauter Speisen, die meine Mom oft gekocht hat: Sauerbraten mit Spätzle, Linsen, Leberkäse aus dem Backofen. An koschere Richtlinien hat sie sich beim Kochen nie gehalten. Eigentlich war sie viel mehr eine Schwäbin als eine Jüdin. Maultaschen hat sie allerdings nur einmal gemacht, aber die sind ihr so misslungen, dass sie es kein zweites Mal probiert hat. Die werde ich bestellen.«

»Ich darf Sie doch einladen?«, fragte Friedrich Lutz.

»Gerne! Danke!«

Auch während sie speisten, vermieden es die beiden Männer, das Gespräch auf die Geschichte des Kaufhauses zu bringen. Erst beim Mokka und einem Obstler von der Schwäbischen Alb sagte Friedrich Lutz: »Ich habe Ihrer Mutter ja geschrieben, wie sehr ich mich in der Schuld Ihrer Familie fühle. Ich war zwar seinerzeit Soldat, und ich hätte auch keinen Einfluss auf meinen Vater gehabt, als der das Eigentum Ihres Großvaters auf so üble Weise an sich gebracht hat, ja, ich kann nicht einmal sagen, wie ich damals gedacht hätte …« Er unterbrach sich.

»Ich war ein Kind und sollte im selben Jahr in die Schule kommen«, warf Daniel Freudenreich ein. »Erst als ich heute durch die Stadt ging, sind diese Erinnerungen wieder lebendig geworden. Zum Beispiel die an eine gleichaltrige Freundin, die ich hatte. Marianne hieß sie und hatte zwei lange Zöpfe. Nach ihr hatte ich wohl noch eine Weile Heimweh, aber sonst? Ich kann nicht sagen, ob ich in jenen Tagen darüber unglücklich war, dass ich wegmusste. Eigentlich hab ich's als Abenteuer empfunden.« Er schloss die Augen, legte den Kopf in den Nacken und fuhr leise fort: »Eine Reise nach Amerika übers große Meer. Und dann diese riesige Stadt mit diesen unendlich hohen Häusern. Ich weiß noch, wie mich das Wort ›Wolkenkratzer‹ beschäftigt hat.«

»Ihre Eltern und Ihr Großvater werden es anders empfunden haben.«

»Meine Mutter, ja. Sie hat sehr gelitten.«

Friedrich Lutz räusperte sich. »Ich weiß, dass man das alles nicht wiedergutmachen kann …«

»Eigentlich waren wir ja privilegiert. Mein Großvater konnte durch das Geschäft, das er mit Ihrem Vater gemacht hat, unser Leben retten. Wir wären ja sonst unweigerlich in einem der Vernichtungslager gelandet.«

Mit einem Mal war die ganze Leichtigkeit verflogen, die bis jetzt ihr Gespräch begleitet hatte. Da war es für Lutz fast eine Erleichterung, als Christian Ebinger an ihren Tisch trat und sagte: »Darf ich stören?«

Daniel Freudenreich hob irritiert den Kopf, sah dann Friedrich Lutz an. »Ihr Sohn?«

Der Kaufhausbesitzer lachte kurz auf. »Schön wär's. Ich habe leider keine Kinder.« Er stellte den jungen Redakteur vor und erläuterte, dass dieser und ein Historiker die Geschichte des Kaufhauses ausgegraben hätten und seitdem versuchten, sie zu rekonstruieren.

»Ach so. Man hat Sie also sozusagen gezwungen …?«

Christian, der noch immer stand, sagte rasch: »Nein, Herr Freudenreich. Ich bin sicher, Herr Lutz hat die Verbindung zu Ihnen völlig unabhängig von unseren Recherchen aufgenommen.«

»Und was wollen Sie dann hier?« Freudenreichs Replik klang ausgesprochen unfreundlich. Plötzlich war eine steile

Falte auf seiner Stirn erschienen. Er sah misstrauisch zwischen dem Kaufhausbesitzer und dem Journalisten hin und her.

»Nehmen Sie doch Platz!«, sagte Lutz zu Ebinger.

»Nur, wenn es Ihnen auch recht ist«, wandte sich der Journalist an den Amerikaner.

Daniel Freudenreich antwortete nicht darauf. Er sah Lutz an. »Sie haben mir nichts davon gesagt, dass Sie die Presse dazubitten wollten. Wenn es hier um eine PR-Aktion geht ...«

»PR?«, fragte Christian, »entschuldigen Sie ...?«

»Public Relations. Eine Art Werbung. Tue Gutes und rede darüber, sagt man bei uns.«

Am liebsten hätte Christian gesagt, das sagt man bei uns auch, wenigstens Dorothee sagt das und hat es mir erst vor ein paar Tagen geraten. Aber stattdessen antwortete er: »Hierzulande weiß man noch viel zu wenig über das, was den Juden angetan wurde, und selbst das Wenige wird nicht selten geleugnet. Ich hätte gerne darüber geschrieben, wie so etwas damals abgelaufen ist. Ich finde nämlich, wir sollten uns viel mehr um unsere jüngere Geschichte kümmern.«

»Wie alt sind Sie?« Es klang noch immer schroff.

»Zweiundzwanzig. Geboren also 1940. Am Kriegsende war ich fünf Jahre alt.«

»So alt ungefähr wie ich, als wir Deutschland verlassen mussten«, die Stimme Freudenreichs hatte ihre Härte verloren.

Erst jetzt setzte sich Christian. »Ich habe mit Frau Rentschler gesprochen.«

»Amelie? Sie haben mit Tante Amelie geredet? Wie geht es ihr?«

»Gut! Sie wohnt in Neu-Ulm. Eine ganz reizende alte Dame!«

»Mein Gott, die Tante Amelie.« Daniel Freudenreich sah Lutz an. »Jetzt ist es an mir, ein schlechtes Gewissen zu bekommen.«

»Warum?«, fragte Christian. »Sie hat mir erzählt, dass sie von Ihrer Mutter in der Zeit, als es ihr nach dem Krieg so schlecht ging, mit vielen Carepaketen unterstützt wurde.«

»Was ist das schon? Sie war so eine treue Seele.«

Christian nickte. »Sie habe sich wie ein Mitglied Ihrer Familie gefühlt, hat sie mir erzählt.«

»Das war sie auch.« Daniel wiederholte: »Das war sie auch! Sie müssen mich zu ihr bringen.«

»Nichts lieber als das. Aber wir müssen uns vorher anmelden.«

»Warum denn? Wir können sie doch überraschen.« Freudenreich saß plötzlich ganz aufrecht und begleitete jeden Satz mit lebendigen Gesten.

»Sie will sich zurechtmachen, wenn sie Besuch bekommt.«

»Das verstehe ich«, meldete sich Friedrich Lutz nun wieder. »Bei Menschen in dem Alter ist das so.«

»Ich könnte ihr sagen, ich bringe einen Bekannten mit«, schlug Ebinger vor.

Ein paar Augenblicke sagte niemand etwas. Und mit einem Mal schien Daniels Misstrauen zurückzukehren. »Wenn das alles eine Inszenierung für Ihre Zeitung werden soll ...«

Ganz gegen sein Interesse antwortete Christian Ebinger: »Ich werde keine Zeile darüber schreiben, wenn Sie es nicht wollen.«

»Ehrenwort?«

»Ehrenwort!«

»Und was bedeutet ein Ehrenwort bei einem Deutschen?«

»Nichts, wenn Sie nicht glauben, dass ich es ehrlich meine!« Christian stand auf, deutete eine Verbeugung an und wollte gehen.

»Moment! Bitte bleiben Sie!«, rief der Amerikaner.

Christian Ebinger setzte sich nicht mehr, sondern sagte im Stehen: »Frau Rentschler wohnt in Neu-Ulm, Donauufer 16, Appartement 213. Die Telefonnummer schreibe ich Ihnen auf.«

»Nein, ich möchte, dass Sie mich dorthin begleiten.«

»Morgen Abend?« Auch jetzt setzte sich Christian nicht wieder. »Ich kann Sie gegen 19 Uhr abholen. Wo wohnen Sie?«

»Bitte, setzen Sie sich doch wieder.«

»Ich denke, Sie beide haben noch einiges zu besprechen. Wir können uns ja morgen weiter unterhalten.« Christian hatte das Gefühl, sich selber zu beobachten. War er das, der hier so auftrat? War das nicht seinem Alter völlig unangemessen? Wer war er denn? Ein unerfahrener kleiner Reporter, der plötzlich eine Geschichte am Wickel hatte, die eigentlich zu groß, er verbesserte sich in Gedanken, die eigentlich *noch* zu groß für ihn war.

»Na gut«, sagte Daniel Freudenreich. »Ich wohne im *Hotel Gregor*. Melden Sie uns bei Amelie an?«

»Ja, mach ich.« Er reichte dem Amerikaner die Hand, nickte Friedrich Lutz zu und verließ die Gastwirtschaft.

»Sie hätten mir sagen sollen, dass Sie ihn dazugebeten haben«, sagte Daniel, als die Tür hinter dem Journalisten zugefallen war.

»Ja. Wollte ich auch. Aber unser Gespräch lief so angeregt, und ich dachte, ich hätte immer noch Zeit ...« Er ließ den Satz in der Luft hängen.

»Und wie soll es jetzt weitergehen?«, fragte der junge Freudenreich.

»Natürlich weiß ich: Was Ihnen und Ihrer Familie geschehen ist, kann man mit Geld nicht wiedergutmachen. Aber als mir bewusst wurde, wie das damals war, habe ich beschlossen, einen Gewinnanteil aus meiner Firma auf ein Sperrkonto einzuzahlen, das nun Ihrer Familie zur Verfügung steht.«

Daniel Freudenreich sah seinen Gastgeber ungläubig an, sagte aber nichts.

»Sie sollten nicht glauben, dass wir uns damit ...«

Weiter ließ der Amerikaner Friedrich Lutz nicht kommen. »Nein, nein, nein – bitte, ich kann das nicht bewerten. Es überrascht mich so. Es passt einfach nicht in das Bild, das wir in unserer Familie von Ihrer Familie hatten. Als dieser Dr. Lachmann bei uns war, hat meine Mutter sich geweigert, mit ihm zu sprechen. Für sie war es eine Zumutung, die Ereignisse von damals sozusagen auf der juristischen Ebene zu behandeln. Und auch als ich jetzt losfuhr, um meine alte Heimat endlich wiederzusehen, hatte sie keinerlei Verständnis dafür. Nie wieder wird sie deutschen Boden betreten.«

»Ich möchte noch einmal betonen: Mir ist bewusst, dass man das alles mit Geld nicht wiedergutmachen kann.«

Daniel Freudenreich bestellte noch einen Schnaps und ließ sich dann gegen die Lehne seines Stuhls zurückfallen. »Ich gebe zu, ich habe mit so etwas gerechnet. Und wenn ich ehrlich bin, ein bisschen habe ich sogar darauf gehofft.« Ein Lächeln huschte über sein Gesicht und ließ ihn für einen Moment viel jünger aussehen, als er war. »Meiner Mutter gegenüber würde ich das nie zugeben. Aber ich kann das Geld gut gebrauchen. In Amerika müssen wir unser Studium selbst finanzieren. Ich habe dafür eine Menge Kredite aufgenommen. Mein Stiefvater hat mich nicht unterstützt, dafür war ich viel zu garstig gegen ihn. Aber er konnte es vermutlich auch gar nicht, weil er sich von einer Pleite in die nächste rettete.« Wieder erschien kurz dieses lausbübische Lächeln auf Daniels Gesicht.

»Was haben Sie denn studiert?«

»Jura!«

Jetzt erinnerte sich Friedrich Lutz, dass Dr. Lachmann erzählt hatte, mit dem Sohn von Frau Freudenreich hätte man eventuell reden können, aber dessen Mutter habe das verhindert. »Ich bin erleichtert«, sagte der Kaufhausbesitzer. »Vielleicht besuchen Sie mich morgen in meinem Haus in Blaubeuren – ich möchte Ihnen nicht zumuten, in unser Kaufhaus zu kommen. Wir können Dr. Lachmann dazubitten. Er ist ein sehr guter Rechtsanwalt. Mit seiner Hilfe können wir alle nötigen Formalitäten erledigen.«

Zu gerne hätte Daniel Freudenreich gefragt, wie hoch die Summe war, die auf dem Sperrkonto lag. Aber das schien ihm in diesem Moment unangemessen.

31

Christian Ebinger war in seine Redaktion zurückgekehrt. Am Abend stand das Duell zwischen Bürgermeister Hepf und seinem Herausforderer Thomas Raible an. Am Nachmittag musste er den Artikel über die Jahreshauptversammlung des Sportvereins schreiben. Gegen 15 Uhr, der Redakteur hatte gerade die letzten Sätze des Artikels getippt, rief ihn Arnold Kühn an. Ohne lange Vorrede sagte er: »Dieser Dr. Konzelmann droht mit einer Klage wegen böswilliger Verleumdung und Geschäftsschädigung. Und er verlangt in der nächsterreichbaren Ausgabe eine Gegendarstellung. Die müssen wir laut Gesetz ohne Rücksicht auf den Wahrheitsgehalt drucken, aber was ist mit einem Prozess? Gewinnen wir den?«

»Es besteht überhaupt kein Zweifel, dass Konzelmann nur zum Skatspielen im *Schwarzen Adler* war.«

»Der Wirt erklärt an Eides statt, der Arzt sei wegen eines Herzanfalls des Bürgermeisters gerufen worden.«

»Was?«

»Nicht nur der. Auch die Skatbrüder Konzelmanns stützen diese Aussage. Wer sind unsere Zeugen?«

»Na ja, der Wirt. Den hab ich befragt. Und die Bedienung Ulrike Meier.«

»Und sonst?«

»Niemand!«

»Jetzt haben wir den Salat. Dass es der Wirt mit den mächtigsten Leuten des Städtchens nicht verderben will, ist klar. Da schwört der lieber jeden Meineid. Und die Bedienung wird sich wohl kaum gegen ihren Chef stellen. Lieber sagt sie, sie könne sich nicht mehr erinnern.«

»Die ist nicht so!«

»Selbst wenn sie zu ihrer Aussage steht. Welcher Richter wird ihr recht und den Herren Skatbrüdern unrecht geben? Sie wissen doch: Vor Gericht und auf hoher See, ist man in Gottes Hand.«

»Und was heißt das jetzt?«

»Ich hab schon mit dem alten Herrn Wachter geredet. Wir werden versuchen, die Geschichte außergerichtlich und möglichst rasch zu erledigen.«

»Da mach ich nicht mit!«

»Das überlegen Sie sich noch.« Arnold Kühn legte auf.

Kurz vor 18 Uhr kam Anneliese. Sie brachte Fotos fürs *Blaumännle* und ein paar Aufnahmen von der Jahreshauptversammlung des Sportvereins. Am Abend wollte sie Christian zum Rededuell Hepf gegen Raible begleiten und auch dort fotografieren. Anneliese bemerkte sofort, dass ihr Verlobter völlig durcheinander war. »Was ist denn passiert?«, fragte sie beunruhigt.

»Gegen diese Menschen ist man offensichtlich machtlos!«

»Gegen welche Menschen?«

Christian wurde laut: »Gegen Hepf, Geißendörfer, Müller, Reddemann, den heuchlerischen Pfarrer Fischer und wer sonst noch alles zu dieser Bande gehört.« Er versuchte, sich zu beruhigen und Anneliese möglichst genau wiederzugeben, was in dem Telefonat mit Arnold Kühn gesprochen worden war.

»Aber die Uli bleibt auf jeden Fall bei der Wahrheit«, sagte die Fotografin.

»Das wird nichts nützen«, antwortete Christian. »Sie stünde alleine gegen diese Ehrenmänner. Und jetzt kannst du ja überlegen, wer da am Ende recht bekommt.«

»Und wie war's mit Lutz und diesem Amerikaner?«, fragte Anneliese, als sie auf dem Weg in die Festhalle waren.

»Gut! Sehr gut! Aber ob ich drüber schreibe, weiß ich noch nicht.«

»Ehrlich?«

»Ja, ich habe Daniel Freudenreich versprochen, nur dann zu berichten, wenn er zustimmt.«

Die Festhalle war bis auf den letzten Platz gefüllt. Die Musikkapelle spielte volkstümliche Melodien. Über der Musik lag ein Geräuschteppich, der aus Hunderten Gesprächen des Publikums gewebt war. In der ersten Reihe saßen die Gemeinderäte und die Honoratioren der Stadt. Darunter auch Direktor Geißendörfer, Versicherungsvertreter Hubertus Müller, der Schuldirektor Dr. Reddemann, Pfarrer Fischer. Christian entdeckte Dorothee mitten unter ihnen. Sie war ja auch Gemeinderätin. Dass Dr. Dräger neben ihr saß und sich offensichtlich angeregt mit ihr unterhielt, überraschte Anneliese mehr als Christian, der freilich nicht sagte, warum.

Punkt 20 Uhr betraten die Kontrahenten aus entgegengesetzter Richtung die Bühne, gaben sich kurz die Hand und nahmen ihre Positionen an zwei Stehpulten ein. Der Landrat, der sich bereiterklärt hatte, die Diskussion zu moderieren, erschien als Letzter und stellte sich hinter ein Pult in der Mitte.

Jeder der Bewerber um das Bürgermeisteramt sollte zunächst seine Pläne für die bevorstehenden Amtsjahre erläutern. Raible begann. Er sprach sehr sachlich. Verwies noch einmal darauf, dass die Planung im Weiherseck ein großer Fehler gewesen sei und dass er das alternative Gelände auf der Schwäbischen Alb ins Gespräch gebracht habe. Er forderte rasch eine Umgehungsstraße, um die Innenstadt zu entlasten, und eine zusätzliche Kläranlage im hinteren Blautal. Er wolle auch die Schulen rascher ausbauen als der gegenwärtige Amtsinhaber und das kulturelle Leben der Stadt mit sehr viel mehr Mitteln fördern. Als er geendet hatte, bekam er freundlichen Beifall.

Matthias Hepf packte das Stehpult links und rechts, als ob er es seinem Kontrahenten entgegenschleudern wollte. Dann rief er laut: »Der Herr Stadtinspektor dort drüben hat nie auch nur ein Wort gegen die geplante Müllverbrennungsanlage im Weiherseck verlauten lassen, solange er noch in verantwortlicher Position im Rathaus saß. Ich kann mich auch nicht erinnern, dass er sich besonders für eine Umgehungsstraße oder eine zusätzliche Kläranlage eingesetzt hätte. Die Schulen ausbauen: Das wollen wir alle. Da muss keiner daherkommen und dies als große neue Idee verkünden. Und was die Kulturförderung anbelangt: Wir alle wissen, was er damit meint: Er will dieses Theater, das er und seine Familie nach Blaubeuren gebracht haben, mit unseren Steuergeldern finanzieren, damit die mit ihrem subversiven Zeug die Menschen, vor allem aber unsere Jugend gegen die aufrechten, ehrlichen und fleißigen Bürger aufhetzen können. Ich sage aber: Wer sich so lange mit einem guten Gehalt aus unserer Stadtkasse nur weggeduckt und nichts gesagt hat und nun plötzlich so tut, als befähige ihn irgendetwas, so eine Stadt zu verwalten und in die Zukunft zu führen, dem sollte man unser schönes Blaubeuren nicht anvertrauen. Ihm gegenüber steht die bewährte, Ihnen allen vertraute, ja, ich sage es mit großer Überzeugung: erfolgreiche Arbeit des jetzigen Bürgermeisters, der erwartet, dass man würdigt, was er und seine Mitarbeiter geleistet haben.«

Starker Beifall. Anneliese, die vorne an der Bühne gewesen war, um die beiden Bewerber abzulichten, kam zu Christian und flüsterte: »Der Thomas geht hier mit fliegenden Fahnen unter.«

Nach den beiden Vorträgen sollte eine erste Fragerunde mit dem Publikum folgen. Überraschend stand Dr. Alfons Dräger auf und meldete sich als Erster zu Wort. »Ich bin überrascht«, sagte er leise und wiederholte, nachdem man ihm ein Mikrofon gereicht hatte: »Ich bin überrascht, dass dem außerordentlich sachlichen Vortrag des Herrn Raible eine solche Polemik folgte. Ich dachte, hier werde es um Argumente gehen. Wenn es aber darum geht, den Gegner nur zu verunglimpfen, finde ich das ausgesprochen schade. Dass ein Mitarbeiter der Stadt loyal zu seinem Bürgermeister steht und nicht Politik gegen ihn macht, solange er im Amt ist, empfinde ich als wohltuend in einer Zeit, in der jeder nur noch an sich selber zu denken scheint.

Sicher hat der Stadtinspektor Raible öfter darunter gelitten, Entscheidungen, die er für falsch hielt, mittragen zu müssen. Aber so ist es nun mal in einer solchen Position, und ich zolle ihm dafür meinen Respekt.«

Plötzlich sprang Dr. Konzelmann auf. Er hatte sich nicht zu den Honoratioren der Stadt in den ersten Reihen gesetzt, sondern einen Platz im hinteren Drittel des Saales eingenommen. »Der Herr Dr. Dräger lebt seit weniger als zwei Jahren hier. Man hat noch nie etwas von ihm gehört …«

»Aber von Ihnen schon!«, rief eine Frau und löste damit Gelächter und Beifall aus.

Konzelmann fuhr zu ihr herum. »Gegen Verleumder ist man machtlos …«

»Ja, das musste der Herr Raible im Wahlkampf auch schon erfahren«, rief auf einmal Rudi Dentler dazwischen. »Es kann halt der beste Bürger nicht in Frieden leben, wenn es ein paar Großkopfeten nicht gefällt.«

Plötzlich entstand ein wildes Stimmengewirr, dessen der Landrat erst nach einigen Minuten Herr wurde. Die Zeit hatte Rudi Dentler genützt, um nach vorne zu gehen. Er nahm einem der Helfer ein Mikrofon aus der Hand. »Mir kann keiner nachsagen, ich sei nicht lange genug in Blaubeuren. Ich kenne die Verhältnisse, und ich weiß, wer am Samstagmorgen im *Schwarzen Adler* hockt, Skat spielt und mit ein paar andere auskungelt, was in unserm Städtle passiere soll. Und Sie sind immer dabei, Herr Dr. Konzelmann, gell? Ond grad deshalb dät ich an Ihrer Stelle mei Gosch net zu weit aufreißa!« Wieder Gelächter und Beifall.

»Ich bitte, sachlich zu bleiben!«, rief der Landrat.

»Isch en Ordnung«, sagte der Goldschmied. »Aber das gilt dann auch für den Herrn Bürgermeister. Und ich bitte darum, dass er auf die Punkte eingeht, die der Herr Raible angesprochen hat. Mir hättet doch erfahre solle, was der jeweilige Kandidat in den nächsten Jahren für Pläne hat.«

»Gut«, sagte Bürgermeister Hepf. »Ich nehme die Kritik an. Also …«, er holte tief Luft, kam aber nicht dazu, weiterzureden. Im Laufschritt durchquerte ein uniformierter Mann des Roten Kreuzes den Saal, sprang auf die Bühne und reichte Thomas Raible einen Zettel. Der warf einen Blick darauf, schwankte, musste sich an seinem Stehpult festhalten. Christian Ebinger, der während der Diskussion nach vorne zur Bühne gegangen war, fragte den Rotkreuzmann: »Was ist denn?« Aber der winkte nur ab.

Thomas Raible verließ seinen Platz, ging zu der Treppe, die von der Bühne führte. Er nahm dankbar Christians Hand, der ihn stützte. »Der Leon«, sagte er. Seine Stimme brach. Dorothee und Bettina waren auch aufgesprungen und rannten hinzu.

»Was ist denn das für eine Inszenierung?«, rief Hubertus Müller.

Christian las, was auf dem Zettel in Raibles zitternder Hand stand. Laut gab er es wieder: »Leons Zustand hat sich verschlechtert. Man muss mit dem Schlimmsten rechnen. Bitte kommen Sie sofort ins Kreiskrankenhaus.«

Lähmende Stille breitete sich aus, während Raible, seine Frau und seine Schwiegermutter den Raum verließen.

»Meine Damen und Herren«, sagte der Landrat. »Unter den gegebenen Umständen beende ich die Veranstaltung und wünsche Ihnen einen guten Nachhauseweg.«

»Sie müssen sich das so vorstellen: Bei dem Sturz kam es zu einem Zusammenprall der inneren Organe mit der Wirbelsäule. Das führte zu einer Quetschung, die wir nicht gleich erkannt haben, was allerdings auch sehr schwierig ist. Wir haben zwar die Rippenfraktur entdeckt, aber ihre Auswirkung auf Milz und Leber ist erst jetzt erkennbar geworden.« Der Arzt war Mitte dreißig, ein hochgewachsener, offensichtlich durchtrainierter Mann in einem blütenweißen gestärkten Mantel. »Innere Blutungen treten manchmal – ich muss allerdings sagen, sehr selten – so verspätet auf …«

»Stopp!«, sagte Thomas Raible. »Verschonen Sie uns mit den Details. Wir wollen nur wissen, welche Chancen unser Sohn hat, zu überleben.«

Dorothee und Bettina sahen ihn an. Die sachliche Art, wie er die Frage stellte, überraschte die beiden Frauen. Auf der Fahrt nach Ulm war er so nervös gewesen, dass Dorothee ihn schon nach wenigen Kilometern gebeten hatte, ihr das Steuer zu überlassen.

»Wir kämpfen natürlich mit allen Mitteln um sein Leben«, sagte der Arzt. »Wir mussten zuerst seinen Blutdruck stabilisieren und den viel zu hohen Puls herunterdimmen. Das ist uns geglückt. Jetzt können wir versuchen, die innere Blutung zu stillen, und wenn das gelingt, haben wir gute Chancen, die verletzten Organe zu erhalten.«

»Gut!« Raible setzte sich auf eine der Bänke, die an der Längsseite des Klinikkorridors standen. Dorothee und Bettina nahmen rechts und links neben ihm Platz.

»Wann können wir ihn sehen?«, fragte Bettina.

»Kommt drauf an, wie die Operation verläuft.«

»Wie lange wird das dauern?«, wollte Dorothee wissen.

»Schwer zu sagen. Wenn Sie nach Hause fahren wollen ...«

»Auf keinen Fall!«, unterbrach Thomas Raible den Mediziner. »Wir bleiben hier.«

Nach dem Abbruch der Veranstaltung hatte Bürgermeister Hepf seine Freunde um sich versammelt. »Wo gehen wir hin?«, fragte Geißendörfer. Der Landrat trat hinzu. »Darf ich mich anschließen?«

»Aber gerne, wir freuen uns«, antwortete der Bürgermeister mit leicht verkniffener Miene.

»Man kann ja jetzt wieder in den *Schwarzen Adler* gehen«, ließ sich Pfarrer Fischer hören.

»Man ist sogar quasi dazu verpflichtet«, meinte Hubertus Müller und lachte.

Einzig Dr. Konzelmann schien von der Idee nicht begeistert zu sein. »Wenn der Wirt gleich richtig reagiert hätte ...«

»Du darfst von den Menschen auch nicht zu viel verlangen«, erwiderte der Bürgermeister. »Er hat seinen Fehler ja korrigiert.«

»Darf man wissen, worum es geht?«, fragte der Landrat.

»Eine kleine private Geschichte«, sagte Geißendörfer schnell.

Als sie eine Viertelstunde später im Nebenzimmer des Wirtshauses saßen und ihre Getränke vor sich stehen hatten, ergriff Dr. Reddemann als Erster das Wort: »Nützt oder schadet diese Geschichte mit seinem Sohn nun dem Raible?«

Hepf wiegte seinen schweren Kopf hin und her. »Wer weiß, ob er überhaupt noch antritt?«

»Wenn der Bub stirbt, bestimmt nicht«, glaubte der Pfarrer.

»Wenn das tatsächlich passiert, müssten wir vielleicht den Wahltermin verschieben«, ließ sich nun der Landrat hören. »Wäre ein Gebot der Fairness.«

Schweigen breitete sich aus. Die Männer griffen nach ihren Gläsern, prosteten sich stumm zu und tranken erst einmal einen Schluck.

Hepf setzte sein Bierglas ab. »Die Wahl ist nächsten Sonntag. Wäre ein ziemlicher Verwaltungsaufwand, sie zu verschieben. Das wissen Sie doch am besten, Herr Landrat.« Der nickte, sagte aber: »Trotzdem!«

»Nehmen wir mal an, der Bub stirbt morgen oder übermorgen«, sagte Dr. Konzelmann. »Kann sich aber natürlich auch noch hinziehen ...« Er unterbrach sich, weil Ulrike Meier mit neuen Getränken hereingekommen war. Sie servierte und stellte die leeren Gläser auf ein Tablett. »Geht denn keiner davon aus, dass der Leon überlebt?«, fragte sie plötzlich.

»Entschuldigung, aber Sie hat niemand nach Ihrer Meinung gefragt«, herrschte der Bürgermeister sie an.

»Ich schwätz manchmal halt auch ungefragt!«, antwortete die Bedienung schnippisch.

»Ja, das haben wir allerdings mitbekommen«, sagte Dr. Konzelmann und merkte zu spät, dass das ein Fehler gewesen war. Uli baute sich vor ihm auf und setzte das Tablett, das sie gerade hinaustragen wollte, hart auf dem Tisch ab.

»Und Ihnen will ich eins sagen: Dass Sie an dem Samstag hier von Anfang an beim Skat g'sesse sind, weiß niemand besser als ich. Und ich werde das auch jederzeit bestätigen. Ich hab sogar g'sehen, wie Sie Ihr Funkgerät ausgeschaltet haben.« Sie nahm ihr Tablett wieder auf, ging zur Tür, drehte sich noch mal um. »Und falls Sie jetzt mit mei'm Chef reden wollen – ich hab schon gekündigt!« Damit ging sie hinaus.

»Was war jetzt das?«, fragte der Landrat. »Bezieht sie sich auf die Geschichte, die in der *Kreiszeitung* gestanden hat?«

»Schon deshalb kann man den Wahltermin nicht verschieben«, sagte Hubertus Müller, »wenn dieses Weibsbild mit der Geschichte hausieren geht …« Er redete nicht weiter.

Der Landrat räusperte sich. »Sie wissen, Herr Hepf, ich bin auf Ihrer Seite. Wir haben die ganze Zeit sehr gut zusammengearbeitet. Aber da könnte ja wirklich noch etwas auf Sie zukommen.«

»Sie haben doch sicher die Gegendarstellung gelesen«, meldete sich Pfarrer Fischer.

»Ja, aber auch den Kommentar der Redaktion dazu. Die ist keinen Millimeter von ihrer Darstellung abgerückt.«

Dr. Reddemann legte eine Hand auf den Arm des Arztes. »Am besten, Sie schaffen die Sache möglichst geräuschlos aus der Welt, lieber Konzelmann. Wer weiß, was sonst noch daraus wird.«

Geißendörfer winkte geringschätzig ab. »Nichts ist so alt wie die Zeitung von gestern. Morgen wird schon wieder eine andere Sau durchs Dorf getrieben.«

»Ja, aber die kennen wir«, rief Dr. Reddemann, »es wird um den dramatischen Abbruch des Rededuells zwischen unserem Freund Hepf und Thomas Raible gehen.«

»Jedenfalls müssen wir gleich nach der Wahl dafür sorgen, dass die *Kreiszeitung* hier einen anderen Redakteur einsetzt«, sagte der Bürgermeister.

Niemand in der Runde schien daran zu zweifeln, dass das Stadtoberhaupt dann wieder Hepf heißen würde.

Christian Ebinger saß an seinem Schreibtisch in der Redaktion. Sherry lag auf seinen Füßen und zappelte gelegentlich im Schlaf. »Träumst du mal wieder spannende Sachen?«, sagte der Redakteur zu seinem Hund. Er kam nicht vorwärts mit seinem Artikel. Schließlich stand er auf. Auch der Hund erhob sich und dehnte seinen Körper auf gestreckten Pfoten. Dann gingen sie in den ersten Stock hinauf. Anneliese lag auf der großen Matratze und schlief fest. Christian kniete sich neben sie, berührte leicht ihre Schulter, und als sie zu sich kam, sagte er. »Ich fahre jetzt in die Klinik nach Ulm. Ich muss wissen, was mit dem Leon ist.«

»Mhm«, machte Anneliese schlaftrunken. »Aber fahr vorsichtig!« Bevor sich Christian wieder aufgerichtet hatte, war sie schon wieder eingeschlafen. »Du bleibst da und passt auf sie auf«, sagte Christian zu Sherry und verließ die Wohnung.

Kurz vor Mitternacht war ein älterer Arzt zu Raible, seiner Frau und seiner Schwiegermutter getreten. »Doktor Deininger«, stellte er sich vor. »Ich bin der Chefarzt hier.« Im gleichen Augenblick erschien Christian Ebinger am Ende des Korridors.

Thomas Raible stand auf und schaute dem Mediziner in die Augen. Der Doktor wirkte müde und erschöpft. »Es sieht nicht schlecht aus«, sagte er. Im Hintergrund wurde ein Bett aus dem Operationssaal geschoben und den Gang hinuntergefahren. Bettina war nun auch aufgestanden und hielt sich am Arm ihres Mannes fest. Dorothee, die sich hingelegt hatte, schlief. »Wir müssen aber noch ein paar Stunden warten, bevor wir endgültig etwas sagen können.«

»Danke!«, sagte Thomas Raible.

Christian erreichte die Gruppe und sah Raible fragend an. Der hob nur die Schultern.

»Entschuldigen Sie mich«, sagte Dr. Deiniger, »ich bin seit zwanzig Stunden im Dienst. Ich muss mich hinlegen.« Er gab Bettina und Thomas Raible die Hand und ging mit schweren Schritten den Korridor hinunter.

Dorothee kam zu sich. Sie bemerkte als Erstes den Redakteur. »Was machst du denn hier?«, fragte sie.

»Ich hab's einfach nicht ausgehalten. Ich musste wissen, wie's ihm geht.«

»Fahrt ihr nach Hause«, sagte Thomas zu Bettina und Dorothee. »Ich bleib da und ruf euch an, sobald ich etwas erfahre. Ihr könnt mit Herrn Ebinger fahren, nehme ich an.«

»Ich würde Ihnen gerne Gesellschaft leisten«, sagte Christian.

»Lass ihn doch einfach schlafen«, meldete sich Dorothee.

»Ich kann sowieso nicht schlafen. Fahrt ihr beide mit unserem Auto, und er kann mich morgen früh mitnehmen.« Raible wandte sich an Christian: »Spielen Sie Schach?«

»Mehr schlecht als recht.«

»Versuchen Sie doch, ein Spiel aufzutreiben, vielleicht schaffen wir die eine oder andere Partie.«

Keiner der beiden hatte die Partien gezählt, die Raible bis auf ein Remis samt und sonders gewonnen hatte, als gegen sechs Uhr morgens eine Schwester kam und sagt: »Herr Raible, Ihr Sohn ist aufgewacht. Es geht ihm gut. Kommen Sie!«

Kurz darauf stand der Vater am Bett seines Sohnes. Leon blinzelte. »Wie geht's dir?«

»Das fragst du mich? *Du* bist der Patient.«

»Mir tut nichts weh«, gab der Sohn zurück. »Ich hab keine Ahnung, was die mit mir gemacht haben.«

»Der Doktor wird's dir erklären. Es stand offenbar Spitz auf Knopf, weil du innere Verletzungen hast, die man erst spät bemerkt hat.«

Christian kam herein und blieb an der Tür stehen. Er trug, genau wie Raible, einen grünen Mantel und eine Haube, Handschuhe und Überschuhe aus Plastik.

»Hallo!«, sagte er leise.

»Wo kommen Sie denn her?«, fragte Leon.

»Ich hab deinem Vater Gesellschaft geleistet. Kannst übrigens ruhig auch Du zu mir sagen.«

Thomas Raible hatte dann vom Schwesternzimmer aus gleich seine Frau angerufen. Jetzt befanden sich die beiden Männer auf der Rückfahrt nach Blaubeuren. »Gestern Abend hab ich bei mir beschlossen, meine Kandidatur zurückzuziehen«, sagte Raible, kaum dass der Stadtrand von Ulm hinter ihnen lag.

»Das überlegen Sie sich hoffentlich noch mal.«

»Wenn es um Leben und Tod des eigenen Kindes geht, wird alles andere nebensächlich.«

»Das glaube ich. Aber das ist doch eine Stimmung, die dem Augenblick geschuldet ist. Was wollen Sie denn stattdessen tun? Wieder ins Stadtarchiv zurückkehren und zusehen, wie der selbstherrliche Herr Hepf und seine Kumpane die Stadt regieren?«

»Ich hatte noch keine Zeit, mir darüber Gedanken zu machen. Aber ich bin noch nicht zu alt, um etwas Neues anzufangen.«

»Bürgermeister wär doch was Neues.«

Zum ersten Mal seit vielen Stunden entspannten sich die Züge Raibles. »Da haben Sie allerdings recht.«

32

Am späten Nachmittag fuhr Christian die gleiche Strecke wieder zurück. Er war mit Daniel Freudenreich verabredet, um Amelie Rentschler zu besuchen. Der Amerikaner stand schon vor dem Hotel. Er hatte einen prächtigen Blumenstrauß in der Hand. Christian sprang aus seinem kleinen Dienstwagen und öffnete die Beifahrertür. »So kleine Autos gibt es bei uns in den Staaten nicht«, sagte Freudenreich, wunderte sich aber, wie bequem er darin sitzen konnte.

Christian hatte Frau Rentschler um die Mittagszeit angerufen und gesagt, er würde sie gerne noch einmal besuchen und einen Mann mitbringen, der sich sehr für ihre Geschichte interessiere.

»Ein Kollege von Ihnen?«, hatte sie gefragt?

»Nein, ein junger Jurist. Lassen Sie sich überraschen. Er wird Ihnen gefallen.«

Sie musste hinter der Tür gewartet haben. Die Türglocke war noch nicht verklungen, da öffnete sie schon, diesmal hatte sie die Sicherheitskette nicht vorgelegt. Amelie Rentschler stützte sich auf einen zierlichen Stock. Sie reichte Christian die Hand und wandte sich dann dessen Begleiter zu. »Oh, sind das schöne Blumen. Sind die für mich?«

»Ja, Tante Amelie«, sagte Daniel Freudenreich.

»Tante …?« Sie sah den Fremden verwirrt an. »Ich habe keinen Neffen.«

Daniel lächelte sie an. »Aber ich durfte damals ›Tante‹ sagen.«

Sie standen noch immer unter der Tür.

»Wollen wir nicht reingehen?«, fragte Christian.

»Sie durften …? Damals?« Frau Rentschler trat zur Seite, um die beiden Männer in ihre Wohnung zu lassen. »Ich versteh nicht … Das heißt …« Sie ging mit kurzen Tippelschritten voraus. »Aber das kann doch nicht sein.« Dann wandte sie sich um. Christian drückte die Tür sanft ins Schloss, als müsste er vermeiden, den Augenblick zu stören.

»Daniel?«

Der Amerikaner legte den Strauß auf den niedrigen Couchtisch und breitete seine Arme aus. Mit einem Freudenschrei stürzte sich Amelie Rentschler hinein. »Dass ich das noch erleben darf!« Tränen stürzten aus ihren Augen.

Christian kam sich überflüssig vor. »Ich geh dann mal«, sagte er. »Mission erfüllt.«

Am Abend desselben Tages trafen sich in Friedrich Lutz' Blaubeurer Villa Daniel Freudenreich, der Rechtsanwalt Dr. Lachmann, Dr. Dräger, Amelie Rentschler und Christian Ebinger mit dem Hausherrn, der sie im Laufe des Tages alle durch seine Sekretärin hatte einladen lassen. Sie hatten gerade ihr Sektglas in die Hand genommen, als Isolde Lutz hereintrat. Sie trug ein bodenlanges schwarzes Seidenkleid mit einem hochgeschlossenen gekräuselten Krägelchen. Die Haare hatte sie hochgesteckt. Und ganz offensichtlich hatte sie einige Zeit auf ihr Make-up verwendet, wie ihr Bruder im Stillen feststellte. Auch dass sie unter dem langen Kleid Schuhe mit einem etwas höheren Absatz trug, war etwas Neues bei ihr. »Guten Abend allerseits«, sagte sie, um der Notwendigkeit zu entgehen, jeden einzeln begrüßen zu müssen. Ihr Bruder schenkte rasch ein weiteres Glas ein und reichte es ihr. »Meine Schwester Isolde«, stellte er vor.

»Ach!«, machte Frau Rentschler.

Isolde sah sie an. »Bitte?«

»Das waren doch Sie, die mir damals angekündigt hat, mich rauszuschmeißen.«

»War das so?« Isolde nahm einen Schluck und sagte dann zu ihrem Bruder. »Wenn ich hier störe, kannst du mir das ruhig sagen.«

Daniel Freudenreich trat auf Frau Lutz zu. »Ihr Bruder hat mir schon angedeutet, dass Sie nicht damit einverstanden waren, den Kontakt zwischen unseren Familien herzustellen, oder soll ich sagen, *wieder* herzustellen. Ich bin aber überzeugt, dass dies eine richtig gute Idee war.«

»Es ist seine Entscheidung«, antwortete Isolde. Dann beugte sie sich zu Amelie Rentschler hinab, die in ihrem Rollstuhl saß. »Ich war damals … na, wie sagt man … verblendet wie viele andere auch. Aber es fällt mir schwer, mich nach so langer Zeit noch dafür zu entschuldigen.«

»Das ist auch nicht nötig«, antwortete Frau Rentschler, »dass Sie es einsehen, genügt.«

»Wenn ich dann zu Tisch bitten darf!«, rief Friedrich Lutz.

Zwei junge Frauen in schwarzen Satinkleidern mit weißen Schürzchen trugen das Essen auf, das der Hausherr wie immer beim *Schwarzen Adler* bestellt hatte. Überrascht erkannt Christian in einer der beiden Annelieses gute Freundin Ulrike Meier. Als sich zwischen zwei Gängen die Gelegenheit ergab, sie zu fragen, sagte Christian leise zu ihr: »Arbeitest du denn noch im *Schwarzen Adler*? Anneliese hat gesagt, du hättest gekündigt.«

»Bis Monatsende muss ich noch. Aber nur, dass du es weißt: Ich schwöre jederzeit, dass Konzelmann an dem Samstag nur zum Skatspielen im *Schwarzen Adler* war. Er hat sogar sein Funkgerät abgestellt. Und genau das hab ich dem Bürgermeister und seinen Freunden gestern Abend auch ins Gesicht gesagt!« Dann wandte sie sich an Daniel: »Darf ich noch etwas von dem Sauerbraten nachlegen?«

Nach dem Mokka und einem Verdauungsschnaps wurde die Stimmung gelöster. Gegen neun Uhr bat der Hausherr seinen amerikanischen Gast sowie Rechtsanwalt Dr. Lachmann in sein Arbeitszimmer, das er sich im ersten Stock eingerichtet hatte. Seine Schwester Isolde fragte er: »Möchtest du dabei sein?« Aber sie lehnte ab. Und so fand sich Christian Ebinger plötzlich mit den beiden Frauen allein.

»Ich war damals schon über fünfzig Jahre alt«, sagte Amelie in den Raum hinein, ohne jemanden direkt anzusprechen.

»Haben Sie denn wieder Arbeit gefunden?«, fragte Christian, eigentlich nur, um etwas zu sagen.

»Nicht mehr in meinem Beruf. Ich habe dann in einem Rüstungsbetrieb gearbeitet. In der Produktion. Es waren ja nur noch ganz wenige Männer da, und für uns Frauen war die Arbeit eigentlich zu schwer. Damals hab ich mir auch mein Kreuz kaputtgemacht.«

»Hat nicht mein Vater allen Mitarbeitern versprochen, er werde sie weiterbeschäftigen?«, fragte Isolde.

»Das galt nur für nichtjüdische Angestellte, hätte also auch mich betroffen, aber mir wäre es unmöglich gewesen. Deshalb hab ich ja auch selber gekündigt.«

Es trat ein Schweigen ein, das allen dreien gleichermaßen unbehaglich war. Schließlich sagte Christian: »Inzwischen sind mehr als zwanzig Jahre vergangen.«

»Bitte sagen Sie jetzt nicht: Die Zeit heilt alle Wunden«, sagte Amelie Rentschler leise, »das tut sie nämlich nicht.«

»Sie erlauben, dass ich mich zurückziehe.« Isolde Lutz raffte ihren langen Rock und verließ mit eisiger Miene den Raum.

Schon kurz darauf kehrten die drei Herren zurück. Dr. Lachmann rieb die Hände. »Wenn alle Verträge so reibungslos zustande kämen …«

»Wo ist meine Schwester?«, fragte der Hausherr.

»Sie hat sich zurückgezogen«, antwortete Christian.

Amelie Rentschler war sichtlich betroffen. »Wahrscheinlich bin ich schuld. Ich hätte nicht von den alten Zeiten anfangen sollen. Aber wenn das alles wieder so auf einen einstürmt …!«

»Ich werde nachher mit ihr reden«, sagte Friedrich Lutz. »Jetzt würde ich gerne mit Ihnen allen anstoßen!«

Da die Bedienungen schon gegangen waren, öffnete er selbst die Flasche und goss ein. Währenddessen fragte Christian: »Sind Sie denn damit einverstanden, dass ich ein Foto von Ihnen beiden mache?«

Lutz sah Freudenreich fragend an, und als der nickte, stimmte auch der Hausherr zu. Christian hatte Annelieses Kamera dabei. Seine Verlobte hatte ihn in deren Handhabung eingewiesen. Freudenreich und Lutz stellten sich vor dem Kamin auf, reichten sich die Hand, und Christian drückte auf den Auslöser. Danach ließ sich Daniel auch bereitwillig mit Amelie Rentschler und Dr. Lachmann ablichten. Und niemand hatte etwas dagegen, dass Christian danach auch noch das eine oder andere Foto machte.

Später am Abend fragte der Redakteur den Amerikaner: »Ist denn nun alles zu Ihrer Zufriedenheit?« Und der antwortete ganz offen, dass Friedrich Lutz nunmehr schon seit 15 Jahren einen Teil seines Gewinns auf ein Sperrkonto gelegt habe, über das nun er beziehungsweise seine Familie verfügen könnten. Den Betrag wollte er nicht nennen. »Aber so viel kann ich sagen: Wir werden in absehbarer Zeit keine finanziellen Probleme haben.« Er setzte sein jungenhaftes Grinsen auf. »Es gibt nur eine Schwierigkeit, aber das sage ich Ihnen ganz unter uns und keineswegs zur Veröffentlichung: Ich muss verhindern, dass meine Mutter meinen Stiefvater daran teilhaben lässt. Der kriegt nämlich auch die größte Summe klein.«

Kurz vor Mitternacht kehrten Freudenreich und Amelie Rentschler mit einem Taxi nach Ulm zurück. Christian und Dr. Lachmann waren da längst gegangen. Friedrich Lutz trat in das geräumige Treppenhaus und blieb einen Augenblick stehen. Er zündete eine Zigarette an und ging vor die Tür. Es war ein milder Frühlingsabend. Am Himmel stand ein fast voller Mond in einem funkelnden Sternenhimmel. Die Bäume in dem parkähnlichen Garten waren gut zu erkennen, ebenso der Plattenweg, der sich hell durch den Garten schwang. Friedrich Lutz sah am Haus hinauf. Im Zimmer seiner Schwester brannte noch Licht. Mit einem kleinen Seufzer warf er die halb gerauchte

Zigarette auf den Boden und trat die Glut aus. Dann bückte er sich, um die Kippe aufzuheben und in einen Abfallkorb neben der Haustür zu werfen.

Das großzügig gestaltete Treppenhaus hatte zwei Treppen, die in einem großen Bogen rechts und links nach oben führten und in einer Galerie endeten. Friedrich Lutz stieg hinauf und klopfte an der Tür zu Isoldes Zimmer.

»Schade. Sehr schade, dass du mir das nicht erspart hast«, sagte sie, als er bei ihr eintrat. »Diese Frau hat nicht mehr und nicht weniger gesagt, als dass wir an ihrem Rückenleiden schuldig seien. Ich war nicht bereit, mir das länger anzuhören.«

»Nun sind sie ja gegangen. Ich wollte dir nur Gute Nacht sagen.«

»Du hast diesem Juden nun tatsächlich das viele Geld zukommen lassen?«

»Es bleibt uns genügend«, antwortete Friedrich lächelnd. »Keine Sorge. Und ich kann endlich ruhig schlafen.«

»Wenn ich das nur auch könnte.«

»Du wirst es können, Isolde. Es gibt keinen Grund, verbittert zu sein. Gute Nacht, meine Liebe!«

Isolde Lutz blieb noch lange, nachdem ihr Bruder sie verlassen hatte, unbeweglich in der gleichen Haltung sitzen – hoch aufgerichtet und mit durchgedrücktem Kreuz.

Nachdem sowohl Friedrich Lutz als auch sein jüdischer Gast zugestimmt hatten, machte sich Christian Ebinger daran, die Geschichte der Arisierung des Kaufhauses Freudenreich zu schreiben. Er war sich bewusst, dass dies etwas anderes war als die tägliche Berichterstattung über die Ereignisse in einer kleinen Stadt. Bevor er begann, rief er seinen Ressortleiter an und erbat sich Zeit für die anstehende Arbeit. »Nehmen Sie sich so viel, wie Sie brauchen«, sagte Arnold Kühn. »Ich kann Ihnen gerne jemanden schicken, der solange die Tagesarbeit übernimmt, oder auch einen erfahrenen Kollegen, der sich mit der Geschichte der Arisierung auskennt.« So jemanden habe er, sagte Christian und dachte dabei an Dr. Dräger. Und wenn er mit dem Tageskram nicht rumkäme, werde er sich wieder melden.

Am Abend kam Rudi Dentler vorbei, um den Freund zur Sauna abzuholen. Heute müsse er leider passen, sagte Christian und erzählte dem Goldschmied, dass er grade begonnen habe, die Geschichte des Kaufhauses Lutz, einstmals Freudenreich, zu schreiben.

»Alles klar«, sagte Rudi. »Ich schau auf dem Rückweg noch mal rein. Wenn du willst, kann ich dann auch den Hund ausführen.« Christian begann zu tippen:

»Es war ein ganz normaler Tag im Dezember1938. Auf den Straßen Ulms lag Schnee. Im beliebtesten Kaufhaus der Stadt herrschte Hochbetrieb, wie jedes Jahr in der Adventszeit. Viele jüdische Geschäfte hatten seit dem 9. November geschlossen, einige waren von den marodierenden Trupps der Nazis zerstört worden. Das Kaufhaus Freudenreich hatten sie in Ruhe gelassen, weil sie wussten, dass die Bevölkerung empört reagiert hätte, wenn man es ausgerechnet in der Vorweihnachtszeit geschlossen oder gar angezündet hätte. Aber dem Besitzer, David Freudenreich, war klar, dass es sich nur um eine Gnadenfrist handeln konnte. Er hatte ja auch gelesen, welche Verordnung Hermann Göring, damals verantwortlich für die NS-Wirtschaftspolitik, zur Ausschaltung der Juden aus dem deutschen Wirtschaftsleben erlassen hatte. Und er wusste, dass ihm und seiner Familie nur die Chance blieb, mit Zustimmung der herrschenden Nationalsozialisten zu emigrieren. Der Preis war eine hohe »Reichsfluchtsteuer« und der Verkauf seines Unternehmens für ein Butterbrot oder, um es schwäbisch zu sagen, für ein Nasenwasser …«

Als Christian so weit war, begann der Text zu fließen. Der Redakteur schilderte die Übernahme des Kaufhauses durch den Kaufmann Konrad Lutz, der einen Gemischtwarenladen in Söflingen betrieben hatte und dessen Bruder einer der mächtigsten Nationalsozialisten im Raum Ulm war. Schon hier ließ er einfließen, dass der heutige Besitzer zu jener Zeit zur Wehrmacht eingezogen worden und vor seinem Fronteinsatz nie mehr nach Hause gekommen war. Und er zitierte Friedrich Lutz mit dem Satz: »*Als dies alles geschah, war ich Soldat. Ich lag in einer norddeutschen Garnison. Und ich hatte vom ersten Tag an den ganzen Krieg mitgemacht. Eine Möglichkeit, meinem Vater ab- oder zuzuraten, hatte ich nicht. Und ich weiß auch nicht, ob ich das eine oder das andere getan hätte.*«

Danach ließ er eine Stelle frei, denn er wollte am nächsten Tag mit Dr. Dräger reden, um eine möglichst genaue Schilderung der Praktiken, die zur Enteignung der Juden führten, einzufügen. Dann schrieb er weiter:

»*Es gibt wohl nur ganz wenige Geschichten wie diese, die der heutige Kaufhausbesitzer Friedrich Lutz, angestoßen hat. Er suchte und fand die Familie Freudenreich in Amerika. Letzte Woche nun besuchte der Enkel des einstigen Kaufhausbesitzers Ulm. Man kann sich vorstellen, mit welchen Vorbehalten er hier eintraf. Es kam zu einer ersten Begegnung mit Friedrich Lutz. Und es kam zu einem zweiten Treffen mit der einstigen Sekretärin seines Vaters, die heute hochbetagt, aber bei guter Gesundheit in Neu-Ulm lebt und einstmals praktisch mit zur Familie Freudenreich gehörte. Unser Reporter war bei ihrer Begegnung nach über 22 Jahren dabei und gesteht, selten einen so anrührenden Moment erlebt zu haben.*

Hier unterbrach Christian. War das nun gut, sich selbst so mit ins Spiel zu bringen? Dorothee hätte wahrscheinlich gesagt: »Das ist Boulevard, überlass das doch der Bildzeitung.« Aber er hatte auch noch die Worte seines Verlegers im Ohr: »Human interest, Ebinger! Wir müssen viel mehr solche Geschichten haben, die das Menschliche hervorkehren.« Und so fügte er noch ein paar Sätze an, die ihm selbst fast die Tränen in die Augen trieben.

Als Rudi Dentler auf dem Weg von der Sauna nach Hause wieder vorbeikam und sich durch ein Klopfzeichen an der Tür bemerkbar machte, war Christian schon auf der vierten Manuskriptseite. Er öffnete dem Freund. Rudi hatte in jeder Jacken- und in jeder Hosentasche ein kühles Bier, das er in der Kantine des Zementwerkes mitgenommen hatte. Aus der linken Innentasche seiner Jacke zog er ein Stück Schwartenmagen, sauber in Papier eingepackt, aus der rechten ein Stück Brot und zwei Tütchen Senf.

»Der reinste Zauberer!«, sagte Christian und machte sich über die Wurst und das Brot her, während Rudi die ersten vier Manuskriptseiten vom Schreibtisch nahm und zu lesen begann. Nebenher öffnete er zwei Bierflaschen und schob dem Redakteur eine hin. Als der Goldschmied die vierte Seite aus der Hand legte, formte er mit Daumen und Zeigefinger ein O, stieß die Hand in die Luft und gab zwei Pfiffe von sich. »Was han i g'sagt? Es ist immer besser, über die guten Seiten der Menschen zu reden als über ihre schlechten.«

Christian erinnerte sich. »Ja, du hast auch noch gesagt, es könnte eine Geschichte werden, die andere dazu anregt, was Ähnliches zu versuchen wie der Lutz.«

»Genau! – Komm, Sherry, wir gehen spazieren und lassen dein Herrle weiterschreiben!«

Als die beiden nach zwei Stunden zurückkamen, war der Artikel mit Ausnahme der Passage, die Christian noch mit Dräger besprechen wollte, fertig. Der Redakteur hatte die zwei noch übrigen Biere kalt gestellt. Während Rudi den Text vollends zu Ende las, öffnete er sie. Der Freund legte die Manuskriptblätter auf den Tisch wie Preziosen. Dann griff er nach einer der Bierflaschen. »Ich glaub, des ischt dein Meisterstück!«, sagte Rudi Dentler.

»Sagen wir Gesellenstück, ich hab noch so viel vor.«

Rudi hob den Zeigefinger: »Geduld, mein Freund, ist eine Tugend!«

Tags darauf fuhr Christian in der Mittagspause nach Ulm in die Redaktion und legte Arnold Kühn seinen Artikel vor. Bevor der Chef zu lesen begann, sagte er: »Dieser Dr. Konzelmann will uns nun doch nicht mehr verklagen.«

»Wie kommt's?«

»Keine Ahnung. Irgendwer muss ihm klargemacht haben, dass er bei Gericht nicht durchkommt.«

»Ich weiß nur, dass ihm die Bedienung vor Zeugen ins Gesicht gesagt hat, sie könne jederzeit bezeugen, dass er nur zum Skatspielen in der Gastwirtschaft gewesen sei. Sie habe sogar gesehen, wie er sein Funkgerät ausgeschaltet habe. Und bevor sie ihm das sagte, hat sie vorsorglich gekündigt.«

»Respekt«, sagte Kühn und wiederholte mit einem kräftigen Kopfnicken: »Respekt!«

»Und was machen wir jetzt daraus?«, fragte Christian.

»Nichts! Bei dem Mann ist doch der Lack ab. Allerdings habe ich mit der Ärztekammer gesprochen und gesagt, es wäre wohl kein Fehler, wenn sich die Herrschaften mal um ihr Blaubeurer Mitglied kümmern würden. Und dasselbe habe ich mit der Kassenärztlichen Vereinigung gemacht.« Kühn ging zum Fenster, lehnte sich gegen den Sims und begann in aller Ruhe, Christians Manuskript zu lesen. Satz für Satz. Offenbar las er manche Passage zweimal. Christian wurde immer unruhiger. Kühn pflegte zu sagen: Nix g'sagt ischt g'lobt gnueg! Also erwartete der junge Redakteur auch nicht, dass sein Chef viel Positives sagen würde. Jetzt hob Kühn den Kopf. »Die Passage, die Sie da noch freigelassen haben, halten Sie aber bitte kurz.« Mehr kam erst einmal nicht. Christian schluckte seine Enttäuschung hinunter und fragte: »Und sonst?«

»Sonst?« Der Lokalchef ließ ziemlich viel Zeit verstreichen und sagte dann: »Sonst ist das exzellent. Das Beste, was Sie bisher geschrieben haben. Da wird mancher staunen.« Dann grinste er. »Was für einen tollen Reporter wir doch aus Ihnen gemacht haben!«

Auf dem ganzen Rückweg sang Christian alle Lieder, die ihm einfielen. Erst als er sich dabei ertappte, dass er lauthals schmetterte: »Heut ist der schönste Tag in meinem Leben ...«, brach er ab und schaltete lieber das Autoradio ein.

Noch am Abend des gleichen Tages suchte er Dr. Dräger in Berghülen auf. »Ich habe Besuch«, sagte der Wissenschaftler an der Tür, »aber kommen Sie doch rein.«

Sherry kam dieser Aufforderung wie immer als Erster nach.

Im Wohnzimmer saß Dorothee Niggemeier auf dem Sofa. Christian beugte sich zu ihr hinunter, küsste sie auf beide Wangen und setzte sich in einen Sessel ihr gegenüber.

»Weißt du eigentlich, dass er schuld ist?«, fragte Dorothee ihren Gastgeber, als der mit einem Stück Fleisch für den Hund aus der Küche kam.

»Schuld? Woran?«

»Dass ich jetzt hier sitze.«

»Verstehe ich nicht.«

»Ich erklär's dir später.«

Sherry schleppte das Fleischstück vor den Kamin, ließ sich mit einem zufriedenen Seufzer nieder und begann genüsslich zu fressen. Christian legte sein Manuskript auf den Tisch und brachte sein Anliegen vor. Man einigte sich darauf, dass er seinen Text vorlesen solle. »Das hat den Vorteil, dass man nicht nur weiß, was drinsteht«, sagte Dräger lächelnd, »sondern auch, wie's klingt.«

Als der Redakteur zu der Szene kam, in der Daniel Freudenreich Amelie Rentschler wiederbegegnete, rief Dorothee: »Kitsch! Der reinste Boulevard. Lass das die *Bildzeitung* ...«

»Still«, zischte Dräger scharf. »Das ist genau richtig. Wollen wir denn keine Gefühle mehr zulassen?«

Zu Christians Überraschung erwiderte Dorothee nichts, sondern setzte sich aufrecht hin, strich ihren Rock glatt und hörte weiter aufmerksam zu. Anschließend formulierten Dräger und Christian die fehlende Passage gemeinsam. Das Angebot, mit den beiden ein Fläschchen Wein zu trinken, lehnte

Christian ab. Er habe sich in letzter Zeit viel zu wenig um Anne gekümmert, sagte er, und wolle unbedingt noch bei ihr vorbeifahren.

Als er in das Bauernhaus trat, ging er zunächst in die große Wohnküche im Erdgeschoss. Kurt Gramlich saß über Büchern, Zeichnungen und eigenen Aufschrieben. »Anneliese hat dir ja wohl erzählt, was ich so treibe«, sagte er, »sonst hätt ich das Zeug schnell weggeräumt.« Seine Schwester, die das Motorengeräusch des Fiats gehört und auch mitbekommen hatte, dass unten die Tür gegangen war, kam wenige Augenblicke später herunter. »Dass man dich auch mal wieder sieht!«

»Ich weiß, ich bin unmöglich. Aber ich habe euch doch erzählt, dass dieses Treffen bei Lutz war.«

»Ja, klar«, sagte Anneliese. »Hast du meine Kamera dabei?«

Kurt lachte: »Die Frau denkt auch immer nur an dasselbe!«

»Ich hab tatsächlich damit fotografiert. Ob es was geworden ist, weiß ich nicht.«

»Gib her!«

»Du wirst doch jetzt nicht noch in die Dunkelkammer wollen.«

»Was denn sonst!«

»Da komm ich aber mit«, rief Christian.

»Leiste du mal Kurt Gesellschaft. Ich kann besser arbeiten, wenn ich alleine bin.« Sie nahm die Kamera und verließ den Raum.

Kurt zuckte die Achseln. »Was willst du machen?«

»Ja, ja, ich weiß schon!« Christian kämpfte gegen den Unmut, der in ihm aufstieg.

Kurt räumte seinen Papierkram weg. »Hast du schon was gegessen?«

»Nein. Und getrunken auch nichts!«

»Dem Manne kann geholfen werden!«, sagte Kurt.

Eine knappe Stunde später kam Anneliese wieder herein. »An dir ist ein Fotograf verloren gegangen«, sagte sie und setzte sich dicht neben ihn. Die Fotos legte sie auf den Tisch zwischen Holzofenbrot, Hausmacherleberwurst und saure Gurken und nahm einen kleinen Schluck aus Christians Bierglas. Die Bilder gaben die Atmosphäre, die am Abend zuvor im Hause Lutz geherrscht hatte, ganz gut wieder.

»Wie geht die Wahl aus?«, fragte Kurt unvermittelt.

»Ich fürchte, Hepf gewinnt.«

»Glaub ich nicht«, sagte der Bauer. »Wollen wir wetten?«

»Eine Kiste Spätburgunder aus Uhlbach!«

»Einverstanden!«

»Musst du noch zurück?«, fragte Anneliese.

»Keine zwölf Gäule würden mich jetzt von dir wegbringen!«, antwortete ihr Verlobter, beugte sich zu ihr hinüber und küsste sie.

33

Christians Bericht über die Geschichte des bekannten Ulmer Kaufhauses und die Versöhnung der Familien Freudenreich und Lutz erschien in der Samstagausgabe der *Kreiszeitung* auf einer Doppelseite. Christian hatte ihn schon dreimal gelesen und jedes Mal ein bisschen besser gefunden als beim ersten Mal. Das Telefon klingelte. Ein Mann mit einer ungewöhnlich rauen Stimme sagte: »Müsst ihr das unterstützen? Die Juden machen ihre Rechnung auf, und wir werden blechen bis zum Geht-nicht-mehr.« Bevor Christian etwas sagen konnte, wurde am anderen Ende aufgelegt. Kurz darauf meldete sich wieder ein Mann, ohne seinen Namen zu nennen: »Na, Judenfreundchen. Wie viel müssen wir Deutschen wohl noch abdrücken, bis die endlich Ruhe geben?« Am schlimmsten war aber jener Anrufer, der nur ins Telefon röhrte: »Dich hätte man gleich mit vergasen müssen!« Es gab freilich auch andere Anrufe, bei denen sich die Menschen mit ihren Namen meldeten und dem Redakteur für die Berichterstattung dankten. Am meisten aber freute er sich über das Telefonat mit der Hamburger Illustrierten, die schon über das Bergunglück Leon Raibles berichtet hatte. Ob er bereit wäre, für sie einen längeren Artikel über die Begegnung zwischen Freudenreich und Lutz und über die Geschichte des Kaufhauses zu schreiben. Er sagte zu. Vielleicht ein bisschen zu begeistert, ging es ihm danach durch den Kopf.

Um zwölf Uhr schloss er die Tür der Geschäftsstelle ab und ging die Treppe hinauf. Anneliese hatte gekocht. Sie setzten sich an den Küchentisch, und Christian erzählte von den Anrufen.

»Glaubst du, dass sich die Beziehungen zwischen uns und den Juden jemals normalisieren werden?«, fragte Anneliese ernst.

»Das kann ich mir nicht vorstellen, nach allem, was wir Deutschen denen angetan haben. Und jetzt diese Menschen, die nichts davon wahrhaben wollen. Wie sagt Brecht? ›Der Schoß ist fruchtbar noch, aus dem das kroch!‹«

»Schrecklich«, sagte Anne. »Vielleicht sollten wir uns lieber erst um näherliegende Probleme kümmern.«

»Und die wären?«

»Na, die Wahl morgen. Wenn Hepf gewinnt, wird er keine Ruhe geben, bis er dich aus der Stadt vertrieben hat.«

Christian nickte. »Ja, das glaube ich auch. Aber selbst wenn sich der Verlag darauf einlässt, wird er mir einen anderen Posten anbieten. Da bin ich sicher.« Nach einer kleinen Pause fuhr er fort: »Vielleicht mach ich ja auch etwas ganz anderes.«

Anneliese hob den Kopf. »Du oder wir?«

»Bitte?«

»Du kannst das nicht alleine entscheiden, Christian, und einfach erwarten, dass ich dir folge.«

»Wie meinst du denn das?«

»Na ja, wenn du jetzt zum Beispiel ein Angebot bekämst, nach Hamburg zu gehen, zu dieser Illustrierten …«

»Da würdest du natürlich mitkommen.«

»Ich finde das gar nicht natürlich.«

»Wie bitte?« Er starrte sie verwundert an.

»Zumindest müsste man doch darüber reden, ob ich das will.«

Christian ging zum Kühlschrank, nahm eine halb leere Weißweinflasche heraus und zog den Korken ab. Er goss sich ein Glas ein und kehrte an den Tisch zurück. »Das verstehe ich nicht. Wenn wir heiraten und ich das Geld verdiene …«

»*Wenn* wir heiraten«, unterbrach Anneliese ihn. »Ich hab dir schon im letzten September gesagt, dass ich in der Lage bin, das Kind alleine großzuziehen.«

Christian merkte, wie der Ärger in ihm aufstieg. »Was soll denn das jetzt?«

Anneliese lehnte sich zurück und verschränkte ihre Hände über dem prallen Bauch. »Ich wusste die ganze Zeit, dass es schwierig wird. Du denkst genauso, wie die Männer immer gedacht haben. Du siehst dich als künftigen Haushaltsvorstand …«

»Wäre ich doch auch, oder?«

»Nein, du wärst mein Partner, und ich wäre deine Partnerin.«

»Klar. Aber es geht doch darum, wie ich im Beruf weiterkomme. Ich war mir immer ganz sicher, dass du da mitziehst.«

»Nicht in jedem Fall.«

Christian trank das Glas in einem Zug aus und sprang auf. »In Millionen Familien funktioniert das so.«

Anneliese antwortete nicht darauf. Sie stand auf, stellte das Geschirr zusammen, brachte es zur Spüle und begann abzuwaschen. Christian wartete ein paar Augenblicke und fuhr sie dann an: »Und du findest das nicht richtig?«

»Magst du abtrocknen?«, fragte Anneliese.

Christian, den sein journalistischer Erfolg in eine bisher nicht erlebte Euphorie versetzt hatte, fühlte plötzlich, wie er den Boden unter den Füßen verlor. Er ging zur Tür. »Ich muss noch was arbeiten.«

Als sie alleine war, setzte sich Anneliese Gramlich wieder auf ihren Stuhl und begann zu weinen.

Arnold Kühn war ein Meister der Organisation. Für die Berichterstattung über die Bürgermeisterwahl hatte er drei Reporter und den Fotografen Simon Restle nach Blaubeuren beordert, »immerhin einen der wichtigsten Orte in unserem ganzen Verbreitungsgebiet«, wie er sagte. Zwei Fahrer, die mit besonders schnellen Autos ausgerüstet waren, sollten zwischen Ulm und der Stadt an der Blau pendeln, um die Texte und Bilder auf dem schnellsten Weg in die Zentrale zu bringen. In der Druckerei wartete eine speziell zusammengestellte Mannschaft darauf, die Nachrichten, Interviews und Kommentare bis kurz nach Mitternacht noch ins Blatt zu bringen.

Simon Restle sollte im Rathaus fotografieren. Anneliese Gramlich hatte den Auftrag, Szenen von den Wahlpartys einzufangen. Christian Ebinger saß im Sitzungssaal, wo die Stimmen aus der Kernstadt ausgezählt wurden und die Ergebnisse der Außenbezirke nacheinander eingingen.

Die Freunde Matthias Hepfs hatten sich im *Schwarzen Adler* versammelt. Die Anhänger Thomas Raibles trafen sich im Theatersaal der Dentlers. Um die Zeit, da das vorläufige Endergebnis erwartet wurde, strömten aber viele von ihnen ins Rathaus. Der Saal war am Ende brechend voll.

Um 18 Uhr schlossen die Wahllokale.

Christian sah, wie die Wahlzettel gestapelt wurden. Keines der beiden Häufchen schien über das andere hinauszuwachsen. Die Spannung war überall zu spüren. Gegen 19 Uhr traf der Bürgermeister mit seiner Gattin ein. Eine halbe Stunde später kamen Thomas und Bettina Raible. Die Kontrahenten begrüßten sich kurz, schafften es aber nicht, ein Gespräch zustande zu bringen. Und so standen sie, wie zwei Boxer vor Beginn eines Kampfes, in den entgegengesetzten Ecken des Raumes. Der Erste, der seine Ungeduld nicht mehr beherrschen konnte, war der Amtsinhaber, als er kurz vor 21 Uhr rief: »Wie lange dauert das denn noch?«

»Wir zählen zur Sicherheit nochmals nach«, sagte der Wahlleiter, ein älterer Beamter aus dem Landratsamt, der sehr viel Ruhe ausstrahlte.

Es dauerte noch einmal eine halbe Stunde, dann nahm der Wahlleiter die Sitzungsglocke und läutete. Die Menschen drängten sich um seinen Tisch. Simon Restle hatte es geschafft, ganz vorne zu sein. Aber das war ihm noch in jeder Situation gelungen, erinnerte sich Christian Ebinger.

»Ich verkünde nun das vorläufige amtliche Endergebnis. Abgegebene Stimmen: 4978. Davon gültig: 4859. Auf Matthias Hepf entfielen 2504 Stimmen, auf Thomas Raible 2355. Unter dem

Vorbehalt einer weiteren Prüfung darf ich Ihnen, Herr Bürgermeister Hepf, zu Ihrer Wiederwahl als Bürgermeister der Stadt Blaubeuren gratulieren.« Beifall rauschte auf. Fräulein Nagel eilte aus dem Raum, um von ihrem Büro aus im Theater anzurufen.

Thomas Raible stand ein paar Augenblicke wie erstarrt da, setzte sich dann aber langsam in Bewegung und ging auf den Sieger zu, der die Arme in die Höhe gerissen hatte und mit beiden Füßen gleichzeitig zwei-, dreimal in die Höhe hüpfte. Sein Gesicht strahlte. Thomas Raible erreichte Hepf und streckte ihm die Hand entgegen. Einen Augenblick schien es, als wolle der wiedergewählte Bürgermeister die Rechte seines Herausforderers bewusst übersehen. Doch dann griff er nach ihr und wollte sie gar nicht wieder loslassen. Dabei blickte er triumphierend in die Kamera des Fotografen Simon Restle. Was Raible zu ihm gesagt hatte, quittierte der Gewinner der Wahl mit mehrfachem Nicken, obwohl er dessen Worte im Überschwang seiner Gefühle gar nicht gehört hatte. Schließlich ließ er Raibles Rechte los, stieg mit einiger Mühe auf einen Stuhl, suchte und fand sein Gleichgewicht und begann seine Dankesrede: »Meine Damen und Herrn, liebe Blaubeurer. Ein paar harte Wochen liegen hinter uns, und da schließe ich Sie mit ein, Herr Raible. Wir sind sicher beide froh, dass es vorbei ist und wir wieder an die Arbeit gehen können. Jeder an seinem Platz! Ich möchte mich bei den Wählern bedanken und versprechen, dass ich alles daran setzen werde, die Ziele, die ich in meinem Wahlprogramm genannt habe, zu erreichen. Ich möchte auch weiterhin, so wie in den letzten Jahren, der Bürgermeister aller Blaubeurer sein, auch und vor allem jener, die mich nicht gewählt haben.«

Hubertus Müller, der dicht neben dem Stuhl stand, streckte dem Redner seine Hand entgegen und half ihm, wieder hinunterzusteigen. Dr. Konzelmann war dicht hinter Christian Ebinger getreten, der an einem kleinen Tischchen saß und in eine Reiseschreibmaschine die Überschrift seines Artikels tippte:

MATTHIAS HEPF MIT KNAPPER MEHRHEIT ZUM BÜRGERMEISTER BLAUBEURENS WIEDERGEWÄHLT

»Für dich brechen harte Zeiten an, Bürschchen«, zischte er. »Deine Tage in Blaubeuren sind gezählt.« Christian sah in das triumphierende Gesicht des Arztes, beugte sich dann aber wieder über seine Schreibmaschine und schrieb scheinbar unbeeindruckt weiter an seinem Text.

Gegen elf am Abend erreichte Christian die ehemalige Kirche, die jetzt ein Theater war. Kurt Gramlich entdeckte als Erster den Neuankömmling, ging auf ihn zu und boxte ihn in die Seite. »Wenigstens hast du deine Wette gewonnen. Eine Kiste Spätburgunder aus Uhlbach.« Christian nickt nur. »Ich fürchte, der wird mir nicht schmecken. – Wo ist Anneliese?«

»Die ist schon vor einer halben Stunde gegangen. Ich soll dir sagen, sie ist bei dir.«

Eine Combo spielte Tanzmusik. Der Alkohol floss in Strömen. Inzwischen waren hier auch Bettina und Thomas Raible eingetroffen. Die beiden gehörten zu den wenigen Paaren, die tanzten. Auf dem Gesicht des unterlegenen Bürgermeisterkandidaten lag ein gelöstes Lächeln. Als die Musik verklungen war, trat Friedrich Lutz auf das Ehepaar Raible zu. Nach und nach verstummten die Leute ringsum, um zu hören, was der Kaufhausbesitzer sagte: »Das war mehr als ein achtbares Ergebnis, Herr Raible. Dazu möchte ich Ihnen gratulieren. Es haben ja nur ein paar Stimmen gefehlt, und die Sensation wäre perfekt gewesen. Wir wissen alle, wie schwer es ist, einen Amtsinhaber zu schlagen, wenn er keine allzu großen Fehler macht.«

»Hat er doch! Fehler genug!«, rief eine Stimme von hinten.

»Wir müssen die Kirche im Dorf lassen«, sagte nun Raible. »Immerhin hat er ein paar Punkte, für die ich mich starkgemacht habe, in sein Programm übernommen.«

»Was werden Sie denn jetzt machen?«, fragte Lutz.

Bevor Raible antworten konnte, rief ein anderer Besucher des Abends: »Der Lutz ist doch für die CDU im Gemeinderat. Was sucht der überhaupt hier?«

Lutz wendete sich dem Zwischenrufer zu: »Ich bin hier, weil ich mich hier wohlfühle.« Und nach einem kurzen Grinsen: »Ihr seid mir schöne Demokraten!« Ein paar der Gäste lachten zustimmend, andere applaudierten. Die Musik setzte wieder ein. Was nun zwischen den beiden Männern gesprochen wurde, hörten nur noch jene, die direkt neben ihnen standen, unter ihnen Christian Ebinger.

»Um Ihre Frage zu beantworten«, sagte Raible, »ich weiß noch nicht, was ich machen werde. Ins Rathaus werde ich sicher nicht zurückgehen.«

»Vielleicht kann ich Ihnen eine Alternative anbieten.« Friedrich Lutz sah zu Bettina: »Ihnen beiden. Lassen Sie uns in den nächsten Tagen drüber reden.«

Als Theo Dentler auf die Bühne sprang und seine Arme hob, brach die Combo den Tango ab, den sie gerade begonnen hatte. »Verlierer sehen anders aus!«, rief der Theaterchef. »Nach der Wahl ist vor der Wahl! Und beim nächsten Mal haben wir eine neue Chance!«

»Bis dahin hat der Hepf euch ausgehungert«, rief einer der Gäste. »Das Erste, was der tut, ist euren Zuschuss streichen.«

Friedrich Lutz meldete sich noch einmal zu Wort. »Es gab schon immer auch Mäzene für die Kunst. Wir werden Wege finden, damit euer Theater hier in Blaubeuren weiterarbeiten kann.«

Rudi Dentler rief: »Jawoll! Ond wenn ich mein ganzen Schmuck verkauf!«

Christian verließ das Theater. Den ganzen Tag über hatte ihn die Erinnerung an das Gespräch am vorangegangenen Abend nicht losgelassen. Trotz der Hektik dieses Wahltages kamen die Gedanken daran immer wieder zurück. Anne hatte recht. Er konnte nicht über ihr Leben bestimmen, aber seitdem das Kind unterwegs war, auch nicht mehr ganz allein über seines.

Anneliese schlief auf der großen Matratze. Der Hund schmiegte sich in ihre Kniekehlen. Christian zog sich aus und legte sich dazu. »Na, du«, sagte er leise. Verschlafen antwortete sie: »Na, du Egoist!« und schlief sofort wieder ein.

Am Montagmorgen hängte Christian die neueste Zeitung im Schaufenster aus. Dann kochte er sich einen Kaffee und setzte sich hinter seinen Schreibtisch, um die Berichterstattung und die Fotos über den Wahltag zu studieren. Wie immer las er seinen eigenen Text mehrmals, um ihn von Mal zu Mal besser zu finden.

»Na, zufrieden?«, hörte er plötzlich Anneliese sagen, die er nicht hatte kommen hören.

»Wenn du mich nicht heute Nacht einen Egoisten genannt hättest …«

»Hab ich das?«

»Tu nicht so, als ob du's nicht mehr wüsstest. Aber ich verzeihe dir.«

»Da muss ich wohl richtig dankbar sein.«

»Ja, musst du!«

»Dann bin ich es auch.« Anneliese setzte sich auf seinen Schoß. Sie umarmten sich und hielten sich lange fest, ohne etwas zu sagen. Endlich meinte Christian: »Jetzt müssen wir doch nach Gretna Green oder auf ein Schiff, damit wir heiraten können.«

DANK

Ich danke meinen Freunden Hartwin Gromes und Hans Münch für ihre kenntnisreichen Ratschläge. Besonders danke ich meiner Frau Marielis für ihre geduldige, kritische und kompetente Begleitung bei der Entstehung dieses Buches.